U0447436

Staread
星 文 文 化

琅琊榜

NIRVANA IN FIRE
十五年典藏版

下册

海宴 著

浙江文艺出版社
Zhejiang Literature & Art Publishing House

第四十七章 行兵布阵

被誉王感慨为最快活的言豫津，其实并不像他表现出来的那么轻松从容。锦衣绣袍、华鞍骏马奔过金陵街市的这位贵家公子，不久前才从父亲那里接受了一个任务，一个虽没有什么危险，但也不容易完成的任务。

对于言阙开始重涉朝局的事，言豫津早有察觉，不过切切实实从父亲口中得到印证，是在今年除夕的夜里。那一晚祠堂祭祖完毕后，父子二人回到暖洋洋的小厢房，围炉饮酒，畅谈了将近一夜。

言阙年轻时的风云往事，言豫津只听梅长苏大略说过那么一件，这次听当事人自己回忆过往，更有另一番意味。在言阙往昔的那些岁月里，有淋漓豪情，有挥斥方遒，有壮怀激烈，有悲苦惨伤，有那么多需要怀念的人，有那么多难以忘怀的事。十几年的消沉颓废，依旧不能改变热情激昂的本性，仰首痛饮，掷杯低吟，这位早已英气消磨的老侯爷的脸，在倾吐往事时却显得那么神采奕奕，丝毫不见委顿苍老的模样。

言豫津觉得，他喜欢这样的父亲，那活生生的、情绪鲜明的父亲。

"豫儿，"言阙抚着儿子的肩，直视着他的眼睛，"为父不喜欢党争，那太丑恶，会吞噬掉太多的美善；我也不喜欢梅长苏，他太诡谲、太让人捉摸不透，所以以前也只肯答应为他做有限的一些事。但这一次，我决定要尽全力帮他，付出任何代价也在所不惜，因为他和靖王的这个决定……实在让我感到震动。明知是陷阱，是圈套，利弊如此明显，但仍然要去救，所为的，只不过是往日的情义和公道……我已经太久没有见过这么蠢，却又这么有胆魄的人了。如果这次我不帮他们，将来有何颜面去见泉下的故友？豫儿，为父的这份心思，你能理解吗？"

"我明白。"言豫津收起素日跳脱的表情，熊熊炉火映射下的双眸分外幽深，

"爹，你放心，孩儿是言家子孙，明白什么是忠、什么是孝。对于如今的朝局，孩儿的看法其实与爹相同，只是我不太了解靖王……不过，既然爹和苏兄都愿意为他所用，他就一定有过人之处。"

"靖王自幼便跟在祁王身边，为人处世、治国方略等都承袭自祁王，这一点我对他还是有信心的。不过他的性情不太像他哥哥，多了些坚毅执拗，少了点潇洒意味。你年纪小，只怕记不清祁王了……景禹……非常像他的母亲……"

对于年少时的痴狂，对于自己与宸妃之间的情愫，言阙刚才在回忆旧事时说得非常隐晦。但言豫津心思聪颖，已有所觉。此时他看着沉吟的父亲，心中的滋味有些复杂，说不出是感慨还是惘然。

景禹……豫津……这两个名字之间的关联到底是巧合，还是有人下意识的所为，言豫津没有开口询问。但作为一个在内心深处非常在意父亲的孩子，他还是忍不住问了另一个问题。

"爹，那我呢？我也像我娘吗？"

"你啊……"言阙回过了神，看着儿子，眼睛里露出慈爱的神情，"你像我，像我年轻时候。不过，等你到了我这个岁数，希望你不要像现在的我才好。"

"爹现在很好啊，心也没有冷，人也没有老，有什么不好的？"

"你这孩子，就是嘴甜。"言阙笑了起来，给儿子又满上一杯酒。

"其实以前的事我并没有全忘，林伯伯、宸妃娘娘，还有祁王，我都记得一点点。"言豫津仰着下巴回想，"祁王对我们这些孩子很好，有什么问题问他，总是解答得很清楚，带我们出去骑射时，也照管得十分周全，不像林殊哥哥，一会儿就不耐烦了，嫌我们慢，又嫌我们笨，动不动就把我们从马背上捉下来丢进车里叫嬷嬷照看，自己先跑到前面去……这个我记得最清楚了！"

言阙忍不住笑了笑，不过这缕笑容很快就淡去了："小殊……唉，最可惜的就是他了……"

言豫津见父亲又开始伤感，忙道："爹，苏兄到底想让您怎么帮他，说过了吗？"

"大概说了一下。我这一部分主要是在当天把夏江引出来，以及事发后暗中联络朝臣替靖王开脱，都不是什么难办的事。"

言阙说得简单，但只要细想就知道并不容易，尤其是后一件事，更加需要精确的判断和分寸上的严密掌控，稍有偏差，便会适得其反。

"爹，您有把握吗？"

"事在人为。"言阙面上突现傲气,"爹冷眼看朝局这么多年,这点判断还是拿得准的。"

"有没有什么事,可以让孩儿来帮您做?"

"梅长苏倒是说过想请你帮忙,不过他让我先问你一声,如果你不愿意,就不勉强。"

言豫津苦笑道:"这个苏兄,事情已经这样了,我怎么可能不愿意。到底什么事啊?"

"他没说,我还要跟他碰一次面,到时再问吧。"言阙用力握了握儿子的肩头,道,"梅长苏答应不会让你做危险的事,我也不会让你冒险的。"

"爹,没关系的……"

"你觉得没关系,爹觉得有关系。听话,这些年,爹已经很委屈你了。"

言豫津有些不习惯这样温情的父亲,鼻子有些发酸,仰首一杯酒,将胸中的翻腾压了下去。

那一夜父子二人喝了整整一坛半酒才倒下,彼此都第一次发现对方的酒量居然这么好。这一醉就醉到了日上三竿,醒来时发现一个俊秀冷漠的少年正蹲在面前盯着他们看,一看到他们睁开眼睛便塞过来一封信,大声道:"烧掉!"说完就消失了。

虽然余醉未消,但言阙总算还足够清醒,没有按照少年简洁的指令直接把信烧掉,而是先拆开来看了一遍。

正是因为这封信,初四那天,言豫津纵马跑过金陵街头,招摇无比地去拜访他的朋友们,最后,来到纪王府前。

素以性情爽直、通音好酒著称的皇叔纪王,是言豫津的忘年之交,一见到这位小友便乐开了花,忙接入府中殷勤招待,还把自己新调教的乐师、歌姬全数叫了出来献演。

不过尽管他盛情殷殷,可才刚刚酒过三巡,言豫津看起来便有些心不在焉,只是出于礼貌,还做出一副凝神欣赏的表情,可惜那目光早就散得没边儿了。

"你的耳朵啊,就是让妙音坊给养刁了。"纪王悻悻地道,"我府里这些个粗浅的玩意儿,你当然瞧不上了。"

"王爷就别光说我了,您自己不也是这样?"言豫津毫不在意地一挥手,"最迷宫羽姑娘那把琴的人,恐怕不是我吧?"

"唉,"纪王叹了一口气,"可惜了妙音坊这样的去处,怎么就通匪了呢……"

"切，这您也信……"言豫津刚刚冲口而出，又好像立即意识到了什么，半中腰吞了回去，举杯敬酒。

纪王立即明白，不动声色地又陪他喝了两杯，便遣退了下人，挪到言豫津身边来，小声问道："你的意思，是说妙音坊根本没有通匪的事？"

"通什么匪？"言豫津把嘴一撇，"哪股匪徒，可有名目？刑部有相关案卷吗？主告人是谁？有没有丝毫证据？根本子虚乌有的事罢了。"

"既是冤枉，妙音坊里的人为什么会提前避罪逃走呢？"

"很简单，通匪是冤枉的，但得罪了人却是真的。惹到了惹不起的人，不逃等死吗？"

纪王顿时不平之气发作，怒道："天子脚下，谁这么张狂？"

言豫津瞥他一眼，压低了声音道："王爷，当天去抓人的是谁，您难道不知道？"

"这我倒听说过，不是刑部，是大理寺……"纪王说到这里突然明白过来，大理寺丞朱樾是誉王的小舅子，素来以好色闻名，如果说是他仗着姐夫之势想要霸占宫羽，倒也不算什么离奇的事。

"现在您明白了吧，宫羽也是没辙。她只想着躲过这一阵，再看看有没有其他出路。"

纪王眉尖一挑，突然指着言豫津怪笑起来。

"王爷怎么了？"

"宫羽姑娘怎么想的，你怎么知道？"纪王坏笑道，"说，是不是你把她藏起来了？"

"我、我、我哪有？"言豫津一惊之下，不由得结巴起来，"王爷可、可别乱说……"

"心虚了，心虚了！"纪王大笑着，紧追不舍，"小豫津，跟我说说实话有什么打紧的？我也挺担心宫羽姑娘的，她还好吧？"

言豫津看了他半天，才放弃地垮下肩膀，道："也不是我把她藏起来，是她逃出来后身陷困境，派人来向我求助，我稍稍施了些援手罢了。现在她还不错，练了新曲子，年前我送年货过去给她时，还听了呢。"

纪王也是个乐迷，一听宫羽姑娘有新曲子，立即忍不住垂涎三尺，拽着言豫津的胳膊道："你得带我去，我跟宫羽姑娘也是有旧交的，她落难怎么能不问候一声？"

"可是……"

"放心啦，有什么好怕的，不就是朱樾吗？那小子我还不放在眼里，誉王也不至于为这个跟我翻脸的，好歹我也是他长辈。"

"其实……"言豫津拖长了声音道，"带您去也没什么，不过宫羽姑娘有些心灰意冷，只怕不会想多见你们这些贵人。"

"我跟那些人一样吗？"纪王拍着桌子道，"你这么说我还非要去了。走，现在就走！"

"哪有人这么急的？"言豫津失笑道，"也不看看现在什么时辰了？好吧，反正也拗不过您，我就拼着被宫姑娘责备，明天来带您走一趟。"

"这还差不多。明天什么时候？"

"下午未时吧，上午要陪我爹出一趟门。"

"还真是孝顺儿子呢。"纪王哈哈一笑，"行，未时就未时，你可不许食言。"

"我要是食言，您还不打上门来？"言豫津伸了个懒腰道，"您明天可别穿王服，咱们得悄悄去才行。"

"知道知道。"纪王连声应着，又命人重新摆了新鲜菜肴，拉着打算告辞的客人又喝了半个多时辰，眼看着天色暗了，才放他出门。

这时已刮起了夜风，空气中有些浊重的腥味，预示着明天绝非艳阳晴天。言豫津把斗篷的顶兜罩上，翻身上马。

雪白的狐毛围边里，那张总是灿烂明亮的脸庞略略有些严肃。

"初五下午未时左右带纪王至登甲巷北支宫羽处。"这就是梅长苏要求言豫津做的事。他认真地执行了，也认真地思考了。

不过那个时候，他还没有能够想明白在整个计划中，梅长苏要他这么做的原因到底是什么。

当言豫津在纪王府欣赏欢歌艳舞的时候，梅长苏也在自己的苏府秘密接待了一行人。只不过，这里的气氛要稍微偏凝重一些。

"我总共带来了十个人，武功虽然不怎么样，好在轻功都不错，更是用药使毒的高手。梅宗主尽管按自己的意思用他们吧。"说话的这人坐在梅长苏的上手，大约六十多岁的样子，身形干瘦，发丝雪白，但面色却极为红润，跟这座宅院的主人相比，看起来竟要精神许多。

"真是多谢素谷主了。这次还要借谷主的名头行事，真是过意不去。"梅长苏微笑着欠身致意。

"梅宗主说哪里话？卫峥是我什么人，他叫我这些年义父是白叫的吗？我出关后领着孩子们一路追过来本就是为了救他，还谢我做什么？"素天枢爽快地挥着手，"至于名头什么的，爱用就用吧。这么危险的行动，难保没有失手的人，到时候不管谁被抓住了，都尽管说是我药王谷的，不用牵连到旁人。反正我们药王谷天高皇帝远的，朝漳林子里一躲，我耗得起，他们可耗不起。"

梅长苏被他说得一笑，也点头道："这话倒是真的。记得我第一次到药王谷去，那可是晕头转向，如果不是蔺晨带着，多半到这会儿还没走出来呢。"

素天枢哈哈大笑一阵，夸道："不过梅宗主你还真是了不起，蔺公子不过带你一次，第二次你就独自破了我的机关。如果朝廷也有你这样的人物，刚才那种大话我可不敢说。"

"那是素谷主手下留情。"梅长苏执壶斟茶，又问道："素谷主过浔阳的时候，云家的情形如何？"

"你放心，云氏名声素佳，朝中又有人作保，悬镜司对他们也没什么死追烂打的兴趣，所以一直没有以附逆定罪，着地方官监看。云家是浔阳世代望族，地方官也不过睁一只眼闭一只眼罢了，只是如果想要离开浔阳外出，恐怕不太方便。"

"这样就好。"梅长苏略感欣慰，松了一口气。这时黎纲走了进来，无声地作了一揖。梅长苏立即明白，起身道："素谷主，明天参加行动的人已召集齐备，我陪您过去看看吧？"

"不敢，不敢，梅宗主请。"素天枢也起身让了让，两人一起离开主屋，来到后院一处窄小洁净的小屋。

屋内已有约四五十人，正分成数团在研究几张平面图纸，见他们进来，纷纷过来行礼。

"大家辛苦了。"在屋子正中的长方大桌旁落座后，梅长苏也伸手翻弄了一下图纸，问道："悬镜司的整个地形通道，都记得差不多了吧？"

"是。"

"整个行动的所有细节，这两天我们已经讨论了很久，不过今日有药王谷的朋友们加入，所以我再重新说一遍。"梅长苏示意所有人都站近一些，语调平稳地道，"我们的行动时间是明日午间，这时悬镜司换班，已约定好由夏冬想办法带你们进大门。王远，你率十五人在外，监看外围情况，准备接应。郑绪亭带三十人跟夏冬行动。当天悬镜司里夏江、夏春和夏秋都不会在，所以一开始会很顺利。不过你们最多走到地牢的外院就会有人反应过来，硬攻是从这时候开始的。你们要记住，夏冬不会出手帮助你们，她只会旁观，你们需要做的就是冲进内院，到达商定好的位置，然后再冲出去。"

这时已有药王谷的人露出想要发问的表情，梅长苏微微笑了笑，转向他："悬镜司虽然府兵众多，勇悍之势却不如你们。不过在准备突围时，就需要依靠药王谷的朋友们了。如果是在战场上，这些毒粉药虫是阻止不住大军的进攻的，但在悬镜司这样相对窄小的地方，它们就很有用。你们都是百里挑一的高手，只要对方的阵脚有一点点松动，就能突破。外出的路线我选定是这一条，"他的手指快速地在图纸上跳动着，"从这里到后门，虽然比走前门稍远了些，但一路都没有开阔地，限制了弩手。当他们用强弓封通道时，再使用雷火堂的粉烟丸，不过在迷住对方视野的同时，你们也必须在什么都看不见的烟尘里前冲。秦德，你的这十个人都是无目更胜有目的高手，这种情形下要立即到前面开道。只要冲出了悬镜司的大门，后面就好办了。"

"为什么？"素天枢捋着胡须问道，"到了外面，地方空阔，悬镜司兵力众多的优势刚好可以发挥啊，怎么还要好办些了呢？"

梅长苏淡淡道："因为当天……巡防营追查已久的巨盗会露出行踪，两路人马各追各的人，挤到了一起，那场面可就乱了。对于我们来说，越乱当然就越好了。"

素天枢顿时明白，大笑道："可以想象，那局面一定有趣极了。"

"至于后续的隐藏，已经安排妥当，我就不多说了。"梅长苏扫视了一下四周，"最后我只想重新提一下那个听起来似乎有些离谱的要求，那就是我需要你们全身而退，最好不要落下任何一个人。明白吗？"

"是！"室内顿时响起低沉却坚定的回答。

"大家还有什么问题吗？"

片刻的沉寂后，陆陆续续有些人针对各类假定出来的意外状况提问，梅长苏逐一指点解决方法，看他那从容自在、游刃有余的样子，显然不知已思谋过多久，耗费了多少心血脑力。

"梅宗主真是奇才，"素天枢旁听了一阵，忍不住感慨道，"那些事你也想得到，我老头子真是服了。"

"说到底，这也就像是打了一场小仗，"梅长苏笑了笑，微露疲色，"整合自己的兵力，了解敌方的底细，利用战场地势设计相应的战法，预见战事推进的可能过程……这些其实都是最基本的用兵之术,哪里有什么稀奇?"

"呵呵,梅宗主实在太谦了。"素天枢说着伸手过来搭了搭他的脉,摇头道,"不过要说保养方面,你就差了太多,昨晚没睡吗?"

梅长苏见黎纲和甄平齐刷刷向他投来质问的眼神,赶紧道:"睡了,当然睡了啊。"

"怕是没睡着。"素天枢肯定地道,"我带了些药放在晏大夫那里,你这就服一剂去睡吧。这些孩子们的本事都不小,你就放心吧。养足了精神,明天才好坐镇啊。"

梅长苏知他好意,再加上确实困倦,便没有推辞,起身吩咐黎纲好好招待客人后,就带着飞流回房去了。

那一晚他睡得好不好没有人知道,但至少在表面上他似乎是在安眠,呼吸沉稳,没有翻覆,整个人拥在厚厚的棉被之中,安静得如同入定的老僧。午夜后雪粒终于打了下来,不密也不大,碎碎地砸在屋瓦上,声音听起来有如针刺一般,窸窸窣窣一直打到黎明。

初五的清早,雪中开始夹着冷雨,寒风也更紧了几分。雨雪交加中一位披戴竹笠蓑衣的女子迷迷蒙蒙地出现在街道的那头,一步一步缓慢走向刚刚开启的东城门。守城的官兵全都躬身向她行礼,神情中带着畏肃,目送这位每年此时必会着孝服出城的掌镜使大人。

大约一个时辰后,一位悬镜司的少掌使骑马过来,喝问道:"夏冬大人出城了吗?"

"是,走了差不多一个时辰了。"迎过来回话的守兵小队长以为对方是有事要去追赶夏冬,急忙一边答着一边摆手示意手下的人把路让开。可那位少掌使只听了他的答话,便拨转马头回去了。

回到悬镜司府衙后,少掌使直接走进首尊正堂。夏江穿着一件半旧的袄子,正拆了一封书帖在看。少掌使行罢礼,低声道:"首尊,夏冬大人确已出城。"

夏江还没有任何反应,这时另一位少掌使也匆匆奔了进来,拜倒在阶前,道:"首尊,那个苏哲从西城门出去了,他乔装改扮得十分隐秘,差点瞒过我们。"

夏江"嗯"了一声,挥手让两人退下,若有所思地翻着书帖又看了一遍,神情有些古怪,似是阴狠,又似带着些痛楚。出了片刻神后,他快步走到堂外,喝令牵来坐骑,随即便翻身上马,扬鞭离开了悬镜司。

差不多就在夏江出门的同时，言侯府里也抬出一顶便轿，后面跟运着一大车香烛纸草，言豫津骑马护卫在侧，迤逦向京西寒钟观去了，看样子是要做什么法事。

可到了寒钟观，这里却似乎并无准备，观主过来迎接言侯时，表情也十分迷惑："侯爷没说今儿要来啊？老道惶恐，什么都没预备……"

"你准备一间净室，备些热茶水既可，我要招待一个朋友。"言阙刚说完，便听得身后马蹄声响，回头一看，夏江已经到了。

"夏兄是骑马来的？"言阙招呼道，"大概是这寒钟观不好找，一路上分岔太多，夏兄你这骑马来的人竟比我坐轿子的还晚到。"

"焉又不知是不是言侯你先走呢？"夏江冷冷地回了一句，没有理会上前想帮他牵马的道人，自己动手将坐骑拴好，大踏步走了过来。

"你们都不必在这儿了，让我们自便。"言阙刚一言打发走观主，回头又看见言豫津，脸顿时一沉，道："今儿带你来是跪经的，怎么还跟着我？快到前边去！"

"爹，"言豫津撒着娇，"真的要跪一天吗？"

"再闹就跪两天！"言阙朝儿子瞪了一眼，正要发怒，言豫津见势不好，已经一溜烟儿跑远了，看那活蹦乱跳的样子，是不是真的跑去跪经，只怕说不准。

"这孩子，"言阙叹着气，对夏江道，"没办法，太娇惯他了，半点苦也吃不得。"

"我看豫津还好，跟言侯你年轻时挺像的。"

"我年轻时候哪有他这么纨绔？"言阙笑驳了一句，双眸锁住夏江的视线，有意道，"不过孩子们总是长得太快，若是夏兄的孩儿还在，怕也有豫儿这么大了吧？"

夏江心头顿时如同被针刺了一下般，一阵锐痛，不过他抿唇强行忍住，没有在脸上露出来，而是冷冷道："言兄，你约我前来，是要站在这儿谈吗？"

"岂敢，"言阙抬手一让，"观内已备下净室，请。"

夏江默默迈步，随同言阙一起到了后院一间独立的明亮净室。一个小道童守在室外，大概是奉师父之命来侍候茶水的。言阙只命他将茶具放下，便遣出院外，自己亲自执壶，为夏江倒了热腾腾一杯清茶。

"这观里的茶是一绝，夏兄尝尝？"

夏江直视着他，根本没有理会这句客套，只伸手接住，并不饮，第一句话便是直接问道："言兄信中说知道我一直挂念的一个人的下落，指的可是小儿吗？"

言阙并没有立即答他，而是捧着自己的茶盏细品了两口，方缓缓放下："夏兄当年为了红颜知己，老朋友们的劝告一概不听，弃发妻于不顾，使得她携子出走，不知所踪。现在事过多年，心里一直挂念的仍然只是那个儿子，而不是原配结缡的妻子吗？"

"这是我的家事。"夏江语声如冰，"不劳言侯操心。"

"既然不想让我操心，又何必见信就来呢？"

"我来也只想问一句，既然小儿的下落当年你怎么都不肯相告，怎么今天突然又愿意说了呢？"

言阙定定地看着他，长长叹了一口气："你果然还以为当年我们是不肯相告，但其实……夏夫人走得决然，根本没有将她的行踪告诉给任何一个人。"

夏江狐疑地冷笑："真的？"

"我想夏夫人当时一定是寒心至极……"言阙看着窗外，神情幽幽，"因为自己的一时心善，从掖幽庭救出亡国为奴的女子，悉心爱护，如姐如母，却没想到这世上竟有以怨报德、全无心肠之人……夏夫人受此打击之后，如何再能相信他人？不告知任何人她的行踪，大概也是想要完全斩断往事的意思吧……"

夏江颊边的肌肉抽动了两下，又强行绷住，语调仍是淡漠无情："既是这样，你今日为何又要约我出来？"

"你先少安。"言阙瞟他一眼，不疾不缓地道，"夏夫人走的时候没有告知任何人，这是真的。不过五年前，她还是捎了一些消息给我。"

"为何是给你？"

"也许是京中故人只剩我了吧。"言阙的眼神突转厉烈，尖锐地划过夏江的脸："夏兄自己的手笔，怎么忘了？"

夏江却不理会他的挑衅，追问道："她说什么？"

"她说令郎因患心疾，未得成年而夭，自己也病重时日无多，唯愿京中故友，清明寒食能遥祭她一二……"

夏江手中的茶杯应声而碎，滚烫的茶水溢过指缝，他却似毫无所觉，只将阴寒彻骨的目光死死盯住言阙，良久方咬牙道："你以为我会信吗？"

言阙从怀中抽出一封略呈淡黄色的信套递了过去："信不信自己看吧。你们同门师兄妹，就算没了夫妻恩情，她的字你总还认得……"

他话未说完，夏江已一把将信抽去，急急展开来看，未看到一半，嘴唇已是青白一片，双手如同痉挛一般，将信纸撕得粉碎。

言阙眸中露出悲凉之色，叹道："这差不多算是她最后一件遗物了，你也真撕得下手。"

夏江根本没听他在说什么，双手按在桌上，逼至面前，怒道："你当时为什么不通知我？"

"这信是写给我的，信里也没说让我通知你，"言阙的表情仍是水波不兴，"所以告不告诉你，什么时候告诉你，理当由我自己决定。我当时什么都不想跟你说，今天却又突然想说了，就是这样。"

最初的一瞬间，已被这突如其来的噩耗狠狠打击到的夏江似乎被激怒了，那发红的面皮、颤抖的身体、按在桌上的深深手印，无一不表明了他情绪上的剧烈动荡。不过夏江毕竟是夏江，第一波的怒意滚过之后，他立即开始努力收敛所有外露的情绪，只将最深的一抹怨毒藏于眸底，缓缓又坐了回去。

"言侯，"恢复了漠然神色的悬镜司首尊调整了自己的音调，让它显得轻淡而又令人震颤，"看起来，靖王是打算在今天去劫狱了，对吗？"

如果夏江猝然之间吐出这样一句话是为了出其不意地令言阙感到震惊的话，他可以说是完全失败了。论起那份不动如水的镇定功夫，世上只怕少有人能比得上这位曾风云一时的侯爷，所以即使是世上最毒辣的眼睛，此时也无法从言阙脸上发现一丝不妥的表情，尽管他其实也并不是真的就对这句话毫无感觉。

"夏兄在说什么？什么劫狱？"言阙挑眉问道，带着一缕深浅得宜的讶异。

"当然是救卫峥啊，那个赤羽营的副将。悬镜司的地牢可不好闯，不把我引出来，靖王是不敢动手的。"夏江面如寒铁地看着言阙，目光冷极，"言侯什么时候开始在替靖王做事了？这些年你可藏得真像，连我都真的以为……你已经消沉遁世了。"

"你自以为是、以己度人的毛病还是没改。"言阙眸中寒锋轻闪，"对你来说，也许这世上根本不存在你无法证实的罪名，而只有你想不出来的罪名。无凭无据就将劫持逆囚的罪名强加到一位亲王身上，夏江，你不觉得自己已经有点疯狂了吗？"

"难道我冤枉了他？难道他不会去救卫峥？"夏江微微仰起了下巴，睨视着言阙，"我是怕他真的缩头回去，置那个赤焰副将于不顾。不过相信靖王那性情，当不会让我这么失望。"

言阙想了想，欣然点着头："你说的也对，靖王的性情似乎是这样的。不过他也不傻，你悬镜司那么个龙潭虎穴，他就算想闯只怕也有心无力。"

"所以才有请言侯爷你出面引我离开啊。"夏江说着目光又微微一凝，道，"也许不止我吧，靖王那个谋士听说本事不小，说不定连夏秋和夏春他也能想法子引开。我们三个不在，他或许还真的有孤注一掷取胜的可能呢。"

"记得很久很久以前，你刚刚出师的时候，可不像现在这样总是用想象来代替事实。"言阙叹息道，"什么时候变成这样的？是我们太迟钝还是你变得太快？"

"我真的只是在想象而已吗？最近布置在悬镜司周边的巡防营兵已经越增越多了吧？靖王还以为他暗中调度、化整为零就能瞒得住我呢！"夏江的笑容里一派狂傲，"可惜他打的是一场必败之仗，我实际上是在鼓励他来，露出破绽，随他调引，给他可乘之机，为的就是增加他的信心，让他觉得应该有希望可以成功把人救出来，尤其是在他有了一个内应的时候……"

言阙看了夏江一眼，视线有那么一小会儿凝结未动。对于这位侯爷来说，这已经是他最惊讶的表情了。

"我还没有查出来为什么冬儿突然产生了怀疑，居然开始四处追查那个陈烂的旧案。不过她在这个时候倒向你们也好，我正愁没有合适的方法增强靖王的信心，让他快点行动呢。"夏江向言阙靠近了一些，似乎是想早些刺穿他镇定的表皮，"她回来有三天了，我对她仍如往昔一样，完全不限制她的任何行动，当她私底下通过秋儿刺探卫峥在地牢中被关押的位置时，我也会想办法妥当地透露给她，没让她察觉到任何异常。对于靖王来说，有我这样暗中的同谋者，他一定会觉得计划很顺利，成功多半已经握在手上了。你说是不是？"

"我觉得你太托大了。"言阙毫不客气地道，"我知道你那悬镜司地牢是个厉害地方，可现在所有正使都不在，还有夏冬做内应的情况下，被攻破并不难吧？你就不怕夏冬真的带着人冲进地牢把卫峥给救走了？"

"没错，"夏江点着头，"这是一个难题。我舍孩子套狼，也不能真的就把孩子给舍出去的了。卫峥现在对我还很有用，只要他尚在我手里，无论情况发生多少让人意外的突变，胜算就总还在我这边。"

言阙拨着炉子里的火，又掀开放在火上的茶壶盖儿看里面的水，似听非听的样子。

"如果靖王派出的人有几分能干的话，冬儿确实有这个本事带他们攻破地牢。"夏江却不以为意，继续道，"不过言侯爷，你以为攻破了地牢就意味着能找到卫峥吗？"

言阙重新盖上了茶壶盖儿，视线终于开始有些不稳。因为他听明白了夏江的言下之意。

当梅长苏缜密计划，越过所有的障碍攻入悬镜司地牢之后，很可能会发现卫峥其实根本不在那里。

夏冬是一个最好的内应，但如果这个内应实际上是别人所布的一个棋子的话，那么从她那里得到的讯息和帮助越多，惨败的概率就会越大。

夏江似乎很满意自己终于从言阙坚铁般的表皮上凿开了一道小缝，立即又紧逼了一句："言侯，靖王有没有跟你说劫走卫峥之后他打算怎么为自己脱罪？"

"我与靖王并无往来。"言阙冷冰冰地答道，"而且我相信靖王也没有什么不法之举。夏兄，你想得太多。"

"你还是这么不识时务。"夏江吐出这么一句评论后便站了起来，慢慢走到窗边，推开素纸糊的窗扇，用支棍撑好，深深吸了一口寒湿的空气："这山中道观，是比城里清爽。无论什么样的嘈杂，也传不到这里来，可惜啊可惜！"

"可惜什么？可惜嘈杂传不过来？"

"是啊，"夏江淡淡道，"太远了，看不见也听不见，不知现在悬镜司里，是不是已经开始热闹了？"

言阙看看日影，最多午时过半，行动应该还没有开始。但从道观到城里的路程是一个半时辰，所以一切都已不可逆转。

"可惜了我一座好地牢，"夏江回过头来，"里面没有卫峥，却埋了火雷。隔壁的引线一点燃……你想象一下吧。只要里面开始血肉横飞了，我就不信靖王得到消息后还沉得住气，悬镜司外面围着那么多巡防营的人，一大半现在都由靖王的心腹部将率领着，难道他们忍得下心一直眼睁睁看着？只要靖王的人一激动，贸然加重兵力，投入的人就会越来越多，事情自然越闹越大，闹大了，他再想撇清就不容易了。而我，也绝对不会再给他任何洗刷自己的机会。"

言阙垂下眼帘，沉默了许久，方缓缓抬起头来："夏兄，我只想问你一个问题。"

"请讲。"

"你有没有想过，当火雷的引线被点燃的时候，你的徒儿夏冬在哪里？"

夏江抿紧了嘴唇，眼睛里几乎没有任何可以被称之为情感的东西："她近来的表现让我失望，她已经不是一个合格的掌镜使了。"

"在你的眼里，她只是这样的存在吗？那个小时候就跟着你学艺，一直尊敬你、服从你的徒儿，就只是这样一个存在吗？永远是利用、欺骗，再利用，到她有所察觉，实在不能再利用的时候了，就毁灭……"言阙一字一句，悲怆而无奈，"夏冬何其不幸，投入了你的门下，又何其不幸，没有及时看清你的嘴脸。"

"你说话开始不好听了，"夏江丝毫不为所动，"怎么，有点儿沉不住气了？现在后悔还不迟啊！言侯，你当年已经选错过一次立场了，难道还想再错一次？"

"对错只在自己心中，你认为我错，我又何尝不是认为你错。"言阙摇头叹道，"但是我想告诉你，可以不相信情义，但最好不要蔑视情义，否则，你终将被情义所败。"

夏江仰首大笑，笑了好久才止住，调平了气息道："你这些年只有年纪在长吗？如此天真的话还说得出口？其实被情义所败的人是你们，你们本来应该是有胜局的，却又自己放弃了它。当年是这样，如今，又是这样……"

言阙再次转头看了看日影，喝干最后一杯茶，站了起来。

"你做什么？"

"我可以走了，再和你多待一刻都受不了。"言阙回答的时候看也不看夏江，一边说就一边向外走，最后竟真的头也不回地走出了院子。

第四十八章 兵行险招

由于没有料到言阙居然会如此干脆地就结束了会谈，夏江十分惊诧，忙跟了出去一看。这位国舅爷竟是真的径直上轿命人回程，毫无故意要弄什么玄机的样子，心里更是有些疑惑不安。

到底哪样有异样呢？悬镜司首尊拧眉沉思了片刻，言阙的最后一句话突然划过脑际。

"我可以走了……"

言阙说的是"可以"走了，而不是"我想要走了"，难道在那之前，他是"不可以"走？

但又为什么"不可以走"呢？他有什么任务吗？可他今天的任务明明应该就只是把自己从悬镜司里引开啊！

念及此处，夏江的脑中突然亮光一闪，一个念头冒了出来，顿时就变了脸色，身形疾闪，飞纵至山门前。可没想到一眼看过去，自己的坐骑已口吐白沫瘫软在地，环顾四周，空寂无人，再想找匹马基本上是妄想。

无奈之下，夏江一咬牙，还是快速做了决定，提气飞身，运起轻功向皇城方向疾奔而去。

不过一个人武功再高，纵然一时的速度拼得过良马，也终难长久。所以尽管夏江内力深厚，擅长御气之术，但等他最后赶回悬镜司门前时，已是快两个时辰以后的事了。

劫狱行动此时明显已结束，但是没有血肉横飞，也没有瓦砾成堆，地牢还好好在那里，火雷的引线已被破坏。视野中的悬镜司府兵们神色都有些茫然，两名指挥他们的少掌使更是一脸懊恼表情，刚看见夏江的时候他们立即奔过来想要激动地汇报情况，但随即便被这位首尊大人的脸色给吓回去了。

其实身负重任的这两位少掌使都是夏江近来很看重的人才，他甚至还考虑过是否要变更一下悬镜司世代师徒相传的惯例多任命几个人。所以这次失败，并非由于他们两人无能，而是决策者自己的失误。

言阙的任务的确只是将夏江引出来而已。但引出来的目的，却不是为了让劫囚行动更容易，而是不让他有机会在现场察觉到异样，及时调整他的计划。

因为夏江的经验实在是太丰富了，比如此刻，他只看一眼现场就知道，靖王的人根本没有认真进攻悬镜司，而费那么多心血筹划一场佯攻总是有目的，最可能的目的当然就是吸引住所有人的注意力，掩盖另一场真正的行动。

不过夏江现在没有时间反省，一看到悬镜司目前的情形他就知道不妙，所以立即扑向最近的一匹马，一跃而上，连挥数鞭，奔向城中方向。

两名少掌使对看了一眼，仍是满头雾水，不知接下来该做什么。对他们二人而言，计划原本是很明确有效的。先让夏冬带人进悬镜司，等他们接近地牢后再开始进攻，等把大部分人都围进地牢前的甬道后，再点燃火雷。可真正执行时，前半段还算顺利，可当那些人接近地牢时情况就发生了变化，他们没有再继续向前，反而像是准备进入邻近院落的样子。为了防止他们发现火雷引线，不得已提早交战，对方的战力出乎意料的强，场面十分胶着。接着这些来劫牢的人又连地牢外院都不进，直接开始突围，原先预定火雷炸后再来扫尾的府兵们并未封好通道，敌人这方药粉、毒虫、粉烟丸一起上，根本很难在这院落叠拼的地方抓住一个活的，最后还是被他们冲了出去。外面的巡防营官兵这时候就出来抓巨盗了，一片混乱后，什么影子都没了……

整个劫牢过程就是这样糊里糊涂雷声大雨点小地过去了，离原定的惨烈局面差之千里，让设局者茫然无措。

当这两位少掌使面面相觑之时，夏江已快马加鞭赶到了城中，直冲进大理寺衙门的院中。幸好日值的主簿眼尖认出了这位已跑得鬓发散乱的掌镜使首尊，所以才立即止住了两个正打算上前拦阻的衙兵，一面派人去请大理寺丞朱樾，一面上前行礼。

夏江看也不看他，径直冲向设在东面的大理寺监牢。这里还很安静，但是安静并不能使夏江安心。这里跟悬镜司不一样，它有太多的方法和漏洞可以被撕破。

"快打开来！"牢头迎过来要查问时，只听到了这样一句喝令，不过他随即看见了跟在后面跑过来的主簿的手势，忙从腰中摸了钥匙，打开大门。接下来是二门、夹道、内牢、水牢，夏江以最快的速度前进着，最后终于来到一扇又黑又重只有一个小孔的铁门前。

这一次，是夏江自己从身上掏出了一柄钥匙，打开了铁门。一个黑黑的人影蜷在地上，四肢被铁链捆得极紧。夏江一把抓住他的头发，将他整脸都抬了起来，就着囚道另一头的微弱油灯光芒死死地看了一眼，这才松了一口气。

然而刚刚松完这口气，他就突然意识到自己犯了一个愚蠢至极的错误，甚至远比已经失败的那个诱敌陷阱更加的愚蠢。

寒意是从背脊的底端慢慢升起来的。一开始那似乎只是一种心理上的感觉，但迅忽之间，它突然物化了，变成了一根寒刺、一柄寒锋，吐着死亡的黑暗煞气直渗入肌肤，使得拼尽全力纵身闪躲的夏江周身寒毛直竖，几欲忘记呼吸。

极力前跃，再回过身来，面前已出现了一个逆光的身影。从那秀逸的轮廓和漂亮的双手可以看出，这是一个少年，一个穿着宝蓝色的衣服，系着宝蓝色的发带，打扮得甚是齐楚的少年。只可惜看不到他的容貌，因为他脸上蒙着一层薄薄的面具。

夏江简直不敢相信，刚才给予他那么大压力的人，居然会这么的年轻；但是他又不能不相信，这少年绝对拥有令他心惊的实力，因为第二波攻势已接踵而至。

招式的狠辣阴毒，和内力的和熙大气，两种截然不同的武功集于一人之身，给人的感觉只有诡异，诡异到令他的对手失去与之争锋的信心。

不过夏江毕竟不是普通的对手，他生平经历的恶战次数并不亚于最活跃的江湖人。高绝的武功、丰富的经验，使得这位悬镜司本代首尊虽然永远不会进入琅琊高手榜的名单，但却绝对是世上最难战胜的几个人之一。

一度名列高手榜第三位，后因替朋友出头伤于夏江手下，被迫退隐江湖的邺丸城城主曾说过，夏江最可怕的地方就在于他的稳定与持久。无论战局是劣是优，夏江似乎从来都能坚持自己的节奏，不被对方打乱。

可如果这位邺丸城城主此刻就在现场，他一定会非常惊讶，因为被他称之为不动如山的夏江，在与一个年龄还不如他一半大的少年交手时，竟然首先呈现出阵脚渐乱的态势。

高手相争，也许最终拼的就是心头那微微的一颤，夏江相信自己心态之稳应该不会弱于这世上任何一位成名高手，可惜他所面对的少年并不能以常理推之。

少年甚至根本不能理解什么叫作"交手时的心态"。

他只是认真地，心无旁骛地进攻着，甚至可以说，他在学习和享受着，慢慢将对手逼入绝境。

夏江的口中发出了一声尖啸。在少年既厚重又犀利的进攻下能够长啸出声并不容易，长途奔波后体力并非在鼎盛期的夏江为此付出了被震开两步、气血翻腾的代价。然而更令他心惊的是，这声足以穿透厚厚牢墙的警啸之声，并没有得到任何的回应。

原本以为靖王千方百计将他调开后，在悬镜司组织佯攻是为了掩护在大理寺进行的真正行动，而言侯那句悠悠然的"我可以走了"又令他觉得自己已经晚了人家一步。所以他心急如焚，一路飞奔来大理寺，只图快点到达现场好确认卫峥是否已被劫走，一时并没有想到要安排人随后带府兵来支援。

不过夏江心里也明白，在如今满大街都是巡防营官兵的情况下，悬镜司的府兵想要大批量地集结出来，路上绝对会被人找到无数的理由拦下来盘问耽搁。

因此夏江的尖啸也不过只是为了确认一下大理寺目前的状况，是只有这个武功邪得离谱的少年尾随他进来了，还是整个监牢已被人控制。

现在结果基本上已经明朗了。没有任何大理寺的人出现，说明外面也已经有人开始行动。虽然这些人暂时还没有攻进来，但那只是迟早的事，除非靖王的人弱到连大理寺也摆不平。

大理寺虽然也是刑狱机构，但在分工上只管驳正，人犯基本上都是关押在刑部的，它偶尔才会为了复审勘问方便提几个人过来，所以附属监牢的规模和防卫都远远不能跟天牢相比，甚至还有很多人根本意识不到大理寺其实也是有一座监牢的。也正因为它如此不起眼，如此容易被人忽视，所以夏江才会认为它是一个最佳的囚禁地，悄悄将卫峥移了过来。

事实上他的这个决定也并没有错，确实没有人查到卫峥是被关在这里的，直到夏江自己把人带来为止。

这时牢道里已响起了脚步声，很轻，但是绝对不止一人。

少年仍然兴致未减，迫使夏江不得不集中全身心力来应对他。当然这样也好，最起码减轻了夏江眼看着卫峥被人背出去的痛苦。

"时间紧，乖，该走了。"留在最后面的一人叫了一声，不知是在跟谁说话。

"不走！"正跟夏江打得起劲的少年愠怒地回了一句。

"忘了你答应过谁的？听话，快跟我走，这里不能久留！"那人劝着，语调甚是无奈。

好在少年最终还是听从了他，一个反纵，便脱离了与夏江的交手范围，如鬼魅一般地飘走了。

夏江喘息着扶住潮湿的暗牢墙壁，盯住从外面透进来的微微光晕，眸色怨毒如蛇，但却没有追上去。

因为他知道，有那个少年在，追也没用。

这一仗，靖王已经赢了。但是他也只赢得了一个卫峥而已。虽然夏江一开始并没有想到靖王居然真的能够把卫峥劫走，可失掉这个逆犯，并不是整个事件的结局，而仅仅只是开始。

事情的发展依然还在原定的轨道上，只不过没有了卫峥，夏江就不能像以前所设想的那样一次又一次地引逗靖王出手，直到取得最终的胜利。现在由于自己的失误，机会变成只有这一次了，如果不能利用靖王这一次的出手彻底扳倒他，那么未来将会变得异常危险。

夏江在走出大理寺霉臭的监牢时理清了自己的思绪。他没有理会外面横七竖八躺满一院的衙兵们，径直走过他们的身边。这些人是死是活现在根本不在他的心上，目前他要做的事，就是以这副狼狈的模样赶到梁帝身边去，煽动这位多疑帝皇最大的怒火。

"苏先生，夏江会立即到陛下面前把事情闹大吗？殿下该如何应对呢？"地道密室里，刚刚处理完后续事宜进来的梅长苏迎面就遇到了这个问题。

"事情不是夏江闹大的，事情本来就很大。"梅长苏瞟了列战英一眼，回了一句。

"苏先生说得不错！以武力进攻悬镜司，闯入大理寺劫囚，这些事情只要照实说给父皇听就足以让他勃然大怒的，更何况还是由夏江去说的。"比起他的那位爱将，靖王本人显得要沉稳得多，"这些我们事先又不是没有想到，可既然当初已决定要这么做，自然也必须承受后果。我已经做好准备应对接下来的事，请先生不必担心。"

梅长苏今天大概有些疲累，形容懒懒的没有精神，听靖王这样说，他也只是欠了欠身以示回应。

"其实今天过来，主要是多谢先生神机妙策，把卫峥救了出来。"靖王并没有介意梅长苏的失礼，继续道，"先生之所以肯为我所用，本是为了辅我争得大位以立功业，可惜我总也做不到如父皇那般冷心冷情，如果日后因此连累先生功业难成，我现在先行致歉。"

"现在就致歉，早了些吧。"梅长苏神色飘忽，音调却极稳，"我们本是立于必败之地，现在能在夏江抓不到铁证的情况下救出卫峥，已是不幸之中的大幸了。不过接下来依然十分凶险，殿下必须时时小心在意。行动虽然成功了，但破绽依然很多，尤其是巡防营在外围的这些配合，一定会被夏江咬住不放。陛下信任夏江，单单是他的指控就已经有很大的杀伤力了，更何况殿下你本来就嫌疑最重。"

"我明白。"靖王决然道，"不过我也不会任人宰割。失宠也罢，被猜忌也罢，这都不是死局。现在夏江手里没有铁证，所以就算父皇信了他的话，也不至于直接就处死我，更何况父皇也未必会全信……"

"殿下千万要记住，口风绝不可松，必须坚持咬定与此事无关，陛下越晚做出最终的裁决，转机出现的可能性就越大。"梅长苏叮嘱道，"卫峥由我照顾，我会为他安排妥当的去处，殿下不要问，也不要管，就当卫峥真的和你一点关系也没有，能做到吗？"

"听凭先生安排吧。"靖王点点头，又对列战英道："府里有几个知道内情的，你也要叮嘱他们，都按先生的指令办，全当不认识卫峥，不知道这个人一样。"

列战英此刻对梅长苏正处于感激佩服的顶点，立即大声应道："是！"

靖王轻轻吐了一口气，在椅上坐下，慢慢松了松紧绷已久的肩膀。不过由于军中习惯，他依然坐得笔直，并不像跟随他一起坐下来的梅长苏那样整个人都贴在椅背上。

"殿下不是很有信心吗？怎么现在神情倒有点茫然了？还是心里不太有底吧？"梅长苏看了他几眼，问道。

"这倒不是，"靖王摇了摇头，"我只是感觉不太真实，到现在还不敢相信先生居然已经把人给救出来了。其实夏江只要将卫峥严锁于地牢之中，再派重兵把守就行了，除非举兵造反，否则根本没有可能攻进去的，他为什么非要这么折腾呢。"

"因为夏江并不是只要守住卫峥就好，"梅长苏冷冷一笑，"最主要的目标是逗引殿下你出手。如果重兵把守，希望渺茫，使得殿下你根本无法出手的话，他捉卫峥来干什么？卫峥对他而言没那么重要，只不过是漏捕的一名赤羽营副将罢了，是殿下你绝不能坐视卫峥被杀的立场加重了他的分量。"

靖王沉吟了一下，颔首道："不错，既引我出手，又不会真的失掉卫峥，这才是夏江的如意算盘。"

"夏江虽然知道殿下绝不会袖手旁观，但他毕竟拿不准你究竟能为卫峥做到什么程度。当悬镜司的防备无懈可击的时候，殿下会不会望而却步，这些都是夏江不得不考虑的问题。如果他单纯只想守住卫峥,我也无计可施,可人的目的一复杂,事情也会随之变得复杂。再精妙的局也有可以破解之处,我怕的,反而是他根本不设局。"

"想想整个事件的发展,的确是这样。"靖王将手指紧捏成拳,放在了膝上,"不过接下来,夏江一定会更加疯狂的。"

梅长苏的目光慢慢凝结成一点,却又遥遥地落在对面空白的墙壁上,良久无语。

"先生有什么话,但讲不妨。"

"……殿下已决心应付一切,这份坚忍我很放心。不过,静妃娘娘多少也要受到牵连,希望到时殿下不要动摇。"

靖王也沉默了下来,良久方道:"我与母妃已为此深谈过一次了。她的坚定犹在我之上,请先生不必担心。"

"嗯。"梅长苏低低应了一声,"还有……"

"什么?"

"……"谋士的脸色稍稍有些苍白,不过片刻犹豫之后,他露出了浅淡的微笑,"算了,也没什么,到时候再说吧。"

夏江进宫的时候,并没有派人将刚刚发生的一切通知给誉王,这倒不是他一时忘记了自己还有这个暗中的盟友,而是因为按原定的计划,此时的誉王应该就在宫中。

梁帝自去岁入冬以后身体一直不是很好,日常起居除了在理政的武英殿外,便是留宿芷萝宫,偶尔才会到皇后和其他妃嫔宫中去一趟。誉王进宫的时候,他午睡方起,精神还有些委顿,本不想见人,后来听说誉王是特意来呈报祥瑞的,心中有些欢喜,这才特意移驾到武英殿见他。

誉王所报祥瑞是一块奇石,为秦州农人筑地所得,呈长方状,宽三尺,长五尺,高约两尺,石质细腻,上面天然生有清晰的"梁圣"二字,确是罕见。梁帝虽不是特别爱好祥瑞之人,但见了也不免高兴,再加上誉王颂圣吹捧的话说了一车,被撩起了兴致,当时就命人宣了太史院的几位老修书进来,让他们去查历代的祥瑞记载。半日后结果呈报上来,说是只有先圣文帝时曾有"汾水落,奇石出,天赐梁安"的记录,后果然平北方战事,天下大安,圣文帝崩时还以奇石陪葬。查到此条后,梁帝的七分欢喜顿时涨成了十分,再看那石头时,自然更加如珠如宝,吩咐誉王小心指派工匠,以紫檀镶架供于仁天阁。

誉王一面满面堆笑地应承,一面趁机又恭维道:"父皇圣德巍巍,万民称颂,古之贤君不外如是。既然祥瑞已出，可知天命，何不顺应上天此意，入鲁封禅？各位觉得如何？"

他这个马屁拍得实在太过了，几位侍立在旁的太史院老臣都不敢接口附和，只能干笑。梁帝虽然听着心里妥帖，但其实也明白封禅是何等样的大事，历代君王如无绝对的自信，敢行此事的恐怕没几个，所以也只拈须笑着，没有表态。

不过尽管如此，这桩祥瑞还是令梁帝心情极好，不仅是誉王，连几位老修书也得了赏赐，大家纷纷说着凑趣的话，殿上气氛十分欢快。正当此时，值守的小黄门突然进来禀道："陛下，夏首尊求见。"

梁帝笑道："他倒像是有耳报神，来得正巧，也让他进来看看祥瑞。"

誉王本就正挂念着外面的事情不知发展成什么样子了，一听夏江到来，又是高兴，又有些紧张，费了好大的劲才保持住脸上笑容的自然。

可是随后进入殿中的夏江的模样，却令梁帝和誉王都吓了一跳。一个是吃惊于悬镜司首尊难得一见的狼狈，另一个则是惊讶夏江的演技这么好，那满脸的疲累愤恨看着竟像是真的一样。

"夏卿，你这是怎么了？"梁帝敏锐地感觉到出了大事，脸立时沉了下来。

"陛下！臣特来领罪，请恕臣无能……"夏江红着双眼，伏拜在地，"今日悬镜司、大理寺相继被暴徒所袭，臣力战无功，那个赤羽营逆犯卫峥……被他们强行劫走了！"

梁帝一时有些难以相信自己的耳朵，迟疑地又问了一句："你说什么？"

"逆犯卫峥，被人强行劫走了！"

"劫……劫走了？！"梁帝一掌拍在面前的御案上，气得脸色煞白，一只手颤颤地指向夏江，"你把话说清楚，怎么会有这样的事？在天子脚下，闯进悬镜司抢夺逆犯，这、这不是造反吗？！谁？是谁这么悖乱猖狂？"

"陛下，"夏江以额触地，叩首道，"贼子狡诈凶悍，臣……臣虽然心里有数，但可惜未拿得实证，不敢妄言。"

"你心里有数还藏着、掖着？说！快给朕说！！"

"是，"夏江直起身子，抹了抹滴至颔下的汗珠，道，"卫峥被臣拿获之后，有何人对他同情回护，陛下自然知道。而此次暴贼劫出逆犯逃逸时，巡防营本满布于街头巷尾，却非但不助臣擒贼，反而以捕盗为名搅出乱局，纵放逆贼，拦阻我悬镜司府兵，致使臣根本无法追击……"

"不会吧？"誉王此时露出的大惊表情倒并非完全是装的，对于"真的被劫走了"这个结果他确实感到非常意外，不过好在他反应很快，立即便重新进行了角色修正，故意说着反话道，"靖王平时是有些不懂事，但也不至于这般胆大包天啊！劫夺人犯已是大罪，何况卫峥是逆犯，靖王莫不是疯了？"

梁帝觉得好像全身的血都涌到了头上似的，脑门发烫，四肢冰凉，气得一时都说不出话来。高湛急忙过去拍背揉胸，梁帝好一阵子才缓过来，仍是周身发抖，嘶哑着嗓子道："反了，真是反了，去叫靖王来！快去！"

"快去宣靖王进宫！"誉王忙跟着催了一声，之后三步并做两步冲到梁帝身旁殷勤地递茶捶背："父皇，身体要紧，您要保重……靖王就是这种人，您心里早就清楚啊……"

"无君无父，他实在太让朕失望了……"梁帝从一团高兴间跌落，感觉更是愤怒难受。如果靖王一直是那个被忽视、被遗忘的皇子，也许他在心情上还会稍微缓和一点点，但由于自认为对这儿子已是恩宠有加，现在居然被如此辜负，满腔怒意更是按捺不住。

旁边的几个老修书本是奉命来翻故纸堆的，没想到撞着这么一桩泼天大事，全体吓得噤若寒蝉，跪在位置上动也不敢动。本想赶紧告退了事，可誉王又一直在半安慰、半挑拨地说着话，一直候到外面都传报"靖王到"了，为首的一人才找着机会上前告退。

靖王进来时还是他一贯的样子，服饰严谨，神态安素，一举一动带着军人的力度。虽然殿上梁帝的表情明显不同于平常，他也只是微微掠过一抹讶然的表情，随即仍如往日般请安行礼。

"儿臣参见父皇。"靖王一个头叩下去，半天没有回应，他自然也不能起身，只好保持着伏地的姿态。殿中一片死寂，这个时候梁帝不说话，谁也不敢多哼一声。

僵硬的气氛延续着，那甚至比狂暴的叫骂更令人难受。夏江抿着嘴，眼观鼻、鼻观心地站着，誉王没有他那么镇定，但也勉强控制好了自己的呼吸节奏，偷眼看着父皇的表情。

梁帝的眼锋，此刻正死死地盯在靖王身上，虽然被他盯住的那个人因为叩首的原因，并没有看到这两道尖锐的视线。

沉寂的时间已经太长了，长到誉王都忍不住晃了晃身子。可是梁帝仍然没有任何表示，靖王也如石雕般地一动不动，撑在地上的两只手平放着，未曾有过最轻微的颤抖。

可是这种安稳和镇定最后却激怒了梁帝，他突然爆发起来，一把抓起桌上的茶杯向靖王掷了过去，怒声骂道："你这个逆子！到现在还毫无悔惧之心吗？"

靖王没有闪躲，茶杯擦着他的头飞过去，在后面的廊柱上砸得粉碎，可见力度不轻。

"父皇请息怒，教训景琰事小，伤了龙体事大。"誉王忙上前解劝，又端出兄长的身份向靖王斥道："景琰，你还不快向父皇请罪。"

"儿臣奉命来见，礼尚未毕，不知罪由何起，不敢擅请。"靖王仍是伏地道，"父皇素知儿臣愚钝，还请明训降罪。"

"好！"梁帝抬手指着他，"朕给你分辩的机会。你说，悬镜司今日卫峥被劫之事，你如何解释？"

靖王直起上半身，看了夏江一眼，表情意外地问道："卫峥被劫了？"

"殿下不会是想说你不知道吧？"夏江阴恻恻地插言道。

"我确实不知。"靖王淡淡答了他一句，又转向梁帝："悬镜司直属御前，儿臣并没有领旨监管，为什么悬镜司出了事情要让儿臣来解释？"

梁帝"哼"了一声，明明白白地道："难道卫峥被劫之事，不是你派人干的吗？"

靖王两道浓眉一跳，脸色登时就变了："父皇何出此言？劫夺逆囚是大罪，儿臣不敢擅领，何人首告，儿臣请求对质。"

夏江当然没指望靖王轻易认罪，听他这样说，立即以目向梁帝请示，得到许可后上前一步，道："殿下撇得如此干净，老臣佩服。可是事实俱在，是欺瞒不过去的。殿下你这几日在悬镜司门前布下巡防营重兵，可有此事？"

"我不是只在悬镜司周边布兵，凡京城重要节点俱有布置，是为了缉捕巨盗，这个陛下知道。"

"缉捕巨盗？好一个借口。"夏江冷笑道，"那么请问殿下，大张旗鼓这些天，巨盗捕到没有？"

"说到这个，我正准备与夏首尊好好谈谈。"靖王仰起下巴，气势十足，"入宫前我刚刚得报，今天本已发现巨盗行踪，追捕时却被悬镜司的府兵横空冲散，致使徒劳无功，我还想请夏首尊就此事给我一个解释呢。"

"真是恶人先告状啊……"夏江微微咬了咬牙，"殿下以为这样左拉右扯就能混淆圣听吗？"

"究竟是谁先来告的状，不用我说吧？"靖王冷冷反击了回去，"夏首尊还真是有自知之明。"

夏江的瞳孔微微一缩，闪过一抹寒锋，正要再说话时，殿外突然有人气喘吁吁道："启禀陛下，奴才奉皇后娘娘之命，有急事奏报……"

梁帝听着刚才那番争吵，正是心烦的时候，怒道："她能有什么急事，先候着！"

誉王眼珠转了转，悄悄附耳道："父皇，皇后娘娘素来稳重，从未无故惊扰过陛下，听那奴才语气张皇，也许真是急事呢！"

"是啊，"夏江也帮腔道，"听靖王殿下这口气，这里一时半会儿也是处置不清的，老臣也觉得还是先听听娘娘那边有什么急事为好。"

梁帝"嗯"了一声，点点头："叫他进来。"

高湛尖声宣进，一个青衣太监蜷着身子进来，扑跪在地："奴才叩见陛下。"

"什么事啊？"

"皇后娘娘命奴才禀奏陛下，静妃娘娘在芷萝宫中行逆悖之事，被皇后娘娘当场拿获。因是陛下爱妃，不敢擅处，请陛下过去一趟，当面发落。"

梁帝大吃一惊，霍然起身时将面前条案一齐带翻。茶馔器皿摔了一地，连龙袍都被茶水溅湿，吓得侍立在殿中的太监宫女们赶紧拥过来收捡，高湛更是手脚忙乱地拿手巾为他擦拭衣襟。

"你再说一遍，"梁帝却根本不理会这一团混乱，目光灼灼地瞪向那报讯的太监，"是谁，是静妃吗？"

太监抖成一团答道："是……是静、静妃娘娘……"

"反了！反了……你们母子……真是反了！"梁帝哆哆嗦嗦地叨叨了两句，突然一定神，大踏步走了下来，一脚将靖王踹翻在地："朕是何等样地待你们，你们竟这样狼心狗肺！"说着还不解气，又加踹了两脚。

"陛下……要起驾吗？"高湛忙过来搀扶梁帝不稳的身子，小声问着。

梁帝胸口发闷，有些喘息急促，一连深吸了几口气，这才稍稍平复了一点儿，指着靖王骂道："小畜生！你给朕跪在这里，等朕先去处置了你的母亲，再来处置你！"

夏江与誉王在梁帝身后快速交换了一下眼神，似乎对这次成功的时间配合非常满意。为了避免削弱效果，两人都低调地躬身谨立，没有再多说一个字，沉默而得意地看着梁帝带着怒气疾步而去。

第四十九章 步步惊心

芷萝宫此时的气氛也正绷紧至顶点。服侍静妃的人基本上都被逐至殿外院中，在寒风里黑压压跪了一地。言皇后坐在静妃寝殿临南的主位上，面沉似水，眉梢眼角还挂着怒意。在她的脚下，丢着一块被摔出几纹裂痕的木制牌位，因牌面朝上，故而可以清楚地看见上面"大梁故宸妃林氏乐瑶之灵位"的字样。与寝殿西墙相连的，本是静妃供佛的净室，平时大多是关着的，此刻也大敞着，看得见里面供桌翻倒，果品散落的狼藉场面。

与言皇后冰寒慑人的面色不同，默然跪在下首的静妃仍是她惯常的那种安顺神态，恭谨而又谦卑，却又让人感受不到一丝一毫的低微与惶恐。

怒气冲冲走进来的梁帝在第一轮扫视中，看到的便是这样一幅景象。

而他也在看清室内一切的那一刹那，明白了究竟是怎么回事。

这一刻梁帝心里到底有了什么样的情绪变化，永远只有他自己知道，但在脸上，他的表情却半分未变，仍是严厉而又阴沉的。

"臣妾参见皇上。"言皇后迎上前来行礼。

"你总管后宫，怎么事情总是没完？这又在闹什么？"梁帝抛出这么一句话，随后便甩了甩袖子，径直从她身边走过，到主位上坐下。

言皇后柳眉一挑，觉得这话音儿有些不对。不过由于确实拿到了静妃的大把柄，她的神态仍是很稳定。

"回陛下，臣妾无能，虽耗尽心力整肃后宫，仍未能平定所有奸小。静妃在佛堂为罪人林乐瑶私设灵位，大逆不道。臣妾失察，至今方才查获，是臣妾的失职，请陛下恕罪。"

梁帝冷冷瞟了她一眼，道："静妃怎么说的？"

被他这么一问，言皇后的眸中忍不住露出了有些憋气的神情，显然刚才曾经碰过软钉子。

"回陛下，静妃自知有罪，被拿获后自始至终无言申辩。"

梁帝抿紧了嘴角。对于这个答案，他既在意料之中又有一点感动，看向静妃的目光也更柔和了一些。

自从夏江勾起了他对往事的回忆后，梁帝一连三天心神不宁，夜里心悸惊梦，醒来又觉残梦模糊，记不真切，更有甚者，会在半梦半醒间产生幻觉，常见一女子的身影自眼前飘过，令他战栗惊恐。静妃在旁安抚时，问他是不是念及宸妃以致成梦，点中了他的心事。但是畏惧宸妃亡灵之事关乎天子颜面，梁帝又不愿意对外人言讲，所以静妃提议由她暗里设位祭奠，以安亡魂。梁帝当然立即同意，那一夜果然睡得安稳，黑沉一觉至天明。没想到刚舒心了两天，这设灵之事就被皇后给翻了出来。

脱簪薄衣，跪在冰冷地板上的静妃，实际上是为了隐藏皇帝不欲广为人知的秘密而放弃了申辩的权利，甘心领受皇后扣下来的大罪名。一想到这，梁帝就觉得心有歉意。

当然，他还不可能因为这点歉意就主动为静妃洗清罪责，不过想办法回护一下是做得到的。

"静妃在何处为林氏设灵？"

"在她寝殿佛堂中，陛下请看，一应果酒齐全，显然是正在闭门密祭。"

"她既是闭门密祭，自然没有对外宣扬，你远在正阳宫是怎么知道的？"

这话音越发不对了，言皇后不由得沉吟了一下方道："是静妃的宫女不忿于她行此悖逆之事，前来正阳宫首告。"

"哦？"梁帝又环视了室内一遍，这才发现静妃的随身侍女新儿正蜷缩在不起眼的角落里跪着，刚才竟没看见，"以奴告主，是大逆，宫里怎么能留这种东西，来人，将她拖出去杖杀！"

旨令一下，几名粗壮太监立即上前将新儿拖起，小宫女吓得魂飞魄散，尖声求饶道："陛下饶命啊……陛下……皇后娘娘……新儿为您办事，您要救新儿啊……"声音一路凄厉响着，后来被越拖越远，渐渐听不到了。

言皇后的脸涨得通红，梁帝这一处置无异于在她脸上狠狠抽了一记耳光，令一向擅长忍耐的她都有些忍不下去，上前一步道："臣妾受陛下之托管理后宫，自然要严禁一切违礼违律之事。静妃之罪确凿无疑，臣妾身为六宫之首不能姑息，陛下如有其他的意思，也请明旨诏示臣妾，否则臣妾就只能依律而行了。"

"你要明旨？"梁帝冷冷地看着她，"这么一桩小事你就要明旨？你想让天下人说朕后宫不宁吗？这就是你辅佐朕的懿德风范？后宫以平和安顺为贵，这个你懂不懂？"

"陛下觉得是小事，臣妾却不敢也当作是小事。静妃设灵于内宫，私祭罪人，分明是蔑视皇上，细察其居心，实在令人心惊，如此大罪，岂能不加处置？"

梁帝被她逼得火起，几欲发作，又忍了下来，转身对静妃道："静妃，你自己可知罪？"

"臣妾知罪。"静妃端端正正叩了一个头，安然道，"臣妾惑于当初故旧之情，暗中追思，虽无蔑视皇威之意，却总归是不合宫中规矩。请皇上赐罪。"

梁帝冷冷地"哼"了一声，一拍桌子，故意怒道："皇后说你是大逆，你却说只是惑于故旧之情。这哪里是知罪，分明是不知！来人，着令静妃禁闭芷萝宫思过，未得旨意，不得出宫半步，什么时候你想清楚了，什么时候再来回朕。"

"陛下！"言皇后又气又急地叫了一声。

"朕已经依你的意思处置了，你还想怎样？"梁帝斜睨了她一眼，挥挥手，转身看着脚下的灵位，又向静妃投去颇有深意的一个眼色，道："你现在是戴罪之身，供奉减半，这里乱糟糟的，自己收拾吧。"

静妃的眸子灵慧地闪动了一下，再拜道："臣妾领旨。"

"皇后也辛苦了，回宫去吧。"梁帝站起身来，面有疲色，"朕近来事情杂多，你要学会如何为朕分忧。高湛，年下新贡来的那批凤尾罗丝，朕叫赐两箱给皇后的，你送去了吗？"

高湛机敏地答道："回陛下，今儿入库清数目误了点时辰，奴才会立即派人送去的。"

"记着就好。起驾吧。"梁帝没有再看静妃，扶着高湛便向外走。言皇后依礼送驾到宫外，看着龙辇迤逦而去，心中怒火如灼，却又无可奈何，只能恨恨地再回头看一眼芷萝宫绿藤清幽的宫门，忍气回自己的正阳宫了。

"陛下，是回武英殿吗？还是回暖阁休息？"龙辇出凤台池的时候，分了岔路，高湛未敢擅专，过来小心请旨。梁帝犹豫了一下，神色阴晴不定。

他刚得皇后之报离开武英殿的时候，确是狂怒难耐。可如今对静妃的气一消，竟顺带着对靖王这件事的怒意也平息了不少。同时，他对于靖王和静妃这两桩事竟会接踵爆发也起了疑心。既然现在他明白其中的一桩是冤枉的，那么另一桩呢？

"去武英殿吧。"梁帝揉着两眼之间的眉心，疲累地向后仰靠，已经开始有些怀念静妃给他轻柔按摩的手指，"这个事总要处置，朕还是得问个清楚啊。"

"是。"高湛不敢乱说话，打着手势通知开道的太监向右出鑫鉴门，御驾一行很快就回到了武英殿。夏江和靖王自然仍在等候，一个站一个跪的姿势都没变过，梁帝看着靖王身上的脚印，不由得有些心软。

"父皇，您慢慢问，可千万别再动气了，儿子看着心里难受……"誉王一行完礼就赶紧过来殷殷问候，可梁帝此刻相对比较冷静的表情令他有些不安，忍不住又出言撩拨。

"陛下，"夏江也没料到回来后的梁帝竟像是有些心平心和的样子，低低问道，"皇后娘娘那边的急事……"

"后宫妇人大惊小怪的，没什么大不了，你别问。"梁帝一句话切断他的话头，沉声道，"你们继续对质吧，说到哪里了？"

夏江跟随梁帝多年，几曾被这样噎过，立即察觉出事态正向着不妙的方向发展，极有可能刚才那场被刻意掀起的内宫风暴，取得了事与愿违的相反效果。

想不到那个阴不出声的静妃，居然有这么大的本事……

他这一停顿，没有抢住话头，靖王已经仰首先开了口："我们刚才说到悬镜司府兵与巡防营的冲突，可暂且不管这场冲突是谁的责任引起的，那都是发生在街巷中的，夏首尊是想说我的巡防营在大街上抢犯人吗？"

"悬镜司府兵当时是在出门追击，之前暴贼们已闯入过司衙……"

"开什么玩笑？"靖王面如寒铁，"悬镜司是想闯就闯的地方吗？悬镜司的战力有多强陛下是清楚的。我手下能有什么人，靖王府的府兵今天一个都没有擅出过，部将都是兵部有造册的，每一个人都可能去详查，他们有多大本事闯得进悬镜司？何况你那个地牢，机关重重，有进无出的，天下谁不知道？就算我真想把卫峥从里面抢出来，我也得有那个能力才行啊！"

听他这么一说，梁帝也皱起了眉头："夏卿，地牢究竟是怎么被破的，你说清楚一点。"

夏江哽了哽，迟疑了一下方道："回陛下，卫峥……是在大理寺被劫走的……"

"什么？"梁帝有些发晕，"怎么大理寺也扯进来了？"

夏江刚才在靖王面前不提大理寺，就是想设一个套儿，诱使靖王在自己不提的情况下，失口先说出大理寺，结果人家不中招，上句赶着下句说到这里，反而让他自己显得有些尴尬。

"老臣进来时，已向陛下禀报过悬镜司与大理寺相继遇袭，由于当时人犯已转移到大理寺关押，所以他实际上是在大理寺被劫走的。"

靖王眸色冰寒，淡淡地道："这么重要的犯人不关在悬镜司却关在大理寺，夏首尊到底是想让人来抢还是不想让人抢？好吧，就算是在大理寺出的事，那夏首尊的意思是不是……我的巡防营也在大理寺外以缉盗为名制造乱局，阻碍了你追击吗？"

巡防营官兵与悬镜司府兵当然并没有在大理寺附近发生过冲突，所以夏江一时有些语塞，誉王忍不住插言道："景琰，夏首尊进来时我已经在了，他其实并没有说什么，只是禀明父皇人犯被劫以及巡防营在悬镜司外妨碍追捕的事实罢了。至于怀疑你是幕后指派之人，那是父皇英明一眼看到了实质，所以才宣你来对质。你如果是清白的，只管一句句反驳就是了，何必针对夏首尊如此咄咄逼人？"

靖王冷笑道："誉王兄案发时在现场吗？"

誉王被他问得一愣："我怎么会在那里？"

"那誉王兄是奉旨负责卫峥一案吗？"

誉王又愣了一下："没、没有啊……"

"既然誉王兄一不是目击者，二不是主审人，应与此事无干。父皇在此，你着什么急？"

誉王没想到靖王的态度强硬如此，脸都发青了，再转头看看梁帝正在沉思，心里更急，不由得大声道："靖王！父皇说你无君无父，我看果然没错。我是你皇兄，你这么跟我说话？就你这个无法无天的脾气，我看你逃不了干系！那卫峥是什么人，是罪逆林殊的副将，你当年跟那个林殊交情好得能穿一条裤子，谁不知道？这满京城除了你，谁能折腾起来这么大动静？"

被誉王这么一岔，夏江已经缓过气来了，他自知移囚至大理寺是自己的硬伤，其间的狠毒心思当然不能在御前说，所以趁着梁帝还没有追问，赶紧上前跪倒，道："陛下，臣自知没有拿到实证，本不欲妄言，只是陛下命臣说，臣不敢不说。但面对如此罪名，靖王殿下自然也要极力分辩，如此争吵下去绝不会有结果，反而徒惹陛下烦心。可是……闯衙劫逆这样的泼天大事，总不能因为难查就不查了。人是在悬镜司手上丢的，老臣责无旁贷，不查个水落石出，无颜以见陛下。只是事态复杂，牵涉到皇族显贵，老臣想请一恩旨，以免在勘审关联人等时，受人阻挠。"

梁帝看了靖王一眼，沉吟了一下。他现在疑心归疑心，但这件事实在太触动他的底线了，无论如何也一定要弄清楚，在过程中会委屈什么人，他可不在乎。

"那就由夏卿负责深入追查吧。不过……靖王府里确认今天没有出门的人就不要审了。你想动他部下什么人，事先还是告诉他一声。景琰，你现在嫌疑最重，自己也要明白。如果夏卿事先告诉了你要提审什么人了，你也不得拦阻。"

萧景琰面色紧绷，但又不能说什么，只得叩首道："儿臣领旨。"

"如此多谢靖王殿下了。"夏江的脸上掠过一抹仿佛浸染过地狱毒水般的阴寒冷笑，故意一字一句地道，"现在臣就想去提一个紧要之人到悬镜司来，请陛下准我告退。我怕去迟一步，这人见机得早，已经畏罪逃了……"

"哦，"梁帝有些好奇地挑眉看向他，"你说的是谁啊？"

"苏哲。"夏江吐出这两个字时死死地盯住靖王的眼睛，"这个人的嘴要是能撬得开，无论再错综复杂的事情，只怕也能解释得清清楚楚。"

夏江密切关注靖王表情时，誉王也在盯着自己弟弟看。只需要一刹那，这位皇子就知道夏江这块老姜果然够辣，一招，就击中了靖王的软肋，将急剧转向的劣势稳了下来。

不过令他感到可惜的是梁帝没有能够看到靖王那一瞬间激烈动摇的表情，因为他此时正眯着眼睛，似乎在回想苏哲到底是谁。

"你说的……就是霓凰郡主举荐给朕做文试主考，据说才名满天下的苏哲？"梁帝没有想多久就想了起来，"他还曾经以三幼童挫败北燕的那个……那个谁来着……朕很喜欢这个苏哲，怎么他也卷进这件事里来了？"

"陛下可知这位苏哲还有另一个身份？"

"哦？什么？"

"陛下虽然位居九重，但琅琊榜还是听说过的吧？"

"这是自然。"

"算上今年新出来的榜单，江左盟已是第五年位列天下第一大帮了，这个苏哲实际上就是江左盟的现任宗主梅长苏，陛下可知？"

"这个朕知道。"

"呃……"夏江有些意外，"陛下知道？"

"朕曾跟苏哲一起品茗闲谈过，他当时就跟朕说了他是谁。"梁帝凝目看着夏江，"苏哲确是才华横溢，也有济世报国之心，若不是他身体不好，朕都想用他。怎么，你的意思是说他在京城养病期间跟景琰走得近？"

"臣回京不久，不敢妄言。但梅长苏是谁的人，大家心知肚明。"

靖王毫不退缩地迎视着夏江瞟过来的视线，道："算谁的人，不知是怎么算法。苏哲受陛下赏识后，京城里争取结交他的，十停中倒有九停。霓凰郡主对他推崇备至众所皆知，悬镜司里夏冬、夏春也都去苏宅做过客，苏宅那院子又是蒙大统领荐给他的，誉王兄拜访梅长苏的次数只怕比我多得多，要论送到苏宅去的礼物，排头位的也是誉王兄，我能排个末座就不错了，怎么算到最后，梅长苏竟然是我的人了？"

誉王最气急的就是怎么查都查不出梅长苏与靖王之间来往这么淡到底是怎么联络的，听到这里正想分辩，夏江已经抢先一步道："好，既然梅长苏不是靖王殿下的人，那就更好办了。我要提审此人，殿下应该不介意吧？"

靖王心头一沉，正在想如何应对，梁帝刚好道："既然他跟景琰不是走得特别近，无缘无故提审他做什么？"

"陛下，袭击我悬镜司的那一队逆贼中，个个都是身怀绝技的高手，而放眼现在全京城，能组织起这么多高手的人，除了江左盟的宗主还能有谁？臣相信提审梅长苏，一定会有收获的。"

"这简直是欲加之罪，何患无辞，天下能人奇士岂是一个琅琊榜能囊括的？你说只有他就只有他吗？悬镜司要都是这样凭感觉在办案子，就不怕被人笑掉牙？"靖王一咬牙，出声反对。

"不过只是提审一下，靖王殿下何必紧张呢？这位苏先生好歹也是陛下的客卿，我能把他怎么样？只要把话说清楚了，真是不关他的事，我保他走出悬镜司的时候完完整整，身上不带一道伤痕，这样总行了吧。"

他说这话时故意在眉梢眼角放一点点狠意，更加令靖王心寒。悬镜司的逼供手段是世代相传的，不带伤痕也能让人生不如死。梅长苏最弱的地方就是他的身体，靖王一想到他那面白体单的样子要进悬镜司，心中便忍不住一阵阵绞动。

"父皇，苏先生身体不好您也知道，他毕竟是名重天下之人，朝廷应显示重才之心，礼敬名士才对，这样无根无由随意欺凌，传出去是何名声？再说悬镜司直属御前，向来是奉旨行事的，一旦行为有所差池，天下人所诟病的不是夏首尊，而是父皇您啊！"

"景琰你太危言耸听了吧？"誉王道，"按你刚才的说法，我跟梅长苏的关系还比较好呢，我就觉得没什么。他再是天下名士，也毕竟是朝廷的臣民，有什么碰不得的？夏首尊的为人父皇信得过，你难道信不过？说到底找梅长苏问问话罢了，也值得你这般心虚？现在别说父皇，连我都有点疑心你了。"

他这话说得不错，靖王如此努力地维护梅长苏令梁帝疑心又发。而且在骨子里，梁帝是相信靖王有那个胆子和动机干出这桩劫囚之事的，也相信以夏江丰富的经验和敏锐的判断力不会无缘无故将矛头对准靖王。当然，他心里也清楚誉王是在趁机落井下石，只不过皇子们争嫡出再多手段也无所谓，他自信能够掌控和压服，但如果靖王真是如此不管不顾，会动用武力劫囚而且居然有实力成功的话，那他就太可怕了。

所以两相比较，他宁可先压制住靖王，也要把事情查清到能让自己放心的地步。

"夏卿，就按你的意思查，朕准了。一定要彻彻底底查个明白，虚妄不实的东西，不要来回朕！"

"父皇，儿臣认为……"

"住口！你到底还知不知道自己现在身负嫌疑？还有没有一点畏惧君父法礼的惶恐之心？"梁帝被靖王这执拗坚持的劲儿勾起了对这个儿子以往同样不肯低头的记忆，脸色登时变得难看，"不管怎么说，你的巡防营是搅进去了，不查一下怎么还你的清白？传旨，巡防营暂由兵部接管，靖王回府静思，未得传诏不得入宫。"

高湛偷眼觑着殿上众人的脸色，低低答了一个"是"字。

这次当廷辩论就这样被梁帝强行中止了。现在该撕破的脸已撕得差不多，梁帝已经看出夏江与誉王是在联手攻击靖王，但这两人究竟只是在"攻击"还是有"诬陷"的成分他尚判断不准，所以这个时候让事情冷一冷，让佐证再多出来一点儿似乎是极为必要的。

夏江在离开宫城后就直接召来人手奔向苏宅。他担心梅长苏潜逃，但又有点希望梅长苏潜逃。因为逃就是一种姿态，一种心虚畏罪的姿态，但要是真的逃了捉不回来，那就好像有点得不偿失了。

这种不上不下的心情在到达苏宅后被平息了下来。梅长苏安然地留在府中，他没有逃，虽然这位江左盟宗主明显已经料到了夏江会来。

当初跟靖王说那句"还有……"的时候，梅长苏指的其实就是自己，但话到嘴边又咽了回去，因为他知道说之无益。靖王不会被他劝一句"夏江对付我时你不要理会"就真的旁观不语，貌似这位皇子还没有这么听话的时候。

飞流已经让黎纲预先带出去了,"不得反抗"的命令也已经严厉地下达给其他下属,所以尽管甄平等人几乎咬碎了牙,但梅长苏还是平静地跟着夏江去了悬镜司。

悬镜司对他来说不是一个陌生的地方,以前常跟聂锋进来走动,不过当时与现在的情形,那简直是恍若隔世。

当晚夏江没有审他,只是把他推进一间狭窄得只容一个转身的黑屋子里关了一夜,不过为了防他冻死,被褥还是够的。

第二天,梅长苏被从被子里拖了出来,带到一处临水的茅亭上。夏江穿着一身黑衣,正负手站在那里等候,一见面,竟是和善的一笑。

"苏先生,你学识天下,见多识广,知道这里是什么所在吗?"

"地狱。"梅长苏看着他,微微回了一笑,"幽鬼修罗出没之处,没有生人,只有魑魅魍魉。"

"先生过奖了。我不过是擅长脱去人的皮肉,照出他们真肺肠罢了。"夏江一抬手,"先生请坐。"

"多谢。"

"我这里等闲是不请人来的,一旦我请来了,除非是我自己放的,否则他插翅也飞不出去。"夏江推过去一杯茶,"先生到此做客的消息靖王是知道的,但他现在自保不暇,可顾不上你。"

"我想也是。"梅长苏安然点头,端起茶杯细细看看茶色,又轻啜了一口,顿时皱眉道:"这茶也实在太劣了吧?贵司的买办到底贪了多少茶叶钱,首尊怎么也不查一查?"

"我知道先生是奇才,心志之坚当非常人可比。不过要论硬骨头嘛,我也见过不少了。"夏江没有理会他打岔的话,继续道,"记得我以前办过一桩挪军资贪贿的案子,当事的是一个将军,嘴硬得跟什么似的,不过在我这里待了两天,就把同伙名单全都招了。"

"招了?我怎么听说他是疯了?"

"招了之后才疯的,招之前我才不会让他疯呢,我一向很有分寸。"夏江淡淡地道,"不知先生是怎么想的?是乖乖招了,还是学那个将军再待两天?"

梅长苏用手支着额头,认真地思考了良久,最后道:"那我还是招了吧。"

夏江刚刚进入状态,突然听到这句话,一时哽住。

"夏首尊想让我招什么?与靖王的勾结吗?"梅长苏快速道,"没错,我确实与靖王早有勾结，劫夺卫峥一案也是由靖王主使，我策划的。我们先攻的悬镜司，后来发现这里戒备太松像是个陷阱似的就又撤了出来。对了，我们撤出来的时候全靠巡防营帮忙才能逃脱。后来夏首尊你回来了，我暗伏在悬镜司门前的眼线发现你行动奇怪，就偷偷跟在后面，然后被带到了大理寺，意外加惊喜地发现卫峥就在那里，于是我们就丧心病狂，把夏首尊你打了一顿，抢走了逆犯。事情经过就是这样，你还有什么不清楚的地方吗？"

夏江自入悬镜司后审人无数，可却是第一次碰到这样的犯人。他努力稳住了自己的心神，盯住梅长苏语调森森地道："你知道自己刚才招供了些什么吗？"

"知道。"梅长苏淡然道，"你就按照我刚才所招的内容写口供吧，写好拿来我画押，画了押你再把这份口供送到陛下那里去，这案子就结了，大家也都省省心。"

夏江突然间明白了梅长苏的意思。这桩案子实在干系太大，偏偏又极度缺乏证据，所以梁帝绝不可能只看自己送上去的一份口供就轻易定论，到时一定会把梅长苏提去亲自问话！要是等到了驾前这位麒麟才子再翻供，随手给扣个"刑讯逼供，要求他攀咬靖王"的罪名，那还真不知道梁帝会有何反应。

"梅长苏，你不要太得意。事到如今你还这么刁顽，难道真的想尝尝我悬镜司的手段吗？"

"这倒奇了，"梅长苏露出一副天真的表情，"我都招了你还说我刁顽，难道你打我一顿后我画的口供就更好看些？难道只要我尝过你的手段陛下就不会亲召我问话？我已经招认是受靖王指使的了，难不成你还有其他的人想让我一起招出来？"

"招也要招得彻底，"夏江逼近一步，"说，卫峥现在在哪里？"

"已经出京了。"

"不可能！"夏江冷笑一声，"我昨天入宫前就命人守了四门查看过往行人，巡防营再放水也放不出去。接着靖王就被夺了节制权，这京城更像是铁桶一般，卫峥除非有遁地之能，否则他绝对出不去。"

"这话可说大了。再是铁桶一般也总有进有出的，只要京城里还能出得去人，卫峥就有脱身的机会。"

"苏先生可真会开玩笑，卫峥的伤有多重我知道，他根本无法站起来走路。而这两天，一个横着的都没出去过，什么马车、箱笼，凡是能装得下人的，连棺材我也严令他们撬开来细查，你倒说说看卫峥是怎么运出去的。"

梅长苏露出一抹笑容："真要我说？"

"当然。"

"如果我不说，你是不是就要动用你的手段了？"

"你知道就好。"

"那我只好说了。"梅长苏摇一摇地玩弄着茶杯，"你的府兵确实查得极严，但是……毕竟还是有漏查的……"

"绝对没有！"

"有的。比如说你们悬镜司自己的人。"

夏江的瞳孔猛然一收："夏冬我已命人监看，她昨天根本没有……"

"不是夏冬，是夏春……"

"胡说。"夏江显然对夏春十分信得过，立即嗤之以鼻。

"听我说完，是夏春的夫人……她昨天不是接到父亲病重的消息，紧急出城回娘家去了吗？"

夏江的脸色顿时一凝。这是夏春的家事，他没有在意，但这个事情他是知道的，如果是夏春的夫人出城，悬镜司的府兵们当然不会细查，可是梅长苏怎么可能有办法把人塞进夏春夫人一行的队列中呢？

"夏春夫人是武当派出身，对吧？她有个师侄叫李逍，对吧？我曾经凑巧帮过李逍一个忙，他也算对我有一点感激之心，常来问候。这次就是李逍陪同夏春夫人一起走的，走时我托他捎一箱京城土货到廊州，他会拒绝吗？等这箱土货跟随夏春夫人的行李一道出了城，走到僻静处再遇到什么劫匪给抢夺了去，也不是什么绝不可能的事吧？"梅长苏幽幽然地看着夏江越来越难看的脸色，"夏首尊，卫峥已经不在城里，你再也抓不到他了，死心吧。"

第五十章 唇枪舌剑

有那么一刹那的时间，夏江非常想把梅长苏拖起来，一寸一寸地捏碎他全身的骨头。但是多年养成的胸中城府使他很快就控制住了自己，仅仅只握紧了发痒的拳头。

因为梅长苏终究不是卫峥，不仅对他用刑要谨慎，而且还必须有明确的目的，如果只是折磨来出出气，夏江还没有那么幼稚。

更何况，凭着统领悬镜司这些年的经验，夏江只需要片刻接触就能判定，梅长苏属于那种用刑也没有用的人。一来是因为那骨子里透出的韧劲不容忽视；二来则是因为这人虚弱到一碰就会出事，到时候一个不小心，只怕没有逼供也会变成逼供了。

夏江想起了誉王以前提起梅长苏时的戒惧表情，当时还觉得他夸张，现在经过了第一次正面交锋，才知道这位麒麟才子确实不是一盏省油的灯。

"夏首尊，"梅长苏似乎很满意地欣赏着夏江青白的面色，仍是笑得月白风清，"我早就知道你要来找我，本来是可以逃走的，即使逃不出城去，京城这么大地方藏着也容易。可我为什么没有逃，你知道吗？"

夏江的视线慢慢凝成一股厉芒，隐而不发："你觉得我奈何不了你。"

"是，你根本奈何不了我，我也没什么好怕你的。"梅长苏素淡的笑容随便谁看都会觉得十分俊雅，除了夏江，夏江只觉得他非常欠揍，"夏首尊并不打算真让我死在悬镜司里，因为那必然会带来很多你不喜欢的后续麻烦。姑且不说陛下会怎么想，江左盟先就不会放过你。江湖人虽没夏首尊你那么高贵，拼起命来也是不好对付的，更不用说我还小有薄名，略结交过几个朋友……"

夏江绷紧了脸，没有说话。

"不让我死在这儿，就只好让我活着，可活着有什么用呢，当然是想要从我嘴里多问一些东西。"梅长苏将视线转向远方，继续道，"这个你可以放心，我是熬不住刑的人，也不打算熬，你问什么我就答什么。可是我的口供对你来说就真的有用吗？你敢不敢让我到御前去核实它呢？当然不敢。因为你控制不住我，怕我到时候脑袋一晕，会突然在陛下面前说些不中听的话……"

"你果然是打算到陛下面前去翻供，"夏江冷"哼"一声，"这也就是你招得这么痛快的原因吧？"

"也不全是啦，我招这么快是怕你用刑，反正迟早都是要招的，干吗受那份罪啊。不就是口供吗？夏首尊要，我怎么敢不给……"梅长苏刚说到这里，夏江突然一把抓住他的脉门，一股内力疾震而进，霎时便如数根冰刺同时扎进心脏中绞动般，让梅长苏痛得全身都缩了起来。

"苏哲，惹恼我是没有好处的！"夏江甩开他的手腕，冷冷地看着对方面如白纸地伏在桌上，喘息了好久才从刚才的那股剧痛中平息过来，"你现在攥在我手里，我想怎么对你就怎么对你。这一点，你最好记清楚。"

梅长苏低声笑了起来，用发凉的手按住额头："好吧，我记清楚了。那么夏首尊到底想怎么对付我呢？"

"我想听你说实话。"

"你觉得我刚才说的，不是实话吗？难道我没有跟靖王勾结，没有劫狱，也没有派人跟你打架吗？"

"你知道我想问的是什么。"夏江淡漠地忽略掉他话中的嘲讽之意，将头俯近了一点，"梅长苏，你到底是为了什么要选择靖王？"

梅长苏微微仰起了头，唇角那抹戏谑的笑容终于消失，神情稍稍整肃了一点："前太子、誉王和靖王比，我当然要选靖王。因为他最好。"

"靖王最好？"

"当然。"梅长苏冷冷道，"我的眼光就算不是全天下最准的，至少也比夏首尊你强一点。"

"但你本来可以谁也不选，"夏江死死地盯住梅长苏的眼睛，"你是手掌天下第一大帮的江左梅郎，名利双全，本可以逍遥江湖，自在一生，为什么要卷进京城这趟浑水里来？"

"我怎么进京的，夏首尊难道不知道？"

"'麒麟才子，得之可得天下'，这个评语我当然知道。原本我也以为你的确是被前太子和誉王追逼不过，没办法才入京的。可这次交手过后，我已经敢肯定那是无稽之谈，因为以你的智计，要是真不想被搅到朝局中来，谁能逼迫得了你？"

"承蒙夸奖，感激不尽。"梅长苏欠身行礼。

"那么，你到底是为了什么？你到底想要得到什么？是位极人臣的富贵，是睥睨天下的权力，还是万世流传的名声？"

梅长苏认真地问道："你刚才说的这三个，我可以都要吗？"

"又或者……是为了别的什么……"夏江捏住了他的手腕，语调森冷，"梅长苏，告诉我实话……"

梅长苏静静地看了他片刻，问道："这个，跟卫峥被劫的案子没有关系吧？"

"当然有关。"夏江的眸子突然间变得深不见底，"以前我低估了你，所以没有多想。这次败在你手下之后，我才开始思考。可是想得越多，越觉得想不通，想不通你为什么会帮靖王做这么傻的事情……像你这种级别的谋士，很容易就能看出在卫峥这件事情上，最好的对策就是置之不理，最疯狂最不可理喻的做法才是顶着大逆不道的罪名强行去抢人……为什么你会选择最差的一种？"

"这还不简单，"梅长苏淡淡地答道，"我想要讨好靖王。帮他救出了卫峥之后，我对靖王的影响力就会呈倍数地增长，在靖王府的地位也会不一样。当然啦，还有第二个原因，那就是我自信，我相信即使我选择的是下下之策，我也依然能赢你。"

"你觉得你赢了吗？"

"你觉得我输了吗？"

"别忘了，你这个人还在我手里。"

"那也是我自己愿意来的。我想来看看你把我攥在手里能攥多久，想看看你打算怎么让我变得对你有用……"

"看来你还真的是有恃无恐。"夏江的手指，轻轻地在他的脉门上敲打着，"梅长苏，悬镜司自设立以来，还没遇上过对付不了的犯人，你也绝不会是例外。"

"夏首尊的自信看来也不亚于我，"梅长苏抬起另一只手按住胸口，"准备再来一次吗？"

"那个只是试着玩的，除了让你疼一下外没什么用。"夏江的唇边挑起一抹阴寒的笑意，问道："梅长苏，你怕死吗？"

梅长苏沉吟了一下，道："人要是不怕死的话，那还活着干什么？"

"说得好。"夏江加深了脸上的笑意，"我刚才问你为什么要卷进朝局，你把话题扯开了，显然不想答。不答也不要紧，反正无论你的目的是什么，现在总归还没有达到，没达到目的就死，你想必不愿意吧？"

"达到目的就死，我也不愿意。"梅长苏笑道。

"那是，人死了就什么都没了，命总是最重要的。"夏江一面感慨着，一面从怀里摸出一个小瓶，倒了一粒黑亮的小丸出来，"知道这是什么吗？"

"我猜……应该不是补药？"

"是毒药。"

"你想毒死我？"

"这取决于你。"夏江的声音听起来既残酷又无情，"这乌金丸服下七天后才会发作，如果七天之内有解药的话，就不会死。"

梅长苏是聪明人，当然不需要说得更明白："如果陛下召见的时候我的表现让你满意，你就给我解药，否则便是死路一条，对吗？"

"非常正确。"

"我凭什么相信你一定会给我解药，万一你事后不认了呢？"

"你在我手里，你只能相信我。"

"那换一种说法吧。你凭什么相信我就一定会为了得到解药听从你的摆布呢？万一我对靖王的忠心已经到了宁愿死也不出卖他的地步呢？"

"你不是为了向靖王表忠心才来京城的，想想你的真实目的吧，虽然我并不知道那是什么，不过总有一天会知道的。"

梅长苏眯起眼睛看他，看着看着便笑了起来："夏首尊，你从头到脚没有一个地方像赌徒，怎么会突然之间如此冒险？单凭这个推测，你就敢相信我绝对不会在陛下面前翻供？"

"当然不是，我自然还有万全的准备。"夏江一抬右手，向侧面凌空虚指，亭旁五步开外一株垂柳的枯枝随之断了一截，以绝不翩然的姿态落到了地上。

"好一招隔空煞气！非内家绝顶高手不能为之。"梅长苏很捧场地拍掌赞道。

"等你到了御前，如果敢随心所欲乱说话，那么等不到你说完，你就会像这枯枝一样。"

"你想在陛下面前杀人？"

"既是隔空，我自然离你有一段距离，碰都不会碰你一下，怎么能说是我杀的？"

"夏首尊在欺负我不懂武功了。人和枯枝毕竟是不一样的，先别说你的功力是否已达到凭隔空煞气就能杀人的程度，即使你行，也绝不可能毫无痕迹。你就不怕当时蒙大统领也在，一眼就看破？"

"那这样他能看破吗？"夏江说着手指微弹，连小臂也没有动一下，桌上的茶杯已被推翻。

"这样的确是看不破了，可这样根本杀不了人，即使是对我这么弱的人。"

"单凭这个当然不行。"夏江的表情有些得意，"但别忘了你当时已经服下乌金丸。"

梅长苏的眉睫不由自主地轻挑了一下。

"只要我以最轻的隔空手法，点一点你的膻中穴，乌金之毒便会立刻发作，你甚至来不及多说一个字，一切就会结束。"

"可是我死在御前，陛下总会惊怒详查吧？"

"查不出来，你的膻中穴附近不会有任何伤痕，最终的结论会是……你是服毒自杀的。"

"你不怕陛下怀疑是你毒死了我？"

"我要想毒死你，在悬镜司岂不有的是时间和机会，为什么非要把你拖到宫里当着陛下的面毒死？这样对我有什么好处？我吃多了？"

"这倒是，"梅长苏点头赞同，"看来我非死不可。"

"谁说的？你当然可以不死，只要你……好好想想该怎么说话……"夏江用手指拨弄了一下掌中的乌金丸，声音里的寒意似乎可以将一个人的血液从头到脚全都冻住。

之后他便站起了身，走到茅亭外，负手看着围墙上青灰的粗瓦，不再说话，也不再看向梅长苏一眼。

很显然，夏江想要留给这位麒麟才子一段时间，一段让他认真考虑的时间。

大约一炷香之后，夏江重新走进亭内。梅长苏仍是靠在石桌上歪坐着，两只眼睛微微低垂，看着青灰的地面。

"苏先生，考虑好了没有？"

"没有，"梅长苏叹了口气，答道，"生与死，圣贤也常常选错，何况是我。"

"圣贤从来没有自己选过死，他们只会劝别人去死。"夏江的声音比此刻从亭外呼啸而过的朔风更冷，"等这颗乌金丸到了你肚子里你就会知道，活着永远是对的。"

梅长苏定定地看着夏江手里那不起眼的黑色小丸，笑容开始变得有些勉强："我猜我不能不吃吧？因为我在你手里。"

夏江没有答话，冷冷地迈前一步，一把捏住梅长苏的下巴。

"等、等等……"梅长苏挣扎了一下，"我自己吃好了，大家斯文些不行吗？"

夏江凝目看了他片刻，放开了手，将掌中的乌金丸递了过去。梅长苏捏起来放在眼前细细地看了一阵，问道："苦吗？"

"梅长苏，"夏江静静地道，"你磨这个时间干什么？这里是悬镜司，还有谁会来救你不成？"

"那可不一定。"梅长苏用指尖捻动着黑黑的药丸，"万一真有人来呢，我能磨一会儿还是磨一会儿吧。等吃下它之后，我就变成你的牵丝木偶了，你想让我说什么，我就不得不说什么。我想那种感觉，应该很不好受吧。"

"能想明白这一点，苏先生就是个聪明人。"夏江的视线将他全身锁定，"我说过，悬镜司没有对付不了的犯人，你要么听我的话，要么死，没有第三条路可走。"

梅长苏苦笑了一下："看来我低估了你，我应该逃的。"

"你真以为自己逃得掉？这里是京城，不是江左，你的江湖能力是有限的，靖王也远远达不到一手遮天的地步。在这里，真正能左右局势的人还是陛下，只要他同意提审，谁还能够庇护得住你？"夏江俯下身，居高临下地看着他，"梅长苏，自从你决定选择下下策，助靖王去劫卫峥的那一刻起，你就注定了步步都是险招，没有安顺日子过。"

梅长苏的神情终于严肃了起来，他把药丸放在掌心，平托在眼前，慢慢问道："夏首尊，能问你一个问题吗？"

夏江的唇边掠过一抹极淡的笑意，坐了下来。梅长苏总算开始跟他认真谈判了，对他来说，只要对手心有所图，他就有趁机而破的机会。

"好，你问吧。"

"你刚才曾问过我，为什么不在江左逍遥度日，而要卷进京城这个旋涡中来，"梅长苏缓缓将视线从乌金丸上移到了夏江的脸上，"我现在想问同样的问题，历代悬镜司不涉朝争，地位超然，陛下对你的信任也非常人可比，你又是为了什么要蹚这趟浑水？"

"追捕逆犯，本就是悬镜司的责任，也是对陛下的忠心。"

"那你把卫峥好好关在悬镜司地牢里看着不就行了？等大年一过，开印复朝，再请一道旨意拖出去杀了，那多简单轻松啊。"梅长苏幽幽地道，"干吗又露破绽又挖陷阱的？担心靖王不来吗？"

夏江面不改色地道："让逆悖之徒露出真面目，也是对陛下的忠心。"

"你不说实话，"梅长苏摇了摇头，"不过也没关系，我随口问问罢了，其实我知道。"

"你知道什么？"

"我知道你为什么一定要置靖王于死地。"

"哦？"夏江很有兴趣地坐了下来，"说说看。"

"因为你害怕他。"

"害怕谁？靖王？"夏江仰天大笑，"你从哪里得出这么可笑的结论的？我为什么要害怕靖王？"

"你害怕靖王，"梅长苏语调平静地重复了一遍，"就如同你当年害怕祁王一样。"

夏江的笑声没有停，他坚持把最后几声笑完才将头转过来，但是双眸之中的瞳孔早已收缩成阴寒的一点。

梅长苏回视着他，目光稳定得如同凝固了一般，没有丝毫的晃动："祁王曾经计划要裁撤悬镜司，他认为一个真正的明君，身边根本不需要悬镜司这样的机构存在。所以他建议陛下，朝廷法度应归于统一，将悬镜司并入大理寺，奉明诏行核查之权。当然，他心里所设想的大理寺，也不是现在这乌七八糟的样子。"

一股杀气荡过夏江的眉睫，但梅长苏看也不看他一眼，继续道："这个建议，被陛下直接扣发了，很少人知道。可是你知道了，你还知道的是，就算祁王那个时候还不能实施他自己的建议，他将来迟早也要实施的。"

夏江霍然起身，此刻他已不想掩饰，两道目光凌厉如箭，带着怨毒的气息射了过来。

"祁王死后，这个危险没有了，你觉得很安心，直到靖王上位。靖王是祁王调教大的，而且他对悬镜司更加没有好感。如果说祁王还曾经考虑过裁撤后如何妥当安置你的问题，那么靖王连这个也不会想的。他不把你五马分尸，已经算是宽大了。"梅长苏的声音变得越来越轻柔，夏江的牙却越咬越紧，"对你来说，历代相传传到你手里的悬镜司很重要，因为拥有悬镜司而拥有的那些特权更加重要，但仅仅为了这些你就不顾天下大局去诬害一位贤王，那就是恶魔的行径了。夏江，你是个恶魔，这一点，你自己心里也清楚。"

隐藏多年的毒瘤突然之间被割破，深黑色的脓血迸发了出来。夏江的脸色刹那间变得异常狰狞，他一把抓住梅长苏的衣襟将他拖了起来，扼住了他的喉咙："我明白了……你不是来辅佐靖王，而是来为萧景禹翻案的！你到底是谁，是当年祁王府的旧人吗？"

"我只是一个仰敬祁王殿下的人。"梅长苏仍是淡淡地笑着，"当年全天下遍布着仰敬祁王殿下的人，你应该知道的。"

夏江的手一紧，梅长苏顿时觉得喉间剧痛，无法呼吸，等到眼前开始发黑时，突然又觉压力一松，整个人一下子重重摔倒。乌金丸也随之滚落在地，夏江一把抓起来，连同灰尘一起塞进梅长苏的嘴里，再一推一拍，强行逼他咽了下去。

"真、真是不……不风雅……"梅长苏一面喘息咳嗽，一面笑道，"吃……咳……乌金丸，连、连口好茶……咳……也不……配给我……"

"什么麒麟才子，什么江左梅郎，"夏江的语气听着有说不出的阴狠，"我倒看你能风雅到几时？"

"我……我再风雅，却比不上……咳……比不上夏首尊你胆子大，"梅长苏平息了一下，道，"你逼我吃这个药是何意呢？难道话都说到这份儿上了，你居然还敢让我去见陛下？"

"你可以去见陛下，但你没有机会说话了。"夏江把他从地上扯起来，丢在石凳上，"我现在只想让你去死，但你不会死在悬镜司里。没错，你太厉害，厉害到让我忌惮，厉害到无论你说什么我都不敢照样录成口供呈报陛下，因为我害怕里面有我看不出来的陷阱。不过你再厉害有什么用呢，我还是那句话，死了就什么都没有了。我现在承认我斗不过你，可是……我能要得了你的命。等收拾了你，我再去对付靖王……"

夏江刚说到这里，面色突然一变，猛地回过身去，厉声喝道："是谁？"

语音未落，垂柳树旁假山之后，已慢慢现出一条修长的身影。在全黑衣裙的衬托下，夏冬的脸色更加苍白，发红的眼睛直直地看着她的师父，面无表情。

"冬儿，"夏江怔了一下，"你怎么过来的？"

"因为是在悬镜司里面，所以春兄稍稍有些大意，我想了点办法把他甩开了。"夏冬缓步上前，眸色迷离，"承蒙师父调教多年，如果这点本事都没有，我还当什么掌镜使呢。"

毕竟是从小带大的徒儿，夏江的神情略有些不自在："你什么时候过来的？"

"师父还没有那么激动的时候就过来了。"夏冬在茅亭的台阶旁停下了脚步，仰起头。脸色清淡如雪，眼眸中却含着滚烫的泪水："师父，我一直以为，悬镜司世代相传的，就是忠君、公正、为朝廷去污除垢的理念，您以前也一直是这么教导我的……可为什么，您今天所做的事情我却看不懂呢？"

"为师在审问人犯，你先下去吧。"夏江冷冷地打断了她。

"就算他是人犯，但我不知道从什么时候起，悬镜司可以把毒药塞进人犯的嘴里？"

梅长苏笑着插了一句嘴："早就开始了，这乌金丸也是世代相传，并非你师父自创，可别冤枉了他，只不过，现在还没传给你罢了。"

夏江头也不回，一挥手就点住了梅长苏的哑穴，仍是对夏冬道："对付非常之人，必须要有非常手段，很多事情你不知道，就不要多问。"

夏冬深深吸了一口气，定了定神，字字清晰地问道："师父，其他的事情我可以不问，但刚才你们所说的，我不能不问。当年……祁王的那件旧案，它与我切身相关。我想知道，您在中间到底扮演了什么样的角色？"

"放肆！"夏江终于沉下了脸，"有你这么质问师父的吗？你这段时间的所作所为实在令人失望，是不是这个梅长苏在你脑子里灌了些什么？祁王谋逆，罪有应得！难道你忘了，你的夫君就是因为这个才死在林燮手上的！"

夏冬透过模糊的泪眼，凝视着这个尊敬了多年的老者，心里极度地失望，也极度地绝望。梅长苏坐在亭中的石凳上看她，目光柔和而怜惜。他可以感觉到夏冬此刻的悲凉和愤怒，然而真相就是真相，它迟早都会击碎所有虚幻的温情，让人看到背后那张冷酷的、已被私欲所扭曲的卑劣面孔。

"师父，徒儿最后一次求您……把解药给他，回头吧……"夏冬的声音，此刻已变得零落而又颤抖，夏江那闪过杀机的眼睛，令她心寒彻骨，却又不能逃避，"天道自在人心，如果不能悔悟，您就是杀十个梅长苏，也于事无补……"

夏江的脸仍如封冻的江面，并无丝毫融化的迹象。虽然此时他还没有下杀手的意思，但那绝不是因为师徒之情，而是碍于夏冬三品掌镜使和将军遗孀的身份，不能随心所欲地处置。

但是僵局总不能一直持续下去，在片刻的犹疑后，夏江抓住梅长苏，将他提了起来，同时口中发出一声尖啸。夏冬知道这声尖啸的含义，慢慢闭上了眼睛，沉默而冷淡地静立着。

当绵长高越的啸声在空气中荡尽最后一丝余音时，夏春和夏秋一前一后飞快地从远处奔来，只有几个纵跃，便来到了茅亭前。令人惊讶的是，夏秋此刻与夏冬的装束一模一样，居然也是穿着黑色的女裙，头上插着相同的簪子。夏江只看了一眼，就明白夏冬是怎么甩开夏春的监看的了。

"师父，"夏春此时当然也发现了自己的错误，脸色顿时有些发青，忙来到夏江面前行礼，"请恕徒儿一时失察，没有注意到……"

"你不必说了，把夏冬带回她自己房里去，严加看守，没有我的命令，不许她出来，也不许任何人与她接触。"

"是。"

夏秋显然是所有人中唯一一个还不了解状况的人，所以立即吃惊地冲上前来，问道："师父，冬儿犯了什么错吗？您为什么这样重罚她？"

"尤其是你，没有得到我的许可，绝不准许私下去见她！"夏江眯了眯眼睛，声调更加严厉。

"师父……"

"算了秋兄，"夏冬凄然一笑，胸口翻绞着与过去所信奉的一切完全割裂的痛楚，"不用再说了。师父想教一些新的东西给我，可是我学不会，也不想学，所以他生气了……"

夏秋茫然地看了看她，再回头看看师父铁板似的脸色，显然没有听懂。这时夏春走上前来，拉了拉夏冬的胳膊，示意她跟自己走。夏冬没有反抗，顺从地转过身来，用哀凉的眼神看着夏春，道："春兄，师父的这些本事，你是不是已经学会了？"

夏春掉开头，回避掉她的视线，改握住她的手腕。在被拉走前，夏冬回过头来，看了梅长苏一眼。后者还不能说话，只能向她露出一个浅淡的微笑，虽然这微笑是那样的温润柔和，夏冬的眼泪还是忍不住滚下了面颊。

这是女掌镜使最后一滴脆弱的泪，当它无声无息地落入足下的尘埃中时，夏冬的心已凝结成冰。

对于外界来说，悬镜司府衙内所发生的这一切，没有任何一个人能够察知。但是，那场公开的劫狱风暴，和随之而来的靖王回府闭门自省的消息，却立即传遍了朝野，最后甚至连静妃被禁这种根本没有任何诏命痕迹的内宫隐秘，也暗暗地流传了出来。

靖王现在已不是以前那个无足轻重，常常被人遗忘的皇子，他是七珠亲王，地位与誉王比肩，虽然有些窗户纸还没捅破，但近来梁帝对他日益增加的恩宠和他本人在朝中越来越重的威望，都使得他已经成为备位东宫的有力人选。与这样一个亲王性命攸关的事件，自然而然会震动人心，掀起令人惶恐不安的乱潮。

就在这流言四起，朝局外僵内乱的微妙时刻，纪王爷的马车辘辘驶出了他的府第，在简单的仪队拥簇下，向着宫城方向而去。

第五十一章 一剑封喉

纪王是当今皇帝的弟弟,小他十二岁,梁帝登基时他还未成年,是上一辈中年纪最小的。他生性潇洒风流,性情爽直,有什么说什么,不爱耍弄心眼儿,是个天生的闲散王爷。对于任何一个从夺嫡中成功厮杀出来的皇帝而言,这样毫无威胁感的弟弟都是最受偏爱的,纪王也不例外,他从梁帝那里得到了比任何一个亲王都多的纵容和特权,日日逍遥快活,赛过神仙。

可是神仙日子也不会永远这么平平顺顺,就在这最是热闹高兴的正月大年里,这位王爷便遇到了一件令他不能袖手旁观、坐视不理的事情。

纪王府的马车摇摇地行驶在还浸润着雪水的皇城主道上。车厢里,纪王抱着个小火炉,神情是难得的深沉,而他旁边,居然还坐着另外一个人。

"王爷,要不我跟您一起进宫吧?"言豫津试探着问道。

"你去干什么?反而把事情弄复杂了。我说的话皇兄还是相信的,就算他不信又怎么样,我只要把该说的话说了,后面的事儿我不想管也管不了。"纪王长叹一声,"说实话,我真不想搅进这些事情里去,但没办法,明明看到了,总不能装着没看见啊。"

"我也是。看到了不说实在憋得慌。"言豫津陪着他叹了口气,"说来也真是巧,如果那天您没跟我一起去探望宫羽姑娘,就不会刚好看到这个事情了……"

"反正我心里是埋不住事儿的,跟皇兄把我看到的一五一十说清楚了,我也轻松。你过西街时就下吧,别跟我到宫里去掺和了。皇兄那人心沉,疑心重,说的人多了他又乱琢磨。"

"好。"言豫津点点头,低垂的眼帘下似乎掩藏着一些更深沉更复杂的东西,但脸上的表情却一直很稳。到了西街口，他随意告辞了一声，就掀帘下车去了。

马车继续前行，进了宫城门向东，最后停在丹墀门外。按梁礼，除非有天子特赐的肩舆来接，否则过了此门都必须步行，所以纪王只命人去探听了一下皇帝此时驾坐何处后，便裹着厚裘跳了下来，在两名随身侍从的搀扶下大踏步走了进去。

梁帝在乾怡正殿的暖阁里接见自己的弟弟。没有了静妃的贴身照料，他看起来越发委顿，不过花白浓眉下的那双眸子，依然闪动着令人难以忽视的威慑的光芒。见到纪王进来，梁帝脸上露出笑容，半欠起身子招呼他免礼落座，温和地道："这么冷的天，眼见快要下雪，又是年假朝休，你递个问安的帖子就行了，何必又跑进来？"

"臣弟原该勤着来请安的，"纪王素来不拘礼，顺着梁帝所指的地方就坐到了他的身侧，"何况还有件事，不禀报皇兄，臣弟心中有些不安宁。"

"怎么了？谁惹着你了？"

"倒不是有人惹我。"纪王又坐近了点，压低了声音，"臣弟初五那天见着一桩事儿，当时不觉得什么，这几天消息乱糟糟地出来，才慢慢回过了味儿……"

"初五？"梁帝敏感地颤动了一下眉毛，"什么事？你慢慢说，说清楚！"

"是。皇兄知道，臣弟有些市井朋友，偶有来往的，初五那天府里没什么事，臣弟静极思动，就去探访了一位这样的朋友。她住在登甲巷……皇兄您也不知道那地方……总之就是一处僻静民房，很小，窗户一开就能从一处山墙缺口看见外面的巷子。当时臣弟在她那里谈天，正聊得高兴呢，听到外边有些动静，就朝窗外一看，谁想到竟看见了一个熟人……"

"熟人？谁啊？"

"掌镜使夏冬。她带着一群青衣短打的人正从另一个方向过来，个个手里不是拿着刀就是拿着剑。他们中间抬着一个人，在巷子里等了一会儿，来了一辆马车，他们就把那人抬上车走了。因为是夏冬率领的人，所以臣弟当时以为是悬镜司又在缉拿人犯，所以没放在心上。"纪王说到这里，深深吸了一口气，"可是……臣弟后来才知道，劫狱的案子就是那天发的，被劫的那个卫峥……图像也贴满了四门，臣弟去看过，跟那天巷子里被夏冬他们抬走的那个人十分相像……"

梁帝努力控制住脸上抽跳的肌肉，道："你看准了？"

"没有十分也有九分。他们在巷子里等马车的时候，那个人突然呛血，被扶起来顺气，所以臣弟清清楚楚看见了他的容貌……"

"夏冬……"梁帝咬紧了牙，"被逆贼从大理寺劫走的人犯，怎么会在夏冬手里？

还要在僻巷里暗中转移？悬镜司到底在干什么？"

"臣弟也想不明白，所以才来禀报皇兄。"纪王长长吐了一口气，"说到底这不是一件小事，听说皇兄您为了这事儿寝食难安，臣弟不才，未能为皇兄分忧，但自己亲眼看到的事情总不能瞒着不说。不过……为了谨慎起见，皇兄还是宣夏冬来问一声吧，说不定她一解释就解释清楚了呢？"

梁帝显然没有纪王这么乐观，脸沉得如一汪寒潭，默然了片刻后，叫道："高湛！"

"奴才在。"

"派人到悬镜司去……"梁帝只说了半句，又停住，想想改口道："先叫蒙挚进来。"

"是。"

蒙挚是禁军统领，本就在殿外巡视防务，闻召立即赶了进来，伏地拜倒："陛下宣臣何事？"

"你亲自去悬镜司走一趟，把夏冬带来见朕。记住，来去都要快，要隐秘，途中不得有任何耽搁，不得让夏冬再跟任何人接触，尤其是夏江。"

"臣遵旨。"蒙挚是武人风范，行罢礼起身就走。纪王似乎不惯于这类场面，有些不安。梁帝正是心头疑云翻滚之际，也无暇照看他。两人默默无语，殿内的气氛一时异常僵硬。

由禁军统领亲去提人，这个命令显然非常明智。他的行动快得令人根本来不及反应，等夏江接报赶过去的时候，蒙挚已带着女掌镜使上了马，丢下一句"奉诏宣夏冬觐见"，便旋风般地纵马而去，只留下一股烟尘。

夏冬在进入乾怡殿暖阁行君臣大礼时，受到了跟靖王当初一样的待遇。梁帝故意等了很久都没有叫她平身，直到紧张压抑的气息已足够浓厚时才厉声问道："夏冬，初五逆犯被劫那天，你在何处？"

"臣出城为亡夫祭扫……"

"何时回来的？"

"至晚方归。"

"胡说！"梁帝怒道，"有人亲眼看见你在那个……那个什么巷？"

纪王忙小声提醒道："登甲巷。"

"你在登甲巷做什么？"

夏冬脸色稍稍苍白了一点儿，但仍坚持道："臣没有去过登甲巷，也许有人认错了。"

纪王本来对整个事件没什么特别的看法，叫夏冬来也只是想听听她能否给个合理的解释，没想到她竟连到过登甲巷的事情都否认得一干二净，弄得好像是他堂堂王爷胡说似的，登时就恼了，竖起眉毛道："夏冬，是本王真真切切看见你的，绝对没错。你身边还跟着不下二十个人，虽然没穿悬镜司的官服，但都听从你的指派，还把一个像是逆犯卫峥一样的人抬上了马车，你敢不认？"

"夏冬！"梁帝一声断喝，"当着朕的面，你竟敢有虚言！你们悬镜司，到底还是不是朕的悬镜司？！你的眼里除你师父以外，到底还有没有朕？！"

这句说得已经算是极重了，夏冬仅余的一点唇色褪得干干净净，立即再次叩首，按在地上的手指有些轻微的颤抖。

"朕相信纪王爷是不会冤枉你的，说，去登甲巷做什么？"

皇帝亲审的压力绝非任何场合可比，出面指认的又是一位分量极重最受信任的亲王。所以夏冬的银牙咬了又咬，最后还是轻颤着嘴唇承认道："臣……臣是去过登甲巷……"

梁帝心头怒意如潮，又逼问了一句："那个人就是卫峥吧？"

招了这两项，等于是其他的也招了。梁帝前因后果一想，差不多已能把整个事件组合在一起。

"朕原本就奇怪，逆犯好端端放在悬镜司，几百重兵看守着，除非举兵造反，否则谁有那个本事劫得走，结果偏偏要移去大理寺。"梁帝的胸口一起一伏，几乎是带着杀气逼视着夏冬，"你……你说……那天袭击悬镜司的那些人，是不是也是你带着的？"

夏冬低声道："是……"

"好……好……"梁帝浑身发抖，"你们玩的好计策，那么强的一个悬镜司，被逆贼闯进去后死的活的竟一个也没抓住。最后还说是因为巡防营搅乱把人放跑了……夏冬，真不枉朕如此信任你，你果然有本事！"

蒙挚自带来夏冬后也一直留在殿内没走，此时似乎有些不忍，小声插言道："陛下，臣觉得这么大一件事只怕不是夏冬一人足以策划，背后应该还有人主使吧？"

"这还用说！"梁帝拍着龙案一指夏冬，"你看看她是什么人？谁还能指使得动她？她这辈子最听谁的话你不知道？！"说着一口气又翻了上来，哽不能言，让高湛好一通揉搓才顺过气儿去，又问道："那卫峥呢？你装模作样把卫峥劫出来后，送到哪里去了？"

"臣把他杀了。"

"什么？！"

"卫峥是赤焰军的人，就是臣的杀夫仇人，他已苟延残喘这么些年，臣绝不会让他再多活一天……"

"你……卫峥本就是死罪，你知不知道？"

"卫峥只是一个副将，又不是主犯，陛下现在如此宠爱靖王，如果他拼力陈情，难保陛下不会为他所动。臣不愿意看到那样的结果，所以臣只有先下手为强。"夏冬说到这里，脸色已渐渐恢复正常，竟抬起头道，"这些事都是臣一人所为，与臣的师父毫无关系，请陛下不要冤枉……"

"住口！到这个时候你还要攀咬靖王，真是你师父的好徒弟！什么你一人所为？你能瞒着夏江把卫峥转押到大理寺吗？"梁帝的脸此时已绷成了一块铁板，"夏冬，悬镜司第一要旨是忠君，可你们……你们竟然自始至终都在欺君！"

"皇兄，您平平气吧，身子又不好，还是保重龙体要紧。不管怎么说，事情能查清楚也是万幸。"纪王叹着气，徐徐劝道。

梁帝深吸一口气，平静了一点，看着纪王道："亏了有你碰巧撞见，否则景琰这次要受大委屈。他性子又不和软，遇事急躁，一不小心，就被人家拉进套里去了。"

"有皇兄圣明勘察，景琰还怕什么？"纪王笑了笑，转头又看看夏冬："夏冬这些年也够苦了，难免偏激了些，皇兄也宽大一二吧。"

梁帝冷笑一声，怒意又起："朕现在还懒得处置她。蒙挚！"

"臣在。"

"你率一千禁军，立即查封悬镜司，上下人等，均囚于司内候旨，如有敢擅动者，斩！"

"臣遵旨。"蒙挚躬下身去，又问道："那夏江呢？陛下要见他吗？"

"他干出这样欺君妄为的事情来，还见什么见？"梁帝此时在盛怒之中，提起夏江火气更旺，"他……还有这个夏冬，全都给朕押入天牢！"

蒙挚再次躬身领命，迟疑了一下又道："臣刚才去悬镜司时，远远看见夏秋正押着梅长苏去牢房，瞧苏先生那样子，竟像是受了刑……"

"受刑？"梁帝一惊，"朕只说让问话，怎么会下牢？怎么会动起刑来？"

"陛下您知道，夏江在自己悬镜司里行事，当然是无所顾忌的……"

梁帝怔了怔，长叹一声："现在看来，梅长苏根本与此事无关，夏江大概是想通过他坐实景琰的罪状吧……是朕一时心急，害他落到了夏江手中受罪，你这次过去，一并把他解救出来，送回府去好生将息。"

"是。"蒙挚再拜起身，正朝外走，一个小黄门匆匆进来禀道："陛下，刑部尚书蔡荃在殿外候旨，说有要事回禀陛下。"

按大梁制，自除夕日封印，到正月十六开笔，是年节假日，免朝。现在刚刚初九，年还没过完，蔡荃在这个时候请旨求见，必然不是为了寻常之事，所以尽管梁帝现在心绪烦乱，还是命人宣他进来。

"皇兄要议朝事，臣弟也该告退了。"纪王忙起身道。

"你坐下，多陪朕一会儿。"梁帝满面疲色地抬了抬手，"朕还想跟你聊聊。再说了，什么朝事你听不得？"

"是。"纪王不敢有违，依言重新坐下。少顷，刑部尚书蔡荃被引领入殿。他只有三十多岁，是六部官员中除了沈追外最年轻的一个，面白无须，容貌方正，一举一动舒爽利落，明显透着一股自信。行完君臣大礼后，他便东向跪坐在殿中。

"蔡卿入宫有何事奏报啊？"

"回禀陛下，"蔡荃以一种平板的语调道，"刑部最近审结了一桩案子，与去年户部暗设私炮坊的事件有所关联，臣认为有必要向陛下禀报详情。"

"私炮坊？"梁帝皱眉想了想，"就是献王与户部原来那个楼之敬勾结谋利的事情？不是早就弄清楚了吗？怎么，难道有什么差错吗？"

梁帝口中的献王，指的当然是被废不满一年的前太子，当年他指使楼之敬暗设私炮坊获取暴利的事情被揭破后，曾引起很大的风波，那也是他滑下太子宝座过程中很重要的一次跌落。

"私炮坊案件由户部沈大人亲自查审，案情清楚，账目分明，献王与楼之敬在其间所应承担的罪责也无丝毫不爽，臣并不是说它有什么差错。"蔡荃在这里稍稍停顿了一下，又道，"臣所指的是……引发私炮坊的那次爆炸……"

"爆炸？"

"是，死六十九人，伤一百五十七人，上百户人家毁于大火，一时民怨沸腾……"

"不是有处置吗？对百姓也安抚过了，难道还有什么不足？"梁帝微微有些不悦。

"当时，大家都以为那是一次意外，是由于私炮坊内用火不慎才引发的爆炸。"蔡荃抬起双眼，直面高高在上的皇帝，"但据臣近日的发现，这并非一次意外。"

梁帝眉毛一挑，还未开言，纪王已经忍不住惊诧，失声道："不是意外？难道还会是什么人故意的？"

"臣有证词，陛下请看。"蔡荃并没有直接回答纪王的问话，而是从袖中摸出一卷文书，由太监交递到了御案之上。

梁帝慢慢展开书卷，刚开始看的时候还没什么，越看脸色越阴沉，等看到第三页时，已是气得浑身发抖，用力将整卷文书摔在地上。

纪王原本就坐在梁帝身侧，这时悄悄俯身过去拾起文书看了起来，结果还没看到一半，也已面如土色。

"陛下，这五份证词是分别提取的，所述之事尽皆吻合，没有破绽，臣认为是可信的。"蔡荃仍是静静地道，"从最初那名盗匪为了减罪首告开始，臣一层一层追查上去，真相越来越让人惊心。其实查到现在，臣自知还远远没有查到根儿上，但既然已经牵涉同级官员，臣就不能擅动，所以今日入宫请旨，请陛下恩准命廷尉司派员监察，臣希望能够尽快提审大理寺卿朱樾。"

"虽然说最终指认到了朱樾头上，"纪王怔怔地问道，"但是……但是朱樾为什么要指使这些人引爆私炮坊啊？"

对于这个问题，梁帝用力抿紧了唇角，蔡荃也没有要回答的意思。

为什么？如此天真的问题大约也只有诗酒风流的纪王才问得出来，而即使是纪王自己，他也在刚问完没多久就反应了过来。

朱樾的后面是谁，不用审也知道。以那种惨烈的方式揭露私炮坊的隐秘，从而煽动起重重民怨指向当时的太子，这样做会给另一人带来多么大的好处，那当然也是不言而喻的。

梁帝只觉得眼前一阵一阵地发晕，早就气得四肢冰凉，说不出话来。

私炮坊、朱樾、大理寺、悬镜司、夏江、卫峥……这些名词混乱地在脑子里翻滚，令他昏沉沉头痛如裂，而在这一团乱麻之中，唯 清晰的便是从过太到现在那一贯的手法。

成功地扳倒了太子之后，目标已改成了靖王。如果说前太子还算是自作自受被誉王抓住了痛脚的话，那么这次对靖王就是赤裸裸的构陷了。

然而更令人心惊的是，誉王不知用了什么方法，竟然可以联合到夏江，可以让一向只忠于皇帝的悬镜司为他移囚设伏，最终给靖王扣上犯上作乱这个大罪名。

对于梁帝而言，悬镜司的背叛和欺瞒，已经突破了他容忍的底线。

"宣誉王。"梁帝从牙缝里挤出来这三个字，虽然语调低沉，却令人遍体生寒。纪王看了正襟危坐的蔡荃一眼，有点预感到即将掀起的大风浪。说句实话，他真的不想留在现场旁观这乌云密布的场景，可惜又没那个胆子在这个时候起身要求告退，只好干咽一口唾沫，坐在原地没动。

誉王在接旨进宫之前，已经得到了禁军查封悬镜司的消息，可百般打听也打听不出来起因为何，正像没头苍蝇似的乱转的时候，梁帝宣见的旨意便到了。

这个时候宣见，那肯定不是因为思念这个儿子想看看他，再想想梅长苏这个最擅长暗中翻云覆雨的人，誉王突然觉得有些不寒而栗。奉旨进宫这一路上，脑汁几乎已经绞干，冷汗几乎已经出透，还是没有想出个所以然来。

"儿臣参见父皇，不知父皇见召，有何吩咐？"进入暖阁，誉王来不及看清四周都有哪些人，先就赶紧伏地行礼。

回答他的是迎面掷来的一卷文书，带着风声砸在脸上，顿时火辣辣地痛。

"你自己看，这是什么东西！"

誉王在这声呵斥中战栗了一下，但他随即稳住自己，快速将文书拾起，展开读了一遍，读到后来，已是面色青白，汗如雨下，一个头叩下去，嘶声叫道："父皇，冤枉啊……"

"指认的是朱樾，你喊什么冤？"梁帝迎头骂道。

"呃……"誉王还算有急智，只哽了一下，随即道："朱樾是儿臣的内弟，这证词明着指认朱樾，实际上都是冲着儿臣来的，父皇圣明，应该早就知道……"

"这么说，你这声冤枉也算喊得顺口，"梁帝冷笑一声，"你的意思是要替朱樾担保了？"

誉王不敢信口答言，斟酌了一下方道："这些都是刁民指认，父皇岂能轻信？朱樾一向并无劣迹，这个罪名……只怕冤屈的可能性更大一些。"

"陛下，"蔡荃欠身行了一礼，道，"臣也认为确有可能会冤屈，但指认朱大人的是他贴身的亲随，不是无关外人随意攀咬，如若就此含混而过，于法理难容。故而臣恳请陛下恩准，复印开朝之后，立即诏命三司派员，明堂会审，务必将此案审个水落石出，以还朱大人的清白。"

"明堂会审？"梁帝面色阴沉地看着誉王，"景桓，你以为如何？"

誉王咬紧了牙根，脑子里嗡嗡作响。朱樾是不是冤枉的，他当然很清楚，朱樾是不是个能扛住公审压力的硬骨头，他当然更清楚。他相信这个小舅子一定会尽心尽力为他办事，绝无半点不忠之心，但他却不敢肯定在面对蔡荃这样出了名的刑名高手时，朱樾有那个本事扛到最后不把他给招出来……

明堂会审的结果是要廷报传檄天下的，一旦同意了明堂会审，便等于准备承担随之而来的后果。到时候一旦形成了定案，连去求皇帝格外施恩遮掩的余地都没有了，誉王怎么敢硬着头皮一口应承下来？

萧景桓的犹豫心虚，每个人都看在眼里。梁帝虽然早就心中有数，但瞧着他这个样子还是气不打一处来，左手紧紧握着薄胎茶杯，几乎要把它捏碎，看得坐在一旁的纪王心惊肉跳的。

"陛下，誉王殿下如果想要旁听监审，也无不可。"在所有人中，只有蔡荃一直神色如常，一副公事公办的冷淡样子，"臣一定竭尽所能，秉公执法。请陛下降旨，恩准三司会审。"

"父皇……"誉王语音轻颤地叫了一声，脸色更加难看。蔡荃的神情越淡，他就越是心慌，拿不准这位刑部尚书除了这五份供词外还有没有抓到其他的证据。蔡荃可是个面冷心冷不认人的主儿，要是他真的手握铁证，那自己在旁边监审顶什么用啊。

梁帝握了已久的茶杯，终于朝向誉王飞了过去，虽然没有砸中，但已表明了他此刻的冲天怒气。纪王赶紧过来扶住他的手臂，小声劝道："皇兄，您消消气……消消气……"

"这个孽障！不把朕气死你不甘心，枉朕这些年如此疼你！"梁帝指着誉王破口大骂，"这些下作的事一件接着一件，你当朕已经老糊涂了吗？连朕的悬镜司你也有本事弄到手，萧景桓，朕还真是小看了你！"

誉王大吃一惊，头叩得砰砰作响，哭道："父皇见责，孩儿不敢辩，可是悬镜司……孩儿并没有……"

"住口！构陷靖王之事连夏冬都已经招了，你还强辩！"

说句实在话，虽然是盟友，但夏江具体怎么利用卫峥来扳倒靖王，誉王还真不清楚，夏冬在其间到底干了些什么，起了什么作用，他更加不清楚。可是夏冬是夏江的爱徒，向来听从夏江的号令他是知道的，所以一听梁帝说夏冬招了，誉王越发拿不准事情已经糟糕到什么程度，顿时慌作一团。

"你素日玩那些把戏，朕睁一只眼闭一只眼，由得你过罢了，谁知你变本加厉，现在连朕也敢欺瞒，再假以时日，你眼睛里还有谁？"梁帝越骂越来气，眼里几乎喷出火来，"说，朱樾那些勾当，是不是与你有关？再说半字虚言，朕绝不轻饶！"

誉王向前爬行两步，大哭道："父皇的恩宠，孩儿没齿难忘，但也正因为父皇的恩宠，令孩儿不为前太子所容。当时前太子百般交逼，孩儿又不愿意让父皇心烦，为求自保，不得不出此下策……父皇……孩儿绝对不敢有丝毫不敬父皇之心，只是一时糊涂，做错了事……"

"那这次呢？也是靖王逼你的？"

"这次的事孩儿确不知情，都是夏江一人所为，孩儿只是……没有劝阻罢了……"

梁帝怒极反笑："好！你推得干净！可怜夏江，本以为帮了你就是提前忠于新君，却没想到是这样的收场！敢做不敢当，你有哪一点像朕？"

誉王不敢答话，只是哀声哭着，时不时看纪王一眼。纪王被他看得心软，忍不住出面劝道："皇兄，景桓已经认错，再骂他也受不起……只是这事儿，该怎么处置好呢？"

蔡荃这时郑重起身，语音清亮地道："臣再次恳请陛下，恩准三司会审。"

刑部尚书的话，稳定而又清晰，听得誉王心头一颤，忍不住又叫了一声"父皇"。梁帝冷冷地"哼"了一声，脸上依然板得如寒铁一块，不过心里已经有所迟疑。

到目前为止，他已基本判定夏江和誉王是在联手构陷靖王，也很清楚誉王在那次惨烈的私炮坊爆炸事件中动的手脚。对于这二人蓄意欺瞒、挑衅皇威的部分，梁帝丝毫也没有想过原谅二字。不过现在事态已经控制住了，再把这林林总总翻到朝堂上去公开审理，他也不愿意。

"蔡卿，朕这就诏命中书令，削免朱樾的官诰，免职之后就用不着三司会审，你全权处理就是了。"梁帝平缓了语气对蔡荃道，"朕觉得案子审到朱樾这一层，已足以平定民心，到此结束吧，不必再审问什么主使人之类的了。"

"陛下……"

"至于其他要处置的人，朕自会处置，"梁帝面无表情地截断了刑部尚书的话，"蔡卿只管结案就是，辛苦你了。"

蔡荃颊边的肌肉绷得紧邦邦的，垂下头，掩住了脸上隐忍的表情，也掩住了眼眸中深深的愤怒。誉王跪在殿中叩头谢恩的声音他也没有听见，他正在努力控制自己的情绪，强迫自己不要再继续跟梁帝争辩，因为他知道，争辩也是没有用的。

"蔡卿，朕的意思，你明白没有？"梁帝等了半天，没有等到下面传来"领旨"二字，不由得挑了挑眉，将语气加重了一点。

蔡荃深深地吸了一口气，又停顿了一下，这才躬下身去，低声说了一句："臣领旨。"

"如果没有别的事，你就先退下吧。"

"是。"蔡荃的嘴唇紧紧地抿成一条直线，严谨地行完礼，退出了暖阁。一出殿门，廊下带着雪气的冷风便吹了过来，寒意透骨，可年轻的刑部尚书却觉得心里火辣辣的，灼烧得难受。在外殿侍候的太监将他入阁前脱下来的披风送过来，他也不披，只抓在手里，便大踏步地向外走去。

在宫城门外，蔡府的轿子还停在原处，家仆们一看见他便忙不迭地迎上来。可蔡荃却不上轿，顺手拉了随从的一匹马，翻身而上，独自一人朝城中奔去，完全不管身后慌乱的一片。就这样纵马前驰不知跑了多久，才渐渐听到有人在后面叫着："蔡兄！蔡兄！"

蔡荃勒住马缰，停了下来。吏部尚书沈追圆圆的脸出现在面前，看那气喘吁吁的样子，大概也追了一阵子了。

"怎么了？瞧你这脸色……"沈追伸手拉住蔡荃的马头，关切地问道。

蔡荃仰起头，看了看阴沉的天色，默然了片刻，突然道："沈兄，陪我上酒楼喝杯酒吧？"

沈追怔了怔，随即一笑，温言道："你还穿着朝服呢。走，拐弯就是我家，我有一坛窖藏六十年的状元红，管你喝够。"

蔡荃没有推辞，两人一同打马进了沈府。沈追将客人让至前院小花厅落座，吩咐置宴，结果酒菜刚摆好，蔡荃就一连干了三杯。

"好了，海量也不能这么喝。"沈追按住他的杯口，问道："到底怎么了？你穿成这样是进宫了吗？"

"是啊……"蔡荃长叹一声，"为私炮坊那件案子……我跟你提过的……"

"那个要紧的人证已经审好了？"

"是……"蔡荃用力揉着前额，声音里充满了疲惫，"我审了几个通宵，总算审清楚了，今天去禀报陛下。可是……陛下却让我结案，说是到朱樾这里就可以停止了，不许再继续……不许把根子给挖出来……"

沈追神色黯然地摇了摇头道："这个结果，你本该有点准备的。"

"我准备了的，真的，"蔡荃红着眼睛抢过酒杯，又灌了一大口，"沈兄，你不知道我有多失望，多难受……陛下看了供词，确实是发怒了。他一直在骂誉王，骂他玩弄手段，骂他欺君瞒上，而誉王也一直在谢罪，说他只是被逼无奈，从不敢轻慢皇威……可是重点在哪里？重点不在这里！六十九条人命，六十九条人命啊！对于皇上而言，这个不值得一骂，对于誉王而言，这个不值得一悔吗？居然谁都没提，谁都没有看得很严重，他们介意的，他们放在心上的，到底是什么？是什么？！"

沈追发了半天呆，突然抓起酒杯，一仰首也干了。

"为了谋得私利，这样草菅人命，已是令人发指，可更令我觉得心寒的是……为君者对这一点居然毫不在意……"蔡荃放在桌上的手紧握成拳，目光直直地看着前方，"所谓人命关天，那才是底线。再这样消磨下去，大梁还有什么气数？百姓还有什么活路？这样不把民生放在心上的人，就是我们将要侍奉的主君吗？"

"谁说的？"沈追突然一拍桌子，"这话我以前从没说过，但我现在可以跟你说，先别气馁，还有靖王殿下呢。"

蔡荃眉睫一动，慢慢把视线转过来，直视着沈追："既然你说了，我也不瞒你，我对靖王殿下的期望也跟你一样。只是……誉王的手段实在阴狠，靖王殿下的身边要是没有一个替他挡暗箭的人，未必能走到最后一步……这些咱们又帮不上忙。"

听他这么一说，沈追的脸色也暗淡了下来，摇头叹道："你说得是，现在靖王殿下还囚禁在府里反省呢……到底是怎么回事也不通报，求情都没办法求……"

"说起这个你倒不用担心。"蔡荃刚刚发泄一通，心里稍稍舒服了一点，"我今天在宫里虽然没有听得很明白，但约莫听出来这似乎又是誉王的手笔，已经被皇上识破，我想靖王殿下应该很快就没事了。"

沈追大喜，长长舒了口气道："这就好，这就好，皇上总算没有糊涂到底。"

"而且悬镜司好像也被扯进去了，陛下骂誉王的时候也在骂夏江，这倒是从来没有发生过的事情。"

"悬镜司？"沈追恍然道，"难怪……我今天在外头，看见禁军去查封悬镜司来着……看来这场风雨确实不小，靖王殿下能躲过，确是万幸。"

蔡荃闭了闭倦涩的双眼，低声道："可是朝局如此，又实在是让人心灰意冷……"

"你错了，"沈追深深地看着他，"越是朝局如此，我们越不能心灰意冷。既在其位，当谋其政，有些事情虽然你我无能为力，但有这份为国为民的心思，总比尸位素餐要强。"

蔡荃凝目沉思，似在出神，好一阵才长叹一声，又提起酒壶。沈追虽然在劝他，但其实心中也是郁愤，此时倒也没有拦阻，反而陪着他，你一杯我一杯地喝了起来。

当两位六部尚书在沈府借酒浇愁的时候，蒙挚也完成了自己的差使，干脆利落地查封了悬镜司。夏江原本不是束手就擒的人，但一道圣旨当头压下，又有蒙大统领坐镇现场，明显是软的硬的都讨不了好，所以他没有丝毫的反抗，只是再三请求面圣，蒙挚冷冷淡淡地听着，既不答应也不拒绝，先盯着人给他上好精铁镣铐，然后便直奔后面的小牢房，将梅长苏放了出来。

说句实话，悬镜司并没有怎么折腾梅长苏，夏江继续羁押他，只不过是不愿意给这位本事奇大的江左盟宗主留太多研究解毒的时间，想多关几天再说。可坐牢毕竟是坐牢，调养的药断了，饮食上也极为粗劣，所以这几天下来，梅长苏越发瘦骨嶙峋，单薄得可怜。蒙挚上上下下仔细一看，便忍不住阵阵心酸痛楚。

因为有随行的兵士在，梅长苏不好多安抚他什么，只能微笑着道："大统领亲自过来解救，苏某铭感肺腑。只是这里一片混乱，不方便道谢，改日一定登门致意，还请大统领到时赐见啊。"

蒙挚稳了稳心神，勉强笑着客套两句，回身指派了两名心腹，命他们带人妥当护送梅长苏回府。等这里一应诸事安排好之后，他亲自押解了夏江送入天牢，关押进最森严的天字号房，这才重新整衣入宫，向梁帝复旨。

"夏江说了什么吗？"梁帝这时刚刚斥退誉王，叫他回府等候处置，所以心情依旧恶劣，脸阴得像是随时会打下一个霹雳来。

"他不肯认罪，一直要求面圣。"蒙挚如实禀道。

"他当然不肯认，"梁帝冷笑道，"夏江是到了最后一刻也不会放弃的人，他要是痛痛快快认罪了，朕反而会觉得奇怪。"

"可是陛下……"蒙挚上前一步，满面迷惑之色地道，"臣在送夏冬进天牢的时候，她一直坚持在为夏江分辩，说……劫夺卫峥之事都是她为报夫仇，自作主张，与她师父没有丝毫干系……您说会不会真的是这样呢？"

梁帝不由得瞟了蒙挚一眼："你呀，武人心思，太简单。夏冬说的话，也只有你肯信。她要是只为报夫仇，在牢里杀了就是，装模作样劫出来做什么？纪王不是还看见他们给卫峥顺气吗？分明是不想让他死。如果此事由夏冬一人所为，卫峥早就没命了。朕觉得夏江大概还想拿卫峥继续做点什么文章吧，比如说偷偷放到靖王管辖的某个地方，再派人去搜出来，自然就成了景琰的罪证……"

"啊？"蒙挚的表情又惊又骇，"这……这也未免太毒了……这些关节也只有陛下才想得明白，臣愚钝……根本想也未曾这样想过……"

"夏江的手段，朕是知道的。"梁帝眯着眼睛，神色狠厉，"以前总觉得他绝不会对朕有所欺瞒，所以未曾多虑，现在回想起来，着实令人心惊……"

"那夏冬……"

"夏冬说的话都是在为她师父脱罪而已，听听就算了，信得吗？"

"这么说卫峥也有可能还活着……"

"应该还在夏江手里。只不过，他是绝不会把卫峥交出来的。"

"这是为何？"

梁帝再次瞟了蒙挚一眼："说你太简单，你就真的不动脑子了？夏江明明力证是靖王派人劫走了逆犯，要是最后反倒是他自己把卫峥交了出来，那不就等于是认罪一样吗？朕说过，夏江没么容易会认罪的。"

蒙挚其实现在心里非常想笑，但琅琊榜第二高手总不至于连这点自控力都没有。所以他的表情依然非常严肃，郑重点着头道："构陷皇子，实在是百死莫赎之罪，夏江若有一丝贪生之念，就势必不肯交出卫峥。"

"你总算开了点窍。"梁帝长长吐出一口气，无力地向后一靠，道，"你去跟夏江说，朕现在不想听他喊冤，叫他自己好好想想，想清楚了，给他纸笔，叫他写折子上来。"

"是。"

"退下吧。"梁帝挥了挥手，只觉神思倦怠，不自觉地便闭上了眼睛假寐。高湛轻轻上前低声问道："陛下，今天就歇在这儿吗？"

梁帝半天没有理他，似乎已睡着，但过了大约半刻钟后，他又微微睁开双眸，吩咐道："摆驾芷萝宫吧。"

第五十二章 胜券在握

静妃捧起一碗绿波小酿，盈盈走到软榻之前。榻上人刚刚浴完足，按摩过头部，现在正周身舒爽地盖着柔软的狐皮暖被，闭目享受有一点点药草清芬的淡淡熏香。

"还是你这里舒服。"张开嘴吞下一口送到唇边的小酿，梁帝伸了个懒腰，睁开眼，"这几天，委屈你了。"

"臣妾性子慢，倒不觉得委屈。"静妃柔柔笑道，"减的只是一点供奉，难道臣妾还少了它？知道陛下有意照应，臣妾心里是妥帖的。再说幽闭禁足，反而少了好些朝省之礼，竟是更清闲自在了。"

"也只有你这么想得开，"梁帝将她手里的碗拿开，紧紧握住她的手掌，"你不担心景琰吗？"

"有陛下圣明，臣妾还有什么好担心的……"静妃虽然仍是微笑，但说到后来，声音却不免慢慢低了下去。

"说到底，你还是担心的。"梁帝笑了笑，示意她靠近一点，"朕告诉你吧，景琰没事，现在案子也查清楚了，朕自会补偿他的。"

静妃容色淡淡，只在唇边噙了一丝笑，没有要顺势谢恩的意思，梁帝略有些讶异，忙问道："怎么了？"

"景琰今日之祸，根源还是福薄，受不得陛下恩宠太过，以后……陛下还是少疼他一些的好。"

梁帝眉头一皱，心性略略发作，斥道："你这是什么话？景琰受的恩赏，都是他自己挣来的，朕并无偏私。再说了，朕既然要宠他，自然会让他受得起这份宠，你何必心思这么沉？"

静妃微微垂首,不再多说,无言地揉着梁帝的手腕。只是那双深如秋水的眼睛里,还荡着薄薄的愁色。

"好了,朕知道你现在后怕。"梁帝又放软口气安抚道,"也难怪你悬心,景琰的性子是直了些,率性而为,有什么就说什么,明知朕不喜他为赤焰旧案辩护,他还是照说不误,这一点,倒比那些心思叵测之徒更让朕心安。不过这次悬镜司如此胆大妄为,朕确实没有想到,一时不防,委屈了景琰。幸好上天护佑,让纪王弟撞见了夏冬,否则夏江把苏哲这个病秧子弄进去严审,说不定还真给他造出什么实证来呢。"

"苏哲?"静妃微露好奇之色,"是不是景宁说的……曾以三稚子击败北燕高手的那个苏先生……"

"就是,你也听过他的名字?"

"这位苏先生是朝廷客卿吧?怎么他也扯进来了?"

"你不知道,这个苏哲真名叫梅长苏,在天下广有才名,见识才学都是一流的,听说京城里结交他的人很多,景琰自然也多多少少跟他有些来往。夏江大约就是凭着这些来往,想把他说成是景琰的同谋。你想啊,景琰什么身份什么性子,夏江能去审他吗?能审得出来吗?这位苏先生可就不一样了,文人体弱,筋骨也不强,进了悬镜司,不就由着夏江摆弄吗?"

静妃轻轻倒吸了一口冷气,道:"那这位苏先生岂不是平白遭受无妄之灾?他还好吧?"

"能好到哪儿去?听蒙挚说受了点儿刑……他也算是名士,朕自会安抚的,以免天下物议朝廷没有惜才之心。"

"听陛下都这么说,此人一定不是凡品,可惜臣妾未得一见。"静妃随口笑道。

"你要见他还不容易,叫景琰带他进来拜见你就是了。"

"还是算了吧。"静妃摇头,"他既不是外戚,又没有朝职爵位,宫规森严,何必让皇后娘娘为难?"

"你啊,就是太安顺了些。不过说得也对,多一事不如少一事。"梁帝想了想,"那这样吧,三月春猎,叫景琰把他也带到围场来,出宫外巡时没那么多关碍,你那时再见吧。"

"三月春猎,陛下要带臣妾去吗?"

梁帝奇怪地看了她一眼:"不带你带谁?"

静妃眼波微转,最后慢慢垂下眼睫,低声道:"是,臣妾遵旨。"

"是遵旨,不是谢恩吗?"梁帝伸手将她揽进怀里,"你不用怕,朕偏就是恩宠你,谁能把你怎么样?"

静妃轻轻抚着梁帝的前襟,喃喃地道:"臣妾也不是年轻人了,在宫中这些年,已见多了宠辱兴衰,只要能侍奉好陛下,臣妾已别无他想,只是……"

"只是放不下景琰吧?"梁帝笑着将她颊边的散发捋回耳后,"朕现在也发现了景琰许多好处,以前都没看到的。不过这孩子犟了些,需要人提点。对了,那个苏先生倒是个有见识的人,让景琰多去请教请教,听说景桓一向跑得勤着呢……"

"景琰只要忠心为朝廷办事就行了,虽然应该礼敬名士,也不必刻意笼络。"静妃似不在意,淡淡地道。

梁帝的眸中突然闪过一丝亮光,良久后方一字一句道:"景琰是不是只想当个办事儿的王爷?"

静妃悚然一惊,难得有些失态地坐直了身子,定定地看着梁帝。

"你不用慌,朕只想提点你们一下。"梁帝温言道,"朕知道你们一向委屈惯了,没朝这上头想,但现在想想也不迟。景琰不在朝廷上结党,持心公正,这一点朕很喜欢,但他自己府里头,还是得有个人……这次他差点儿掉进人家陷阱里,还不就是因为缺个人替他琢磨事情吗?"

静妃低下头想了半晌,慢慢地道:"陛下爱重我们母子之心,臣妾明白。这些话臣妾也会转告景琰,只是那孩子最不喜欢的就是……想必陛下也知道……他要是听不进去,臣妾也拿他没办法……"

"这个犟脾气的孩子!"梁帝虽骂了一句,结果反而呵呵笑了起来,"好了,不是什么大事,朕会照看他的。你们各自被幽禁,也有好些日子没见了,这两天让景琰进来,你替朕安抚他一下。"

"安抚什么?"静妃也不禁一笑,"小户人家的孩子尚且免不了要挨两三下巴掌,何况他是皇子?经一事长一智,于他也是进益。要是真的心生抱怨,那就是臣妾教子无方了。"

梁帝听着大是顺耳,一整天到现在方有些舒怀,不由得躺平了身子,让静妃为他捶打腰部,慢慢也就沉沉坠入了梦乡。

他既然说了可以让景琰进来,靖王也没有客气,第三天就进来了。言皇后早已得知皇帝这两天是留宿芷萝宫的,明白那个所谓的幽闭早就名存实亡,所以也不想去自讨没趣,闷在正阳宫没有去管。

自从新儿被皇帝杖杀之后，芷萝宫中已绝无外宫眼线，静妃驭下也甚是张弛有道，谨慎周全，所以母子二人在这里谈话时，还是非常安心的。

将儿子带进暖阁，静妃递上一块奶黄糕，第一句话就问："那位苏先生没事吧？"

萧景琰抬头看了母亲一眼，放下手里的点心："还不知道。"

"不知道？"

"儿臣昨天过去，没见着人。"靖王皱着两道浓眉，"他以前病重时，儿臣都见不着人。"

静妃不禁有些着急："若是病了，你更该去探望才对。"

萧景琰看着素日沉稳的母亲，心中甚是奇怪。不过凭着过去的经验，他知道问也是白问，静妃的解释无外乎"他是你最重要的谋士，应多加关心"之类的。

"母亲放心，孩儿明天会再过去，好歹也要见一见人。这次确实多亏了有苏先生，虽然他是不赞同去救卫峥的，但因为孩儿坚持，他还是竭尽心力策划谋算，连自己都进了悬镜司受苦……"

"他不赞同去救卫峥？"静妃刚问了一句，想想又明白了："就情势而言他是对的，不过最终，你们两个还是不管不顾地翻过了这道坎儿。有这样的人扶持你，我真的很安心。"

靖王眸色深深，略叹息一声，道："卫峥被救出来后就由苏先生安置了，他也不告诉我安置在何处，说还是不知道的好……其实孩儿现在真的很想见见卫峥，想听他说一说当年的情形。赤焰军是怎么被歼灭的，小殊又是怎么死的，他死的时候，有没有说什么话，留什么遗愿……"

"听说卫峥是在南谷，只怕他当时不在小殊身边……"

萧景琰用力抿住发颤的嘴唇，眼皮有些发红，轻声道："母亲……我有时候真的很难相信小殊就这样死了，我去东海之前他还跟我说，要给他带鸽子蛋那么大的珍珠回来当弹子玩。可等我回来的时候，他却连一块尸骨都没有了……甚至连林府，我们时常在一起玩闹的地方，也在一夜之间被夷为平地，变成了只供凭吊的遗迹……"

"景琰，"静妃俯下身子，拭去儿子眼角的泪，柔声道，"只要你没忘记他，他就还活着，活在你心里……"

靖王突然站了起来，大步走到窗前，扶住窗台默然静立，好半天方道："我不想他活在我心里，我想他活在这世间……"

"万事不能强求，"静妃望着儿子微微颤抖的背影，眸色哀婉，"失去的永远不能再找回。就算小殊真的能回到这世间，只怕也不是当年的小殊了……"

靖王现在正是心神伤痛的时候，没有留意母亲这句话。他望着窗外绕园而过的潺潺清流，和枝叶萧疏的梧桐树干，心里想的是未来更长远的路，和誓为挚友昭雪这个越来越坚定的目标。

"他们大概都在某个地方看着我……再也没有什么能让我回头，让我放弃了。"靖王喃喃地道。

静妃的脸上涌起异常复杂的表情，有些话已到唇边，却又咽了回去。她是个心思柔婉体贴之人，在没有见到梅长苏之前，也许沉默是最好的选择。

"景琰，陛下昨天说，三月春猎之时，让你请苏先生同行。"

靖王霍然回头，有些讶异："什么？"

"届时我会随驾前往，陛下已恩准你带苏先生来跟我见上一面。"静妃淡淡一笑，"总听你提起他的神思鬼算，这般人物我岂可不见？"

靖王的目光微微有些闪动。静妃对苏哲的兴趣之浓厚实在出乎他的意料，纯粹拿好奇心来解释是解释不通的，何况以静妃这恬淡的性子，她别的什么都有，还真就没有多少好奇心。

"既然父皇已经恩准，孩儿请他同行就是了。"片刻停顿后，萧景琰躬下身子，恭肃地领命。

梅长苏不愿意见靖王，确实是因为回到苏宅后，病势转沉。他担心自己神思昏昏时会不知不觉说些什么呓语，所以每到这种时候，都会让飞流阻客。

不过飞流也有拦不住的客人，比如蒙挚。

禁军大统领跟小护卫从前厅一直打到卧房外，让从头到尾跟在旁边的黎纲和甄平急得满头是汗。可是一回头却不由得气结，只见他们那个昨天还病得晕沉沉的宗主此刻却拥着被子，笑呵呵地瞧着都快打到床前的这场精彩交手，一副很快活的样子。

"宗主，您既然醒着，快叫飞流住手啊！"黎纲小声地说。

"没事，让他们再打一会儿。"梅长苏毫不在意，"蒙大哥有分寸的，飞流没有分寸也无所谓，反正他也伤不着蒙大哥。"

蒙挚听到他这护短的话，有些哭笑不得。不过这人既然有精神开玩笑了，说明身体暂无妨碍，他刚才被阻于卧室之外的那一团忧急之心这才平静下来，开始认真地给飞流喂起招来。

晏大夫绕过屋子中间的这一团乱局，气呼呼地捧着一碗药来到床边。梅长苏赶紧爬起来，二话不说就把药喝个干干净净，老大夫又板着脸把空碗接过去。

"晏大夫，人家都说生气伤肝，怎么我看您一直都这么怒气冲冲的，身体却还如此之好，是怎么回事？"梅长苏笑着问道。

"你还好意思问！为了你这小子，我命都要被你气短两个月！"晏大夫哼了一声，吹胡子瞪眼地又出去了。

梅长苏悄悄一笑，这才扬声道："飞流，请大叔过来！"

飞流很不情愿地停下了手，对蒙挚把头一歪："过去！"

蒙挚笑着伸手揉了揉飞流的额发，少年板着脸居然容忍了，倒让旁观的黎纲和甄平跌掉下巴。梅长苏笑道："蒙大哥，看来飞流已经没有那么讨厌你了哦，可喜可贺。"

"你还闹，到底病得怎么样？"蒙挚大踏步来到床前，俯低身子细细看来，"怎么飞流不让人进来？吓我这一跳……"

"前两天不是太好，今天好多了，当时叮嘱飞流时昏沉沉的也没说得太清楚，其实不是想拦你的。"梅长苏抬手指了指床头的座椅："蒙大哥坐。"

"你不想见靖王吧？"蒙挚了然地点头，"那不开秘道这头的门就行了啊。"

"他也有可能从正门进来好不好？"梅长苏正说着，飞流突然飘了过来，大声道："敲门！"

"真是说曹操曹操到。"蒙挚看了飞流一眼，笑着又把脸转了回来，显然在等待主人的决定。

梅长苏坐起身来，沉吟了一下："麻烦蒙大哥代我迎请。"

蒙挚立即站起身走向秘道，黎纲和甄平也随即退了出去。

靖王见到来接他的人竟是蒙挚时略略有些惊讶："蒙卿怎么会在这里？我今天入宫时还看见你在当值啊。"

蒙挚笑着行礼道："才过来的。那日在悬镜司放出苏先生时见他情况不太好，故而悬心。今天得空，过来探望探望，不想这么巧竟遇到殿下。"

靖王"嗯"了一声，没有再多问，顺着秘道走了出来，转过小帏帘，便进入梅长苏的卧房。主人从床上半欠起身子，微笑着招呼道："请恕苏某未能亲迎，有劳殿下移步了。"

"你别起身，"靖王赶紧加快了步子，"不知先生可好些了？"

梅长苏淡淡一笑:"殿下请坐。苏某本无大碍,不过偷空歇两天罢了。"

靖王一面坐下,一面仔细看着梅长苏苍白的面容,心中禁不住有些愧疚,叹道:"若不是为我善后脱罪,先生也不必亲身前往悬镜司犯险。夏江不是心慈手软之人,先生一定受了苦楚,只是不肯跟我们说罢了。"

蒙挚刚才正好有个问题还没来得及问,此时顺势便接住了话头儿道:"苏先生,你身上的毒可已解清?"

靖王吓一大跳:"什么毒?"

梅长苏眨眨眼睛,也跟着问:"什么毒?"

"你别装了,我送夏冬进天牢的时候她说的,就是夏江逼你服的乌金丸之毒啊!"

"哦,"梅长苏不在意地摇了摇头,"我没中毒。"

"你可别瞒我们,夏冬说她亲眼看见……"

"她亲眼看见的只是夏江拿乌金丸给我,我掉了颗药丸在地上,然后夏江把地上的药丸塞给我吃了而已。"梅长苏狡黠地一笑,"我真的没中毒。要是明知夏江有乌金丸这种东西还会着道,那我也太傻了点。"

靖王与蒙挚对视一眼,明白了他的意思,但放心失笑之余,也不由得一阵阵后怕。

"说到夏冬,她现在情形如何?"

"夏江没定罪之前,她暂时无碍。"蒙挚叹道,"可怜她孤单多年,现在还要因为师父的冷酷无情而寒心绝望,这个中苦楚,只怕无人能够分担。"

"是我们欠夏冬的,"梅长苏的眸中也涌起哀惜之色,"只能尽量补救了。夏冬与卫峥不同,靖王殿下和静妃娘娘大可尽全力为她求情,陛下只会觉得你们宽大,不会起疑,即使将来一定会定罪,也希望能够尽可能地轻判。"

"这是自然。"靖王也点头道,"夏冬是聂锋遗孀,此次又算是听从师命,有很多可以得到恩宽的理由。我和母妃拼力求情,应该不会让她受太重的刑罚。"

"有殿下在,夏冬不会有大事,苏先生不用悬心。"蒙挚比靖王更了解梅长苏心中的歉疚之意,忙又多安慰了一句。

"苏先生,"靖王将身子稍稍前倾,锁定梅长苏的视线,语气甚是凝重地问道,"现在差不多已尘埃落定,可以安排我见见卫峥了吧?"

梅长苏微微一怔,迟疑了片刻,低声道:"虽说夏江已然下牢,但事情终究并未完结，这种时候还是谨慎些的好。卫峥现在很安全，殿下不必担心。"

"他还在京城吗？"

"还在。"

"在何处？"

梅长苏抬头看了他一眼，摇了摇头："请恕苏某不能告知。殿下要是知道卫峥在何处，一定会忍不住悄悄过去见他的，万一有所不慎，岂不前功尽弃？"

靖王转头看向窗外，轻轻叹息一声："我希望早些知道当年情形的这种急切，先生到底还是不能体会……"

梅长苏低下头，抿了抿嘴角，道："苏某是局外人，自然无法体会真切。但急也不急在这一时，卫峥的伤尚未痊愈，殿下也要集中精力应对复印开朝后必然有的朝局动荡，现在还是让心思静一静的好。一旦苏某觉得可以让你们两位深谈之时，殿下就是不催我也会安排的。"

蒙挚见靖王的面色有些郁郁，正打算插几句话来改改气氛，黎纲的声音突然在屋外响起："宗主，穆王府穆青小王爷前来探病。"

梅长苏不由得皱了皱眉。穆青虽然是自己人，但他年轻冒失，让他看到靖王和蒙挚在这里不好。但是若以病重为由将这位小王爷打发回去，又怕他给姐姐写信胡说八道，白白地惹霓凰和聂铎忧心，所以思虑再三，竟有些左右为难。

靖王心中明白梅长苏在犹豫什么，主动站了起来，道："穆青好心来探病，没有避而不见的道理，还是我和大统领先走一步吧，明日再来看望。"

梅长苏忙谦谢道："不敢劳动殿下天天过来，有事我们还是在密室里见面商议的好。"

靖王笑一笑，眼珠轻轻转动了一下，突然道："先生的病，三月的时候应该就可以大安了吧？"

"哪里会拖到三月，过几天就好了。"

"那么请先生多多保重，三月春猎，陛下让我带先生一起去呢。"

梅长苏有些意外，不由得挑了挑眉："皇族春猎，怎么会让我也去？"

靖王眼睛一瞬也不眨地盯着梅长苏的脸，慢慢地道："我母妃想要见你。"

在视线的尽头，梅长苏的眉睫微微颤动了一下，但除此外倒也并无一丝一毫其他的表情变化，声音也甚是稳定："殿下说笑吧，虽是在为殿下效力，到底是一介平民，静妃娘娘见我做什么？"

"母妃对你一向推崇,已经是屡次向我提起了,请先生切勿推辞。"靖王将灼灼的视线收回,略略点头为礼,转身向秘道口走去。一直在旁边呆呆听着的蒙挚急忙跟在他后面。

眼看要绕过垂帷消失了,靖王突然又停下脚步,回头问道:"苏先生,卫峥是在穆王府吗?"

梅长苏一怔之下,又不禁感慨:"殿下如今实在敏锐,也许过不了多久,苏某就会是无用之人了。"

靖王淡淡一笑,道:"先生又在说笑。既然穆王府愿意庇佑卫峥,那我确实不必担心。先生好生休养,我先走了。"

梅长苏撑起身子目送,片刻后听到密室门轻响,这才是真的走了。

"请穆小王爷进来。"

"是。"窗外传来应诺声。大约一盏茶的工夫后,穆青精神抖擞地大步进房,在距离床头还有五六步远的地方就开始说话:"苏先生,我给你带信过来了!"

"信?"

"是啊,姐姐专骑驰送过来的,封在教训我的信里头。"穆青也不坐椅子,径直坐在了床沿上,一面递过信封,一面好奇地探头探脑:"快拆开来看看,说了什么?"

梅长苏抿住嘴角的笑意,顺手将信掖在枕下,道:"我现在眼是花的,等清醒些了再看吧。"

"那我给先生念念!"穆青两眼顿时一亮。

梅长苏哭笑不得,幸好这时飞流飘了过来,一指床头的椅子,道:"你,坐这里!"

"我偏不!"穆青将下巴一扬,"我就坐床上,我喜欢坐床上!苏先生都没管,你管?"

"好了。"梅长苏赶紧制止住两个少年的争执,突又灵机一动:"穆王爷,想不想跟我们飞流过两招?"

"哇,可、可以吗?"

"没关系的。"梅长苏转头又对飞流道:"飞流,你陪这个小哥哥交交手,记住,要像跟华妹妹交手时一样小心哦。"

飞流顿时脸色一僵,但苏哥哥吩咐的话又不能不听,只得一转身,先到院子里去了。穆青喜滋滋地跟在后面,过招的声音随后便传了过来。

梅长苏从枕下摸出信来拆开，一看果然不出所料，那两个人又求又闹的，想让聂铎到京城来，当下摇头叹气，掀开被子下了床。站在门外的黎纲赶紧过来，一面给他披衣服，一面用力扶持："宗主要做什么？"

"写封回信。"

"宗主还是在床上吩咐，属下代笔好了。"

梅长苏摇摇头："聂铎是认得我的新笔迹的，让人代笔，他们更要胡思乱想了。"

黎纲不敢违命，扶着他走到书案边，忙忙地磨墨展纸。信的内容无须多想，也就是把那两人严词训斥了一遍，只是落笔时担心笔力虚弱让他们担心，所以梅长苏写得甚是费力，一封信写完，额前已渗出汗来。黎纲先将他扶回床上去，再回到书案前细心将回信封好，送到枕边，低声问道："宗主，请穆小王爷进来吗？"

梅长苏的视线转向窗外，听着院子里持续不断的打斗之声，不知怎么的，突然想起了自己那遥如隔世的少年时代，不禁出了神，良久方郁郁地道："我先睡了，等穆青尽了兴，你把回信交给他专骑寄回就是，不必再进来见我。"

黎纲应了一声，扶梅长苏躺平，视线轻扫间，只见那两片嘴唇都是青白之色，不由得心头一紧，胸口似被什么东西扎了似的发疼，急忙低头忍住，慢慢地再次退回到了门边。

如果说京城里有什么东西传递得最快，那就是小道消息。正月十六复印开朝的那一天，大多数的朝臣们都已多多少少听闻了一些消息，全体绷紧了神经等待着什么发生。可没想到整整一天过去，竟是波澜不惊，未曾下达一件具体诏令，只是按礼制举行了一些必要的仪式，连皇帝的脸色都一切如常，根本看不出有什么异样。

可是等大家过了一天又一天，以为消息不准确或者又有什么变数发生时，该来的突然又全都来了。

正月二十，皇帝诏令封悬镜司一切职权，司属所有官员俱停职，同时革朱樾大理寺卿官位，着刑部羁押。

正月二十三，内廷谕旨以忤上失德为由，将誉王萧景桓由七珠亲王降为双珠，退府幽闭三个月。誉王府长史、听参等诸官因劝导不力，有七人被流配。

正月二十七，晋静妃为静贵妃，赐笺表金印。

虽然在所有的诏令中，没有直接牵涉到靖王的，但只要有眼睛的人都看得出，萧景琰现在已是所有皇子中位分最高的一个。当他在某些场合搀着越发年迈佝偻的梁帝走过侍立的朝臣队列时,未来的格局似乎已经异常的清晰了。

令许多早已疲倦于党争的朝臣们感到庆幸的是,已接近东宫宝座的靖王除了在政事上的长足进步以外,性情方面竟没什么大的改变,仍是过去那样刚正、强硬、不知变通。对于似乎是他对手的誉王及其党羽,靖王的态度几乎可以说是冷傲到了不屑理会的地步。但他越是这样,越让人感到轻松,因为无须多加揣测,只需要看看他对中书令柳澄、户部尚书沈追、刑部尚书蔡荃等人的礼敬和赏识,便能拿得稳这位亲王喜欢什么类型的大臣,朝中的风气因此也在不知不觉间有些改变。

"小殊,靖王今天在陛下面前谈论你呢!"蒙挚坐在梅长苏卧房外的小书厅里,很认真地道,"虽说现在形势很好,但他是不是也该避避嫌才对啊?"

"他主动提起的吗?"

"倒也不是。当时陛下刚看了夏江的折子,上面说你是祁王旧人,于是陛下就问靖王相不相信。你猜靖王怎么回答?"

梅长苏摇了摇头。

"他也答得太胆大了,"蒙挚慨叹道,"他说,'苏先生若是祁王旧人,我怎么会不认识?'你听听,真让我捏了把汗。不过结果还好,虽然他如此坦认自己与祁王之间的亲密关系,陛下竟然也没有恼,反而大笑着说,'夏江大约确实是被逼急了,攀咬得越来越没有水准,梅长苏跟祁王,怎么可能扯得上关系'。"

梅长苏慢慢点头道:"其实靖王这样答是对的。他与祁王之间的兄弟之情,陛下是再清楚不过的,不坦认,难道还有什么遮掩的意义吗?靖王现在与祁王当年,情势完全不可同日而语,陛下心里拿得稳,还不至于忌惮什么。反而越是瞒他,倒越像心里有鬼似的。"

"确是这个道理,"蒙挚也赞同道,"接着靖王顺着这个话题就谈起了你,说只因收了你击败百里奇的三个稚子当亲兵,这才有了些来往。结果这次连累你无辜遭难,他心里实在过意不去。所以陛下才拿了这柄如意,命我送来安抚你。"

梅长苏看了看摆在几案上的那柄绿玉如意,淡淡笑了笑,不以为意。

"你觉得没什么吗?"蒙挚瞧出他的意思,凑近了一点,"可是他们的对谈还没完呢。"

"哦?靖王还说了别的什么?"

"是陛下先说的。陛下问他,'听说梅长苏其实是誉王的谋士,你知道吗?'"

蒙挚一句一句重复着原话，"靖王答道，'誉王怎么想的我不知道，但我想苏先生应无此意。我曾与他深谈过，此人经世学问深不可测，令人佩服。若只以谋士待之，只怕难得其用'。"

听到此处，梅长苏的神情渐渐凝重了起来，微微蹙眉。

"陛下于是笑着说，'梅长苏确是人才，朕本就有意让你多跟他亲近亲近，又怕你排斥他曾为誉王效力。既然你对他也有礼敬之心，这次又有这个机缘，那也该去他府里探看探看。此人学问是尽够的，洞悉时事也甚是明达，你远离朝堂十年之久，朕也想让你快些进益'。"蒙挚说到这里，浓眉一扬："对陛下的这些吩咐，靖王本来只需要应承着就是，可他接下来的应答，实在让我大是意外。"

"他驳回了吗？"梅长苏也露出讶异之色。

"这倒不是，"蒙挚用手揉了揉两颊的肌肉，放松了一下，"当时在场的除了我以外，还有另外两人，你猜是谁？"

"谁？"

"户部尚书沈追和刑部尚书蔡荃，他们是来禀报私炮坊结案之事的。"

"靖王的回答，与他们两人相关吗？"

蒙挚一拍大腿："正是！靖王当时回头看着沈追和蔡荃，说：'多与饱学之士交谈，确有进益，不仅是我，朝臣们也不该故步自封。既然要去，沈卿和蔡卿也一起去好了，大家都是青年才俊，多切磋自然有好处。'陛下一听就笑了，说：'你这傻孩子，还是没明白朕让你去请教梅长苏什么，把他们两个也叫上，不就是纯粹对谈学问了吗？算了，由着你吧。'"

梅长苏慢慢起身，若有所思地在室内踱了几步，脸上神情变幻不定。蒙挚心中不安，忙问道："靖王这样做，有什么不妥吗？"

"不……也没什么……景琰的好意我明白，"梅长苏幽幽长叹一声，"但其实他不必如此费心的……"

"好、好意？"

"沈追和蔡荃这些人，都是靖王将要倚重的栋梁之臣，他带这些人来见我，不过是准备为我的未来铺一条路。"梅长苏慢慢游目看了看四周，语声低微，"这里所发生的一切以后是没有痕迹的，就好比那条秘道，一旦用不着了，就一定会消失得无影无踪。即使以后靖王大业得成，我也没什么可以拿出来说的功劳，景琰是重情的人，他不想以后亏负我，所以才会如此急切地抓住机会让他的重臣们来结识我，大概以后除了沈、蔡二人之外,他还会想办法拉更多的人来吧……"

"好啊,好啊!"蒙挚欢喜地拍着桌子,"这才是靖王的性情!这才不枉你为了他耗尽心血嘛。"

梅长苏凝住目光,缓缓摇头:"我耗尽心血,并不单单只为靖王。我们有共同的目标,他不必觉得对我有所亏欠。"

"话可不能这么说,你到底为靖王做了这么多事,他不亏负是应该的。你也不愿意让他凉薄到完全置你于不顾吧?"

梅长苏不禁一笑,回位坐下,颔首道:"说得也是,人的期盼越多,就越是矛盾。景琰有这份心意,自然要领,不过现在风浪未定,我还是得找个机会劝说他不要急躁,像是如何安置我这种小事情,能缓就缓吧。"

蒙挚深深地看了他一眼,有些话刚涌到唇边又被他咽了回去。所谓当局者迷,聪慧剔透的梅长苏此时一点都没有意识到,他自己刚才的说法完全不像一个谋士,至少,不像一个以建功立业、博得名利为目标的常规谋士。

不过察觉到这一点的禁军大统领,却好像丝毫也不想去提醒他。

大约两天后,靖王果然带着沈追和蔡荃前来拜会。梅长苏的身体已基本恢复,裹着厚厚的白裘,在炉火四围暖意融融的前厅接待贵客。结果就是没到一刻钟,客人们全都热得脱去了大衣裳。

在没来之前,沈追和蔡荃在心里对这位专门挑在京城养病的麒麟才子还是有一点反感和抵触的,可真正一见面,才惊觉他竟是真的有病。而等靖王打开话题,几个人越聊越深入后,偏见就在不知不觉间消失得无影无踪了。

靖王现在倚重的人才其实大多数都是由梅长苏推荐给他的,所以对于沈追和蔡荃,梅长苏非常了解也非常欣赏。在理念相同的前提下,越是有小观点上的不同越是谈得投机,尤其是蔡荃,谈到后来,竟谈到修订刑律的具体条款上去了,完全没有意识到对方只是一个无职的白衣。

就这样从一早谈到中午,黎纲安排了酒菜,客人们毫不推辞就坐上了桌。吃完饭继续聊,一直聊到天色渐暗时,靖王才忍不住提醒道:"苏先生身体不好,这样也太劳累了,他住在这里又不走,改天再来请教吧。"

两个尚书怔怔地抬头,这才恍然发现日色西移,忙起身致歉。梅长苏笑道:"两位大人青年才俊,苏某也难得有机会可以亲近。今天如此畅谈实在是愉快,又何必讲虚礼呢。"

蔡荃性情更为爽快，既然已经认同了梅长苏的才学，有些话便说得分外直接："苏先生有国士之才，我深为敬服。只是才德须要相配，方合圣人之道。当今之世，天下思治，还望先生善加珍重，不要误入歧途才好。"

梅长苏明白他的意思，看了靖王一眼，微笑不语。沈追见靖王站在一边看着，竟没有顺势上前发表两句重才揽才的宣言，顿时皇帝不急太监急，忙忙地就插言道："先生如此聪慧之人，眼光当然也应有独到之处，如今谁能重振朝局颓势，谁能为江山百姓谋利，想必先生已经心中有数了吧？"

"是，"梅长苏不禁莞尔，"苏某来到帝京已有一年多，该看的已经看清楚了，请两位大人放心。"

大家都是聪明人，话到此处当是宾主尽欢，沈追和蔡荃十分满意地告辞而出，刚一出门就抓住靖王提出建议，要他务必捉住梅长苏这个良才。这个结果本就是萧景琰想要的，他也没必要装模作样，很爽快地就应允了。

第五十三章 惨烈真相

天牢天字号房,是戒备最为森严的一间牢房。但戒备森严,并不代表着这里的环境就最为恶劣。相反,它还算宽敞干净,只是墙体比别的牢房更厚,铁栅要多个两层而已。

夏江靠在牢房的一角蹲坐着,闭着眼睛回想自己失败的整个过程。他浸淫官场数十年,凭着思虑周全行事狠辣横行到如今,从未遇到过如此惨境。从表面上看,他似乎只是意外遭到了徒弟的背叛,但现在被人背叛后还无法让梁帝相信这种背叛的存在,却绝对是高人设计的结果。

梁帝对于悬镜司的信任此时已降至冰点,怒气难平的他甚至不愿意当面见到夏江,只指派蒙挚定期奉旨过来,问这位曾经的首尊大人是否愿意认罪。

话虽然每次都是这么问的,但实际上就算夏江愿意认罪也没办法认,因为他根本交不出卫峥来。何况,构陷皇子的罪名,认了也是死路一条。

一旦涉及皇权威严,梁帝的处置手段之狠,别人不清楚,夏江可是明明白白的。

牢房潮湿发霉的空气穿梭在鼻息之间,夏江咬着牙,想着那个明明脆弱得一捏就碎,却又强悍得令人胆寒的年轻人。当苏哲之名首次传到他耳中时,他并不是太在意,以为那不过是又一个希望从江湖转战到庙堂的野心之辈,未必能有多大能量。更重要的是,他那时对于夺嫡之争确实没多大兴趣,太子和誉王谁赢都无所谓,悬镜司永远是悬镜司,根本无须担忧。

可是后来局面疾变,靖王横空出世,上升之势越来越猛,夏江有了危机感,这才开始认真应对这个变局。但万万没有想到的是,只因为轻视了一个隐于幕后的江湖人,他居然一招落败,断送掉原本掌握在手心里的胜局,沦落到了如此地步。

夏江现在已经不再思考如何扳倒靖王的事了，他在考虑如何活命，尤其是在两道折子递上去后半点回音也没有的情况下。

这时牢房外的铁锁声响起，门被打开，随意地敞着。不过夏江半点也没有动过趁机逃脱的念头，因为敢这么大大咧咧开门的人，一定是蒙挚。

琅琊高手榜排名第二，大梁第一勇者，蒙挚。

禁军大统领拿来了新的笔墨纸砚，很显然这代表着皇帝对于疑犯最新的供状并不满意。

"夏江，陛下的耐心是有限的，你如果到现在还不如实认罪的话，陛下就只能从重处罚了。"蒙挚双手抱胸，冷冷地道。

"已是死罪，还能重到哪里去？"夏江扶着石壁站了起来，"蒙大统领，我折中所陈俱是实情，陛下为何不信？"

蒙挚面无表情地道："你指认梅长苏是祁王旧人，可有依据？"

"他自己承认的……"

"如果你是祁王旧人，你会自己承认吗？再说无缘无故的，他为什么要主动在你面前表明自己是祁王旧人？梅长苏像是笨得会找死的人吗？"蒙挚冷笑道，"想让陛下相信，就不要随意攀咬，说点实在的吧，比如把卫峥交出来。"

"卫峥不在我手中，让我如何交出来？"

"不交，就是不认罪了？"

讯问同前几次一样陷入怪圈，夏江觉得快要抓狂，勉力吸几口气，镇定了一下，道："蒙大人，我承认将卫峥移到大理寺关押，并且故意把劫匪放入悬镜司是有些居心不良。但夏冬说我指使她的种种全是诬陷，陛下不能偏听偏信啊！"

蒙挚定定地看了他很久，眸色冰冷："夏江，亏了夏冬还一直在为你开脱……事到如今，你敢做不敢当倒也罢了，竟然还要把罪责推给自己的徒儿。陛下给了你机会上折辩解，怎么能说是偏听偏信？夏冬明明是你自己的爱徒，她为什么要诬陷你？"

夏江脸上的肌肉不自禁地抽动了一下。蒙挚所问的话，正是他最不好解释的一部分。夏冬与他的关系众人皆知，以前也没有传出过师徒不和的消息，出了事之后再说两人之间已翻脸，换了谁也不免要心生疑问，更何况关于翻脸的原因，那还真不好说。

"你死不认罪，想要多拖点时间也无所谓，"蒙挚继续道，"你的两名少掌使也已招认。你曾授意他们放劫匪进入悬镜司内，不必认真抵抗。"

"我那是为了一举灭之！我曾在地牢设置火药，就是为了剿杀这批劫匪，他们难道没有说吗？"

"从口供上看，没有。"蒙挚毫无起伏的声音听起来尤其令人绝望，"我查封悬镜司后，在地牢里也没有发现火药的痕迹。夏春和夏秋的口供里也没有提到这个，你还有其他声明无罪的凭据吗？"

夏江面色一阵发白。事发当天为了鼓励靖王大胆出手，他有意让夏春和夏秋被引了出去，不需要他们配合行动，当然也就没有把设计火药陷阱的事告知他们，毕竟火药被引爆后，连夏冬也会一起炸进去。夏秋就不说了，即使是和夏冬没有血缘关系的夏春，毕竟也是跟她从小一起学艺的，不告诉他们，也是怕节外生枝。谁知因为这个，弄到现在连个人证也没有……可是那两个少掌使……

"请蒙大人回禀陛下，两个少掌使的口供有问题，他们是最清楚火药之事的，他们知道我是绝对准备要剿杀那批劫匪的……"

"晚了，"蒙挚冰冷无情地浇灭了夏江最后的希望，"这两个少掌使只知有你首尊之命，而忘了他们任的是朝廷的官职，受审时还口口声声说他们只是奉命，所以无罪。豫王殿下将此狂悖之状呈报了陛下，陛下自然盛怒，下令内监重杖四十，他们没扛过去，已经死了。"

"死了……"黄豆般大小的汗珠从夏江的额前滚下，他茫然向前走了两步，问道："怎么会是豫王殿下在审案？"

"此案特殊，陛下不愿让有司参与，豫王殿下虽有残疾不理朝事，但毕竟是皇子，指派他有什么稀奇的？"

夏江闭上了眼睛，感觉到四肢好像被铐住了一般，根本无法挣动。豫王前不久因争小妾之事，很受了誉王的欺压，他如果想要挑这个时候来出出气，那实在是再正常不过的事了。世间的事也许就是这样，在你得势之时根本不放在眼里的那个人，也许某一天会给你最沉重的一击，想也想不到，躲也躲不开。

蒙挚目光闪亮地看着这个已被逼至绝境的人，表情未有丝毫的软化："夏江，你有今日，实在是自己种因，自己尝果。一个失去了信任的掌镜使对陛下来说算是什么东西，你自己最清楚。他现在越来越不想听到关于你的事，以后连我也可能不会再来。你死是死定了，但什么时候死倒还没定，不过再迟也逃不过秋决。在那之前，这天牢你还得住上一阵子。我想你身上应该不止这一桩债吧，趁着死前没事，这里有纸墨，你慢慢回想慢慢写，没必要带到棺材里去，成为下一世的罪孽。"

说完这番话,禁军大统领就再也没看夏江一眼,一转身出了牢房,重新锁好大门,留给里面的人一片安静得几乎令人窒息的黑暗空间。

离开了天字号房,蒙挚并没有立即出去,而是转过长廊,来到了女牢探望夏冬。女牢设在最上面一层,空气流通和光线都要好很多。蒙挚进去的时候,夏冬正站在囚室正中,仰头看着从高窗上透入的一缕苍白的阳光,听到牢门声响也没有回头。

"夏大人,有人拜托我来看看你。你还好吧?"

夏冬没有答言。阳光照在她脸上,肌肤如同透明,丝丝皱纹清晰,她眯着眼睛,仿佛在数着光线里的灰尘。那种纯然平静的状态,实际上也是另外一种绝望。

蒙挚突然觉得无话可说。他能安慰这个女子什么呢?说有人会为她求情,说她性命无碍?在经历了人生种种碎心裂肺的痛苦后,夏冬又怎么可能还会在意她自己的生死……

沉默了半天,蒙挚也只能无奈地问了一句:"夏大人,你还有没有什么话,想要带给什么人的?"

夏冬终于慢慢地转过了视线,晶亮的眼珠微微一动:"春兄和秋兄现在怎样?"

"哦,事发当天他们两个都不在,不能认定他们也是同谋,所以大概是免职吧,还会有些其他惩处,应该都不算重……"

"那……他呢?"

"他是主犯,断无生理。"蒙挚觉得没有必要委婉,"这是他罪有应得,夏大人不必挂心。"

夏冬低头惨笑:"不会挂心的,心早就没有了,又能挂在哪里?"

"夏大人,聂锋将军死未瞑目,在真相未白之前,请你善自珍重。"

提到聂锋,夏冬的眸中闪过一抹痛楚,不由自主地抬起一只手,慢慢抚弄着额边的白发。就这么垮掉也许是最轻松的事,悲泣、逃避、麻木甚至死亡,全都要比咬牙坚持更加的轻松。但是她知道自己永远也不能选择那种轻松。

因为她是聂锋的妻子,纵然生无可恋,也希望死者安魂。她必须要得到那惨烈的真相,去告祭于亡夫坟前。

"蒙大人,请转告苏先生,夏冬相信他不是汲汲营营之徒,夏冬也相信他能够还亡者公道。在那之前,纵然是到了流放地,我也仍然可以支撑,请他不必为我分心。"

蒙挚郑重地向她躬身行礼,口中也已改了称呼:"聂夫人此言,我一定带给苏先生。当年旧案,不仅先生不会让它就此湮没,靖王殿下也已发誓要追查到底。虽然聂将军身上没有污名,但他毕竟是赤焰案的起因,若不能明明白白地在天下人面前昭雪所有的真相,聂将军的英灵也会不安。只是什么时候能完成这个心愿,实在很难讲,还请聂夫人多多忍耐。"

夏冬转过了身,光线从她颊边掠过,在鼻翼一侧留下了剪影。她没有直接开口回答,但眸中的沉静和坚忍已说明了一切。蒙挚也不再絮言多语,拱手一礼,退出了牢房。

幽冥道外,一个老狱卒还躲在暗处偷偷地朝这边张望着,或者说,他以为自己是躲着的。

寒字号房依然空着,冷清而寂寞。蒙挚只向那边投去匆匆的一眼,便大步离去。那边留着祁王最后的足迹,那边曾是许多人希望的终止,但是禁军统领明白,此时,还远远不是可以哀祭的时间。

此年二月,适逢每三年一次的春闱,依制由礼部主持,皇帝指派主考官一名,副主考十八名,选拔天下学子。往年每到此时,太子和誉王为了帮自己的人争夺新科座师之位,全都会使出浑身解数,明里暗里闹得不可开交。而借着朋党之势上位的考官们自然第一要略是考虑到各自主子们的利益,私底下流弊之风盛行。一些忠直的御史朝臣谏了无数次,不仅没有多大效用,下场还都不好看。选士之弊基本上已成为朝政的一大宿疾,稍有见识的人心里都明白。

不过大家更明白的是,今年的情况一定会变,至于怎么变,很多人都在观望。

除了世袭贵勋家的长子以外,科举是大多数人开辟文官仕途的唯一途径,其间牵涉到的方方面面甚为复杂,地域、出身、姻亲、故旧、师门……很多因素可以影响到最终的结果,并非单单只涉及党争。要想不屈从于这些,杜绝所有的关说之风,就必须要承受来自各方人脉的压力,同时自身还要保证绝对的清正公允,以免被人挑出错失。

此时太子出局,誉王幽闭,能影响皇帝确定今年考官人选的似乎只有靖王。如果他有意要施行这种影响力的话,谁也不敢在这个时候去跟他争。

一月底,礼部宣布了今年春闱的星测吉日,梁帝在朝堂之上就考官人选一事询问靖王的意见,得到的回答是"兹事体大,不敢擅答,请容儿臣慎思数日",虽然没有明确答复,但很明显他并不打算置身事外。可是扭转流弊绝非一件轻松的事,弄不好就会事与愿违,所以大家在等待最后名单出来的时候,实际上就是在等着看这位亲王的最终决策，是不怕得罪人，努力把他所赏识的那类耿介之士推荐上去，还是屈从于历年惯例，弄个圆融晓事的主考官，为某些特殊的人留下一道晋身的缝隙。

二月四日，中书诏令终于签发，由司礼官当众宣读。如果人的下巴真的可以掉下来的话，那天的朝堂之上一定可以遍地捡到下巴。副主考们全都是六部侍郎中最年轻气盛的官员，可主考官却是高龄七十三的原凤阁阁老程知忌。虽然程老大人已恩养在家多年未踏入朝堂，虽然阁老是个众所周知的名誉官位，但在制度上他仍然有着正一品朝职，属于可以被选任为主考官的范围内。

只是以前，还从来没有像他这样的人被重新起用过，众人在推测可能人选时也没有一个人想到他。

不过靖王所建议的这种老少配是为了达到什么效果，大家很快就体会出来了。程知忌并不是一个特别强硬的老臣，他温良、柔和，从不拒客，不抹人家面子，非常识时务。只是时务不太认得他，因为他实在是太多年没有上过朝堂了，对朝中的人脉关系根本弄不清楚，跟其他人只需提点一下大家便心知肚明的事，到他这里非得把来龙去脉交代个丝毫不爽才行。关键是人要是没有特别铁的关系，谁敢贸然把徇私的话说得那么清楚，尤其是对着一个被人遗忘了好多年，根本摸不清他深浅的老臣。毕竟风险还是首先要考虑的事情，总不能路子还不熟呢，就不管不顾地抬着一大箱金银珠宝上门去求人办事，新上任的几个御史又不是吃素的。

但是从定下考官人选到入闱开试，只有十来天的时间。通向程知忌那里的门路还没来得及查清打开，这位老大人就收拾包袱进了考场。没有了外界的影响和各自的私心，那么即使是争论和异议也会变得单纯。其实老少搭配最大的缺陷就是年长的因循守旧，不接受新的观点，年轻的自负气盛，不尊重前辈的经验。靖王在"慎思数日"决定人选时，首要考虑避免的就是这个。虽然最后的名单里并不全是他所建议的，梁帝自己也改了几个，但大的格局总算没变，最终也达到了靖王想要的效果。这主要归功于程知忌这个人确实选得合适。他虽然年迈，但性情并不固执，乐意听人辩论；同时他身为前代大学士，凤阁阁老，厚重的底子摆在那里，十八位副主考第一天阅卷下来，对这老先生已是信服，无人敢不尊重他。一旦主考官不反感年轻人的不拘一格和鲁莽冒进，副主考们又承认主考官的权威裁断，那么相互掣肘自然可以变成相互补益，不至于产生大的矛盾。

其实这一年的春闱还远远做不到不遗漏任何的人才，因为那是不可能的。但最起码，这绝对是多年来最干净公平的一次科考。靖王的目标是"无功无过"，他不指望一下子就清理完所有的积弊,也没有采取更强硬冷酷、更容易招致不满和反对的方式来保证廉洁。他首先要改变的就是"无弊不成科场"的旧有观念,切断许多延续了多年的所谓惯例,从而迈出整肃吏选的第一步。

春闱顺利结束,没有起大的风波,这让梁帝很高兴。他原本最担心的就是靖王不晓时务,一味按自己的想法把朝政折腾得不得安宁,现在看他也渐渐和顺起来,心里自然欢喜。

转眼间草长莺飞,三月来到,内廷司开始忙碌准备皇族春猎、驾幸九安山离宫的事。众皇子中除了誉王还在幽闭不得随驾外,其余的当然都要去,再加上宗室、重臣扈从的近两百人,每个都带着一群随行者,规模算是历年最大的一次。皇后仍像往年一样奉诏留守,但妃嫔中随驾的已不是曾经宠冠六宫的越贵妃,而变成了静贵妃。

在预定仪驾出京的前两天,穆青再次乘坐着他的八抬王轿前往苏宅,并且一直抬到后院才落轿。而从轿子里出来的除了这位小王爷本人以外,还有另一位仿若大病初愈的青年。

黎纲无声地过来行了个礼,转身引导两人进了梅长苏的正房。穆青乐呵呵的,一进门就往主位方向拱手道:"人我带来了,路上一切平安,没什么事。"说完将身子一侧,将背后的青年亮了出来。

"多谢穆王爷。"梅长苏笑着还礼,同时看了那青年一眼:"在下梅长苏,有幸得见卫将军,请问伤势大好了吧?"

卫峥按捺住心里的激动,颤声道:"苏先生相救之恩,在下没齿难忘……"说着便想要屈膝参拜,却被对方柔和的视线止住,只得深深作了一个揖。

穆青觉得任务完成,轻松地甩了甩手,问道:"飞流呢?"

"他不在。"梅长苏明白这个小王爷的意思,只不过现在密室里有人等着,当然要想办法先逐客了,"改天我带他到府上去。不过今天恐怕不能相陪了,我要先安置一下卫将军。"

"要记得来哦。"穆青是个爽快人,也不觉得什么,叮嘱了一句后便转身,干干脆脆地走了。他的身影刚消失,卫峥便扑通一声跪倒在地,含泪道:"少帅……都怪卫峥一时不察……"

"好了,你我之间用得着说这个吗?"梅长苏也不扶他,反而自己也蹲了下去,握着他的肩头道,"你静一静,别太激动,我要带你去见靖王,在他面前,对我的称呼不要失口。"

"是……"

"起来吧。"

卫峥吸了吸气，伸手扶着梅长苏一起站直，两人并肩来到内室，开启了密门，一前一后走了进去。

"靖王殿下，卫将军到了。"简单地说了这一句后，梅长苏也如同穆青般闪开，静静地退到了角落之中。

"卫峥……参见靖王殿下……"

萧景琰看着本以为是永别的故人，觉得自己比预想中的还要心潮难平。站在他身后的列战英更是早已忍不住抢上前一步，盯着卫峥上上下下细细地瞧，瞧到后来，眼圈儿就红了。

"殿下，今夜要谈的话，应该不会短，大家都坐下来吧。"蒙挚因为早就见过卫峥多次，情绪最稳得住，过来安排座椅。列战英坚持按军中规矩侍立在一旁，卫峥则悄悄看了梅长苏一眼，显然也非常想站到他身后去，可惜后者正靠在炕桌旁拨弄火炉，没有抬眼。

"卫峥，暗室相见，你不要拘礼，我有很多话想问你，你先坐下来。"靖王指了指离他最近的一个座位，"许多疑惑，我藏在心里多年，本以为已再无解答，喜得上天护佑，可以再见旧人，还望你一一为我解惑。"

"是。"卫峥深施一礼，这才缓缓落座，"殿下请问吧，卫峥一定知无不言，言无不尽。"

靖王凝视着他的眼睛，第一句话就问："还有别的幸存者吗？"

这个问题卫峥做过准备，所以立即答道："有。只是不多，有职分的就更少了。因为被宣布为叛军，要服苦役，所以即使是士兵也不敢还乡，只能流落异地。"

"我认识的还有哪些？"

"校尉以下，只怕殿下不熟，再往上，只有聂铎……"

靖王禁不住目光一跳："聂铎还活着？"

"是。但他现在何处，我不太清楚。总之都是匿名躲藏吧。"

"可聂铎也是主营的人……那北谷呢？北谷就真的一个也没活下来？"

卫峥低下头，不知是不忍回答，还是不愿回答。

"怎么会这样……"靖王努力稳住发颤的嗓音，"别人不知道，我最清楚，赤羽营是最强的战队,单凭谢玉和夏江带着从西境调来的十万兵马,怎么可能会打成这样?"

卫峥霍然抬头,目光如火:"难道连殿下,也以为我们是跟谢玉厮杀成这样的吗?难道我们赤焰军真的是叛军,会跟朝廷指派的军队拼成那样的惨局吗?"

靖王一把抓住卫峥的胳膊,用力到几乎要将他的骨头捏碎:"你的意思是,你们没有反抗,谢玉依然下了毒手?可是,以小殊的性情,纵然一开始他没有想到,可屠刀一旦举了起来,他绝对不会坐以待毙的!"

"殿下说得对,只是……"卫峥两颊咬肌紧绷,绷出铁一般的线条,"当屠刀举起来的时候,我们刚刚经历了恶战,已经没有力气了……"

"恶战……"靖王对当年北境的情势还算是比较了解的,略一思忖,心头大是惊悚,"难道,谢玉所报的击退大渝二十万大军,力保北境防线不失的功劳,其实是你们……他、他这还算是一个军人吗?贪功冒领得来的侯位帅印,他真的不觉得脸红吗?"

"击退?"卫峥冷笑道,"大渝以军武立国,如果只是击退,这十多年来它会这么安静?如果不是我们赤焰上下军将,用血肉忠魂灭掉了他们二十万的皇属主力,大梁的北境,能有这十三年的太平吗?"

"但是大渝那边从来没有……"靖王只颤声说了半句,心中已然明了。大渝被灭了二十万主力大军,当然不会主动向梁廷报告"我们不是被谢玉击退的,我们其实已经被赤焰给灭了",只怕大渝皇帝知道赤焰军在梅岭的结局后,只会欢喜雀跃,煽风点火。若不是主力已失,这个好战的皇帝趁机再点兵南侵都是极有可能的。而对于远在帝都金陵的梁帝来说,他哪里知道北境的真实情况,只看看邸书和悬镜司的报告,再加上心中早已深深烙下的猜疑与忌惮,就这样做出了自毁长城的决断。

"看来当年是怎么一步一步走到最后,我们知道的多半都是假的。"列战英愤然道,"卫峥,你从开始慢慢讲给殿下听,只要真相犹在,公道总有一天可以夺回来!"

卫峥点点头,平静了一下情绪,道:"最初,我们驻军在甘州北线,这时接到皇帝敕书,要求赤焰全军束甲不动,没想到敕书刚到一天,前方战报跟着就传了过来,大渝出动二十万皇属军,已夺肃台,直逼梅岭。如果我们奉敕不动,一旦大渝军突破梅岭,接下来的近十州都是平原之地,无险可守。赤焰素来以保境安民为责,焉能坐视百万子民面临灭顶之灾,何况军情紧急,将在外君命有所不受,所以林帅一面派急使奏报,一面下令拔营迎敌。后来,这一举动也是一大罪状之一。"

"林帅的奏报根本没有抵京，一定是途中被截了。"靖王郁愤难耐，用力闭了一下眼睛，"你继续。"

"我们夙夜行军，与大渝军几乎同时到达梅岭。殿下知道，因为年初被裁减，我们当时只有七万兵力，不能硬拼，所以林帅命聂锋将军绕行近北的绝魂谷为侧翼接应，赤羽营为前锋强攻北谷，主力截断敌军，分而击之。当夜风雪大作，聂真大人随行赤羽营，冒雪行油毡火攻之计……那一场恶战，我们七万男儿浴血三日三夜，拼尽了最后一丝力气，终将大渝最引以为傲的皇属军斩落马下，只逃出些残兵败将。"卫峥的脸上迸出自豪的光彩，但只一瞬，又黯淡了下来："可那时我们自己，也是伤亡惨重，军力危殆，到了筋疲力尽的状态，不得不原地休整。这时少帅已经察觉到了不对，因为接应的聂锋部自始至终没有出现过。绝魂谷与北谷只有一面峭壁之隔，虽然地势艰险，但以聂锋疾风将军之名，如无意外，当不至于如此缓慢失期。于是少帅命我前往南谷联络主营，查问缘由。谁知我刚刚到达，还未进帅帐，谢玉和夏江的十万兵马，就赶到了……"

靖王"啪"的一声，竟将坚硬的梨木炕桌掰下了一角，木屑簌簌而落。蒙挚也是第一次听到这些细节，心中激荡，咬着牙回头看了梅长苏一眼，却只见他面无表情地坐在角落，微微仰着头，纹丝不动，似乎已凝固成了一道无生命的剪影。

"最开初看到他们的时候，我们还以为……我们居然以为……他们是援军……"卫峥声音里的悲愤与苍凉，足以绞碎世上最坚硬的心肠，他抬起头，直直地望向靖王，"结局……殿下已经知道了，南谷沦为修罗地狱，而北谷……更是被焚烧成一片焦土。在与大渝最剽悍的皇属军厮杀时都挺过来的兄弟们，最终却倒在了自己友军的手中。很多人到临死的那一刻，都不明白到底发生了什么。我拼死赶到林帅的身边，可是他早已伤重垂危。他最后的一句话是让我们逃，能活下来一个算一个，我想那时他的心里，不知有多么冷，多么疼。万幸的是，他没有看到北谷那边升起来的浓烟就走了……他的部将、他的亲兵们没有一个离开他，哪怕最后他们守护的已经是一具尸体。可是我不行，我的主将是林殊，我想要赶回北谷去，但斩杀下来的屠刀实在太多，我只冲到半途就倒下了。醒来时，已被我义父素谷主所救……"

靖王牙根紧咬忍了又忍，最终还是忍不住将脸埋进了掌中，蒙挚也转过头去用手指拭去眼角的热泪，列战英更是早已泪如雨下。只有梅长苏依然保持着原来的姿势，眸色幽幽地看着粗糙的石制墙面。

"素谷主……当时怎么会在那里？"良久之后，靖王深吸一口气稳住自己，又问道。

"梅岭有种稀世药材，十分罕见，当时义父和他的一位老朋友前来采药，遇到了如此惨局。大乱之时他们做不了什么，只能在谢玉最后清理战场时乔装混了进去，想办法救了些人出来。"

"那聂铎……"

"聂铎当时被林帅派去探看聂锋的情况，后来在途中发觉有异，拼力逃出来的。"

靖王垂下头，沉默了许久许久，最后再次提出一个他已经问过的问题："卫峥，北谷……真的没有幸存者了吗？"

卫峥躲开了他的视线，低声道："我没有听说过……"

虽然心里早已明白希望渺茫，但听到卫峥的这句回答后，萧景琰依然禁不住心痛如绞。他的朋友，那个从小和他一起滚打、一起习文练武的朋友，那个总是趾高气扬风头出尽、实际上却最是细心体贴的朋友，那个奋马持枪、与他在战场上相互以性命交托的朋友，那个临走时还笑闹着要他带珍珠回来的朋友，真的再也回不来了……

东海亲采的那颗明珠，还在床头衣箱的深处清冷孤寂地躺着。可是原本预定要成为它主人的那位少年将军，却连尸骨也不知散于何处。十三年过去，亡魂未安，污名未雪，纵然现在自己已七珠加身，荣耀万丈，到底有何意趣？！

"殿下，请切勿急躁。"梅长苏的声音，在此时轻缓地传来，"此案是陛下所定，牵连甚广，不是那么容易想翻就翻的。殿下唯今之计，只能暂压悲愤，徐缓图之。只要目标坚定，矢志不移，一步一步稳固自己的实力，但愁何事不成？"

"是啊，"蒙挚现在也稍稍稳了稳，低声劝道，"要翻案，首先得让陛下认错。但这个错实在太大，陛下就是信了，也未必肯认。何况卫峥现在是逆犯之身，他说的话有没有效力，他有没有机会将这些话公布于朝堂之上，全都是未知之数。殿下现在切不可冒进啊。"

"可是……可是……"列战英哭道，"这么大的冤屈，难道就忍着？我们血战沙场的将士们，就只能有这样的结局吗？"

"这个案子，不是赤焰军一家的案子，"梅长苏静静地道，"更重要的是，还有皇长子的血在里面。要想让陛下翻案，就等于是让他同意在后世的史书上，留下冤杀功臣和亲子的污名。切莫说君王帝皇，只要是男儿，谁不在乎身后之名？靖王殿下如要达到最后的目的，此时万万不可提出重审赤焰之案。"

"苏先生之言，我明白。"靖王抬起头，双眸通红，苍颜似雪，"但我也想提醒苏先生，我最后的目的，就是平雪此案，其他的，暂时可以靠后。"

梅长苏回视了他良久，淡淡一笑："是，苏某谨记。"

"卫峥以后就住在先生这儿吗？"

"现在搜捕他的风声虽然已经松了，但冒险送他回药王谷还是怕途中出意外。我这里人口清净，住着很安全，殿下放心。"

"如此就劳烦先生了。"靖王又回身对卫峥道："此次能救你出来，全靠先生的奇谋妙算，你住在此处，还须一切听从先生的指令。"

卫峥立即抱拳道："是！卫峥一定唯先生之命是从。"

他回答得太快太干脆，靖王反而有些吃惊。虽说梅长苏对他有救命之恩，但一个性情刚烈的武将，也不是那么容易就说出唯命是从的话来。

"我们府里又没什么规矩，卫将军客气了。"梅长苏微笑着岔开道，"要说有谁是惹不得的，那就是晏大夫，你的伤势还未痊愈，他多半要来调养你，到时候可千万不要得罪他，免得把我也一起连累了。"

"这位老大夫我见过，确实有气势，"蒙挚也接口道，"难得苏先生也有怕的人呢。"

列战英靠上前，拧着眉悄声游说卫峥道："要不你住到靖王府来吧，老朋友多，也很安全……"

梅长苏淡淡瞟过来一眼，只稍微皱了皱眉，列战英便意识到自己的建议不对，忙垂首退了两步。不过这样一来，靖王的注意力也被吸引了过去，低声斥道："战英，苏先生的安排，你不要随意置言。"

"是。"列战英身为高阶将军，也不是一味地莽勇，心胸和见识自然是有的，当下立即躬身致歉："战英多言，请先生见谅。"

"列将军贴身卫护殿下，以后还请多思多虑，以保周全。"梅长苏倒也没客气，淡淡补了一句，又侧转身子，对靖王道："殿下已安排好春猎时留京的人手了吗？"

"已调配妥当了。春猎整整半个月，京城里以皇后诏命为尊，誉王也留了下来，确实不能大意。"

梅长苏轻叹一声，喃喃地道："其实我现在的心思倒跟夏江一样，希望他们能动一动。可惜就情势而言，誉王未必敢这么冒险。殿下小心留人监看就是了。"

靖王点着头，神情开始有些恍惚。今夜所披露出来的真相细节使得他既愤怒又哀伤，好像有块巨石压在胸口般，带来一种沉甸甸的痛楚。他本来想强自支撑一下，仍像往常那样跟梅长苏商讨事务，但刚刚只说了那么几句，他就发现不行。至少今夜，他不能思考任何其他的事，因为他整个头都滚烫得如岩浆一般，根本无法平息，无法回到正常的状态。

"请殿下回去休息吧。"梅长苏的声音里有种淡淡的倦意，他将视线从靖王身上移开，同时后退了一步。室内随即一片沉寂。

萧景琰慢慢站了起来，眼帘低垂着，掩藏着眸底所有的情绪。他拍了拍卫峥的肩膀，似乎想要再跟他说两句什么，最终却又什么都没说，默默无声地转过身去，带着列战英走向了自己那边的石门。蒙挚原本想再留一会儿的，可看了看梅长苏的脸色，也只好跟在靖王身后一起离开。

石门缓缓合拢，隔绝开一切的声音。梅长苏的身体轻微地摇晃了一下，卫峥立即抢前一步，紧紧扶住了他。

"谢谢。"昔日的少帅将自己的一部分重量移到副将扶持的手臂上，可是疲累感却越来越浓，几乎难以抵抗，"走，我们也走吧。"

卫峥吹灭了密室的灯，过道里的光线洒了进来，幽幽暗暗的，带着一种陈旧而悠远的感觉。梅长苏走到光与影的分界处时停了下来，目光定定的不知在想什么。

卫峥静静地在一旁看着他的侧脸，突然道："少帅，我觉得其实可以告诉……"赤羽副将的后半句话被自己吞了回去，因为他的少帅转头扫了他一眼。

那一眼的意思，非常明确。

然而短短一瞬之后，梅长苏又收回了凌厉的视线，重新回到疲倦而又迷惘的状态之中，就好像刚才那个炽烈的眼神，只是卫峥一刹那的错觉而已。

第五十四章 故人重逢

皇族春猎,实际上是一种猎祭,其意为谢天命神赐之勇悍,故而年年必办,逢国丧亦不禁。春猎的场所一向是九安山,此处距京城五百里,有密林有草场,还有猎宫一座,十分齐备。不过按例,春猎前三天连皇帝也不能入住猎宫,必须在野外扎营敬天。

三月二十七,天子旌旗摇摇出城,皇后率留守众臣于城门拜送。靖王虽然奉旨要"把苏先生带着",但他的位置必须是同行在梁帝龙辇旁侧,以便随时候命,而这位"苏先生"却只能带着他的几个随从,跟靖王府的人一起走在后面的队列中。

不过也恰好因为靖王一早就被召入宫,绊在了梁帝身边,所以他才没有看到那个必然会令人惊疑不定的场面。梅长苏为此感到甚是庆幸。

上午有点招摇地进入苏宅大门来接梅长苏的人是列战英,大家预定一起到靖王府会合,一共三十人,作为靖王的随从人员编入春猎队伍中同行。由于出发的吉时测定在中午,时间还早,所以一进靖王府的大门,列战英便请梅长苏到厅上小坐休息,自己在一旁陪坐,两人随口聊一些军务上的事打发时间。

一杯茶还没喝完,梅长苏突然听到厅外传来一阵"呜——呜——"的叫声。在一瞬间的怔忡之后,他突然意识到了那个是谁的声音。

列战英这时已跑到了厅口,大叫道:"你们这么早拴它干什么?快放开,等会儿出发时再上车好了。"

梅长苏的脸色略有些发白,忙举杯遮掩,心思急转。片刻后列战英重新回到座位上,他便用随意的口气问道:"外面是什么在叫?"

"是佛牙,我们殿下养的一只狼。"

"殿下养狼？"

"先生不常到我们府里来，所以不知道，佛牙一般也不到前头来。它是我们殿下从吃奶时就捡回来的小狼崽，不过现在也有十五岁了，谁也不知道它还能活多久……佛牙很高傲的，除了殿下，谁它都不亲近，在我们王府，殿下是老大，接下来就是它了！"列战英因为说得夸张，所以自己先哈哈笑了起来。

"哦？"梅长苏随他笑了一下，又问道，"这次要带着它吗？"

"佛牙喜欢在外头玩，它现在日子也不多了，殿下当然是能带它出去就带着。"

"可它虽是家养的，总也是只狼，你刚才怎么叫人放开了？"

"苏先生别怕，佛牙虽然不爱理人，但只要殿下没有下令，它是不会咬人的。"

梅长苏转动了一下眼珠，笑道："我倒不是怕它咬我，是怕他咬别人。跟你说吧，我有一项异能，无论再狂暴的动物，都乐意跟我亲近，绝不会咬我的。"

"世上还有这种异能？"列战英大奇，"我从没听说过呢。"

他正说着，一个浅灰色毛茸茸的影子已无声地出现在厅口，那昂首高傲的样子，仿若一个王者正在耐心地巡视它的领地。

"佛牙长得可真漂亮。"梅长苏夸道。

"可不是，"列战英得意的样子倒像这狼是他养的，"它的体型壮，毛皮又厚又密，前几年还要更漂亮，现在老了些，不过毛色仍然是很好的。"

佛牙将头转了过来，深褐色的眼珠仿佛有灵气似的，晶亮莹润。它在厅口只停留了片刻，突然仰首一声长嚎，后背一弓，疾如离弦之箭般直扑梅长苏而来，那气势仿佛是准备将他整个儿吞下去。

列战英从来没遇到过这种情况，吓得脸都白了，慌忙跳起身来阻拦。这个苏先生现在可是靖王最要紧的一个人，要是自己守在旁边还让他被佛牙给弄伤，那还不如先找块豆腐撞死算了。可是尽管列战英的反应已是极快，但狼的动作总是要压倒人类一筹，何况从厅口到梅长苏并不是一段很长的距离。当他刚刚跃起想要抓住佛牙时，灰狼已掠过他的身边，一头扑进了梅长苏的怀里，几乎没把他连人带座椅一起撞倒。

"呃……"接下来的一幕让列战英半张着嘴，很失风度地呆呆站着，根本说不出话来。只见佛牙的两只前爪搭在梅长苏肩上，湿湿的尖鼻子亲密地在他脖颈间嗅着，时不时还蹭上一下，那撒娇的样子跟它趴在靖王身上时一模一样。

"怎么样，列将军，"梅长苏好不容易躲开佛牙的口水，笑道，"我这个异能没骗你吧？"

"居、居然真的是这样……"列战英怔怔地道,"这也太神了……"

"以前还曾经有一匹谁也无法降伏的烈马,只肯在我手上吃草呢。"梅长苏拍拍佛牙的肩,让它伏在自己膝上,"佛牙大约是太寂寞了,靖王殿下那么忙,很少时间陪它吧?"

"是啊,尤、尤其这半年,殿下忙……忙得那是脚不沾地……"列战英最初的震惊还没有过去,说话结结巴巴的。梅长苏也不着急,挑了几个他感兴趣的话题,徐徐地引他多说话。列战英毕竟不是心思复杂之人,谈兴渐起后,注意力终于离开佛牙身上,开始顺着梅长苏的引导走,聊到后来,他越说越高兴,大部分的话都变成是他在说了,梅长苏只是微笑着倾听,时不时插上半句以示鼓励。佛牙在旁边时而绕着座椅转圈儿,时而用大尾巴拍打梅长苏的膝盖,倒是自娱自乐,时间一久,列战英渐渐也就看习惯了。

就这样很快过了半个时辰,外面的一应准备已然就绪。曾因梅长苏一句话被降为百夫长的戚猛这次也是随行人员,大步进来通知出发时间已到。梅长苏看他服色,已然升回了校尉,不禁微微笑了笑,问道:"你那只怪兽捉到了吗?"

戚猛闷闷地道:"还没有……那东西狡猾得很……"

飞流在这时飘了进来,看见佛牙,"咦"了一声,伸手想摸,被灰狼不屑地闪开了。当下大奇,追过去再摸,佛牙又闪,可这次没闪过,被在脖子上狠狠摸了一把,顿时大怒,回身反击,一人一狼在大厅中闹腾了起来。而梅长苏就笑眯眯在一旁看着,完全没有去管束一下的意思。

"苏、苏先生,"列战英有些全身无力,"时间快到了……"

"哦,那我们走吧。"

"他……他们……"

"我们走了,他们就会跟过来了。"梅长苏说着,当先走出,列战英对那一人一狼都没办法,只好跟在他后面。不过幸好正如梅长苏所言,他们一出来,飞流和佛牙就停止了打闹,以同样的速度奔出厅外。

靖王府的小小队伍里大多都是武者,只有梅长苏是坐马车的,佛牙坚持要跟他一起挤到车上去,于是从来不坐马车的飞流也破天荒跳入车厢,一人一狼对坐着,继续玩着你摸我躲,你咬我闪的游戏,整个旅途倒也因此不那么无聊了。

晚间到达预定驻跸的小镇,整个随驾队伍扎营安顿了下来,靖王请安完毕,退回到列战英已准备好的王帐中休息。刚到帐前,就看到两条影子一闪,绕过栅门木桩便消失了，不由得有些惊诧。

"这一路上，佛牙已经跟我和飞流玩熟了。"梅长苏从里面出来，笑着迎上前道，"列将军竟然还说佛牙不喜欢亲近人，其实它性子不错啊。我倒也罢了，连飞流那样独来独往的人，佛牙也能跟他相处得很好。"

"是吗？佛牙确实不喜欢跟人亲近，看来你和飞流还真是与众不同。"靖王虽然也很讶异，但因为没有看到佛牙一头扎进梅长苏怀里不肯出来的样子，倒也没怎么放在心上，而是朝四周看了看，问道："战英呢？"

"我的琴弦断了，请他去帮我挑两根上好的马鬃。"梅长苏指了指后方，"看，他已经瞧见殿下，跑过来了。"

话音刚落，列战英已奔至近前，抱拳行礼道："殿下，营帐均已安排完毕，敬请安歇。"

"苏先生的帐篷，要围在你们中间，知道吗？"

"正是这样安排的。"

"好。"靖王颔首赞许，转向梅长苏道："现在时辰还早，先生到我帐中坐坐？"

梅长苏担心佛牙回来，淡淡一笑道："本当从命的，只是赶了一天路，觉得有些困乏了，还是想早些安睡。"

萧景琰知他身体不好，倒也不介意被拒，温言道："那就不耽搁你了，明天还要赶一天路，确实该早些歇息。"

梅长苏躬身微微一礼，退回到自己帐中。列战英因为负责王帐周边的所有事务，神经有些紧绷，当然不会想到要跟靖王闲聊佛牙初见梅长苏的事儿，等候靖王进帐后，他便又四处巡视去了。

次日一早，靖王又匆匆赶往梁帝处请安，由于被赐膳，所以就再也没回来过，一直伴驾左右。梅长苏刻意比他晚起片刻，两人也就没有碰面。

这一天的速度比头一天要快些，黄昏时便赶到了九安山，在猎宫之外连绵扎下一大片的帐篷。居中便是金顶云龙的皇帐，高五丈，幅宽十丈，虽是临时搭成，但内里摆设铺陈已极精美，中间垂下绒绣帘帏，将整个皇帐分为外面起坐、里内安寝两个部分。静贵妃的帐篷比邻皇帐，规制要小些，但因为要侍奉梁帝，她在夜间基本上是居于皇帐之中的，等男人们出去打猎的时候，才会回到自己帐中。

随蒙挚而来的三千禁军分班守卫，如铁桶般绕护在这两顶大帐周边，戒备之森严恐怕连只土拨鼠也不会放进来。

其他皇族和重臣们的帐篷自然更小一圈，按着地位高低层层围在皇帐四周，直如众星捧月一般。

休整一晚后，春猎于翌日正式开始。梅长苏虽然也换了劲装跟在靖王旁侧，但连半支箭也没带，显然是不打算跟这个"猎"字沾任何关系。随同伴驾的人大部分都听过他的名头，不免要过来招呼，所以这一路都是在回礼中走过的。到了猎台前，梁帝命高湛召他和靖王一起上台，笑着闲谈了几句，虽然没说什么实在的内容，但至少表明了一个爱重的态度，给周边的皇室亲贵们看看。

春季由于是万物繁衍的季节，本不宜杀生。所以春猎与秋猎不同，是以祭仪为主，没有竞技，大家进林子里转来转去，不过是做做样子。除了偶尔射两只野兔野鸡什么的，一般不会射杀鹿、獐等常规猎品。

梁帝一早主持了开猎祭典，又在随身侍卫的重重保护下进密林中转了一个时辰，最后带着两只野鸡回帐。他毕竟年迈，午膳后便倦意难当，在静贵妃的轻柔捶打下昏昏入睡，不多时便睡得鼻息沉沉了。

静贵妃得了这个空闲，忙命高湛细心守着，自己脱身出来。一面朝旁侧的妃帐中走，一面吩咐贴身的侍女道："快去靖王处，叫他请苏先生来见我。"

靖王是陪同梁帝一起从猎场返回的，送父亲回帐后他便告退了。不过他并没有直接回去，而是前往皇三子豫王和皇五子淮王的营地拜访。这两位王爷与靖王的关系虽然不算很亲近，但总体来说也还不错。以前每年春猎时，太子、誉王高高在上，只围着梁帝打转儿，这三兄弟位分相近，反而常在一处。不过今年靖王的地位已非昔日可比，那两人也没敢像往年一样随随便便上门来，所以靖王有了空闲，便自己主动找了过去。豫王、淮王的帐篷挨在一处，为了接待靖王，大家聚在中间的空地上，铺席烤肉佐酒，倒也其乐融融。

正当大家酒足饭饱，开始喝茶消食时，静贵妃的侍女在列战英的陪同下找了过来，远处还有一个梅长苏站着等候。一听说是静贵妃相召，豫王和淮王哪里敢耽搁他，急忙起身送客。

从皇子们的营地到皇帐并不远，只是中间要过禁军的守护区。蒙挚站在高大的木栅门前行礼相送，眸色深深地看了梅长苏一眼，后者淡淡地回他一笑，神色平静。

到了静贵妃营帐前，侍女略加通报，两人便一前一后走了进去。整个营帐内陈设简单清爽，仅有一案一榻双几，还有四五张圈背矮椅。静贵妃穿着一件灰貂皮褂，配

第五十四章 故人重逢

素色长裙，因服孝的缘故，头上只戴了银饰，整个人看起来雍容素净，柔和温婉。见到儿子跪下行礼，她笑着伸手相搀。

"母亲，这位就是苏先生。"靖王抬一抬手，介绍道。

梅长苏上前，躬身施礼："苏某见过静贵妃娘娘。"

他本就站在靖王身后不过一步之遥的地方，静贵妃早已瞥见他的身影，只是心情复杂，未敢细看，此时面对面相向而立，看着那单薄的体态，听着那陌生的声音，突觉心中幽凉，喉间发紧，半天也未能说出一个字来。

"母亲，您身体不适吗？"靖王察觉有异，轻轻扶住了静贵妃的手臂。

静贵妃勉强一笑，稳了稳心神，道："……苏先生一路辛苦了，请坐。"

梅长苏谢了座，在客位坐下。静贵妃这时已稍稍平定了一下情绪，命人上茶，客气地问道："苏先生在京城已经住了一年多了吧？还住得惯吗？"

"只是冬天冷些，其他的还好。"

"先生怕冷？"

"是。"

静贵妃便回头对靖王道："你最不会照顾人的，有没有注意到先生帐篷里炭火可够？这野外扎营，可要比屋子里更冷些。"

梅长苏笑道："谢娘娘关心，殿下照应得很是周全，现在大家都不愿意进我的帐了，觉得里面热呢。"

静贵妃摇头道："这几日不比家居，你时常要帐内帐外地走动，如果里面极暖，外面极冷，只怕更易成病。帐内还是多通气，确保温度适宜方好。"

"娘娘果然深谙保养之道，"梅长苏欠了欠身，"我家里也有一位大夫，只是这几日没有随行，我只好一味地保暖，多谢娘娘指点。"

"先生冒风而来，不宜饮此茶。"静贵妃随即扬声召来侍女，吩咐道："去取紫姜茶来。"

侍女领命而去，不多时便捧来一个紫砂茶壶和一只小杯。梅长苏见静贵妃起身亲自斟茶，忙谦谢道："怎敢劳动娘娘，请这位姐姐斟吧。"

静贵妃浅浅一笑，命侍女退下，端起茶杯道："先生为景琰如此尽力，我礼敬一杯清茶也是应该的。"说着便将手中小杯递了过去，谁知一失手，杯身滑落，姜茶水飞溅而出，全都洒在梅长苏的袖上。

"哎呀，先生烫到没有？"静贵妃忙摸出手巾为他擦拭，靖王也赶了过来。

梅长苏知道静贵妃之意，心中有些酸楚，于是没有闪躲，由着她趁势将自己的衣袖卷起。

静贵妃看到那光滑无痕的手臂时，表情与霓凰郡主一模一样。只是她的情绪更加内敛些，怔怔地后退一步，便没有了更多的动作。

"苏某并未受伤，娘娘不必在意。"梅长苏将视线移开，低声说了一句。靖王扶着母亲回到原位，神色有些疑惑，想要问，又不知该问什么，犹豫了一下方道："母亲今天好似神思困倦，不如休息一下，我与苏先生改日再来可好？"

静贵妃若有所思，竟没有理会儿子的话。沉默了片刻，突然又对梅长苏道："苏先生那本《翔地记》，我很喜欢。上面提到涂州一处飞瀑，我看先生的批注，应该是去过那个地方的吧？"

"是。"

"看书中描述，此瀑飞流直下，气势壮观，恨我不能亲见。不过我一时记不太清，这飞瀑到底是在涂州的哪个县府啊？"

梅长苏的视线微微一颤，抿紧了嘴角。涂州溱溱府，十分简单的答案，却是亡母的闺名。他虽然知道静贵妃此问何意，却又终究不能坦然出口，所以迟疑了片刻后，还是无奈地摇头："苏某也不太记得了。"

静贵妃静静地凝望着他，不知因为什么，眸色变得澄澈而又忧伤。靖王有些不安地看看母妃，问道："母亲很想去看这个瀑布吗？孩儿倒还记得，那个地方是……"

"你不必说，"静贵妃快速地截断了他，"我问问罢了，哪里出得去。"

"娘娘现在身份贵重，确实不能随意出行，只能委屈些，留作遗憾了。"梅长苏垂下眼帘，劝了一句。

"身份贵重……"静贵妃郁郁一笑，容色有些暗淡，"不说这个了。我看先生气促不均，面色透白，病势应已缠绵了许久，平常都吃什么药？"

"是些调补的药吧，我也不太懂，都听大夫的。"

"我倒还略通医道，先生不介意的话，可否让我切一切脉？"

她当着靖王的面这样说，梅长苏当然不能介意，反而是萧景琰从旁劝道："母亲，苏先生身边已有名医，您不必……"

"我只是切切脉，又不扎针行药，有什么打紧的？"静贵妃柔柔地一笑，"你不知道但凡医者，都想多见识几个病例吗？"

靖王知道母亲性情虽温婉，可一旦开始坚持什么，就很难改变。只得起身，将她的座椅移至梅长苏身边，又取来一只小小的枕包。

梅长苏的双手，在袖中微微捏紧。他自己的身体状况，自己当然清楚，可是他却不知道静贵妃的医道已修到了什么程度，自然也就拿不准这只手一伸出去，秘密是否还保得住。

不过此刻的局面，已由不得他选择，静贵妃幽深哀凉的目光，也让他无法拒绝。所以最后，他还是缓缓地将左手手腕平放在了枕包之上。

静贵妃宁神调息，慢慢将两根手指按在了梅长苏的腕间。垂目诊了半日，一直久到让人觉得异样的地步，手指方缓缓放松。

靖王躬下身子，正要开口询问情形如何，谁知定睛一看，不由得大惊失色。只见静贵妃将手收回后，回腕便掩住了朱唇，翻卷的长睫下，泪水如同走珠一般跌落下来，止也不止住。萧景琰已有多年未曾见自己这位淡泊宁静的母亲落泪，心头自然大骇，立即屈膝跪下，急急问道："母亲怎么了？如有什么不舒心的事，尽可以吩咐儿子去料理……"

静贵妃深吸着气，却仍是止不住地抽咽。越是平日里安稳持重的人，一旦情绪决堤，越是难以平息。她扶着儿子的肩，凭他怎么问，也只是落泪摇头，哭了好一阵，才轻声道："景……景琰，你今日……可有去向父皇请安？"

她哭成这样，却问出如此一句话来，靖王一时更加无措："我与父皇……上午一直在一起啊……"

"那下午呢？"

"还没有去过。"

"你……去向父皇请安吧……"

靖王呆了呆，道："父皇不是在午睡吗？"

"午睡也该去，"静贵妃断断续续地道，"至少等、等他醒了，如果听内侍说……你来过，心里一定……会高兴的……"

萧景琰怔怔地看了母亲半天，突然明白了她的用意，迅即转头看向梅长苏。却见这位谋士已站了起来，静静地避让在一边，整张脸如同戴了面具一般，瞧不出丝毫端倪。

"快去吧，去吧……"静贵妃拍着儿子的胸口，缓慢但坚决地将他推了出去。但等他走后，她却又没有立即跟梅长苏说话，反而是跌坐回椅上，仍是珠泪不止。

梅长苏无奈地凝视了她片刻，最终还是悄然长叹一声，缓步上前，蹲在她膝前，摸出袖中软巾为她拭泪，轻声道："娘娘，您别再哭了，再哭，又有什么益处呢？"

"我知道……只是忍了这些年，突然忍不住了……"静贵妃似乎也在拼力地平息自己，拉着梅长苏让他坐在身边，泪眼迷蒙地看着他，看一阵，又低头拿手巾擦擦双眼。

"我现在很好，"梅长苏柔声安慰道，"只是比常人稍稍多病些，也不觉得什么。"

静贵妃哽咽道："火寒之毒，为天下奇毒之首，要清理它，又何止脱一层皮那么简单？为你拔毒的那位医者，可有说什么吗？"

"他说……我底子好，没事的。"

"怎么可能没事？挫骨削皮拔的毒，第一要紧的就是静养。"静贵妃一把抓住梅长苏的手，恳切地道，"你别管景琰了，好好养着，京里的事，我来办，你相信我，我一定办得成……"

梅长苏用温暖而又坚定的目光回视着她，缓缓摇头："不行的，宫里和宫外，毕竟不一样……我走到这一步，已经越过了多少阻碍，娘娘，您也要来阻碍我吗？"

静贵妃心头如同被扎了一刀般，更是止不住地泪如泉涌，仿佛压抑了十几年的悲苦之情，全选在此刻迸发了出来。

"您若要帮我，就什么也别跟景琰说。"梅长苏的眼圈儿也渐渐地红了，但唇角却依然噙着淡淡的笑，"景琰很好，我也没有您想的那么累。您放心，我有分寸的……您以后还是继续给景琰做榛子酥吧，就算他不小心拿错了，我也不会糊里糊涂随便吃的。"

"小殊……小殊……"静贵妃喃喃地念着这个名字，轻轻抚摸梅长苏的脸，"你以前，长得那么像你父亲……"

"娘娘，我们不说这个了。"梅长苏继续给她拭泪，"现在还不是说这个的时候，您会帮我的，是不是？"

静贵妃透过一片模糊的水色凝视了他许久，最后终于一闭双眼，缓慢而沉重地点了点头。

见她允诺，梅长苏的唇边露出一丝淡淡的笑，明明是宽慰的表情，却又显得那么悲凉。静贵妃不忍再看，低下头，用手巾捂住了脸。

"娘娘，"梅长苏缓缓站起身，轻声道，"时辰不早，我也该走了。您一个人能静下来吗？"

静贵妃深深地吸了一口气，用力印干脸上的水迹，抬起了头："你放心。景琰那边，我知道该怎么办。"

梅长苏点点头，退后一步，屈膝跪下行了晚辈大礼，定一定神，转身掀开帐帘，头也不回地离去。

时已午后，帐外是一片淡淡的冬末暖阳，但空气依然清冷。萧景琰静静负手，站在皇帐辕门之下，屹然不动的样子竟像是已经凝固。

听到身后的脚步声，靖王立即回过头，投来两道审视的目光，语调不高却很有力度地问道："母亲把我支出来，到底跟你说了什么？"

面对靖王的逼问，梅长苏却没有直接回答，视线略略一转，转向东侧的那顶皇帐："殿下不是过去请安了吗？"

"父皇在午睡，能请多久？"

"那殿下为什么不进来呢？"

"母亲很明显是想要把我支走，我又何必这么快进去，让她烦心。"

"可是殿下你……还是很想知道我们在谈什么？"

"当然。"萧景琰被他闲适的态度弄得有点沉不住气了，"母亲已经很多年没有这样失态过了，我必须要知道此中缘由。"

"那殿下为什么不在帐口偷听呢？娘娘和我都不是什么高手，你小心一点儿，我们是发现不了的。"

靖王瞪着他，脸上掠过薄薄一层怒色："我并非从来不做这样的事，但是，不会对母亲做。"

"既然殿下刚才没有过来偷听，现在又何必要盘问我？"梅长苏冷冷地道，"这两者之间没多大区别吧？如果殿下真的那么想知道我们谈话的内容，最好还是去问娘娘，问我，总归不太好。"

靖王一时语塞，目光游动间，有些迟疑。

"其实……"梅长苏放缓了语调，徐徐地道，"以苏某的拙见，殿下只要知道娘娘是个好母亲，会一心一意为你好就行了，何必追究太深？每个人都有属于自己不欲人知的部分，不问也算是一种孝道，如果实在忍不住，那就当面问。总之我是什么都不会说的，请殿下宽谅。"

靖王大踏步地来回走了几遍，又停住："母亲不让你说吗？"

"娘娘没有这样吩咐。可她支你出去，自然也就是不想让你知道的意思。"

"不想让我知道,那为什么你可以知道?"

梅长苏无奈地垮下双肩:"看来殿下实在是忍不住,那去问娘娘吧。我先回去了。"说完拱拱手,竟真的施施然走了。

靖王一时气结,可事关母亲他又没有办法,踌躇了一阵子,到底不放心,还是重新掀帘进帐。

静贵妃正在用湿巾净面,脸上除了眼皮略红肿外,已没有了其他杂乱的痕迹。见到儿子进来,她放下手巾,浅浅笑道:"你回来了,苏先生没有等你,已经告辞离去了。"

"孩儿知道。我们……在外面遇到……"萧景琰走过来,扶母亲在椅上落座,自己拽了个垫子过来,也靠坐在她膝前,仰起头,慢慢地问道:"母亲,你真的没有什么话,要跟孩儿说的吗?"

静贵妃将一只手放在儿子头上,轻轻揉了揉,长叹一声:"景琰,你能不问吗?"

"可我很久没有见过母亲如此哀伤了,也许把话说明白,我可以做点什么……"

"你的孝心我明白。"静贵妃向他露出一丝凄楚的笑容,声音依然那么温柔慈和,"可是景琰,母亲也有母亲的过去,很多事情发生在你出生之前,其实跟你没有多大关系,何必一定要问呢?"

"我出、出生前?"靖王怔了怔。对于每一个孺慕母亲的儿子来说,确实很难会想到自己出生前她也有过往。

"我如此哀伤是因为太久远,久远到已经忘了,没有防备,所以突然之间想起时,才会觉得那么难以自控。"静贵妃喃喃地说着,语意却很虚缈,"其实跟苏先生没有直接关系,只是那些记忆……被他勾了起来而已……他是一个很周全很体贴的人,虽然我没有要求他什么都不说,但他却一定不会说的,所以你不要逼问他,等母亲觉得想跟你讲明的时候,自然会讲的。"

没有商量过的静贵妃和梅长苏很默契地采用了同样的方法,刚刚那一幕现在已被转为是静贵妃的秘密而非梅长苏的秘密,可是靖王并没有发现这一点。出于对母亲的关心与爱,他纵然是满腹疑云,也要强行按下去,无法再继续追问。

尽管他的心中,此刻并没有信服,已经百折千回转了无数个念头,猜测着所有的可能性,可是最后,他还是不得不低下了头,轻声道:"那请母亲多保重吧,孩儿告退了。"

静贵妃默然颔首,并无挽留,等儿子退出帐外后,方从袖中拿出一盒药膏,对镜细细抹在眼上，可抹着抹着，又忍不住落下泪来。

这场会面就如此这般匆匆结束，没有波澜，没有意外，但是后果却好像有些诡异。至少靖王府的中郎将列战英就是这么觉得的。

两个一起出去的人各自先后回来，一个若无其事，另一个则是皱着眉头沉思。说他们失和了吧，每天还依旧相互问候见礼，说一切如常吧，却又突然变得疏远，好久没有坐在一起用餐交谈了。反而是那个只爱读书的淮王，近来因为频频过来借书，跟梅长苏的交往要更加密切些。

这种诡异的局面一直延续了七八天，最后是被一个意外到来的人给打破的。

第五十五章 困兽犹斗

"据卫士传报,那人坚持求见苏先生,本来外人应当一概逐出,恰好我身边一个卫队长路过,他知道我素来礼敬苏先生,所以命人先看押,过来通知了我。"蒙挚坐在靖王的主帐中,全身束着软甲,显然是挤时间跑过来的,"不过那人不肯说出他的名姓,苏先生要见吗?"

梅长苏沉吟了一下,道:"不麻烦的话,还是见见的好。"

"那我叫人带他过来。"蒙挚走到帐口对外吩咐了一声,又回到原位坐下,看看对面的两人:"殿下和苏先生怎么了?"

"嗯?"那两人同时抬头,"什么怎么了?"

"苏先生是不是有什么事……惹殿下生气了?"

"没有,"靖王快速地道,"其他的事而已,与苏先生无关。"

"哦……"蒙挚其实很想知道见静贵妃的结果是什么。可是梅长苏什么都不肯说,他也不敢追问,不过看靖王的样子,也判断不准是不是又被蒙混了过去。

大约一盏茶的工夫,两名禁军卫士押了个披发褴衣之人进来,将他朝帐中一推,行礼后又退了出去。那披发人踣跪于地,膝行两步,朝着梅长苏一拜,用嘶哑哽咽的嗓音叫了一声:"宗主……"

梅长苏心头微惊,欲待伸手去拨他的头发,蒙挚已抢在前面,将那人的下巴朝上一抬,两边散发随即向后垂落,露出一张青肿脏污,勉强才能辨别出真容的脸来。

"童路?"江左盟宗主的视线一跳,"你怎么会到这里来?"

"宗主!"童路伏地大哭,几乎泣不成声,"属、属下对……对不起您……"

梅长苏凝目看他,半晌后取过一杯水放在他面前,用平稳的语调道:"你先喝点水,静一静。"

童路抹了抹脸,抓起水杯汩汩全都喝了下去,再喘一口气,道:"多谢宗主。"

"童路,十三先生说你叛了,你认吗?"梅长苏静静地问道。

童路抽泣着,伏地不言。

"你既然已认了叛盟的罪名,又何必要来?在誉王翼护下,不是很好吗?"

"宗主……属下是做错了,但属下绝不是有心叛盟,"童路咬着牙,面色青白,"招出妙音坊,是因为……因为……"

"我知道,十三先生已经查过了,是因为一个叫隽娘的女子吧?"

"……是……"童路低着头,脸上涌出羞愧之色,"我可以舍了自己的命,可我舍不下隽娘的命,所以……所以……"

"别说了,我明白。"梅长苏淡淡地道,"你确实没有把你知道的所有事情都招出来,所以我们也猜测你是被迫叛盟,而非自愿。不过叛盟就是叛盟,没什么说的。十三先生曾细查过你的下落,不过没有找到,你怎么会自己跑出来了?"

童路以额触地,原本发白的脸又涨得通红,低声道:"一开始,他们拿隽娘威胁我,可是后来,又囚禁住我来威胁隽娘。有一天隽娘偷偷来找到我,我才知道,原来隽娘就是他们派来……派来……"

"隽娘是秦般若的师姐,这也是后来才查出的。"

"隽娘这样骗我,我本来不应该再相信她,可是她说……她也想斩断过去,跟我一起归隐田园,过自由自在的日子……宗主,她也有她的无奈之处,她跟秦般若是不一样的……"

"我不想评论隽娘,你直接说你为什么来见我?"

"三天前,隽娘带我一起逃了出来。可是刚出城,灭口的人就追上了我们,最后虽然拼死逃过了,可是隽娘也受了重伤,当天晚上……她就……就咽了气……"童路的嘴唇剧烈颤抖起来,眼睛鲜红似血,却又没有泪水,"我们本来只是打算找个山村悄悄过日子的……宗主,隽娘她真的跟秦般若不一样,真的……"

梅长苏的眸中忍不住现出一丝怜意,但他随即控制住了这种情绪,仍是语声平缓道:"追杀就追杀,刚才你为什么说灭口?难道你们知道了什么机密?这也是你为什么要来找我的原因吧?"

"是,"童路狠狠地咬了一下嘴唇,似乎想让自己更痛更清醒一点,"誉王要谋反……"

此言一出，不仅是蒙挚，连萧景琰也跳了起来："不可能，誉王手里才多少人？他凭什么谋反？"

"我……我知道得也不多……"童路一边思索一边道，"听隽娘说，圣驾刚出城，誉王就去天牢暗中探望了夏江，他们具体计划了什么不知道，但可以肯定的是，誉王已经想办法把留守京城的禁军给控制住了……"

"什么？"蒙挚面色大变，"留守宫城的禁军有近七千，哪有那么容易被控制住的？"

"据说统率留守禁军的那两个副统领已经效忠于誉王了。"

面对靖王询问的目光，蒙挚有些难堪："这两个副统领不是我带出来的人，内监被杀案才调来的，确实把握不住，可是……我相信我的兵，谋上作乱的命令，他们是不会听的。"

"童路只是说他们被控制住了，并非完全掌握。"梅长苏摇了摇头道，"禁军训练有素，历来服从上命。现在京城以皇后诏命为尊，如果把他们一队一队地分开，逐批收缴武器，再集中到一处看管起来，是可以做到的。毕竟外面还没有打起来，禁军虽不能理解上峰的命令，可无缘无故的，也不会强行反抗。"

"就算禁军被废了，誉王也只有两千府兵，够干什么的？顶多跟巡防营拼一拼，还未必拼得过……"

"不止，还有……"童路急急地道，"隽娘从她师叔那里得知，誉王在京西有强助……叫什么徐……徐……"

"徐安谟！"靖王眉尖一跳，放在桌案上的手紧紧握成了拳头。

"庆历军都督徐安谟？"蒙挚瞳孔微缩，看向靖王，"就是那个……曾因临阵无故失期，差点被殿下您军法从事的徐安谟？可他是太子的表弟啊，我记得当年为了保这个人，太子与殿下闹得很僵，他怎么会跟誉王搅在一块儿？"

"现在哪里还有太子？"梅长苏冷笑一声，"天下熙熙，皆为利来；天下攘攘，皆为利往。像徐安谟这样的人，只需一个舌辩之士，就能说服他了。"

"这么说，你是相信童路的话了？"

梅长苏轻叹一声："与其说我是相信童路的话，不如说我是相信誉王有理由选择铤而走险。他现在被陛下打回原点，东山再起困难重重，更重要的是，已经没有下一个十年的时间，让他像扳倒太子那样扳倒靖王殿下了。失去夏江，失去朝上的朋党，失去陛下的恩宠，誉王这一向被逼得太紧，当他的意志不足以承受这一切时，他要么颓废，要么疯狂，不会有第三条路。"

"苏先生觉得，誉王一定会选择疯狂？"萧景琰半信半疑地问道。

"若是他一直在府里倒也罢了，如果他真的忍不住去看了夏江，那位首尊大人有的是办法可以逼疯他。毕竟完全没有活路的人是夏江，他当然希望誉王破釜沉舟。"梅长苏将视线转向童路，冷冷地道："童路，你想给隽娘报仇，是不是？"

童路重重一个头叩下去，额前滴出血来。

"可是你叛过我一次，让我怎么相信你？如果这一次你又是被誉王胁迫而来，殿下听了你的话去告誉王谋反，最后却发现他根本没有，那殿下岂不也成了构陷之人？"

童路满颈青筋涨起，却又无言可答，突然一跃扑向帐壁上悬挂的军刀，拔出来就朝颈间抹，被蒙挚一把夺了过来。

"以死明志也没有用。"梅长苏的声音依然冷酷，"万一你真的那么看重隽娘，宁愿自己死也不愿她死呢？"

"隽娘已经死了……"童路终于忍不住，放声大哭，"她、她的尸首还埋在五凤坡……宗主可以……派人去看……"

梅长苏静静地看了自己昔日的下属片刻，方缓步上前扶他，温言道："好了，你所说的这个消息我们会查证，但你还是必须被监禁起来，不能跟其他人接触，也不要乱说话，明白吗？"

"童路明白，只要能给隽娘报仇，童路什么都不在乎……"童路跪着不肯起，仍是伏在梅长苏脚下，泣不成声。

靖王接到梅长苏递来的眼神，立即召来两名心腹亲兵，命他们带了童路下去换衣进食，小心监看。等帐门重新关闭后，蒙挚左右看看，问道："接下来怎么办？我们信还是不信？"

"我认为，要按照相信他的话来防备。"靖王简洁地道。

"我赞同殿下的意见，"梅长苏颔首道，"这既是意外，也是时机，怎么应对，怎么利用，都应该好好考虑考虑。"

"难道对先生来说，誉王的举动也是意外？"靖王挑了挑眉。

"殿下当我真的会未卜先知吗？我虽然想到誉王可能会想办法去见见夏江，但却没有料到禁军会被控制，也没有料到徐安谟搅了进来。"梅长苏面色有些凝重，"如果童路所言是真的，那这一次我还真是有点低估誉王了。"

"人在绝境之中,所迸发的力量远比平时可怕。"蒙挚拧着眉,"看来誉王是打算孤注一掷了……"

梅长苏正要说话,突又停住,看向靖王道:"殿下有什么想法吗?"

"我们先分析一下局势,"靖王拔出腰刀,在沙地上画着,"这是京城,这是九安山,庆历营驻扎在西边,距京城三日路程,距九安山需五日。但有一点,庆历不是行台军,不在战时,都督没有专擅之权,十骑以上兵马,不见兵符不出,徐安谟到底有什么办法可以调得动这五万人?"

梅长苏看着地上的画痕,眉尖微蹙:"大概也只能伪诏或伪兵符了……验符之人是徐安谟,他可以动手脚。"

"但庆历五大统领也有权复验,如果徐安谟拒绝复验,那么统领就有权拒绝出兵。我不相信这五大统领也全都反了。"蒙挚提出异议。

"反上两三个就够了,不听话的可以杀。"梅长苏看了靖王一眼,"军中的情形,殿下更清楚吧?"

靖王面沉似水,默然还刀入鞘。他知道梅长苏所言不虚,如今军中确实不比当年,除了四境前线的行台军还保留着一点硬骨外,各地养的屯田军因军饷克扣、军纪败坏,早已不复军人的忠诚。若以重利相诱,也不是不可能收买几个军官的。

"殿下安排在京里的人手,对誉王的异动不会毫无所察,大概明后天,也会有消息送来,我们可以跟童路所言印证一下。"梅长苏的双眼慢慢眯成了缝,手指轻轻摸着下巴,"可是……这一切也可能只是誉王的诈招。一旦我们轻举妄动,而最后却没有逼驾谋反的事实发生,殿下刚刚从皇上那里得到的信任就会烟消云散,降到和誉王一样的处境。"

"那这样一来,即使我们事先得到了消息,即使我们能相信童路说的是真的,那也跟没得到一样啊,"蒙挚失声道,"反正我们又不敢现在去跟陛下说……"

"不一样。我们可以事先预测,制定多套预案进行防备,总比到时候措手不及的好。"梅长苏因为正在急速思考,不知不觉间也顺手将靖王的腰刀一把抽了出来在地上画着,动作之熟练自然,让旁观的蒙挚滴下冷汗,靖王也不禁呆了一呆。

"你们看,"梅长苏毫无察觉地继续道,"圣驾出行,四方都设有警哨,京城与九安山之间有两个警哨,一个离京城较近,定会被誉王拔掉,一个离九安山近,随驾的禁军不定期地要去查看,誉王没办法动。而庆历军这次袭驾,必经几个大镇,难以久掩行藏,要的就是一个快字,为了抢到时间,他们是不可能绕过这个警哨走其他路的。"

"你的意思是,一旦此哨的警讯传来时,自然就能完全确定誉王是真的要谋反,而非诈行虚招了?"蒙挚稍稍计算了一下:"可是这时候已经晚了啊!此哨离九安山脚,不过五十里之遥,等我们接讯后再护驾下山,肯定会迎头撞上!"

梅长苏没有回答,而是又看了靖王一眼。

"九安山易守难攻,真到警讯传来时就宁可守山也不能再下山了。"萧景琰此时已领会了梅长苏的意思,也在凝眉计算,"假定徐安谟能把全部五万庆历军带来,禁军守卫是三千,据险以抗,大约抗得过两三天吧?"

"你小看我们禁军,"蒙大统领不满地道,"既然现在已知道他们要来,事先肯定要有所准备,撑个五天没问题。只是……三天五天的,有什么用啊?"

"九安山通路有限,庆历军来了五万还是三万区别不大。不过五天确是极限中的极限了。"梅长苏深深地看着靖王,"殿下回得来吗?"

萧景琰唇边挑起坚定的笑:"母亲和你们都在山上,我死也会回来的。"

蒙挚盯着地上的简略图示看了半天,渐渐也反应过来:"殿下要去调北边的纪城军?"

"我之所以要等警讯传来,这也是一个原因。"梅长苏叹一口气,"陛下多疑寡断,就算我们冒着风险现在去禀报他,他也未必会全信,只有在确认反军逼近、情况确凿无疑之际,他才会把兵符交给殿下去调兵。说起来我们在这里静静坐候,也是不得已而为之的。"

蒙挚总觉得这个应对之策有什么地方不对,想了好久才想出来,忙问道:"苏先生,你只问殿下五天时间回不回得来,怎么也不想想他出不出得去啊?等警讯传来,报给陛下,再请旨拿到兵符,多少都要费一点时间的。叛军采用的是奇袭战术,速度一定不慢,一旦被他们围住了下山的主路,要冲出去只怕不容易啊!"

梅长苏被他问得有些无言,倒不是他答不出来,而是根本不可能答,只好道:"这个是我的疏忽。要冲出重围去求援,也许只能靠殿下的悍勇之气了。"

蒙挚赶紧道:"靖王殿下沙场冲杀,往来无敌,这个我知道。可是……到底也没有完全的把握可以冲出去吧?调援兵是我们最后的解决之道,万一殿下被挡了回来,大家岂不是要坐以待毙了?"

梅长苏低下头,似乎在思考,但眼尾却悄悄扫着靖王。

幸好,靖王很快就主动回答了蒙挚的提问:"大统领不必担心,我可以从北坡下去。"

"北坡是悬崖啊，没有路的！"

"有，有一条很险很陡，完全被杂草盖住的小路，当年我和小殊在九安山上乱跑时发现的，除了我们两个，没有其他人知道。"

"真的？"蒙挚大喜，"这简直就是上天之助！"

"那就这么定了，"靖王也笑了笑，做出最后的决断，"先不要禀告陛下，蒙卿重新整饬九安山的防卫，务必做到临危不乱。无论将来局势如何艰险，陛下和贵妃，一定不能有事。"

"是！"蒙挚沉声应诺，但随即又忍不住看了梅长苏一眼。后者此时并没注意到自己未能被包括进"一定不能有事"的人中间，因为他刚刚发现靖王的腰刀握在自个儿手里，表情有些尴尬。

靖王顺着蒙挚的视线看了一下，发觉有失，忙补充道："苏先生虽有随从护卫，你也还是要当心他的安全。"

"是！"

"请殿下见谅，刚才一时没注意……"梅长苏讪讪地将腰刀双手递上，躬身致歉。

"没关系，大家在商量要紧事情，用不着在意这些虚礼。"靖王淡淡地说了一句，将腰刀接过来插回鞘中。

蒙挚记挂着防务，立即起身告辞。梅长苏不想跟靖王单独留在帐中，怕他又想办法盘问自己，所以便跟着一起告退。

佛牙刚好在帐外，一见面就朝他身上扑，想要舔两口。蒙挚哧哧笑了起来，梅长苏也有些无奈，好在后面帐门关得严实，靖王未能看见。

"听战英说你深居简出，我还以为你又不舒服了呢，原来是在躲佛牙。"蒙挚凑过来道，"不如干脆把佛牙杀了灭口吧？"

佛牙虽然听不懂人言，却立即嗷地叫了一声以示抗议。梅长苏担心靖王听到它的叫声被引出来，也顾不得再理蒙挚，赶紧拖着灰狼躲进自己的帐中。

第二日靖王果然接到京中密报，上面虽无童路所说的那些内幕，但还是报告了禁军过于安静、排班异常，以及誉王多次进天牢看夏江的事。据密报说，他每次都是奉皇后懿令，一待就是半天，连刑部尚书蔡荃也无法阻止。不过除此以外京城还算平静，巡防营仍守着四门，没有发现大的波动。

因为真正的波动，并不是发生在京城里的。

皇帝早已搬入猎宫，不过除亲王与皇子外，其余宗室和随驾臣子依然扎营在外，保留着猎祭应有的场面。蒙挚是这两天最忙最紧张的人，他一方面要调整九安山的防卫，一方面又不能让人觉得他的调整有什么奇怪的地方，整个神经随时都是绷紧了的。

好在这种危机渐渐逼近的日子只过了四天，惊天讯息就已然传到。

报警而来的士兵全身浴血，被带到梁帝面前时干哑难言，从他的狼狈形迹就可以看出，叛军的马蹄声应已逼近。

整个九安山震动了起来，蒙挚按早已计划好的方案将禁军戒护范围缩小，快速沿山道、沟堑布置下数道外围防线。幸好此处本是皇家猎场，山道以外可行人的小径全被封死，猎宫周围草场外有天然山溪围绕，坡度适宜，山木甚多，采石也便利，叛军如果想从无路的崖坡爬上来攻击，一些檑木滚石他们都受不了，因此可以将防线缩得又紧又密，抵除掉一部分敌众我寡的劣势。

"什么？这些叛贼叫嚣的是什么？"听着警使的奏报，梁帝不知是气的还是吓的，全身一直不停地在抖动，"你……你再说一遍！"

靖王镇定地站在父亲身边，道："叛军打的旗号是说，儿臣作乱挟持了父皇，所以他们是来勤王保驾的。"

"你什么时候挟持了朕？"

"叛军谋逆，总要有个由头。将来他们可以说，来救驾之时场面混乱，虽剿灭了儿臣，但父皇也被儿臣所杀。那时无有太子，自然是按皇后诏命立新嗣。"

"妄想！"梁帝怒吼一声，又强自稳住心神，看向身边这个儿子："景琰，叛军逼近，你有什么办法？"

"儿臣以为，此时移驾离开九安山无异于自杀，只能趁叛军还未能合围之前，一面准备坚守，一面派人去调援兵。"

"好！好！朕这就写诏书给你……"

"父皇，没有兵符调不动纪城军的。"

"为什么要调纪城军？最近的援军应该是帝都的禁军啊！"

"父皇，叛军就是从西边过来的，难道您到现在还以为，去帝都求援有效吗？"

梁帝用手按住冷汗涔涔的额头，无力地瘫坐在椅中。一直坐在他身旁的静贵妃适时插言道："纪城军与帝都两处都求援，看谁来得快些不更好？"

"说得也是。"靖王点头道,"为了避嫌,儿臣不能去帝都。请父皇赐兵符,儿臣会在五日内率兵前来护持父皇母妃。至于帝都那边,请父皇自派心腹之臣前去求援,如果有援兵到来,算儿臣以小人之心度君子之腹,如果没有,父皇也可以把真相看得更清楚。"

情况危急,此时已容不得丝毫犹豫,何况静贵妃在身边,梁帝倒不担心靖王不以最快速度赶回,所以只沉吟了一下,他便亲自进内帐取来半块兵符,郑重交与靖王:"景琰,江山社稷现在你一人身上,途中切记不可有失啊!"

"是!儿臣定不辱命。"靖王跪下行了大礼,起身抓过侍从手里的披风,迎风一抖,一边系上肩头,一边大步向殿外走去。

此时宫外已是惶然一片,许多人不知所措地跑来跑去,似乎是逃也无法逃,躲也不会躲的样子。靖王面如寒铁,步行如风,丝毫不为这种惶然的情绪所动,等他笔直坚定的身影穿过之后,两边看着他的人们莫名地安定了些。

绕过猎宫前的巨大平台,一眼便看见梅长苏和蒙挚并肩站在山道边,一个指着前方的地势似乎正在说什么,另一个频频颔首赞同。察觉到有人接近后,蒙挚先回头,梅长苏接着也转过头来,一看是靖王,两人忙行礼。

"我马上就要出发,"靖王神色凝重地道,"山上就拜托大统领了。"

"殿下放心!"蒙挚一抱拳,这四个字答得格外干脆。

靖王又深深地看了梅长苏一眼,道:"虽然苏先生说自己所了解的兵事之法是习自除役的老兵,但我看你刚才指点布兵防卫,连大统领都那般顺从,想来一定另有名师。等我回来后再好好请教,先生也请多保重吧。"

"我们刚才不是……"梅长苏本想否认,可一来靖王是猜中了的,二来如此危局,两人站在山道边聊任何话题都不合适,只好闭口不言。

幸而靖王心中有事,此刻不欲多想,一转头便大步流星地奔向北坡。山脚下早已备好了马匹食水,五名精悍的随行骑士头天就下了山,正在路口等候,大家一碰面连半个字都无须多讲,齐齐翻身上马,绝尘而去。

也许是讽刺,当血腥的气息逼近时,天气却异常明媚,冒出新绿嫩芽的树隙间,点点金色阳光轻俏地跳跃着,带来一种闲适温煦的感觉。

蒙挚仗剑站在禁军防线的最前方,不动如山。战场上出身的他知道,当十几倍于己方的敌人黑压压一片蜂拥而上时,那种压迫感是惊人的。一旦士兵们承受不住产生了怯战情绪，一溃千里的局面随时都会出现，所以他必须要一身当先，激起大家的血勇之气，不能输在最开始那一瞬间的接触。

由于山高林密，道路狭窄弯曲，禁军又是装备精良，铠精盾坚，庆历军既不能用骑兵，也无法用箭弩开道，因此冲在最前面的，是手握长枪的步兵，枪尖雪亮森森，如林一片，在冲天的喊杀声中直扑而上。冲得近了，还能听见有军官在高声叫嚣："冲啊！一个人头赏黄金三两！"

山上的禁军只有三千，九千两黄金便想拔掉这道屏障，誉王很会做买卖。但对于士兵们来说却不是这样，很多人这辈子只用过铜钱，连银子都没拿过，得了这份赏钱寄回家就可以买两亩薄田了，至于现在是不是在叛乱造反谁也不会多想，反正上峰下了令，又有重赏在前，岂有不死命前冲的道理。

面对如巨浪般袭来的攻势，禁军却如同海边的礁石般巍然安定。最前面一排是厚实的坚盾，掩住第二排的强弩手，叛军刚冲进射程范围，羽矢之声便"嗖嗖"响起，不密集却极狠准，瞬间倒了一片，后面的朝前一拥，不停地有人翻身倒地，使得进攻者挟众而来的气势陡然被折了好几分。

"冲啊！冲上去，近身攻击！"一个参将打扮的人嘶声高叫，指挥得倒也对，只要仗着人多不怕死，冲过箭矢的射程距离就可以打接触战，发挥兵力的优势。不过他喊完这句话后就再也没有指挥的机会了，因为一条玄灰色的人影随即掠起，如展翅大鹏般疾冲直下，踏过重重叛军的头顶直扑此人，只是简洁的一劈一收的动作，人头已飞起，鲜血涌出的同时，玄灰人影已纵跃回到了原处，横剑当胸，傲然直立。

大梁第一高手的气势瞬间镇住了全场，在禁军如雷的喝彩声中，庆历军的阵脚有些松动，未能再向前推进。

不过只有一刻的时间，新的指挥者已经递补到位，这次他站得比较远，在后方努力驱动士兵，不停地加大赏格。同时，全副铁甲的重装兵被替换了上来，以此应对箭雨。这一招果然有效，能射中铁甲缝隙的神箭手毕竟不多，前半程几乎没有人倒下，后半程才陆陆续续倒了一小部分，但大部分的人还是冲到了盾阵之前。这时执盾者突然收盾后退，弩手一侧身，现出一排剑手，这些都是武艺超群的精良战力，轻甲劲装，薄剑如冰，对付笨重的铁甲兵就如同砍瓜切菜般，专朝人家未被裹住的关节处攻击，偶尔遭遇到的反击都是慢半拍的，轻易就能闪避。

陷入被屠杀状态中的铁甲兵后面还跟着行动更轻捷的步兵，原本就是预备冲散箭阵后作为进攻主力用的。虽然前方的血腥杀戮令人胆寒，但箭阵毕竟已收，他们开始猛力前冲。谁知就在此时，死神的弓弦之声再次拉响，原来蒙挚竟在周边的大树上布置了弩手隐藏，这一轮急射后，庆历军的死伤比刚才那一波还要惨重。

正当叛军开始惊慌后退时，又有人大喊："不要怕！冲啊！他们带的箭不多！"

蒙挚眉头一皱，游目四看，那人喊完后又缩回人群中，有密林掩护，不知所踪。这时铁甲兵除了向后撤逃的以外，基本上已被解决完，禁军后退数丈，重新布下箭阵。

这样的拉锯战一直持续了两个时辰，庆历军的指挥者终于决定停攻。等待夜色降临时，箭阵不能发挥功效。禁军也趁机小小地休整进食，双方僵持。

当视线被黑色的羽翼所阻断后，杀声再起。禁军的防线果然不似白天那么牢固，且战且退，庆历军军威大震，几乎可以说是压倒性地战胜，到后来除了蒙挚和几个猛将还在后面勉力拼杀外，其余的人差不多算是在奔逃。对于叛军来说，他们追的就是会行走的黄金，怎肯放过，在后面紧紧咬着那些影子。眼看越过山脊，追在最前面的人突觉脚下一空，还未反应过来便已跌入深堑，后面急忙想要停脚，又被更后面的一冲，一拨儿接一拨儿地滚了下去，惨叫声不断。等到好不容易稳了下来，只见前方墨黑一片，刚点起火把打算看看，可光亮才起，又变成埋伏在周边的箭手的活靶子，不得不整队原路后退一箭之地，停止不动。

天色一亮，庆历军的指挥者不由得气结，只见那道深堑虽然不算窄，可也绝对不宽，普通的精壮男子助点儿跑就可以一跃而过，而真正的山道在这里有一个急弯，只是路上被堆满了树枝野草，暗夜间谁也没有发现路原来拐到了这边。

于是白天的鏖战又开始重复。庆历军这次出动了三万人，兵力上有压倒性的优势，可以一批一批地投入战场，而禁军却不得不连续疲劳作战，有时连喝水吃饭的时间也没有，就算再勇猛，也不得不一段一段地后退，全靠事先布置好的陷阱和多变的战术来维持抵抗。

第三天一早，禁军几乎已快退出密林边缘。然而就在这时，本来疲惫不堪的他们突然发起反击，庆历军乍惊之下，急忙收缩兵力，暂时后退，谁知这边刚一退，那边就以极快的速度后撤，不多时便从密林里撤得干干净净，断后的一队弩手射出火箭，点燃了早已布置在林间各处的引火之物，山风疾猛，不多时便烧成一道火线，并渐渐有快速蔓延之势。

密林之外，便是一道山溪，宽约五丈，水量丰沛，天然一道分火墙，根本不怕火势被引向更高处的猎宫。

梅长苏站在猎宫外的高台上，凝目望着密林方向升起的滚滚浓烟和愈来愈烈的火势，素白的脸上却平静无波，没有丝毫的表情。

"苏先生，"列战英气喘吁吁地奔了过来，满脸黑灰，"禁军现在还有战力的共计一千三百人，再加上各府的护卫，可以凑足两千人，大统领建议全部退守进猎宫，叫我来问先生的意思。"

梅长苏点点头："这样做很对，猎宫四周是开阔草坡，无险可守，不必设防，直接退守猎宫是最好的选择。"

"是。"列战英一面应答，一面也伸着脖子看了看远处的火光，笑道："虽说是春天，可看这火势，只要不下雨，也能烧个一天两夜的，可惜这是皇家园林，素来清理得干净，没什么积叶，不能把整片林子都点着了，只够烧断好走的那些地方。不过那群叛军崽子就算撤得快，没被烧成黑炭，现成的路也没了。北面南面都是陡坡，滚两根檑木就能砸死一片，东边又连着主山头，他们也只能等火势小些还是从这边绕着爬过来，估计爬到溪边时，怎么也得明天晚上了。"

"只怕明天殿下回不来……"梅长苏淡淡道，"禁军已经太累，而庆历军战力起码还有一万，继续密林战是不可能的了。趁着这一夜消停，除了岗哨，大家都抓紧时间休息吧。"

"大统领已经在安排换休。"列战英说着突然想起一事："对了，我刚才过来时，看见静贵妃娘娘的侍女端着调补的药汤，说是补气的，送到先生的房间里去了。"

梅长苏轻轻"嗯"了一声，裹紧披风，转身下了高台。这时基本上所有的人都已移入猎宫，一时拥挤非常，不过这种情况下，根本无人有闲心抱怨条件恶劣，每个人的脸都绷得紧紧的，面黄如土。

静贵妃在此时显示出了她的镇定和条理性。猎宫内到现在还没有出现混乱的状况，全靠她的安排和调停。亲王和皇子们被召进皇帝寝殿伴驾，一来腾出空间给其他宗室及随驾文臣们栖身，二来这些人跟梁帝说说话，也对老皇帝的情绪安定有些好处。由于靖王不在，靖王府的其他人都在战队中，静贵妃跟梁帝请过旨后，也把梅长苏召了进来，陪着他的还有佛牙，而飞流已经被派到蒙挚那里去了。

安静得几乎让人窒息的一天一夜过去之后，叛军的身影于第四日的傍晚再次出现在猎宫守军的视线之中。此时的激战与前几天更有不同，因为它太近了，近到宫内的大人物们几乎可以闻到血腥的气息。在叛军一波接一波的冲袭之下，箭矢用尽的禁军收紧战线，开始一道门一道门、一个台阶一个台阶地守卫。由于这是大梁第一高手训练出来的最精锐战队的最精锐部分,也由于背水一战的血勇之气,一直战至深夜,叛军也只打进了最外围的一个偏阁。

"帝都的援军还没有到吗?"听着外面的喊杀声,寝殿中的梁帝喃喃说着,不知是在对人,还是在自语。

其实这个时候他已经明白,尽管派去帝都搬兵的是他最信任的一个贴身御前侍卫,尽管已接到侍卫的信鸽回复说他已顺利潜出重围,但期盼中的援军,还是不会从西边过来了。

"陛下请宽心,景琰会及时赶回来的。"静贵妃柔声安慰着,握住老皇颤抖的手。

由于怕成为目标,室内只点着几盏昏黄的灯,暗淡的光线愈发显得殿中人面如土色。生性最是胆小的淮王早已忍不住蜷成了一团,颤声道:"如果被他们攻进来,他们真敢对我们……动手吗?"

"住口!"梁帝怒喝一声,竭力维持着自己的帝王风度,不想在其他人面前露出怯色,"这群叛军怎么可能攻得进来?朕信得过蒙挚,也信得过景琰!"

随着这声怒斥,室内沉寂一片,使得外面传来的喊杀声更加刺耳,血腥气更加浓厚。

佛牙突然昂起了头,"嗷"的一声长啸,把殿中早已神经紧绷的众人都吓了一大跳。

"这是什么畜生?怎么进来的?"梁帝暴怒地叫道。

梅长苏轻轻抚着佛牙的背脊,安抚它被血气激发出的野性,而静贵妃则微笑道:"陛下少安。这是景琰的战狼,他人虽不在此处,留下此狼,也算是代他护卫陛下吧。"

"哦?"梁帝立即转怒为喜,"这头狼,可以杀敌吗?"

"是,有它守在陛下前面,谁能靠近陛下一步?"静贵妃恬淡的笑容,适时地缓解了殿内的紧张气氛。佛牙在梅长苏的抚摸下,也渐渐回复了平静,只是两只耳朵,依然警觉地直立着。

然而黑夜,已经越来越不平静了。禁军退守的步子虽慢,但毕竟是一步一步在退,这一点,殿中人都有感觉。

"援军还没到吗?"这次是纪王忍不住开口道,"猎宫已经是最后一道防线了啊!"

"当然不是,"梅长苏冷静得如坚冰般的声音在此时响起,"攻破了宫门,还有这道殿门,攻破了殿门,还有我们自己的身体。只要一息尚存,就不算失守。"

他的这种说法，冷酷得令纪王胆寒，梁帝的视线也不禁急速地一跳。

梅长苏转过身来，直直地面对坐在正中的君主："陛下身边也有宝剑，不是吗？"

梁帝被他沉沉的目光激起了年轻时的风云情怀，手指一紧，抓起了御座旁的宝剑，但凝视良久后都未能拔剑出鞘。静贵妃缓缓起身，一伸手，剑锋已然闪过眉睫，一汪寒意映照秋水。

"请陛下将此剑赐予臣妾，臣妾愿为陛下的最后一道防线。"

第五十六章 劫后余生

静贵妃此言一出，梁帝心头剧颤，感动之余，往日的豪气也突然涌上，一把抓住了面前女子握剑的手，大声道："朕在你就在，谁敢伤你？"

余音未落，一支流矢像是专门要破坏他说这句话的气势似的，破窗而入，"嗖"的一声钉在柱子上。虽然偏离得很远，但已足以在殿中掀起恐慌，惊喘和低叫声中，甚至有人开始在黑暗中啜泣起来。

此时东方已然见白，但局势却在急剧地恶化。不停地有其他宗室和文臣们挤进寝殿，狼狈地向梁帝禀报某某殿又失守，殿门也因此开了又关，每开一次，都将众人的情绪朝崩溃方向再推一步。

"乱臣贼子……乱臣贼子……"梁帝花白的头发散乱了几缕在颊边，被冷汗浸得黏在一起。他依然坐得笔直，不愿失了气势，只是咬得发酸的齿间，仍是不自觉地狠狠挤出咒骂。

佛牙不停地弓背竖毛，屡屡想朝外扑，梅长苏现在力气不济，一个没抱住，被它挣开，直奔殿门而去，谁知就在此时，殿门"砰"的一声再次被撞开，一股寒风吹进来，吹得大家心惊肉跳。

这一次出现在众人眼前的是一个俊秀阴冷的少年，周身上下寒气袭人，不过却穿着粉蓝色的衣服，系着漂亮的粉蓝发带，手中握着一把轻薄的短剑，剑锋如水，并无血痕。他撞开门的动作虽鲁莽粗暴，可是自身的行动却飘魅如鬼，一进来就板着脸，硬邦邦冷冰冰地道："来了！"

在一片僵直的目光中，梅长苏柔声问道："飞流，是靖王殿下赶回来了吗？"

"嗯！"飞流重重地应了一声，觉得自己已经完成了报讯的任务，蹲下身开始去玩佛牙的尾巴。

不过没人去计较他无礼的行为，殿中满是长舒一口气的声音，梁帝喜不自胜地搂着静贵妃的肩膀，不停地说："好孩子……好孩子……"

大约半个时辰后，外面的杀声渐息，晨光也已照亮室内。随着静贵妃轻轻吹熄摇曳的烛火，血腥而恐怖的一夜终于过去。

寝殿外传来整齐稳定的脚步声，似乎是在重新布防。紧接着，靖王的声音清晰地响起："儿臣奉旨平叛已毕，请见陛下！"

"快，快开门，"梁帝急急地叫着高湛，"让景琰进来。"

不等高湛行动，离殿门较近的几个文臣已拥过去落闩开门。靖王大步迈进，虽然精神饱满，但却仍是鬓发散乱，满面尘土，天青色的战袍上溅满血迹。他的佩剑已在入殿前细心地解下，撩衣下拜后的第一个动作，就是将手中兵符高高递起："纪城军已奉诏前来护驾，儿臣缴还兵符！"

"好、好，"梁帝亲自走下来扶住他，一手握了兵符，一手抚摸着他的头发，颤声道，"辛苦你了，可有受伤？"

"一点轻伤，不碍事。"

"返京之前，纪城军仍由你随意调派。此次作乱的叛军，务必全力搜捕，绝不姑息！"

"儿臣领旨。"

"来来来，快坐下来休息一会儿，这几天一定是昼夜不休地赶路吧？"梁帝握着靖王的手，将他带到自己身边坐下，又对静贵妃道："快给儿子弄些吃的来，他一定饿坏了。"

"儿臣护驾来迟，让父皇母妃受惊了。"萧景琰抱拳道，"外面还有许多善后之事。昨夜不是所有人都逃入了寝殿，宗室和众臣有所死难，禁军苦战近五天，损伤也极为惨重，儿臣还要帮着蒙大统领料理一下。等一切安排妥当后，再来向父皇母妃请安。"

"是啊，"梁帝闻言也不禁黯然，"此次遇害之人，还有这些护驾尽忠的兵士，朕会重重抚恤。现在确头余波未平，朕不耽搁你了，该怎么料理，全由你做主。"

靖王起身再拜，快速地退了出去。静贵妃随即遣散了殿中的其他人，让他们各自回去处理各自的事务。梅长苏趁机也离开了寝殿，谁知刚走到外殿天井处，恰好撞见靖王和蒙挚正站在那里，急忙回头看，幸好，飞流已经强行将佛牙拖走，不知消失到哪里玩耍去了。

"刚才在父皇那里，不方便打招呼，"靖王上下打量了梅长苏一下，"先生还好吧？"

"我一直远离前线，怎么会不好？"梅长苏游目四周，只见阶前廊下，血迹犹存，不由得长叹一声："禁军只怕损伤了大半吧？"

蒙挚黯然道："只有七百多人活下来，其中还有两百人重伤，几乎无一人完好。"

"连大统领都受了伤，这次实在是险。"梅长苏眸中闪过寒芒，"不过……这绝对是誉王最后的挣扎了。"

此时陆续有人过来禀报善后的情况，三人便停止了交谈。靖王使用兵符共调动纪城军五万人，三万先期赶到，其余两万携带全部人马所需的物资随后，当下应该还在中途。平叛后清理战场，尸体全部移到了山脚，己方的逐一包裹停放，造册记录，而敌方的只清点出人数后便统一掩埋。俘虏的士兵被圈在一处大帐中，将官们则分别关押等待审讯。猎宫外专门划出一片区域将息伤者，纪城军暂时顶替禁军之责，拨出三千人在猎宫值守，其余的兵力也全部退到了山脚，扎营候命。

按照梁帝的旨意，在整个九安山附近开始搜捕逃逸的叛军，同时宣布将对勤王护驾者进行赏赐。纪城军得了这个救驾露脸的机会，上上下下士气高涨，像筛子一样地在各个山头上梳理着，力求多多立功。

大事情安排稳妥后，蒙挚来不及换衣服，便跟着靖王再次入寝殿向梁帝复命。老皇现在的情绪已平定了下来，眸中闪动得更多的不再是惊喜和宽心，而是狠辣。

"景琰、蒙卿，帝都那边，你们觉得该如何处置？"

靖王看了蒙挚一眼，示意他先说。禁军大统领本就已控制不住，立即抱拳道："帝都有留守禁军七千，臣不相信他们会背叛陛下，绝对是被人控制住了。只要臣亲自前去，就一定能为陛下把人带回来！"

"朕也这么想。"梁帝面色阴寒，冷冷地道，"蒙卿，你休息一晚，明日带上一万兵马，起程前往帝都。第一，羁押誉王和他的同党，第二，收皇后绶印，移宫幽闭，待朕回銮后处置。记住，帝都局势，一定要稳。大局平定后，立即回报给朕，朕要等到你的消息再回京。"

"臣领旨。"蒙挚叩首后，起身正要朝外走，梁帝却又叫住了他："你急什么？这一次，你奉的不是口谕，也不是密旨，朕，要发明诏给你！"

"明诏？"蒙挚微微有些意外，"可是明诏一发，再无更改余地了……"

"朕还改什么？！"梁帝猛地一拍龙案，两眼射出怒火，"这次要是真顺了某人的意，就这样晏驾在九安山，那才是再无余地！掌令官已经在拟旨了，等朕用了印，你尽管放开手脚，那些乱臣贼子，还要朕再维护他们吗？"

蒙挚立即大声道："臣领旨！"

这时掌令官捧着拟好的新旨躬身进来，梁帝略略看了一遍，亲自扶印盖好，封卷起来，递给蒙挚道："旨意未尽之处，朕许你便宜行事。"

"臣定不负陛下所托！"

"好，你退下吧。"梁帝吁一口气，招手将靖王叫至身边，道："景琰，这次你救驾立了大功，想要什么封赏？"

萧景琰微微一哂，道："波乱未平，圣驾尚未回銮，此时纵然父皇有心恩赏，儿臣也不敢受。猎宫中如有库存的金帛之物，倒不妨先拿出来恩赏一下将士们才好。"

梁帝仰天大笑，道："你呀，这一点和你母亲真像，她也是这么说的。好，你派人去分等造册，先赏一批，回帝都后，再另行重赏。"

"儿臣遵旨。"靖王刚行完礼，静贵妃便带着几个手捧餐盘的侍女自侧殿进来，笑着请父子两个过来用膳。这一餐饭吃得甚是和乐，梁帝频频给靖王夹菜，对他似乎是说不出的欢喜和疼爱。

晚膳后梁帝在静贵妃的服侍下去休息，靖王自然告退出来。他是皇子，又是七珠亲王，在猎宫中分到了一所独立的院落，供他和靖王府的人居住。此次跟着萧景琰来九安山的都是在沙场上出生入死的悍将勇兵，所以尽管五日恶战，损伤也不大，只有两人阵亡，三人重伤，其余诸人情况还好，戚猛尤其生龙活虎，只歇了一会儿，就带着人一道上山去参加搜捕叛军。列战英手臂受了刀伤，用绷带吊着，仍坚持在院门外等待靖王，不过靖王回来后只看了他一眼，便将他踢回屋子里养息去了。

梅长苏作为靖王的随行者，也住在同一个院子里。靖王为表示对他的尊重，还单独为他和飞流安排了房间。此时天色已黑，他的房间里却没有亮灯，靖王站在院中凝视着那黑洞洞的窗口，犹豫了半晌，还是上前敲了敲门。

门很快就打开了，飞流飘了出来："睡了！"

"这么早就睡？先生不舒服吗？"

"累了！"少年大声道。

"哦。"靖王点点头，转身慢慢走下台阶，却又不想立即回到自己的主屋里去，便又走至院中站定，仰首让孟春的风吹拂自己有些燥热的脸庞。

他其实并不知道自己想找梅长苏说什么，只是心中莫名地烦乱。自从发现连相依为命十几年的母亲也有她自己的秘密后，他的孤寂感就愈来愈深。此时站在他自己的院子中，四周都是他的心腹手下，可是茫然环顾，他却发现自己根本找不到一个人可以倾心交谈。

走得越高，越孤独，萧景琰对此并非没有准备。只是夙夜奔波，身心俱疲之际，他仍然免不了会感到沉重，感到寂寞，会忍不住闭上眼睛，假想自己回到了过去的岁月。

那些快乐、温暖，有兄长也有朋友的日子，那些因为失去而显得完美的日子……

但假想终究只是假想，梅岭的雪是他心头的火，再苦再累，这把火也永远不会熄灭。

胜局已在眼前，最后的步子绝不能踏错。萧景琰抿紧嘴唇，重新睁开的双眼在夜色中闪烁如星。死去的人在天上看着他，并不是想看到他在这里放纵回忆，放纵脆弱。

"来人！"

"在！"

"夜间加紧戒护，一旦抓住逃逸的徐安谟，无论何时，立即前来报我！"

"是！"

发出这个命令后，萧景琰深吸一口气，甩开像蛛丝一般黏在心头的烦乱情绪，步履坚定地走进了自己的房间。

此次作乱的庆历军都督徐安谟是在第三天被追捕到的。消息传来时，梅长苏正跟靖王面对面坐着，讨论回京后的诸项后续事宜，闻讯后两个人都很开心。

"徐安谟要单独关押，不要打骂，要让他好好活着回京城。"靖王随即吩咐道。

"是！"列战英一条手臂吊着，不能抱拳，躬了躬身道，"轮班监守他的，都是我们靖王府的人，殿下放心。"

"他说什么了吗？"梅长苏问道。

"他一路都在叫，辩称自己是受了誉王的骗。"

"看来他不打算牺牲自己拯救誉王了。"梅长苏不禁一笑，"誉王与夏江自己走上绝路，实在怪不得旁人。不过皇后那边，还要劳烦贵妃娘娘替她求个情。好歹，国母不宜处死，她又是言侯的妹妹。"

"母妃已经表露过这个意思了，我想她会尽力的。"靖王似被他勾起什么想法，闪过来的目光有些深意，"今天进去请安时，父皇又对我大骂了夏江一阵子，还把夏江的口供拿给我看。"

"这很好啊，拿给殿下看，就代表陛下不信。"

"没错。夏江的口供父皇一个字也不信，不过你我心里明白，他所说的大部分应该还是实话，不算随意攀咬。"靖王深深地盯住谋士的眼睛，"可我想不通的是，既然他拼命在说实话，那为什么又非要说你是祁王旧人？无凭无据的，这种说法反而会让人觉得他在狗急跳墙，夏江应该不是那么傻的人吧？"

"他不傻，"梅长苏呵呵一笑，"是我跟他说的。"

"哦？"

"祁王是夏江心里的一根刺，他对殿下你的忌惮全由祁王而起，我自称祁王旧人比较容易让他的情绪不稳，有助于推动我后面的计划。"

"原来是这样……"靖王的身子向后靠了靠，面色淡淡的，也不知是信了还是没信，不过却没有再继续追问。

梅长苏顺手整理了一下摊放在桌上的文书，正想另找个话题聊聊，屋外突然传来哗闹之声。

"去看看怎么了。"靖王眉头一皱，向列战英扬了扬下巴，后者立即奔了出去，未几便带着戚猛一起进来。

"殿下！我们抓到了！"戚猛满面兴奋之色，居中一跪，大声道。

"知道你们抓到了，战英刚才已经来回禀过了。"

列战英忙道："不是不是，戚猛说的不是徐安谟。"

"不是徐安谟是什么？值得你这么兴奋……"

"怪兽啊殿下，真是太巧了，它居然也跑到了九安山附近，我们去搜叛军，歪打正着把它给围住了，呵呵呵，呵呵呵呵。"戚猛说着说着，就是一阵傻乐。

靖王对什么怪兽没他那种执念，想了一阵子才反应过来："哦，就是京兆衙门来求援，你抓了一年多都没抓到的那只怪兽啊。"

"抓到了，殿下，我们抓到了，就在外边，铁笼子关着，殿下要不要看看？"

靖王没兴趣地摆摆手，梅长苏趁机站了起来，道："我倒想看看，殿下可准我告退？"

"先生请便吧。"

梅长苏微微欠身行礼，跟戚猛一起退了出去。靖王拿起放在桌案最上面的一份文书，打开还没看到半页，室外突然响起了一片惨叫声。

"苏先生！"

"危险啊……快、快……"

"苏先生，不行……"

萧景琰翻身而起，和列战英前后脚冲了出去，扫视第一眼时，他的心脏几乎漏跳了一拍。

宽敞的院落一角，摆放着一个半人高的铁笼，笼中蜷坐着一个毛茸茸深褐色的东西，正在剧烈挣动着。梅长苏的身子被几个惊慌失措围在四周的靖王府亲兵挡住了看不见，可那一双苍白的手臂很明显已经被拉进了笼子，两个手掌都陷在怪兽的褐毛之中。

"怎么搞的？"靖王的脸色瞬间发青，一边冲上前一边叫道，"别愣着，快救人啊！"

可是等他冲到近前看得更清楚后，他也跟自己的属下一样惊呆住了。原来不是怪兽强行拉着梅长苏的胳膊，相反，它在躲，只是笼子太小，它不管怎么躲，梅长苏都抓着它的腕部不放。

"你别怕……别怕……没关系了，会好的，没事没事……"完全不理会身边的这一片混乱，梅长苏专心地安抚着笼中的怪兽，"我不会伤害你，我会帮你的，你别动，让我摸一摸……"

怪兽安静了片刻，呆呆地让梅长苏摸索着它的左腕，但没过多久，它又重新开始躁动，并不停地喷着热气。

"红了，红了，眼睛红了，"戚猛大叫一声，"苏先生快闪开，它眼睛一红就要吸血的，路上差点就吸了一个人的血！"

靖王心头一惊，一把抓住梅长苏的胳膊就往外扯。

"你放手！"梅长苏刚被扯开就又扑了过去，"你们都没看见他在忍吗？他是想吸血没错，尤其是人血，吸了才会减轻他的痛苦，可是他一直在忍，他努力在控制自己不要伤人，你们没看见吗？"

像是要配合他这句话，怪兽突然一声嘶吼，痛苦地在笼中挣扎。梅长苏扶着铁笼的栏杆深深地凝视着它，突然叫了一声："戚猛！"

"呃？在……"

"把你的刀给我。"

"什么？"

"把刀拿来！"梅长苏一声厉喝，戚猛仿佛反射般地惊跳了一下，呆呆地抽出腰刀递过去。可是梅长苏却没有伸手接住刀柄，而是将手腕在刀锋上一拉，拉出一道两分长的口子，血珠顿时涌了上来，吓得戚猛失手将腰刀跌落于地。

"没关系，来，先吸两口。"梅长苏将带血的手腕从铁栏之间伸了进去，递到怪兽的嘴边，柔声道，"我的血里有药，你会好过些，来，别怕，你吸不干我，我不会有事……你不吸，血也会白流的……"

怪兽喘息着抗拒了一下，但最终还是抵抗不住那殷红的血珠，一口叼住了梅长苏的手腕，四周顿时惊呼声一片，靖王也忍不住前冲了两步。

然而一切正如梅长苏所言，这个怪兽是不愿意伤人的，它只吸了不到十口，稍稍舒解了一下自己的痛苦，就主动放开了嘴里的手腕，随便怎么劝也不肯再吸。

"钥匙拿来。"梅长苏简简单单用手巾扎紧腕上的伤口，起身朝戚猛伸出手，"铁笼的钥匙。"

早已被刚才那一幕惊呆的戚猛木偶般地交出了钥匙，梅长苏快速打开铁笼，将里面的怪兽扶了出来。

"殿下，这个人我来照料，他可以跟我住一个房间吗？"

"这个……人？"

"是，也许不太像，但这是个人。"梅长苏一向素淡清冷的眼眸此时却显得十分灼热，"如果这里不方便，我带他在外面扎营帐，只是要请殿下派人帮我。"

萧景琰怔怔地看着他，有点晕头转向，似乎还没有从刚才的震惊中恢复过来。梅长苏也没有催他，扶着身边那个"人"，静静地等候。

好半天后，靖王总算有些回神，看了看西屋的门，又看了看梅长苏坚定的表情，咳了一声道："先生既然这么有把握，住这里也无妨，只是请小心些。"

"多谢殿下。"梅长苏脸上露出一丝暗淡的微笑，躬身一礼，拖着手中的"人"进了自己的西屋。靖王皱一皱眉，示意列战英跟了进去。

过了片刻，列战英出来吩咐准备热水和浴桶，然后进主屋对靖王道："苏先生没跟那个……那个人说什么，就是不停地安慰他，还找了些药给他吃。现在那人很安静，苏先生又要给他洗澡。"

靖王拧着眉头，用左手轻轻摩挲着右手的手腕，自言自语道："可是单单只因为那是个人，一般都不会做到拿自己的血给他吸的地步吧？"

列战英眨眨眼睛，也不知道该说什么才好，只能无言地站着。半晌后，戚猛也进来，一抱拳，没头没脑地道："启禀殿下，原来是个白的。"

"什么白的？"

"那个怪兽……呃，那个人，洗出来才知道，他身上的毛是白的，只是滚得太脏，才一直以为是褐毛。"

"戚猛！"列战英斥道，"你说这些无关紧要的事情给殿下听做什么？"

"殿下不是想知道……"

"殿下想知道的不是这个，快下去吧。"列战英见靖王沉闷不语，忙将戚猛赶了出去。

院外，两个兵士将洗得脏脏的水抬出去，又有人拿来了干净的毛巾。戚猛辛辛苦苦抓了一年的怪兽突然上升为"人"的规格，这让他很不习惯，于是在西屋门外站了片刻，又蹭进去想再看看。

白毛人此刻已躺在了梅长苏的床上，蜷成一团，脸上的长毛遮住了五官。梅长苏检查他身上任何地方他都不反抗，但只要一碰到他的左腕，他便会本能似的悸动一下，将手腕藏进怀里。

戚猛呆呆地站在后面瞧了半天，梅长苏也没有分神理他，这让他觉得很无趣，自己讪讪地出去了。但他刚走，梅长苏就立即将门窗掩上，回到床前，试图将白毛人的手腕拉出来，但这一次他依然遭到了拒绝。

"你没必要藏起来，我知道那是什么东西，"梅长苏静静地道，"那是赤焰军的手环，刻着每个人自己的名字，一旦阵亡了，即使身体受损，也可以通过手环辨认骸骨，对不对？"

白毛人全身剧烈颤动起来，喉间因激动而发出"呼呼"的声音，牙齿也咯咯作响。

"我只想看看你的名字，看看还有没有什么可以帮你的，"梅长苏温和地拍抚着他的背脊，在他耳边低声道，"来，让我看一下，看一下又能怎么样呢？难道还会更糟吗？"

白毛人似被他说动，僵直的身体慢慢放软。梅长苏轻柔小心地拉起他的手腕，缓缓拨开那长长的毛发。由于手臂肿胀变粗，一指宽的银环已深深地嵌入了肉中，环面也有些发黑模糊，但赤焰军独有的双云焰纹，以及被焰纹所围绕着的那个名字，依然可以被辨识出来。

梅长苏面色如雪地看着那个名字，视线渐渐模糊，眨一下眼，泪珠滚落，可是眼前也只清晰了片刻，便又重新模糊起来。

白毛人喘着粗气坐起来，双眼在长毛后窥视着这个在自己面前毫无顾忌落泪的男子，张了张嘴，却只发出刺耳的"嗬嗬"声。

不知过了多久，梅长苏终于抬起了手，用衣袖拭去脸上的泪痕，深吸一口气，绽出一抹笑容。

"聂锋大哥，你还活着……这真是太好了……"说完这句话，林殊终于忍不住心头的激动，张开双臂紧紧地拥抱住了他昔日的战友。

第五十七章 情深难寿

当西屋门窗全部关上时，靖王的心头实在忍不住涌上了一阵冲动，想要趁着飞流在外面玩耍的机会，派个人去偷听一下里面在说什么。不过最后他还是控制住了自己的这种冲动，什么也没做。

梅长苏隐瞒着一个什么秘密，这一点现在已毋庸置疑，但是要不要不择手段地去把这个秘密挖掘出来，靖王还在犹豫。

一年多的合作，使他对这位自己投奔过来的谋士已经从一开始的反感和怀疑，渐渐变成了现在的信任与尊重。他不想破坏这种信任，也不愿意降低这份尊重。

所以面对门窗紧闭的西屋，萧景琰极力按捺住自己心头翻滚的疑团，仍然保持着沉默。

主动开门走出来的人反而是梅长苏。

谋士的脸色很苍白，眼皮上有一层淡淡的红晕，不过他的神情很平静，走进主屋时整个人的感觉似乎跟平常也没什么两样。

可是靖王刚抬起来头，他就突然跪了下来。

"苏先生怎么了？"靖王吃了一惊，忙上前搀扶，"好端端的，为何行此大礼？"

"苏某有一个不情之请，望殿下允准。"

"有什么事你尽管说好了，能办的，我尽量给你办。"

"苏某斗胆，请殿下到内殿……为我请来贵妃娘娘……诊治一个病人……"

"病人？"靖王目光一跳，"你房里那个……病人？"

"是。"

靖王微微皱了皱眉，神色略有不悦："虽说同在猎宫中，母妃过来我这里不难，但说到诊治病人……不是该找太医吗?"

"这个病人,太医是不行的。"梅长苏抬起头,眼睛里闪动着恳切的光芒,"我知道这个要求不近情理,但却不得不向殿下开口。请殿下看在我竭心尽力这一年的分上,代我恳请贵妃娘娘,若她不肯来,我也无话可说。"

靖王抿了抿唇角,踌躇了一下。梅长苏自开始辅佐他起,功劳无数,却从未提过什么要求,此时他跪着不起,实在让人无法拒绝。

"好吧。我进去说一说,但来不来要由母妃自己决定。"

"多谢殿下。"

靖王既然答应了,倒也没有耽搁,略整了整衣冠,便进了内殿。说来也巧,梁帝自从那血腥五日,一紧一松后,时常夜梦咳喘,晚上睡不安稳,白天却恹恹不醒。静贵妃刚服侍他用药安睡完毕,正坐在殿外廊下看鹦鹉,恰好无事,见靖王过来,甚是欢喜。

"怎么又进来了?你在外面事情多,倒不必一趟趟地来请安。"静贵妃拉了儿子的手,正想带他进殿,一看他神色,又停住了脚步:"有什么事吗?"

"孩儿……确实有事。"靖王想了想道,"确切地说,是苏先生的事。"

静贵妃微微一震,忙问道:"苏先生怎么了?"

"他倒没什么,只是他房里收留了个全身长着白毛的古怪病人,想请母妃去诊看一二。"

"全身长着……"静贵妃眼波轻闪,突然一凛:"我知道了,你等一下。"

靖王本来以为静贵妃至少会问一句"为何不请太医",却没想到她根本二话不说,亲自进去拿了个小药箱,便决定要跟他出去,不由得心头更是起疑,眼睛都眯了起来。

静贵妃走在前面,无心注意儿子的表情。她的步伐很快,靖王的小院又不远,少时便到了。梅长苏在院外迎候,先见了礼,便引她进了西屋,靖王自然而然紧跟在后面。

聂锋裹在厚被之中,只露出半个头来,显得很安静。靖王的目光落在桌上的一只小碗中,碗中还余了两滴未饮尽的血,再看向梅长苏的手腕,果然重新包扎过,心中突然一紧。

梅长苏的身体不好他很清楚,这般一而再,再而三地放血,差不多就跟拼命一样。如果只是为了一个陌生的病人,他何至于做到如此程度?

"娘娘，他的情况如何？"梅长苏此刻根本顾不上靖王，全部的注意力都放在了静贵妃把脉的两根手指上，"毒性有几层？"

"还好。"静贵妃长舒一口气，"毒性不深，未到三层，我为他行一次针，可以压制一两个月不发作。但火寒之毒是天下第一奇毒，我的医道还解不了，何况他中毒时日实在太久，解起来也很麻烦。"

"哦，"梅长苏沉吟了一下，"那请娘娘行针吧。"

静贵妃深深地看他一眼，什么也没说，打开药箱取出一扎银针，用酒焰消过毒，便开始凝神为病人行针。这一套针法似乎十分复杂，足足扎了近半个时辰，才一一收针，病人还没什么反应，静贵妃已是汗水淋淋。

"多谢娘娘厚德，苏某……"

"好了，医者应有仁人之心，何必言谢。"静贵妃微笑着接过他递来的手巾拭汗，又试探着问道："你……应该认识能解此毒的人吧？"

"嗯。"梅长苏坦然点头，"我会尽快请他过来，不过路途有点儿远，要等些日子。"

"若是那位医者未来之前病人有什么反复，尽管找我好了。"

梅长苏低低应了一声，这时才想起看了看靖王。

"母亲跟苏先生倒像是认识了很久似的，"靖王见这两人终于想起自己，不由得挑了挑眉，"不过苏先生看起来比我年轻，应该不是我出生前认识母亲的吧？"

静贵妃慢慢收好银针，轻叹道："你总归还是想知道……"

"但母亲还是不想说吗？"

静贵妃看了梅长苏一眼，后者将脸转向一边，轻微地摇了摇头。

"苏先生是故人之子，我以前甚至不知道有他的存在，大家能够见面相识，实在是机缘巧合。"

"故人？"

"对，故人……"静贵妃的眸中流露出怀念与哀伤交织的复杂表情，"那时我还是个小姑娘，跟随师父行医，却被当地的医霸百般欺凌，若不是有这位故人路过相救，只怕早就死于沟壑之中了……"

靖王倒从没听说过母亲的这段过往，立时动容："苏先生跟母亲有这样的渊源，怎么以前没提起过？"

"见到娘娘之前，我也不知道。"梅长苏低头道。

"可是……这段过往也没什么,母亲为何不愿告诉我?"

静贵妃似乎知道他会这么问,凄然一笑:"不是不愿说,而是不想说。故人毕竟已逝,再提起旧事,实在让人伤心……"

靖王见母亲容色暗淡,虽觉得她言之不尽,也不忍再问,转向梅长苏道:"那这位病人……又跟先生有什么关系?"

"朋友。"梅长苏简洁地答道,"很好的朋友。"

萧景琰怔了怔,知道再问下去,无异于挖人隐私。何况梅长苏只是一年多前才来投靠他的谋士而已,有几个他不知道的朋友,那实在是再正常不过的事了。

"景琰,陛下也该醒了,我们走吧。"静贵妃缓缓起身,略向梅长苏点点头,便当先走出室外。靖王无奈之下,也只能拿起药箱随后跟上。

梅长苏只送他们到门口,又返身回来,笑着安慰聂锋道:"幸好毒性不深,你别担心,好好养着,一切都有我呢!你当然是信得过我的,对不对?"

聂锋伸出长满白毛的手,一把抓住他,口中"呜呜"两声。

"我知道……"梅长苏的笑容里荡着淡淡的哀凉,"你历经千辛万苦,从梅岭走到帝都,一路上躲避着驱逐和围捕,就是为了要见夏冬姐姐……对不起,这次她没有随驾到九安山……不过她要是知道你还活着,不知会有多高兴……等一回到京里,我就尽快安排你们见面,好吗?"

聂锋双肩颤抖,呆了片刻,突然激烈地摇起头来。

"没事没事,"梅长苏抱着他,轻轻拍抚他的背,"不管你变成什么样子,夏冬姐姐都不会在乎的,只要你活着就好,活着……就是对她最大的安慰。"

聂锋的头,颓然地垂在梅长苏的肩上,滚烫的液体自毛发间滴落,浸湿了他的衣裳。

"你的这条命,也是弟兄们拼死夺下来的吧?他们宁愿自己死也想让你活,你就得好好活下去。绝魂谷的前锋营仅有你一人幸存,北谷也是一片焦土,赤羽营只剩下我和卫峥……主营十七名大将,只侥幸逃出一个聂锋,父帅、聂叔叔、齐叔叔、季叔叔……还有七万赤焰冤魂,他们每一个人的命,都活在我们身上,再怎么痛苦,我们也必须背负幸存者的责任……"梅长苏轻轻将聂锋扶到枕上躺好,为他抚平被角,"聂大哥,我背得很累,你一定要来帮我,知道吗?"

聂锋重重地喘气,将他的手握进掌中,紧紧攥住。

"这样就对了……睡吧,我陪着你,好好地睡一觉。"梅长苏脸上露出温柔的微笑，而聂锋却只看了一眼，便猛地闭上了眼睛。

因为那不是林殊的笑容，那不是记忆中充满了勃勃青春气息的、世上最张扬的笑容。

聂锋在赤焰少帅那如同地狱还魂般的变化上，看到了自己的将来。

这使他感到痛苦，不仅是为自己，更是为了夏冬……

出去玩耍的飞流大约一刻钟之后回来了，进门时看到苏哥哥正在把一张写了字的纸细细折成小条，立即很懂事地出去抱了一只从京城带的信鸽来，并且帮着将装纸条的小圆筒系在鸽子的脚上。

"放了吧，黎大叔他们收到信，就会立即想办法通知蔺晨哥哥过来了。"

飞流正松开手，一听到后半句话，本能般地伸手一抓，将刚刚展翅的信鸽又给抓了回来，紧紧抱住。

"飞流，把它放了。"梅长苏责备地看了他一眼。

"不要！"

"叫蔺晨哥哥来是有很重要的事，他不会有时间逗你的，别担心。"

少年眨动着大大的眼睛，似乎不太相信。

"快把它放了，再不听话苏哥哥要生气了。"

少年扁了扁嘴，万般不情愿地松开了手，悻悻地看那信鸽振翅冲向天际，很快就越飞越高，不见了踪影。

"他的毒只有三层，应该可以比我好得多……"梅长苏的视线，轻柔地落在床上安睡的人身上，用手巾掩住嘴，压抑着低低的咳嗽，一路走到外间。飞流奔过来为他拍背，一眼看见他腕间包扎的白巾，大怒地指着，问道："谁？"

"我自己不小心。"梅长苏不停地咳着，胸口越来越闷，脑子也渐渐开始发晕。他心知不妙，立即用颤抖的手从怀里摸出一只小瓶，倒了粒殷红的药丸出来吞下，将身子伏在了桌上。

飞流记得，每次苏哥哥吃这种药时情况都是最糟的，顿时惊慌失措，绕着他转了好几圈儿，突然冲到屋外，大声叫道："水牛！水牛！"

听到飞流的声音时，萧景琰刚刚送了静贵妃回来，正准备坐下审定第一批获赏的名单。一开始他以为听错了，愣了一下才反应过来是在叫自己，忙奔了出去。

院中守卫的亲兵们都呆呆地看着飞流，显然不知道他在喊什么。飞流也根本把这些人当成摆设，直到看见靖王时，才向身后一指，道："苏哥哥！"

靖王心知不好，赶紧抢进去一看，果见梅长苏靠在桌上动也不动，扶住在灯下细瞧，人已晕迷不醒，身上的体温低得吓人，忙将他抱了起来，可室内卧床上已经有人，飞流的床又差不多算是地铺，犹豫了一下，抱进了自己的主屋，命人立即去请太医。

靖王见召，太医自然跑得飞快，可给病人诊完脉后，却又半天说不出话来。

"殿下等着呢，到底诊完没有？"随侍在旁的列战英着急地催问。

"回禀殿下，"太医为难地躬身道，"从病人外感表征来看，似是寒症，可细究脉象，却火燥旺盛，这表本迥然大异……卑职以前从未见过，不敢轻易下药，请求会诊。"

"会诊？"靖王转向列战英："你去，随驾的太医，全都召来。"

列战英答应一声，正要朝外走，床上却传来虚弱的阻止声："不必了……"

靖王忙伸手相扶，帮着梅长苏坐起来了一点，靠在床头仰枕上。

"多谢殿下费心。这只是多年的老毛病，我已吃了药，歇一晚就没事了。"梅长苏游目四周，发现不是自己的卧室，挣扎着想要起来："打扰殿下了，我还是回去的好，房里还有病人……"

"你现在自己就是病人！"靖王没好气地按住他，"放心吧，我已经派了人去照顾你房里的病人，他看起来比你好得多，先操心自个儿吧。你可是我母妃的故人之子，要出点什么事，叫我怎么跟母妃交代？"

梅长苏只挣动了这一下，已觉心跳汗出，自知现在的状况不容乐观，未敢再动，害怕病情再恶化下去，无人照管聂锋，可是这个病午夜后必然转沉，会怎么发作事先拿不准，睡在靖王房里，他又实在忐忑不安。

毕竟他的心中埋藏着秘密，那是连蒙挚也未能全部知晓的秘密……

"苏先生不必介意，"列战英因为相救卫峥之事本就感激梅长苏，再经过这连日来的相处，对他更是敬重有加，忙安慰道，"我们殿下就是这样的，以前打仗的时候遇到困境，别说一张床，就连衣袍口粮也要分给身边的人。您安心休息一晚，明天我就派人再去搬一张床来放在西屋，到时您再挪过去也不迟啊。"

本来连夜去给梅长苏搬一张床来根本不是什么难事，但靖王总觉得梅长苏急着要走有其他的原因，心中起疑。他也不是没见过这位多病的麒麟才子卧床不起的样子，可以前无论如何虚弱，那也只是身体上的，但这次，很明显看得出来梅长苏在情绪上也十分不安定，如果说这份不安仅仅是因为顾忌上下臣属的身份，靖王是不信的。

"先生快躺下吧，我外间本就有长榻，有时处理公务晚了也常常睡在那里，你在这里休养不妨碍什么。"以决定的口气说完这句话后，靖王又转向列战英："就算太医不开药，饭还是要吃一点，我刚才从内殿带回来的食盒里有粥，给先生送进来。"

"是。"

靖王的视线又转回床上，只是梅长苏低下了头，使他看不清谋士脸上的表情："先生好好休息，我还有些公文没看完，就不相陪了。"

梅长苏巴不得他快走，忙欠身相送。未几静贵妃准备的膳食送了进来，都是各色精致的粥品和小菜。梅长苏大略吃了几口，心里记挂聂锋，派飞流去看了几次，说是一直在睡，这才稍稍宽心。

靖王在外间核定军功册，不知不觉已到深夜，双眼有些倦涩，正打算伸个懒腰起身，列战英有些紧张地从里间奔出，道："殿下，苏先生的情况不好呢。"

"不好？"靖王不及多问，三步并作两步抢到床前一看，梅长苏满脸通红地在枕上辗转着，好像吸不进气的样子，再一摸四肢，却是冰凉僵直，顿时也有些慌乱，忙道："快去叫太医，全都叫来，叫他们会诊。"

"是！"

列战英奔出后，靖王又俯身细细察看了一下梅长苏的状况，越看越是心惊。可他于医道半点不通，除了给病人拉拉被角，试试额头温度外，根本是束手无策，只能在床头椅子上坐下，默默地看着，看了好一阵，才突然发现趴在床边的飞流睁大了眼睛很期盼地凝望着他，似乎正在等待他想办法，心中不由得有些伤感。

"对不起，飞流。"萧景琰伸手拍了拍少年的肩膀，后者居然没有躲开，"我会尽力，但我真的不知道该做些什么……"

"可以！"飞流坚定无比地继续他的期盼，"你可以！"

床上的梅长苏无意识地睁开了眼睛，在一片光斑和色影的跳动中，他想要抓住其中的某一点，那一点渐渐清晰，最后化成一张脸。

"父帅……"

萧景琰没有听清，侧过身来向他靠近："你要什么？"

梅长苏的身体震了震，苍白的嘴唇努力闭了起来，摇了摇头。

"起来！"飞流伸手去拉他，"苏哥哥，起来！"

靖王赶紧拦阻道："你别乱动，他在生病啊。"

"每次！"飞流比画着一个动作，"都起来！"

"你是说……"靖王心头一动，将梅长苏的上半身扶坐起来靠在自己身上，果然见他呼吸的状况好了一些，不由得微喜，忙叫道："来人！"

"在！"

"多拿些靠枕来！"

"是！"

靠枕很快拿来，靖王扶稳梅长苏的身体，命两个亲兵将靠枕牢牢地垫成圈状，让病人保持半坐半躺的姿势，刚忙活完，太医就到了。

不过这次会诊的结论并不比第一个太医更有建设性，几个老头子聚在一起商量了半天，好容易弄出个方子来，还只敢说"吃吃看"。

靖王虽然知道宫里御医一般都偏于保守，不求有功只求无过，对这类疑难杂症多半也没什么办法，但此刻心焦，还是不免骂了两句"无用"，把他们骂得更加惶惶然，不敢说话。

幸好梅长苏坐起来了之后，不似开始那般难受，偶尔还有神智清楚的时候，睁开眼跟靖王说"没事"，可说完之后又昏沉沉的，让人怎么看都不觉得他没事。

"算了算了，你们都退下吧。"靖王烦躁地遣退了太医，在屋子里来回踱步。床上的梅长苏又开始呓语，守在旁边的列战英凑过去听了听，脸色顿时一僵。

"怎么了，他说什么？"

"说得不清楚，我大概听错了。"列战英抓了抓头。

"你听成什么了？"

"我听成他说……景琰，别怕……"

靖王愣了一下："叫我别怕？"

"所以才说听错了，"列战英不好意思地低下头，"苏先生也从来不会叫殿下的名字。"

"是啊，"靖王怔怔地在床边坐下，怔怔地看着床上的人，"他怎么会叫我的名字……"

"飞流……"梅长苏又出了声音，这次说得异常清晰，倒把众人都吓了一跳。少年扑过去抓住他的手，大声道："这里！"

"去看看大哥哥……"

靖王和列战英还没有反应过来大哥哥是谁，飞流已经闪身出屋，片刻后又飘了回来，报告道："很好！在睡！"

梅长苏轻轻吁了一口气，咳嗽了几下，好像又清醒了过来，看着旁边的靖王，有些过意不去地道："有劳殿下夙夜守候，苏某真是担当不起……"

靖王不由得轻轻松一口气："会说客套话了，看来是有所好转。我本来想，如果到天明你的状况还不缓解，我就又要去请母妃了。"

列战英到窗边看了看天色，熬到这时，东方已有隐隐的白光，差不多也算黎明时分，想着靖王一夜未睡，忙过来劝道："殿下，既然先生醒了，您也该休息一下。这里我守着，不会出事的。"

靖王见梅长苏又晕沉睡去，气息明显平稳了好些，心中略安，起身回到外间，直接和衣倒在榻上小睡，但只睡至辰时，又匆匆起来梳洗，进入内殿请安。

梁帝的精神仍然不好，这时还未起身，靖王向他禀报行赏之事，他听到一半就直接道："你做主就好了，不必回朕。"说着便翻过身去，继续安眠。

静贵妃悄悄向儿子打着手势，示意他跟自己出来，到了廊下方道："陛下夜间睡不好，你以后不要这么早进来请安，午时即可。"

"是。母亲休息得可好？"

"你放心，陛下虽然夜间浅眠，但并不清醒，宫女们轮流服侍就行，我不用亲自守候，累不着。"静贵妃笑着看看儿子，"倒是你，昨夜没睡好吗？"

靖王摇摇头，没跟她说昨夜梅长苏发病之事，反而问了一个好似不相干的问题："母亲，昨日你说苏先生是您的故人之子，那这位故人叫什么名字？"

静贵妃没料到他有此问，一时怔住。她不知道靖王是先问了梅长苏同样的问题后再过来问她的，还是打算问过她之后立即到梅长苏那里去核对，可无论是哪种情况，事先没有商量过的两个人随口编出同一个名字的概率也实在太小了……

"母亲，您不至于连恩人的名姓都忘了吧？"靖王语调平淡地追问了一句，"他叫什么？"

静贵妃犹豫了片刻，视线掠过院中的楠树，低声道："他叫梅石楠。"

"梅石楠……"靖王念了一遍，又再次确认道："哪个石，哪个楠？"

静贵妃定定地看着他，平生第一次发觉有点掌握不住这个儿子，半天都回不过神来。

"母亲？"

"呃……是……石头的石，楠木的楠……"

"孩儿知道了。"靖王快速躬身行礼，"如果母亲没有其他吩咐的话，孩儿先告退了。"

静贵妃心中微急,一把拉住靖王道:"你等等。"

靖王依言停下脚步,轻声道:"母亲有什么话想跟孩儿说吗?"

静贵妃凝望他良久,眸中渐渐有些湿润,最终还是摇了摇头,凄然道:"你去吧……去问他吧……"

靖王默默躬身,退出了内殿。回去的路上他没有丝毫耽搁,几乎是以最快的速度奔进了自己的院中,急匆匆的样子倒把迎面而来的部将们吓了一跳。

"殿下,您回来了……"众人匆匆行礼,靖王却谁也不理会,直接冲进了主屋。

梅长苏的气色好了很多,刚喝完一碗粥,将空碗递给旁边的飞流,见靖王这样急冲进来,神色微带讶异。

"殿下怎么了?"

"有个问题想问问先生,"靖王在床前站定,毫不绕圈子地直奔主题,"请问令尊大人的名讳是什么?"

"我父亲的名讳?"梅长苏微怔之后,立即就明白了他此问的用意,脸上稍稍有些变色。

"既然令尊大人是我母妃的恩人,我也该知道他的名字,不是吗?"

"那殿下……怎么不去问贵妃娘娘呢?"

"我问过了,"靖王并不隐瞒,"现在想再问问先生。"

梅长苏慢慢低下了头,缩在被中的手紧紧握了起来,又缓缓放开,脸色已白得接近透明。

"先生有什么为难之处吗?"靖王俯低了身子,竭力想要看清他的眼睛,"令尊大人的名讳,也是秘密?"

"怎么会?"梅长苏虚弱地笑了笑,终于抬起双眼,"家父名讳,上石下楠。"

靖王全身一震,脸色几乎变得跟梅长苏一样的白,极力把持才稳住了心神:"能否……再说一遍?"

"家父,梅石楠……"

"哪个石,哪个楠?"靖王从齿缝间挤出这个问题,仿佛是在进行最后的挣扎。

"石头的石,楠树的楠。"梅长苏看着靖王脸上的表情,知道自己这次又赌对了,但心中却没有丝毫轻松的感觉,反而沉甸甸的,好像有什么粗糙的重物碾过胸口,带来阵阵钝痛。

靖王怆然后退了两步,重重闭上了眼睛。对他来说,经过昨日迷离一夜后闪过脑中的那个念头，是如此的突然，如此的离奇，离奇到他自己都怀疑自己是不是疯了，而刚才那短短的几句话则冷酷地告诉他，原来他是真的疯了。

疯狂到想要去寻找那永远不能再找回的亡魂，疯狂到想要把两个完全不同的人影重合在一起。

然而结局，只是一片冰冷如雪的失望。

列战英怯怯地在门口逡巡了一下，有些畏于室内古怪的气氛，但刚刚送来的消息是如此重要，他不得不立即禀报。

"殿下……蒙大统领的信使从帝都星夜赶到……"

靖王无言地又静立了片刻，似在平息自己冰火两重的激荡情绪，最终他还是控制住了自己，默然转身走了出来。可是因为心头乱糟糟一片，他没有注意到佛牙悄悄地从他脚边穿过，摆着尾巴走进了内间，扑进梅长苏的怀里。

蒙挚的信使风尘仆仆地站在院门口，一见靖王就翻身拜倒，双手将信筒举过头顶。靖王接过信筒，大概检查了一下封口，道："随我进去吧。"

"是！"

一听说是帝都来的消息，梁帝虽在困倦中也立即爬了起来，披着外衣在卧榻上接见靖王，信使则跪在外间门边，随时等候传问。

"好！朕这就放心了，"梁帝展信细读，脸上的皱纹慢慢舒展开来，"蒙卿动作神速，留守禁军已全部收归他的控制，宫防也已重新整备，随时可候朕回京……咦？！"

"怎么了？"

"……夏江逃狱了……"

靖王眉间一跳："怎么会？"

"是趁着蒙卿刚刚入京与誉王对峙，情况比较混乱时逃的，后面还附着刑部走失狱犯的请罪折子。"梁帝的表情突转阴狠，"此贼辜负皇恩，比誉王还令朕难以宽宥，立即发下海捕文书，死的活的无所谓，一定要给朕抓回来！"

"是。"

"你又要辛苦了，今日安排一下，明日回銮。"

靖王清楚梁帝此刻急于回到帝都的心情，立即道："父皇放心，孩儿这就去安排，明日一定可以起程。"

"好，好。"梁帝露出慈爱的笑容，"既然快回京了，你有什么想要的封赏，也抽空多想想。"

　　靖王淡淡地道:"何必多想,父皇赏什么就是什么,孩儿想得多了,就逾了本分。"

　　梁帝深深看他一眼,又仰首笑了一阵,看起来甚是欢快:"朕就喜欢你这个不强求的脾气,实在像你母亲。先忙去吧,今日不必再进来请安了。"

　　靖王叩首退出后,梁帝又歪在床头沉思了一阵,道:"召纪王。"

第五十八章 再返京华

由于猎宫不比帝都禁苑，召见的旨意传出去未及片刻，纪王便赶了进来，在榻前行了礼。

"坐吧，有事跟你商量。"梁帝指了指身边的矮椅，"这次叛乱是誉王发起的，你知道吧？"

"臣弟知道。徐安谟已主动招了，再说除了誉王，其他皇子都随驾在此，京里皇后……也一向是偏爱誉王的……"

"景桓已经让朕寒心了，枉朕还曾经对他有所期许，可他呢？手段没有手段，心志没有心志，做出事来乌七八糟的，现在竟至于谋逆，朕实在不能再继续容忍。"梁帝的表情甚是痛心疾首，手指揉着额头，很不舒服的样子，"可说到底，毕竟是朕的儿子，思来想去，心里还是痛的……"

纪王忙劝道："皇兄，事已至此，还是保重龙体为上……"

"先不说这个。"梁帝坐起身来，看着自己的弟弟，"如今太子已废，誉王更是罪无可赦，你看将来这储君之位，应该归于何人？"

纪王顿时吓得魂不附体，伏地道："此乃陛下圣心独断之事，臣弟不敢置言。"

"家常问问，也值得你这般紧张？"梁帝笑着伸手拉他起来，"你觉得靖王如何？"

纪王斟酌了一下，慢慢回道："靖王……仁孝德厚，赤诚忠勇，可为……众皇子楷模……"

梁帝眸色深沉地看着窗外，良久后，似乎从胸腔深处吐出一声叹息："其实，景琰并不是朕最优秀的那个儿子……你不觉得吗？"

纪王战战兢兢，大气也不敢出。

"可是景琰有景琰的好处，他知道收敛，这一点跟……跟景禹不一样，也许和他母亲的性情有关吧。"梁帝似乎并没打算真要纪王说什么，视线仍保持在原点，"这次救驾，景琰赶来的时候禁军差不多已无战力，猎宫其实都在他的掌握之中，但他却二话没说就缴还了兵符，当时还让朕觉得甚是意外……"

"意外？"

"朕还以为，他总会提点什么，至少应该暗示点什么。"

纪王勉强笑了笑："景琰好像不是那样性情的人。"

"离开九安山还京之后，局势就会重新回到朕的掌握之中。可方才朕试探了一下，景琰却并无想延迟回銮的意思。"梁帝向纪王靠近一点，压低声音道："你说，他到底对东宫之位有没有想法？"

纪王微微一震，笑得有些尴尬："何止是景琰，只要身为皇子的，要说谁对东宫之位没有想法，那一定是假的。"

"哦？"梁帝瞟过来一眼，"你也是皇子，你有什么想法？"

纪王这次的笑容倒很轻松："臣弟才不是皇子，臣弟是皇弟，那是不一样的。"

梁帝哈哈笑了起来，用力拍着弟弟的肩膀："你啊，你就是生得晚了些。不过也亏了还有你，朕才有个商量的人。擦擦汗，吃块点心，紧张什么呢？朕还不够疼你，不够纵容你吗？"

纪王也跟着"嘿嘿"了两声，在盘中随意拣了块绞丝糕填进嘴里，嚼了两口，赞道："是贵妃娘娘的手艺吧？皇兄近来都不肯赐给臣弟了，非要进来才吃得到。"

"好好好，你喜欢，你就包起来带走。贵妃还在朕身边，朕不愁没得吃。"梁帝展开满面笑纹，眼尾却又突然一扫高湛，道："叫淮王、豫王进来。"

纪王一愣，忙道："那臣弟就先……"

"你别忙，吃你的吧。"梁帝脸上的笑意渐渐沉淀，转换成更为深沉凝重的表情："你不是说但凡皇子都有想法吗？朕想听听他们两个的想法。"

纪王几乎噎了一下，忙端起茶杯，悄悄冲了下去。

不多时淮王和豫王进来，请安行礼完毕，梁帝也先笑眯眯地赏点心吃，可人家还没吞下去，他就突然问了一句："靖王当太子，你们有什么意见吗？"

纪王赶紧递茶杯给两位可怜的皇子，看他们又呛又咳地乱了一阵后，全都伏地叩首，讷讷不敢多言。

"怎么，你们有异议？"

"儿臣不敢……"豫王胆子略大些，定了定神道，"靖王没什么挑的，父皇觉得合适，儿臣们就觉得合适。"

"献王和誉王已不必再提，要是靖王不当太子，就得在你们两个中间选……"梁帝沉沉的视线落在两个儿子身上，"你们没什么想法吗？"

"儿臣……无德无能，只求能在父皇膝前尽、尽孝，别无他想。"豫王叩首表白，淮王赶紧附和。

"可是……"梁帝语调悠悠地道，"你们序齿较长，本应位列靖王之前啊？"

豫王一时哽住，赶紧拉了拉读书较多的淮王。淮王结结巴巴地道："儿臣们……都、都不是嫡子，年齿相差也、也不多，自然是父皇您……择贤而立……"

"好一个择贤而立，"梁帝温和地笑了起来，"若论贤孝，靖王确实当之无愧。你们两个有这份心胸，朕也很宽慰。起来起来，本来是赏你们吃点心的，顺便问问罢了。吃吧吃吧，朕也困了，你们把这盘子吃完了，进去给贵妃叩头请安。"

命两皇子专门去拜贵妃，这个意思已经很明白了。不过豫王、淮王虽不搅朝局，判断力还是有的，早就料到了今天，倒也不意外，匆匆忙忙把几块点心吞下去，朝已倒下小眠的梁帝叩拜已毕，便奉命进到里间去了。

纪王悄悄退出来，命人去备马，想出宫散散心，刚走到外殿门前，遥遥望见靖王正带着一批文武诸臣走过，大约是去安排起驾诸事，看那沉稳自信的气势，俨然已有主君风度。

"原来江山最后是他的……"纪王喃喃自语了一句，突然想起当年英姿飞扬、众望所归的皇长子，心中不禁五味杂陈，说不出是什么感觉。

"见过纪王爷……"身后突然传来语声，令纪王一惊回首。

面前站着一个白裘青衫的文士，身形单薄，面有病容，看起来似乎柔脆无害，但却是这天下最让人不敢轻视的人。

"对了，麒麟才子也是他的……"在微微的怔忡中，纪王在心里这样对自己说着。他跟梅长苏没有直接交往，却认得他。现在京城里有点身份的人，几乎已经找不出不认得这位苏先生的了。

"王爷是要出去吗？"

"是啊。苏先生好像身体不豫？"

"有劳王爷垂问，睡了一天，想起来走走，听说明日就要回銮？"

"不错，回到帝都，诸事可定，先生也可以放心了。"纪王爷淡淡笑着。

梅长苏随之一笑，眸色柔和："其实靖王殿下，一直想要跟王爷道个谢，只是波乱纷纷，不太方便罢了。"

"谢我什么？"纪王不由得笑道，"我万事看心不看人的，有何可谢？"

梅长苏凝望他良久，慢慢躬身下拜："殿下多谢王爷相救庭生，若非王爷当年一点慈念，他只怕难以降生在这人间……"

纪王全身一颤，脸上的笑容渐渐淡去，仿佛有什么即将翻涌而出的东西在表皮下滚动着，于眉宇之间激起悲凉与哀凄的波纹。

"这个，就更不用谢了……本来都是一家人，谁跟谁不是骨肉呢？"

说完这句话后，这位潇洒闲淡一生的王爷转身而去，袖袍在山风中翻乱飞舞，留下了一个黯然无奈的背影。

四月下旬，因庆历军作乱而被耽误的圣驾春猎一行终于启程还京。来时护驾的三千禁军此时只余数百，还有少数比较不幸的随驾宗室与臣子死于那最后的血腥一夜。在梁帝的一生中，他曾经经历过两次这种规模的叛乱，前一次他是进攻者，而这一次他成为别人的目标。两次的胜者都是他，第一次他赢得了皇位，第二次却连他自己也说不清自己赢了什么。

至于十三年前掀起滔天巨浪，最后以数万人的鲜血为结局的那桩所谓的"祁王谋逆案"，现在仔细想来，其实自始至终都没有任何真正的剑影闪过天子的眼睫。这一点在老皇帝颤抖的视线看着身边残落的禁军时，感觉尤为强烈。

在帝都城外迎候天子回銮的，是以留守的中书令为首的文武众臣，没有皇后，没有誉王，蒙挚率两千禁军立即接手了梁帝周围的防卫，所有纪城军撤出京城，在郊外扎营，等待受赏后再回原驻地。

至此，梁帝才算是终于安下了心，开始准备发动他酝酿了一路的风暴。

与潜逃在外的夏江不同，誉王根本没打算逃，皇后也没有逃。因为他们没有逃亡的能力，离开了京城的富贵尊荣，他们甚至无法生存。

梁帝回銮的第二天，誉王满门成为本朝第二个住进"寒字号"牢房的皇族，不知他囚衣铁索蜷缩在石制地板上时，可曾有想起过他那个在重镣下也未曾低头的长兄。

因静贵妃的恳请，言皇后没有被列为同逆叛党，但身为留镇京师之人，她没有阻止过誉王的任何行动，还曾下诏钳制禁军，"被蒙蔽"三个字无法洗脱她所有的罪名，废位已是难以避免的处置。言阙上表请求削去言氏历代封爵与尊位，以示赎罪，梁帝不知因为什么，竟然没有允准，折子被留中之后便如同消失了一般毫无回音。内廷在五月初向所有京爵子弟们发放猎祭例赏时，言豫津仍然得到了他的那一份。

对言氏的保全令许多本身没有明显党附誉王，但因是言太师故旧门生而暗中支持他的臣子们松了一口气，最终被判定为誉王同党的共计二十七名，其中三品以上只有两人，虽然留守诸臣都因察逆不周被全体罚俸惩处，但淌过京都街道的血色，到底比预想中的要淡多了。

尘封了十三年，几乎已刻意被人们遗忘的那桩旧案，此时也难免被很多老臣从记忆的深处翻了出来逐一对比，暗暗慨叹岁月光阴的消磨，可以将一只狠辣无情的铁腕，浸润得如此柔软。

但是对于处于风暴正中心的誉王来说，他可一点儿都没有感受到父皇的仁慈。他很后悔，后悔当初不该轻信那个麒麟才子，后悔在夏江的鼓动下破釜沉舟。但他同时又很清楚，即使事情重新来过一遍，他也依然会做同样的选择，因为对于皇位的野心和执念已经浸入了他的血液和骨髓，成为他人生最主要的动力和目标，他永远不能像豫王和淮王一样，伏在另一个兄弟的脚下，向他俯身称臣。

现在他输了，结局就只有死。而这种死还跟当年的长兄不一样，他知道自己将被永远地放逐在皇族祭享之外，无论多少个十三年过去，也不会有人想要来为他平反。

这不仅仅因为他无冤可平，而且因为他并不是那个笑睨天下、无人可及的萧景禹。

世上再也不会有第二个萧景禹，即使是现在已隐隐将东宫之位握在手中的靖王，也只能遥望一下那人当年的项背。

"你这里也没有找到夏江的踪迹吗？"在苏宅里，来访的蒙挚恨恨地摇着头，"他还真是个老狐狸，都怪我一时不察……"

"夏江落网是迟早的事，我不急。"梅长苏叹息道，"我急的是夏冬姐姐，殿下已经求准了恩赦，到底什么时候可以把人接出来？"

蒙挚这时已经知道了聂锋之事，当然能够理解梅长苏的急迫心情，不过对于宫里现在的状况，他要更清楚一些，立即劝道："你先安安心，恩赦也只是赦死罪，从轻发落，并不是不发落。夏江谋叛逃匿，陛下对悬镜司一门正在气头上，哪有那么容易就把人弄出来的？靖王的劲儿要是使得过大，陛下说不定又要起疑，你不就因为这个，才不敢告诉靖王聂锋等着的吗？何况聂锋现在已听你解释过这前前后后的因果，他也并没有不安心，只要夏冬最终没事，多等一两个月，也算好事多磨吧。"

对于他劝的这些道理，梅长苏心里其实是明白的，轻叹一声没有答言，目光转到里间的轻盈身影上，道："宫羽，你别再弄了，去休息吧。"

正捧着个精巧香炉细细熏着纱帐的宫羽闻言垂下头，颊边飞过一抹红云，低声道："我想熏得均些，宗主夜间更好安眠……"

"已经很好了。"梅长苏温言道，"我说过你不是我的侍女，不必这样伺候我。"

蒙挚看着宫羽粉面通红的样子，忙笑道："宫姑娘搬进苏宅了吗？我是说觉得今天来，好像宅子里跟平常不一样了。"

"蒙大人取笑了。宅里还是黎大哥他们打理，我哪敢插手。"宫羽莲步盈盈从里间走出，在梅长苏前方约五步远的地步停住，犹豫了一下，又靠近两步，低头道："宫羽刚才听到宗主有繁难之事，倒想了一个主意，不知是否能为宗主解忧……"

"你是指夏冬的事？"

"是……"

"你有什么主意，说来听听？"

"宫羽粗知易容之术，虽然想要长久瞒人，或者完全替换成另外一个人不太可能，但狱中光线昏暗，每日最多只有狱卒巡视，倘或能成功瞒上几天，也未可知……"

梅长苏那般聪明，一听就明白了："你是说让我们带你进天牢，把你和夏冬交换一下？"

"是。聂将军与聂夫人如此情深义重，他们想要早日相见的心情我是能够想象的……可是聂夫人究竟什么时候可以出狱现在还不能确定，不如就让我进去替代几日，至少可以让他们先见上一面，彼此说一说话……"

梅长苏垂眸沉思了一下，徐徐问道："你有把握吗？"

"宫羽自信不会被人戳穿。"

"你和夏冬的身高不一样吧？"

"要矮上几分，不过我有特制的鞋子，可以把身材拔高一些，那就相差不多了。"

"你这个主意倒是可行……只要那段时间小心不要让夏冬被提审，大概是能瞒过去的……"梅长苏凝目看向宫羽，"可是让你替她进天牢，怕是要吃点苦了。"

被他这样一看，宫羽的心跳不由自主地加快了许多，轻声道："能为宗主分忧，宫羽不觉得苦……"

"这就好了，"蒙挚合掌一笑，"你心里总悬着这件事情，我也担心。我看宫姑娘这条计策不错，虽是天牢，找借口进去探个监还是可以的。就这么办吧，我来安排，你就别管了。"

梅长苏面上也浮起淡淡的笑意，温和地对宫羽道："那就委屈你了，下去早点准备，到时候听大统领的安排。"

"是。"宫羽抿着樱唇，眸中闪过极欢悦的神情，蹲身微微一福，缓步退了出去。

蒙挚伸长脖子瞧着她迤逦而去的背影，又回头看了看梅长苏，挑了挑眉道："小殊啊，我已经算是一个很粗的人了，但我觉得连我都能看出来……"

"你还是继续粗着的好。"梅长苏冷冷甩过来一句，"大统领现在很闲吗？靖王如今没时间管巡防营了，叫你给欧阳激物色一个合适的搭档，这事儿你办好了没有？"

"我荐了几个，靖王觉得朱寿春不错，他是我以前的副统领，绝对的实诚人，靠得住。"蒙挚说着将头凑了过来，压低了声音道："还有个消息，内廷已经下旨给司天监占卜吉日了。估计再过两天，这消息就会传得满城皆知。"

"立太子的吉日吗？"梅长苏淡淡一笑，"这也不算是意外。"

"虽不意外，到底是喜事，多年心愿，一步步地近了，你也该高兴高兴。"蒙挚拍了拍他的肩膀，"陛下近来身体时常有恙，不能上朝。等立了太子，靖王就名正言顺地监国了。你辛苦煎熬这些年，为的不就是这个吗？怎么还这样闷闷的？"

梅长苏默然不答，转头看向窗外，看到黎纲急匆匆地从院子外面走进来，显然是带来了什么讯息，不由得眯了眯眼睛。

"宗主，黔州飞鸽传来消息……"

"进来说。"

"是。"黎纲迈步而进，抱拳道，"禀宗主，谢玉死了。"

蒙挚顿时一惊，失声问道："怎么死的？"

"官府结论是意外。他在采石场服苦役，坡上落石，将他砸死了。"

"这么巧？"蒙挚怔怔地摸了摸自己的额头，"不过一想到他犯的那些罪孽，这样死还真便宜他了。"

"是便宜了些，但他死了比活着有用。"梅长苏的眸中闪过一丝冷酷无情的光芒，"夏江谋逆，老皇垂暮，新太子威望正高，想要重审赤焰旧案，这时候正好，只不过差一个勾起来的契机而已。"

蒙挚心中一动，问道："你是说……"

"谢玉是很惜命的人，他现在已脱了死罪，怎么都不会愿意把旧案翻出来，所以他活着没用。我需要的契机，是莅阳长公主手中，等他死了才有可能被拿出来的那份亲笔供述。"

"我明白你的意思了。可是会不会急了一点？"蒙挚有些担心地问道，"靖王现在还没有册立呢，我觉得再稳一稳比较好。"

梅长苏看了他一眼，忍不住笑了起来："蒙大哥，你忘了我们接的是飞鸽传书了？谢玉现在是苦役犯，他的死讯最多通过驿马慢传，连加急的资格都没有。从黔州这一路过来，等莅阳长公主接到讯息，差不多也是一两个月以后了，时间刚刚好。"

"哎呀！"蒙挚敲敲自己的头，"没错，我想事情就是不细，你那个玲珑心肝，确实没人比得上。"

"这几个月，必须要静，要稳，靖王现在的地位不一样了，朝政上更要多下功夫。好在经过这一两年的调整，得心应手的臣子多了，局面还不错。"梅长苏唇角轻轻上挑，面有欣慰之色，"各地规设丰灾年平仓的事情就办得漂亮，现在谁还敢说靖王殿下不擅民政？"

"可说来也怪，"蒙挚耸了耸肩道，"他现在跟你一样，明明这么多高兴事，可看起来人还是闷闷的。你闷是为了聂锋身上的毒，他闷什么闷？"

"你也替他想想，他现在身上担子越来越重，难免会觉得疲累。"梅长苏慨叹一声，"我身边还有你们可以说说心里话，他身边有谁呢？朝臣、部将、谋士……静贵妃娘娘虽然可以宽解他，到底隔着宫禁啊。"

蒙挚被他这样一说，不由得呆了半天，心中甚是酸楚，有些话想要说，一看梅长苏郁郁的面容，又觉得说不出口。

"宗主，"门外突然响起甄平的声音，"聂将军醒了。"

梅长苏顿时展眉一笑，拉住蒙挚的胳膊道："走，我们去陪陪聂大哥，卫峥一直在他房里，咱们再过去，他一定高兴。"

他难得的欢快，令蒙挚突然间一阵心神恍惚，仿佛又看到了当年那个银袍小将，满脸灿烂笑容地叫着："走，我们去找聂大哥，比箭！"可是只短短一瞬，面前的景象又重新清晰，只有苍白的脸和浅淡的笑容，丝毫不见旧时痕迹。

"小殊，"禁军统领抓住他的肩膀，冲口而出，"我觉得……还是告诉靖王吧？"

第五十九章 有朋远来

刑部尚书蔡荃近来非常忙，因为悬镜司名存实亡之后，好几桩未完的案子被移交了过来，而刑部历来查案立案的手法和程序与悬镜司根本完全不同，这些案子又俱是上奏过天听，由梁帝亲自发下来查勘的，接到手里，个个都是烧红的炭圆。不过蔡荃是个天生的犟人，夏江从天牢逃脱，已令他憋了一口气，现在分配到自己手里的事情，就算再难啃他也一定要把它给啃下来。

好在他有靖王支持，手下也颇有几个非常得用的人，时时去苏宅跟麒麟才子谈谈，也经常能得到有益的建议，因此辛苦一个月下来，竟也卓有成效。

万万没有想到的是，新任大理寺正卿叶士桢竟是那么一个古怪而又挑剔的人，案卷移去复验监察，竟被他一下子挑了好几个漏洞出来，除了"行文不合规范，用词模糊"这一条可以视之为没事找事儿以外，其他的漏洞还真是实打实的，让自上任后一向意气风发未曾遇挫的蔡荃一时灰头土脸，刑部上上下下也因此全体进入了知耻而后勇的状态，誓要争回这口气来。那场面按沈追的说法是，"都快疯魔了……"

疯魔自然有疯魔的效果，第二次复察，叶士桢挑了半天也没挑出什么来，只好加签同印，转了内廷。经过他这严格一关，梁帝自然满意，原本打算另择人选掌理悬镜司的想法也顺理成章地打消了，允准靖王着手裁撤，将其职权细分，部分并入大理寺，部分并入了刑部。

至此尘埃初定，年轻的刑部尚书刚松了一口气，禁军统领蒙挚就拎着两个捕头上门了。原来这两人不忿于大理寺卿一向对刑部的刁难，这一日竟然乘着捉拿一名犯人的机会，故意去冲撞叶士桢的轿子，恰好被蒙挚遇到，提前拦住了，没出什么波乱，悄悄地拖到刑部衙门交给蔡荃处理，顿时把这位尚书大人气得说不出话来。

召来全司上下严厉申明不得对大理寺抱有私怨后，蔡荃对蒙挚平息事态的做法也再三道谢。两人以前并无私交，因为这件事聊了一阵子，发现彼此还算投契。刚好两家府第相隔不远，蔡荃又有大半个月食宿都在衙门里没有回去见过妻儿了，说着说着便决定一起坐刑部的马车同行回府。

在路上他们又找到一个新话题，聊起了现在只有客卿身份的那位苏先生。正说得高兴，蒙挚无意中朝纱窗外瞟了一眼，突然"扑哧"一声笑了出来。

蔡荃顺着他的视线一看，也忍不住莞尔。只见外面热闹的街道上，户部尚书沈追一身布衣便装，怀里抱着一个跟他的肚子一样圆滚滚的西瓜，正在各个摊子上逛来逛去，时不时停下来跟摊主聊着什么。

"沈尚书一向关注民生物价，确是好官，不过他抱个西瓜干什么？"蒙挚笑道。

"也许是才买的吧？"蔡荃也摇头笑着，命车夫停下，两人正打算下车去打个招呼，变故突然发生。

前面一辆装满木材的马车的捆绳意外断裂，满车碗口粗的圆木一下子全都滚落了下来，直冲沈追的方向砸来。其他的人都尖叫闪避开了，可沈追身体肥胖行动缓慢，蒙挚纵身飞扑过去也是远水难救近火，眼见就要躲不过了，一道轻捷身影闪过，胖胖的户部尚书顿时如麻袋般被人抄走，放在了一旁的街檐下。

"飞流！"蒙挚顿时一喜，"幸好你路过啊！"

蔡荃这时也已赶了过来，扶住好友。沈追惊魂稍定，忙过去向飞流道谢，可少年冰寒着一张俊秀的脸，只"嗯"了一声。

由于近来常去苏宅，蔡沈二人知道飞流的状况，并不以为意，游目四周看看，虽有许多摊子受损，现场乱成一片，但好在无人受伤，也算万幸。那马车的主人早已满头大汗，脸色煞白着，一会儿就被索赔的各个摊主给团团围住。

"飞流，你这是去哪里？"蒙挚见大家只是在争论赔偿的钱数，并无大的冲突，便没有去管，转头笑着问少年。

飞流"哼"了一声，扭过脸去不看他，禁军统领也只好苦笑。自从那天提议向靖王坦白惹小殊生气之后，卫护苏哥哥的飞流就把他当坏人，不肯再理他了。

不过想想也真奇怪，以前不论自己提出多么错误的建议，小殊总是会耐着性子跟他解释为什么不可以，但是那一天他什么都没说，直接翻脸走人，表现得相当疲累而且情绪化。

所以每每思及，即使是自认为是粗人的蒙挚也会觉得有些忐忑不安。

"沈兄，你是不是受伤了？"蔡荃突然惊问。

"没有啊……"

"那这红的……"蔡荃伸手摸了摸，"哦，西瓜……"

飞流歪过头看了一眼，从怀里摸出一块碎银子来塞给沈追，倒把户部尚书弄得满头雾水："这干什么？"

"赔你！"

在场三人瞬间全都绷紧了脸，拼命想要把即将爆发出来的大笑给绷回去，一直忍到肚子痛时，沈追才喘过气来，把银子放回少年手中："飞流小哥，你救了我的命啊，打掉一个西瓜还要你赔我，我成什么了？"

"我打掉！"飞流认真地道，"我赔！"

"好啦，沈大人收着吧，"蒙挚忍着笑道，"飞流家教太好了，你不收他要生气的。"

沈追哭笑不得地看着再次被塞过来的碎银，正要说话，旁边突然传来一个轻薄的声音。

"小美人，这样的玉手可不能碰辛辣之物啊，来来来，我来帮你捡……"

三人转头一看，只见街沿边被滚木撞倒的蔬菜摊旁，一个二八年纪的少女正在捡拾滚落的蒜头。由于被陌生男子搭讪，她顿时红了脸，虽是小家碧玉，细看确实是艳色惊人。

"真是美人啊……"蹲在她身旁的那个轻浮浪子，看穿戴应出于富贵人家，容貌其实生得还甚是英俊，不过一脸随时准备流口水的样子实在给他的形象减分，何况他接下来说的话更过分："小娘子，请问芳名，你许了人家没有啊？"

少女羞红了玉颜，想要躲开，刚一转身，却又被那浪荡公子拦住了去路："别急着走嘛，我是不会唐突佳人的，咱们聊两句吧？"

蔡荃实在有些看不下去，冷哼了一声道："青天白日的，这位公子收敛一点。"

那浪荡公子桃花眼一挑，半侧过身子看向这边，口中道："收敛什么？我跟小美人说话，你嫉妒吗？"刚说到这里，他一下子看见了飞流，眼睛顿时一亮。

"哇，这位小兄弟也好漂亮，看起来身体很结实嘛，来，让我捏捏看……"

蒙挚等三人眼看着那浪荡公子色眯眯凑了过来，伸手就想去摸飞流的脸，不由得一齐挑了挑眉，心知马上就可以看到空中飞人的精彩表演了。

不过接下来的一幕却让他们几乎眼珠坠地，只见飞流一双薄唇抿得死紧，全身发僵地站在原地，竟然就这样让那浪荡公子在他的脸上轻轻地捏了一爪。

"呵呵呵，飞流好乖，好像又胖了一点，我早跟长苏说过了，叫他不要那样喂你，喂胖了就不漂亮了……"浪荡公子正说着，忽然想起什么似的回过头去，跌足叹道："小美人呢？跑得真快……好久没见过如此璞玉了，可惜啊可惜。"

"那边！"飞流指了指一个方向。

"啊，还是我们小飞流最好了，那我追小美人去了。你去跟长苏说，我可给他带了一份厚礼来，他一定高兴。晚上咱们再见。"说完轻扇一摇，拔足就飞奔远去。

"这……这人……是谁啊？"沈追瞪着那还算潇洒的背影，结结巴巴地问。

"听起来好像是苏先生的朋友……他也会交这样的朋友？"蔡荃疑惑地拧起了眉。

可是蒙挚却若有所思地看着那人并不算快速的步法，神色严肃。

飞流大概是被"晚上再见"这四个字打击到了，呆了半天，突然扁一扁嘴，一闪人影便已消失，不知是回了苏宅，还是逃去了其他地方。

他们两个一走，留在现场的三人当然也不会再继续这样当街站着。本来蒙挚是与蔡荃一路的，可他对这个邂逅的浪荡公子起了兴趣，打算跟过去瞧瞧，于是便突然想起了一个非去不可的约会，表示要告辞。恰好沈追也暗示蔡荃有话跟他说，于是大家客套分手，蒙挚一个人离去，而沈蔡二人反而一起上了刑部的马车。

"你听说了吗？"车帘一放下沈追就急急地道，"司天监的吉日已经占卜了出来，太子加冕礼定在了六月十六。"

"真的？"蔡荃顿时面露喜色，"这几日我忙坏了，什么消息都没顾得上听。这么说靖王再过半个多月就是太子了……看来朝局有望啊！"

"是啊，只希望这之前不要再出什么波乱就好了……"

"怎么这么说？我看万事齐备，能有什么波乱？"

沈追看了他一眼："你没发现靖王殿下近来一直郁郁不乐，好像有什么心事一样吗？"

"没……我这一向都快忙晕了……殿下为什么不悦？"

"我要知道还跟你商量？"沈追皱着两道有些短粗的眉毛，"朝政平顺，边关没有险情，看皇上的态度也是圣宠日隆，我实在想不出，殿下到底还有哪里不足？"

蔡荃仰头想了半日，也想不出，道："会不会是病了？"

"前日才听说他在御苑降伏南境送来的一匹烈马，哪里会是病了……"

"那也许是即将成为储君，心里到底有些惶恐吧……"

沈追默然半晌，道："还是不像……但无缘无故的，又不知该如何问他，只希望加冕之后，也许能好一些。如今太子册立之事已定，誉王赐死的诏书只怕这几日也要颁下来了。听说他连日上书悔罪请求免死，陛下都没有允准。"

"兴兵谋叛，怎么可能免死？"蔡荃摇头道，"誉王自己心里也应该明白才是。他冒的这个险，赢，便是天下，输，便一败涂地，哪有第三条路？"

"这样想来，竟还是先输在他手里的前太子好些，"沈追感慨道，"虽然幽囚外地，不近帝都，到底保了一家性命。这幸与不幸之间，真的很难定论啊。"

蔡荃突然眯起了眼睛，慢慢道："你说……殿下的心事，会不会是为了当年的祁王？"

沈追吓了一跳，一时忘了两人在马车上，本能地左右看看："怎么突然说起这个？"

"同是逆案，因为这桩想起了那桩有什么稀奇的？"蔡荃奇怪地看他一眼，"你何至于这么紧张？"

"你是不知道……"沈追吁一口气，"当年祁王案时帝都几乎血流成河，半朝的文武大臣求情作保，事情反而越保越糟，人杀了一批又一批，好几个府第被连锅给端了。我母亲当时进宫，亲眼看见荣宠一时的宸妃娘娘，死时竟是被一匹白绫裹了抬出去的……自那以后的这些年来，谁敢轻易提起祁王？"

沈追是清河郡主之子，位近宗室，他对当年的血腥惨状自然比彼时还是地方小吏的蔡荃要清楚得多，刚刚简单说了那么两句，竟似有些寒栗的感觉。

蔡荃怔了半天，神色突转凝重，肃然道："可是祁王一案，是夏江主查的吧？"

沈追一凛，立即领会到了他的意思，也拧起了双眉。

"靖王殿下一向对祁王案有异议，这个态度尽人皆知，他也为此被压制了十年，时常连京城都待不下去。如果主查祁王案的人自己谋逆，殿下的心里怎么可能会没有想法？"蔡荃正色道，"我想他近来心事重重，多半是在考虑要不要向陛下提议重审祁王案。"

"千万不能！"沈追冷汗都下来了，"册立之事尚未行，如果惹恼了陛下就麻烦了。祁王案虽是夏江主查，但最终处置成那个样子的人毕竟是陛下。若无强有力的证据而要求重审，陛下只会认为他自恃新功，无端翻弄旧事。你是知道的，陛下最痛恨的是什么，就是意图贬低君威！要重审祁王逆案，不就摆明了认为陛下当年是犯了大错吗？陛下绝不会容忍的！"

"可是……"蔡荃坚持道，"从夏江谋逆就可以看出，也许当年的真相……"

"你怎么还没懂？"沈追没好气地道，"什么是真相？你以为十三年前就没有人对真相有所质疑吗？可结果呢，或贬谪出京，或人头落地，或者……乖乖地闭口不言。也许对陛下来说，祁王当时是不是真的反了并不重要，重要的是他一旦想反的话，随时都可以反！"

蔡荃是第一次听到这样的论调，不由得全身一阵发麻，看着沈追半天说不出话来。

"总之，单凭夏江谋逆就推测当年是冤案，这个理由不够。"沈追又放缓了语气，神情有些无奈，"我想靖王殿下大概也是想到这一层，才这般郁郁不乐的吧……"

蔡荃目光沉沉地看着车顶，冷冷地道："若我是靖王殿下，我也不会罢休的。"

"你说什么？"沈追没太听懂，诧异地看向他。

"什么叫作想反的话随时都可以反？就因为这个，数万的人头便要落地？"蔡荃说着说着竟激愤起来，"天子之责，在于抚育万民，天子之威，在于仁德懿范。并无反迹却要疑人有反心，天子的胸襟如此，为臣者何来霁月光风？我原本还以为靖王为祁王不平，只为他们两兄弟情义甚深，今日听你这样一说，竟然……"

"好啦，"沈追一把捂住了好友的嘴，"当我什么都没说。不过看你都愤愤不平的样子，我更能明白殿下的心情了。但急也不能急在这会儿，等将来……那个时候到了，什么办不成？咱们还是要找个机会劝劝殿下不要鲁莽行事才好。"

"要劝你去劝，我不去。"

"好，你就当你的耿臣吧，我圆滑，我自己去劝。"沈追虽然赌气这样说，但想了想还是不妥："我去也不合适，不如哪天请苏先生劝劝吧。他这次随殿下春猎，同经叛乱危局，听靖王府的人说殿下现在对他礼敬有加。这人口才又好，他若肯出面劝阻，殿下一定会听。"

蔡荃其实心里还是知道沈追的观点是比他更合时宜的，僵持了一下，最后也"嗯"了一声。

马车外，此时恰好经过昔日的誉王府。透过纱窗看去，那曾经赫赫扬扬的亲王府第，如今已败落蒙尘。两位尚书大人想起刚刚的讨论，突觉世事白云苍狗，不由得对视一眼，同时发出了一声长叹。

蒙挚等人在大街上偶遇的那个轻薄浪子，毫无疑问就是飞流提也不愿意多提的蔺晨哥哥。他追着小美人去后直到天黑都没见人影，不过梅长苏一看飞流蹲在屋角寒着脸的样子，就很了然地对黎纲说："大概蔺晨到了……"

于是苏宅的管家赶着去收拾了一间客房出来，甄平在旁边抱怨道："他明知宗主在等他，干吗不直接过来？"

"因为宗主大人一直在这儿，小美人不追的话就要跑掉了啊……"一个声音似从天外飞来，烛影微晃间，修长的身形逆光出现在窗前，潇洒无比地摇着折扇。

"宗主在南屋病人那里，你快过去吧。"甄平冲着窗外道。

"你们帮我叫吉婶煮碗粉子蛋过来，我还没吃晚饭呢……"最后那几个字的尾音已经模糊，飘啊荡地飘向了南边。

梅长苏正在聂锋床前坐着，卫峥陪在他身侧。蔺晨一进来，他就头也不回地微笑道："聂大哥，庸医来了，让他给你诊诊脉，听听他怎么胡说八道吧。"

"太过分了，你一封书信，我跑断了腿从南楚跑过来，结果就这待遇？"蔺晨垮下双肩，摇头叹道，"过云南的时候，聂锋哭着闹着要跟我一起来，为了帮你摆平他我容易吗？今天也是，辛苦到现在还饿着肚子呢。"

"你还饿着？"梅长苏笑道，"那太好了，快诊脉，诊不出不许吃饭。"

"狠，你狠。"蔺晨无奈地走上前来，抓起一只手腕，还没摸到脉门呢，就被一把甩掉。

"我让你诊他的脉，不是我的。"

"我看你也该诊诊了，"蔺晨俯下身端详他，"可以想象晏大夫这一年日子不好过。"

梅长苏伸手将蔺晨拉到床前，按坐下去，道："蔺公子，你别跟我闹了，快看看病人吧。"

蔺晨展颜一笑，伸手捋了捋聂锋的袖子，按住他左腕，短短地诊了片刻，又仔细察看了他指甲、耳后、眼白、舌苔等处，这才轻轻吐了一口气，示意梅长苏跟他到外间来。

"怎么样？"

"样子虽然可怖，但毒性只有三层，不算什么。"

梅长苏用眼尾瞟了瞟他："你可从来没真正动手解过这种毒，到底行不行啊？"

"哈，"蔺晨高挑起双眉，"这么信不过我，干吗叫我过来？"

"要是我能找到老阁主,谁乐意叫你来?"梅长苏回头问道:"飞流,你乐意吗?"

蹲在屋角的少年使劲地摇着头。

蔺晨笑了起来:"好吧,我承认如果是你当年那种程度的毒,我确实未必解得了,不过这个人嘛,还是没什么问题的。可是……你自然知道……该选哪种解法,必须要跟他说清楚,让他自己拿个主意。"

梅长苏倦意浓浓地闭上了眼睛,轻声道:"既然这样,那就明天再说吧。明天他妻子也会过来,让他们夫妻商量一下也好。"

蔺晨深深地看他一眼,似要说些什么,但最终还是耸肩一笑,改了话题:"我这次给你带了礼物来,飞流有没跟你说?"

梅长苏徐徐睁开双眼,羽眉微微上挑。

"看来是没说……飞流!你不乖哦,晨哥哥要把你用蓖麻叶包着装进木桶,从山坡上往下滚……"

"好啦,"梅长苏没好气地击了他一肘,"别逗他了。你带了什么,这样献宝?"

"呵呵,"蔺晨做了一个双手奉上的姿势,"一个美人!"

梅长苏转身就走向了院中,蔺晨一边追一边道:"这不是普通的美人,你是认识她的!"刚说到这里,他眼尾瞄见宫羽悄悄从屋里走出来,似乎正在留心这边的动静,不由得放声大笑道:"宫羽,你不用紧张,凭她是什么样的美人,也不能跟你相比,就算长苏在意这个美人,那也是为了别的缘由……"

听他这样一说,梅长苏心头一动,立即停下脚步,转过头来:"你抓到了秦般若?"

"对美人怎么能用抓这个字?"蔺晨不满地道,"我刚过云南,恰好碰见她自己撞进我的网里,顺势轻柔地一收,就把她给请了过来。"

"她知道夏江的去向吗?"

"本来她是跟夏江一起逃的,可是中途夏江嫌她累赘,就丢下她自己一个人走了,到什么地方去了她也只能大概指一个方向。不过现在四境已封,夏江就算有再大的本事,这天罗地网他也挣脱不了。我现在已经捕到了一些线索,正让下头追踪呢。"

梅长苏凝思沉吟,半晌方轻轻"嗯"了一声。

"长苏,"蔺晨倾过身来,半是嬉笑半是认真地问道,"我倒想问问,靖王执政后,你想要如何清理滑族?说到底,秦般若不过是他们中间的一员,不可否认滑族还有一部分人仍然抱着复国之念。站在他们的立场上来看,那也是他们的正义,不是吗?"

梅长苏冷笑一声，语调冰寒入骨："他们的复国之志，我很感佩，却也不会因此手软。当年父帅灭滑，有当时的情境，我是不会去跟滑族人辩什么对错的。只不过……现在我大梁境内，有像滑族这样被吞灭过来的，也有像夜秦这样的属国，跟周邻的几个大国存在同样的问题。南楚今年正在平定的缅夷，不也是归而复叛的吗？靖王掌政之后，这也是他需要平定和翻越的障碍，为君为皇的日子，只怕也不会轻松。"

"你这个心啊，真是操得长远。"蔺晨晃了晃脑袋道，"我爹当初叮嘱你的话，看来你是一句也没放在心上。我管不了你了，我要去吃饭，饿死了，吉婶煮的蛋呢？怎么还不端来？"

他最后一句喊得格外高声，所以立即有一个亮亮的嗓门答了一句："放在堂屋呢，自己过来吃！"蔺晨一听，顿时满脸放光，开开心心地过去了。宫羽这时方才慢慢走近，低声道："宗主，大统领已安排妥当，明日宫羽就要暂别。到了牢里，宫羽一定时时谨慎，绝不会出什么差错，请宗主放心。"

梅长苏点点头，淡淡地道："我对你一向放心，早些歇息吧。"这样简短一句后，他便立即转身又回到聂锋房中去了。

宫羽在院中独自痴痴站了许久，晚间渐起的风露几乎已浸湿了她的云鬟，她仍是一动不动。吃饱喝足的蔺晨从廊下过来，默默看了她一阵，道："宫羽，弹首曲子吧。"

美人星眸柔柔一转，似有润润的微光闪过。月影下她低头缓步回房，未几，缕缕琴音响起。

静夜之中，曲调哀婉自然，虽然清缓无奇，却又令人平生一股落花流水的茫然，勾起无限相思情肠。

可是聂锋房间紧闭的门窗，却自始至终都未曾再打开过。

第二日一早，宫羽便按照与蒙挚定好的计划，乔装出门。苏宅中的人或焦急或闲淡地等待着，到了近午时分，一辆马车从侧门驶入，刚刚停稳，蒙挚便当先跳了下来，伸手给后面，可夏冬并不需要他的帮助，她连辕木都没有扶一下，就自己跳到了地面，身姿依然如往日般傲然挺立，没有丝毫委顿之态。

黎纲引他们进了主院，先请夏冬洗去面上伪装，梅长苏这时亲自出来，陪着她进了南屋。

聂锋坐在靠窗的一张椅子上晒着太阳，夏冬进来时，他很快就抱住了头，不敢去看她。卫峥扶着他的肩低声劝了一阵，也未能劝得他动上一动，最后也只好无奈地向夏冬苦笑了一下。

可是夏冬并没有看到他的苦笑，从一进来开始，她的目光就没有离开过座椅上的那个人，虽然从外形上来看，他几乎不能被称为一个人。

满身满脸的白毛，肿胀变形的身躯，颤抖着蜷曲的姿态，没有任何一点，可以让她联想到自己那个英武豪气，仿佛可以吞吐风云的丈夫。

但那是活的。

比起十三年前摆在自己面前的那些残碎骨骸，面前的这个，至少还是活的。

夏冬的眼中落下了泪滴，但唇边却浮起微笑。她走到聂锋身边，蹲下身子，什么话也没说，便将他紧紧抱在了自己的怀中。

在这一刻，她甚至没有去想过怀疑，没有先去查验一下他腕间的银环。也许在蒙挚向她说明的那一瞬间，她就已经迫不及待地相信了这个好消息。

无声的拥抱，滚烫的泪水，胸腔中怦怦合拍的心跳，还有那失而复得的惶恐，这一切使得夏冬有些晕眩，晕眩到闭上了眼睛，就不敢再次睁开。

良久之后，有个人轻轻咳了一声。"聂将军、聂夫人，不是我煞风景……两位以后还有的是时间可以慢慢体会重逢之喜，不过现在，能否听我这个庸医说一说关于火寒之毒的事？"

夏冬定了定神，缓缓放开了怀里的丈夫。卫峥搬来一张圆凳，让两人紧挨在一起坐下。蒙挚也在近旁找了个位置，只有梅长苏反而坐到了屋角。

"火寒之毒，为天下第一奇毒。奇就奇在它既可救命，又可夺命，更能置人于地狱般的折磨之中。"蔺晨娓娓说着，语调平淡，"当年聂将军全身烧伤，火毒攻心，本已无生理，但恰巧跌入雪窝之中，被寒蚨虫咬噬全身，这才保住了性命。此虫只有梅岭附近才有，绝魂谷与梅岭北谷只有一壁之隔，也生长着少许。它们专食焦肉，同时吐出毒素，以冰寒之气扼住了火毒，从而形成一种新的奇毒，那便是火寒之毒。"

他虽然说得淡然，但此毒的奇怖之处大家已然看到，不仅夏冬全身颤抖，连蒙挚也不禁面上变色。

"身中火寒之毒的人，骨骼变形，皮肉肿胀，周身上下会长满白毛，而且舌根僵硬，不能言语。每日毒性发作数次，发作时须吸食血液方能平息，且以人血为佳。虽然此毒可以苟延性命，不发作时体力也如常，但这样的折磨，也许并不比死了更干净。"蔺晨用充满同情的目光看着聂锋，"聂将军能坚忍这些年，心志实非常人所及，在下敬服。"

"此毒可解吗？"夏冬握紧了丈夫的手，急急问道。

"可以解。"蔺晨很干脆地道,"有两种解法,一种是彻底地解,一种是不彻底地解,你们必须选其中的一种。"

"我们当然要彻底的那种解法啊。"夏冬毫不迟疑地道。

蔺晨深深地看了她半日,轻叹一声道:"等我说完这两种解法的不同之处,聂夫人再选好吗?"

第六十章 火寒奇毒

听出蔺晨的语中深意,夏冬心头一凛,不由得将聂锋的手握得更紧。

"要解火寒之毒,过程非常痛苦。简单地说,就是削皮挫骨。"蔺晨看向聂锋道,"聂将军是铁汉子,这个苦当然受得住,只不过……如果要彻底地解,须将火毒寒毒碎骨重塑而出,之后至少卧床一年,用于骨肌再生。此种解法的好处是解毒后的容颜与常人无异,舌苔恢复柔软,可以正常说话,不过样貌与以前是大不一样了。""这没关系啊,"夏冬松了一口气,"样貌变了,不是什么大事。"

"我还没说完。"蔺晨垂下双眼,"这样碎骨拔毒,对身体伤害极大,不仅内息全摧,再无半点武力,而且从此多病多伤,时时复发寒疾,不能享常人之寿。"

夏冬的嘴唇刚颤抖了一下,蒙挚已跳了起来,大声道:"你说什么?"

"人的身体,总是有无法承受的极限。彻底地拔除火寒之毒,其实就是拿命在换。不过解毒之后若能好好保养,活到四十岁应该没有问题……"

蒙挚的脸色此刻几乎已经黑中透青,两道灼灼的目光死死地盯在梅长苏脸上,那样子竟好像是在看仇人一样。

夏冬觉得有些诧异,不由得问道:"蒙大人,你怎么了?"

"我怎么了?"蒙挚喘着粗气将视线移回到卫峥身上,"你……还有聂锋……你们守在他身边是干什么的?你们就这样眼睁睁让他胡来?"

卫峥拼命忍着眼中的泪水,一张脸几乎已扭曲得变形,但面对蒙挚的质问,他却半个字也没有辩解。

"蒙大哥……"梅长苏低低叫了一声。

"你还想说什么?"蒙挚怒气冲冲地吼了一句,"是谁告诉我只是身子虚养养就好的？这样了你还跑到京城上上下下地折腾？你的命你不放在心上，可我们……我们……"

话吼到这里，铁打般的一个汉子，竟一下子哽住了，两眼红得像血。

蔺晨面无表情地看着他，淡淡地道："你骂也没用。他是多有主见的一个人啊，卫峥也好，你也好，谁拦得住他？"

"你少废话了，"梅长苏冷冷地瞟了蔺晨一眼，"快把你的话说完。"

"好。"蔺晨深吸一口气，道，"下面说说不彻底地解。这个解法原理上差不多，只是将毒性保留控制一下，不伤人体根本。解后可保毒性不像现在这样发作，不需再饮血，身体虽不能恢复到武人体魄，但与常人无异，可享天年。只不过，全身白毛不能尽褪，舌苔的僵硬也无法尽解，说不清楚话。"

梅长苏忙道："他的毒性轻些，稍微说些简单的音节，应该还是可以的吧？"

"我尽力。但常人一样说话是绝不可能的。"

"容貌上呢？"

"比现在当然要稍好一些。"

夏冬怔怔地听完，慢慢转过头来凝视丈夫，两人目光交织，各自心中复杂的情愫，已通过眼底流入了对方的心头。

他们知道，要相依相伴更加的长久，总不能强求完满。

"即使是你现在的样子，我也觉得很好。"夏冬微笑着抚平聂锋脸上的长毛，"锋哥，为了多陪我几年，你忍耐一下好吗？"

梅长苏目光柔和地看着靠在一起的夫妻二人，长长松了一口气，对蔺晨道："既然他们决定了，你就快做准备吧。你教飞流的熙阳诀他已经练得很好了，到时候也可以让他帮忙。"

"这是我的事，你别指手画脚的。"蔺晨把头一仰，用下巴指了指蒙挚："那个才是你的事，你是不是打算一直让他这么瞪着你？"

聂锋这时也"嗬嗬"两声，有些着急地起身向梅长苏走去，抓住他轻轻摇了摇。夏冬不明所以，一面跟在后面搀扶，一面问道："怎么了？"

梅长苏笑了笑，反手握住聂锋的手臂，安慰道："你别管太多，我的情形跟你不一样，现在很好。"

"是不一样，"蔺晨凉凉地道，"你当年比他现在更……"

"你给我闭嘴！"梅长苏霍然回身，怒道，"太闲的话滚出去玩，这里没你的事了!"

"好好好,"蔺晨抬起手做安抚状,"我滚就是了。像你这样背不动了还什么都要背的样子,你以为我就喜欢看?其实这世上最任性的一个人就是你了,自己不觉得吗?"

"蔺公子,"卫峥皱着脸拉了拉蔺晨的胳膊,"你别总跟少帅吵,少帅有少帅的难处。"

"他是你的少帅,又不是我的。对我来说,他就是梅长苏。"蔺晨的唇边一直保持着一丝笑纹,但眼睛里却毫无笑意,"我一直帮你,是尽朋友之责,要了你的心愿,可不是帮你自杀的。"

梅长苏没有理他,只对聂锋道:"聂大哥,你先休息,我出去一下。"接着便转身,看了看蔺晨和蒙挚,道:"两位请出来,我们到那边谈。"

蔺晨耸了耸肩道:"不用跟我谈,我发发牢骚罢了,什么时候能拗过你?外面太阳好,我先晒晒去,明儿还要奉你的命,替他解毒呢。"说着甩了甩手,悠悠然地向外走去,走到外间时还顺手拉住了飞流,一面揉着他的头发,一面将他一起拖走。

蒙挚没有他这般闲适的表现,跟在梅长苏身后一起出去时,一直阴着脸。被留在室内的三个人沉默了大半天,夏冬才终于找到了自己的声音。

"卫峥……你刚才喊他什么?少帅?"

卫峥低下头,抿紧了嘴唇。

"可你只有一个少帅……"夏冬转到了他的前面,死死盯住他的眼睛,"你是那个意思吗?"

卫峥仍然没有回答,但聂锋从后面过来,展臂揽住夏冬,用力抱了抱。

"天哪……"夏冬面色如雪,几乎有些喘不过气来。不过身为女子,她所想到的第一件事显然跟男人们不同,"那……霓凰……"

卫峥慢慢将头转过一边。当初为了霓凰,他曾经狠狠地揍过聂铎一顿,当然也因此被林殊极其严厉地斥骂,可是现在,他却觉得自己根本不在意了。

以前的愿望现在已经慢慢缩成了很小很小的一点,他如今只希望自己的少帅能一年一年地活下去,而除此以外的其他任何事,尽可以顺着少帅的意来安排,他喜欢看到怎样,那就怎样好了。

虽然在内心深处,卫峥是明白的,他所期盼的这最小最小的一点,其实才是那最为奢侈的部分。

与赤羽营副将此刻无奈与酸楚的心情一样，在院中的另一个房间里，一团火气的蒙挚面对着梅长苏平和中略带忧伤的目光，突然之间也觉得茫然无措，胸中空荡荡一片。

"我能怎么样呢？"梅长苏静静地看着他，淡淡地道，"我还有事情要做，我需要正常的容貌和声音，我也不能安安稳稳地找一个山林，就那样保养着活到四十岁五十岁……蒙大哥，我能怎么样呢？"

"可是你该早告诉我……"

"早告诉你，我的很多安排你就不会听了。"梅长苏惨然一笑，"你们对我的情义，有时候难免会成为牵累。我很抱歉，可又不得不这么做……"

"我以为你只瞒靖王，却没想到你还瞒着我。"蒙挚红着眼睛长叹，"靖王现在什么都不知道，还真是幸福……"

梅长苏皱起了双眉，慢慢在旁边椅上坐下，喃喃道："景琰……只怕也难瞒他长久……我原本没想到聂大哥还活着，他既然尚在人间，就有他应得的身份，这一点我不能隐瞒。可一旦景琰知道了那个病人就是聂大哥，那我也瞒不住了……"

"前些天我说告诉靖王，你还跟我生气。纸本就包不住火的，就算他不知道那是聂锋，我也不信他到现在还毫无疑心。"

"我想的是瞒一时是一时。"梅长苏低声道，"太子未立，旧案未审，要做的事情还很多。先是东宫加冕，在那之后，静贵妃娘娘会请皇上赐婚，册立中书令柳澄的孙女为太子妃。中书令是文臣之首，对朝纲的把握能力远非旁人可及。有了这桩婚事，靖王在朝廷上一定会更加平顺。"

"小殊……"

"所以这个时候，"梅长苏决然地截断了他的话，"不能让靖王分心，我必须看着他穿上太子的冕服，看着他举行大婚。等到他足够稳时，再想办法利用莅阳长公主手里的笔供，把当年的旧案翻出来。如果不能在当今皇帝在位时重审此案，后世只怕会诟病靖王是为了与祁王的旧时情义而有所偏私。我要清白，就必须要彻彻底底的清白，好比当年身上的火寒毒，拔得再痛，也不能不拔。蒙大哥，已经走到最后一步了，你让我走下去，好不好？"

蒙挚心头一阵激荡，眼圈儿已经红了。正如蔺晨所说的，再怎么怒，再怎么跳脚，可是面对着这样一个人，谁又能拗得过他呢。

"蒙大哥，你真的不必那么难过，我也不是马上就要死的。"梅长苏放缓了语气，露出让人难以抗拒的微笑，"我向你保证，只要赤焰的案子昭雪了，我就放下一切好好休养，我一定活过四十岁，好不好？"

蒙挚无奈地垮下了双肩，骂道："你自己的命，你自己好好守着。既然靖王迟早要知道，你好歹也该给他留条活路吧？你在这里朝不保夕地挣命，他却风风光光地加冕大婚，等他将来知道这一切时，心里什么滋味你想过没有？"

梅长苏被他说中心事，脸色略略转白，怔了半日后，心头绞痛。因为聂锋的出现，已无法再像预想中那样一瞒到底，可是萧景琰的性情他最清楚，等真相暴露的那一天，自己这位好友会有多难过多自责，根本不用想象也能体会得到。

"不过小殊，你也别太挂心。"蒙挚见他神色黯然，心中顿时后悔，又改口劝道，"为了翻这么大一件案子，为了洗雪祁王和赤焰身上的冤屈，谁能不受点罪？靖王是个心志坚定的硬汉子，这点难过，就让他自己熬去。你要提前为他操这个心，那还真是小瞧了他。"

梅长苏知他好意，勉强一笑，道："说得也是。其实当年，也是景琰护着我的时候多，他心性坚忍，知难不退，将来我仍然还要靠他护我呢……"

蒙挚没好气地道："你肯让人护，我们就谢天谢地了。总之你给我记住，以后再做那些没分寸的事情，就别指望我再帮你瞒着靖王。"

"好，大统领你是我骑射发蒙的师父，你的话我怎么敢不听？"梅长苏虽然心头仍乱，但为了不让蒙挚再多担心，努力露出欢快的笑容，用轻松的语调道，"你别理那个蔺晨，他就爱胡说八道，你看飞流那么讨厌他就知道不是好东西……"

"喂，"窗外立即有人接口道，"飞流那是讨厌我吗？那是尊敬啊。"

蒙挚心头顿时一惊，有人就在如此近的地方，自己却对他的行踪毫无察觉，那也委实令人骇然。

"你不用吃惊，"梅长苏仿佛看出他心中所想，笑道，"蔺晨就这点偷鸡摸狗的本事了，真要动手打架，他未必打得过你。"

话音刚落，窗扇就被人推开，蔺晨双臂环抱站在外面，一脸不羁的邪笑："我说，天晚了，早些睡吧。大统领明日再来做客可好？"

蒙挚转头看看沙漏，果然时辰不早，忙对梅长苏道："那我走了，你一定要好好保养，我可不是开玩笑的。"

梅长苏笑着应诺，一路将他送到门外。等禁军统领的身影远去之后，蔺晨才慢慢晃了过来，道："他最终还是被你说服了……不过我也不意外，连我爹当年都无奈你何，何况他们？"

"蔺晨，"梅长苏却收起了脸上的笑容，看着黑沉沉的前方，低声道，"……我现在感觉不是太好。"

"我知道……"蔺晨的口吻依然轻飘飘的，"我也难得这么生气……"

梅长苏转过身来，眸中闪过微光："你帮我一下吧，我起码，还需要一年的时间……"

"那你自己也要振作点才行，"蔺晨的神情竟是难得的严肃，"你这么怕靖王知道，不就是因为对自己的身体没有信心吗？"

"这也是没办法的事……如果我人在，就算景琰知道真相后再激动，也总有办法可以安抚他。但现在我自己都不知道自己什么时候会倒下，静贵妃娘娘又在深宫之中，景琰那个性子……到时谁来阻止他的激愤？"梅长苏说这些话时神色十分宁静，显然决心已下，"现在的情势还远远称不上万无一失，我机关算尽这些年，绝不能到了最后关头，却让自己成为导致败局的那个变数，所以……只有委屈景琰了……"

"其实那个蒙挚说得挺对的，靖王自有靖王必须承担的东西，他也不是那种承不起的软懦之人，你按自己的考量做就是了，何必觉得对不住他？说到底，昭雪此案并非你一人之事，一人之责，你就是在这一点上过于执念了，才会这般心神疲惫。"

梅长苏郁郁一叹，颔首道："你说的这些，我自己何尝不知，无奈难以自控罢了。千辛万苦走到这一步，接下来只需等着景琰东宫册封，等着他大婚、监国、步步稳掌朝政，等着谢玉的死讯报入京城，等着夏江落网，逼皇上不得不同意重审……对于景琰来说，这一切需要他的努力，可对我来说，最需要的却是时间……"

"但你又不想让靖王为了替你抢这一点时间而有所冒进，对不对？"蔺晨挑起入鬓的双眉，笑得一派自信，"放心吧，有我在呢。我还准备将来新朝时仗你的势耀武扬威一番，哪有那么容易放你去死？"

梅长苏被他逗得一笑，点着头道："是了，那我先多谢你辛苦。"

蔺晨顿时双眼发光："你要真心想谢我，就把小飞流给我吧！"

梅长苏立即道："这个别做梦了，想都不要想。"说罢转身就走，飞流不知从何处出现，无比感动地扑进苏哥哥怀里。

"哈，你这个小没良心的，也不想想当初是谁把你治好的？走，陪我散步去！"蔺晨嬉笑着，将飞流从梅长苏身上剥下来，拖啊拖地拖走了。

梅长苏微笑着看那两人走远，正要转身，脸上突然一白，捂住胸口弯下腰，眼前

第六十章 火寒奇毒

昏黑一片，立时向前倾倒。

不过他当然没有摔到地上，有人及时奔过来稳稳扶住，为他抚胸拍背。这阵晕厥来得快去得也快，喘几口气，疼痛感已过去，眼前渐渐回复清明，一抬头，看到须发皆白的晏大夫正站在面前，梅长苏立即本能地关紧了耳朵，同时露出歉然的笑。

但这次老大夫并没有骂人，他只是阴沉着脸瞪了这个病人许久，最后轻叹一声，道："我扶你进去吧。"

六月十六，册立东宫，举行太子加冕礼。清晨时，宫禁中旌旗猎猎，仪仗森森，只是因国丧仪规限制，减乐。百官齐集于奉天正殿，萧景琰着储君冕服，由引礼官引领，入丹璋，进丹陛，内赞官接引，近御座前拜位。宝册官宣读立太子诏书后，梁帝将太子玺绶交中书令，中书令下阶，奉与新太子，太子接印，交东宫捧册官，四拜谢恩。

朝仪礼毕后，新太子入座，接受百官朝贺，之后便进入内宫，拜见贵妃。午后，梁帝携储君驾临太庙，敬告祖先，沿途接受百姓路谒，场面甚是壮观。

萧景琰是个英武之气甚重的青年，由于勤加操练，长身玉立的体态也十分结实悦目，气质上与稍嫌阴鸷的前太子和有些圆滑的誉王有所不同。每当他穿戴朝服盛装时，感觉都会与便装或戎装时迥然两样，仿佛有积蕴于内的贵气和压抑已久的威仪迸发出来，令人心生敬畏。

在册立仪式的最后，皇帝宣布大赦天下，由新太子搀扶着走下奉天楼。也许他自己还不太觉得，但在旁人的眼中，未来天子双眸精光四射，身姿挺拔如松，而老皇发际斑白，身躯颤抖佝偻，暮气沉沉，鲜明的对比不得不使人在心底暗暗感叹，甚至还有些大不敬地揣测着新朝将会在何时到来。

也许由于一整日冕礼的劳累，册立太子后的第二天，梁帝因病诏令免朝十日，一应政事先入东宫，由太子监国。

六月三十，内廷司发诏，原靖王妃已逝，正位虚悬，特选立中书令柳澄孙女为太子妃。大婚日定为七月二十九。

靖王府与苏宅之间的那条秘道自春猎还京之后不久便已封实，抹去了梅长苏一年来倾心扶助的痕迹。也许由于萧景琰内心莫名的失望，也许由于地位变动带来的繁忙，他已有足足一个多月没去过苏宅，反而是列战英时常跑来探望一下卫峥。

移位东宫之后，萧景琰的理政风格与前太子大为不同，他明明更喜欢就事论事、爽洁利落的人，行事注重效率，删减程序，但同时，他又特别注意不允许任何人提出"新政"或"革故"之类的说法，力图保持一种微妙的平衡。

七月初五是静贵妃生辰，萧景琰一早便进宫前去拜寿。今年的静贵妃已不同于往昔，自然再不能像以前一样母子安静小聚。所以陪母亲坐了半个时辰，接见了一些要紧的宗室重臣之后，萧景琰便告退出来，预备明日再来。

纪王和言侯一早也来向贵妃拜寿，两人在宫门口遇见，结伴同行。萧景琰因为手里正在处理宗室降代承袭减俸之事，想听听这两位老人的意见，出来时顺便就请他们一起到了东宫。

宗室减俸，历代都是不讨好的事，但由于大梁国祚已久，皇族繁衍，亲疏有变，很多地方不可能再按旧例。梁帝一直想改，人情上难动，乘着太子新立，正是锐不可当的时候，便甩手把这件事丢给了他。

经过半月筹谋，大致的减俸方案已经定下来了，请纪王和言侯两人来，只是因为他们在众皇亲里颇有人望，想借两人之力予以解说安抚，不至于有什么余波烦到梁帝面前去。太子请托，事情又确是两人所长，所以纪王和言侯都没怎么推辞，不多时便计议已定，闲坐喝茶。这时殿外突然来报，说是皇帝听闻太子每日依然练剑不辍，特赐冰蚕软靴，命蒙大统领亲自来送。萧景琰忙迎了出去，跪接恩赏。

蒙挚宣了口谕，将黄绢包裹的冰蚕软靴交与东宫执事后，便跪下向太子行礼。萧景琰一把扶住，笑道："大统领亲跑一趟，当然不能转身就走，进来坐坐吧，恰好纪王叔和言侯也在，我们正在闲谈呢。"

"岂敢岂敢，"蒙挚忙抱拳道，"殿下盛情，臣荣领了。"

入殿见礼坐下后，执事这才将冰蚕靴捧来给萧景琰细看。此靴乃夜秦所贡，触手柔软，凉爽轻便，果然是极适合夏天练武时穿用的。大家啧啧赞了一番后，纪王笑问道："大统领，你是我们大梁第一高手，你说太子殿下的武艺，可排得上琅琊榜不？"

蒙挚被他问得一愣，尚未答言，萧景琰已笑道："王叔不要为难蒙卿了。我是军战之将，与江湖高手不是一路的，若连我都排得上琅琊榜，岂不是江湖无人？"

蒙挚忙道："殿下也过谦了，排不排榜的当然是人家琅琊阁主说了算，不过以殿下的武艺，无论什么时候出去行走江湖，那都是绰绰有余的。"

"不瞒你们说，"萧景琰的目光微微悠远了一下，"我倒常常想象自己是个江湖人，能与二三好友游历于山水之间，岂不也是人间乐事？"

言阙放下茶杯，接言道："何止是殿下，生于皇家豪门的男孩子，年轻时但凡听过一些江湖传奇的，有谁没做过几分侠客之梦，想着仗剑三千里，快意了恩仇呢。"

"我就没有。"纪王很干脆地道，"走江湖那是要吃苦的，我自知受不住，就不做那个梦，每日逍遥快活，多少人羡慕我呢。"

"王爷的率性，旁人怕是学不来。"蒙挚哈哈一笑，"不过言侯爷所说确是实情，别的不说，单说豫津，明明一个贵家公子哥儿，不就总喜欢往外面跑吗？我常常听他说，最喜欢游历在外时那种随心顺意，毫无羁绊呢。"

"他那算什么走江湖，"言阙摇头道，"玩儿罢了。顶着侯门公子的名头，外面惹了事人家也让着，真正的江湖水，他可是半点也没沾着。"

纪王仰着头，随口道："这倒是，比起你们当年在外面的折腾，豫津那是在玩没错。"

"原来言卿当年……"萧景琰挑了挑眉，被勾起了一点兴致，"我倒从来没听说过。你刚才说豫津顶着侯门公子的名头算是在玩，难不成言卿那时是瞒了身份，易名外出的？"

"呵呵，我们那时年少轻狂，不提也罢，不提也罢。"

"你们？"萧景琰心中一动，"还有谁啊？"

言阙的目光稍稍沉郁，殿中一时静寂下来。若说当年谁跟言阙的交情好到跟他一起外出隐名游历，那是不言而喻的。

"有什么不能提的，"萧景琰咬了咬牙，冷冷地道，"是林帅吗？"

虽说这样提起逆名在身的罪人不太妥当，但在场诸人中言阙与蒙挚本就是敬仰林燮之人，纪王对赤焰案也有他自己的保留看法，现在新太子都明说了，大家也就不再那么忌讳，神色稍稍自然了一些，只是还不太敢畅所欲言，唯有萧景琰仿若在赌气般，坚持要谈这个话题。

"言卿并非习武之人，我想若不是林帅同行，只怕老太师也不肯放吧？林帅的武功当年可是我们大梁拔尖儿的，就算他隐了名头，江湖还不是任他横行。"

"殿下有所不知，我们那时都未及弱冠，还远不到横行的程度呢。不过未经磨砺的年轻人，出去走那一趟，倒也真见识了不少。"言阙被萧景琰坦然的态度所影响，也侃侃道，"外面的世俗人情、民生风土，闲坐家中只听人说，是难以真切体会的。"

"那想必走过很多地方？"

"名山大川将近踏遍，老臣直到现在，只要回想起那段时日，依然觉得受益良多。"

纪王笑着插言道："跑那么多地方，想必也遇到些英雄佳人吧？"

"江湖藏龙卧虎，奇人异士甚多。那一圈绕下来，倾心以待的好朋友确实交了几个，至于佳人……嗯，我们敬而远之。"

纪王放声大笑："不像不像，这一点你跟豫津不像，小津一定是先交佳人再交朋友的。"

萧景琰也不禁莞尔，问道："你们都化名成什么？可有在当年的琅琊榜上闯出个名头来？"

"惭愧惭愧，"言阙摊手笑道，"我们是去长见识，不是去争强好胜的，事情嘛是经了一些，不过风头尽量掩过去，不出为上。"

纪王晃了晃头道："说实话，我只知道你们在外头热闹了大半年，可后来几乎没听你们提起过那时候的事儿，我还以为没什么有趣的呢。"

"我们回京后，立即卷入朝局，事情一桩接着一桩，不知不觉间，江湖已是久远淡漠。"言阙叹道，"说到底，那毕竟不是属于我们的地方，终究只是做个过客罢了。"

"哎，殿下刚才问你化名成什么呢，"纪王好奇地提醒道，"名字都是自己取的吗？"

"都是自己乱取的。我当时易名姚一言，江湖寂寂，无人知晓啊。"

"你姓言，就取名一言，这也太随便了吧。"纪王忍不住笑了起来。

"反正只是化名，有什么要紧的，还有人指着一棵树就当了名字呢。"

萧景琰正举杯喝茶，听到此时突然僵住，直直地看向言阙，张了张嘴，却是喉间干哑，没有发出声音。

言阙有些诧异地问道："殿下觉得有什么不对吗？"

"你刚才说……谁指着一棵树当了名字？"萧景琰握紧茶杯，努力吞了口唾沫，力图镇定。

言阙察觉有异，却又想不出起因为何，犹豫了一下，低声答道："林……"

"林帅，指了何树为名？"

"当时他在院中，背靠青石，面向一株楠树，所以……"

他的话还没有说完，萧景琰手中的茶杯已从他指间滑落，在大理石的地板上摔出清脆的一响，砸得粉碎。

在场三人齐齐一惊，忙都站了起来，纷纷问道："殿下怎么了？"

"石楠……"萧景琰扶着桌面慢慢地站起来，身体晃了晃，被蒙挚一把扶住。他此刻只觉耳边一阵阵嗡嗡作响,什么声音也听不进去,许多曾被忽视的画面逐一回闪,仿若利刃般一下下砍在他的心头。

那个人说:你是我择定的主君……

那个人说:庭生,我会救你出去……

那个人捻动着被角沉思,那个人随手拔出他的腰刀……

那个人筑了一条秘道每日为他煎熬心血,那个人在病中模模糊糊地念着:"景琰,别怕……"

深宫中的母亲那么情真意切地叮嘱自己"永远也不要亏待苏先生",说了一次又一次,却没有引起应有的警醒;当自己觉得长兄好友都在天上看着时,他其实就在身边,努力铺设着每一步的路……

萧景琰面色惨白地站立着,等待涌向心脏的血液回流。在僵硬颤抖的四肢重新恢复知觉的那一刻,他一言不发地猛冲了出去,直奔马厩,解开视线所及第一匹未卸鞍鞯的马,翻身而上,用力一夹马腹,便朝宫外狂奔。

东宫上下都被这意外的一幕惊呆了,乍然之间谁也反应不过来。只有蒙挚快速奔出,一面大声呼喝东宫卫队随行,一面也拖过一匹马来,紧紧追在了萧景琰的身后。

第六十一章 莫逆相知

时值正午，七月的烈日当空，烤得人皮肉发疼。由于阳光太毒，街上没多少行人，商贩们也都尽量把摊子向后挪进屋檐的阴影处，街面宽敞通达地被亮了出来，使得萧景琰没有阻碍，一路越奔越快，蒙挚费了很大的劲儿，才勉强缀在他身后。

过了华容绣坊，再转过一个折角，便是苏宅正门所对的那条街道。可就在即将转弯之前，萧景琰不知为何突然勒住缰绳，动作之猛，使得胯下坐骑长嘶一声，前蹄扬起，马身几乎直立，再落下地时，景琰的手一松，整个身体从马背上摔落下来，重重砸在地上，把随后赶来的蒙挚吓得魂飞魄散，身形飞展，直扑上前将他扶住，忙忙地检查身体可有受伤。

可是萧景琰却好像并未觉得疼痛，甚至好像根本没有察觉到身边来了人一样。他的视线直直地锁着不远处的那个街角，牙根紧咬。

只要转过那里，就是苏宅，进了苏宅，就可以走到小殊的面前。但他不得不强迫自己骤然停了下来，就算跌倒也不能再继续前行。

东宫卫队这时也已追了上来，在蒙挚的手势指挥下快速合围在四周，为太子隔离安防，把路过的闲人都驱到远处。

人墙圈成的圆形空间中，萧景琰保持着坐在地上的姿势，满头汗珠，面无血色。整个人茫然发呆了足有半刻钟的时间，这才在蒙挚的搀扶下慢慢地站了起来。

将他摔下来的坐骑就在身旁，凉凉的鼻子喷着响声儿，主动把马头偎了过来，咬着骑手的衣袖。萧景琰伸手摸了摸它长满漂亮鬃毛的脖颈，一按马鞍再次翻身而上，可是松缰缓行的方向，却是狂奔而来的原路。

"殿下？"蒙挚有些不安地笼住了马辔，"您……回东宫吗？"

"回宫吧……"萧景琰喃喃道,"他不肯让我知道,自然有他这么做的苦衷,我又何必非要知道,白白增添他的烦恼……"

蒙挚听懂了他的意思,心头一热,喉间涌过火辣辣的苦涩。

东宫卫队的侍卫们训练有素地改变了队形,将四面圈合的围防改为前后护引,以配合太子的行动。但与来时的疾风狂飙迥然相反,回程中的萧景琰仿佛一口提在胸前的气被泄了出去般,恍惚而又迷惘。他不知道自己现在的心情到底该如何形容,若是欣喜于好友的幸存,那为什么会有想拔刀剖开胸膛的郁闷?但要是怨愤他刻意的隐瞒,那又为什么心中疼惜难忍到几乎无法呼吸?

林殊是谁?林殊是他骄傲张扬、争强好胜、从不肯低头认输的知交好友,是那银袍长枪、呼啸往来,从不识寒冬雪意为何物的小火人,是喜则雀跃、怒则如虎,从未曾隐藏自己内心任何一丝情感的赤焰少帅……

可梅长苏又是谁呢?他低眉浅笑,语声淡淡,没有人能看透他所思所想;他总是拥裘围炉,闪动着沉沉眸色算计险恶人心;他的脸色永远苍白如纸,不见丝毫鲜活气息,他的手指永远寒冷如冰,仿佛带着地狱的幽凉。

他就像是一团熊熊烈火被扑灭后余下的那一抹灰烬,虽然会让人联想到曾经存在过的那团火焰,却再也没有火焰的灼灼热量和舞动的姿态。

萧景琰发现自己根本无法去想象这个变化的过程,一想,就是比无星无月的夜色还要深沉黑暗的痛苦。

进入东宫,蒙挚亲自过来搀扶萧景琰下马。可当新任太子一步一步踏上东宫主殿的白玉石阶时,他突然觉得是在踏着朋友咬牙支撑的背脊,脚一软,不由得跌坐在阶前。

在一旁扶着他的禁军统领也随之矮下身子,半蹲半跪地护在他的旁侧。

被莫名其妙丢在殿中的纪王和言阙奔了出来,却又不敢靠近,只能跟其他东宫护卫一样,呆呆地远远看着。

"你一直都知道,是不是?"静坐良久,萧景琰终于抬起双眼,盯住了蒙挚的脸。

可是这位坚毅的汉子却躲开了他的视线,不知该如何回答才好。

萧景琰面颊紧绷,一只手如铁钳般地钳住了蒙挚的右腕,掌心皮肤滚烫如火:"你是怎么知道的?你认出来的吗?"

"是……是他联络我的……"

萧景琰的眼睛有些发红,慢慢地念着那个名字:"小殊……小殊……他是我最好的朋友，可为什么，当他劫后余生、重返帝都的时候，却不肯先联络我？"

蒙挚徐徐劝道："殿下，小殊对你有着跟别人不一样的期望，这一点，您应该明白他的心思才对。"

"是啊……我明白，若我不明白，又怎么会就这样回来……"萧景琰连吸了几口气，却怎么也止不住嘴唇的颤抖，"可是蒙卿，你必须告诉我，他为什么会变成现在这个样子？在他身上到底发生了什么可怕的事情？那个是小殊啊！你我都知道小殊是什么样的一个人，我以前甚至觉得，就算把他整个人打碎了重新装起来，他也永远是那个神采飞扬的林殊……"

萧景琰最后这句话，不过是一个比喻而已，可听在蒙挚的耳中，却好像有把刀扎进了心脏，一进一出地拉动着，令他一直隐忍的面色变成青黄一片。

"你一定知道的，"萧景琰目光比这七月的阳光还要烫，毫不放松地直逼过来，"他不肯说，我不会逼他，但我想听你说，你说！"

"殿下……"蒙挚在气势上似乎已经完全被他压了下去，可在垂目低头后，他依然摇了摇头道，"我是答应过他的……"

"好。"萧景琰并没有过多地与他纠缠，猛地站了起来，似乎终于找回了全身的力气："来人！"

"在！"

"备车驾，进宫！"

"是！"

蒙挚踏前一步，仿佛要劝阻，但嘴唇连动几下，也没说出话来。

"王叔、言侯爷，失礼了。我现在有要紧的事要处理，改日再请两位叙谈。"萧景琰大踏步走上石阶，向殿门口的纪王和言阙拱手一礼。可这两位还没来得及有所反应，他已经快速转身，飞奔向外殿，跳上刚备好驶来的太子车驾，身形还未稳便喝令道："走！动作快一点！"

被晾在殿门口的两个人只好将疑惑的目光投向阶前的蒙挚，但最终也只得到了一个苦笑和简短的一句不能算是解释的解释："说来话长，以后有机会再说吧……"

静贵妃的宫中现在还有些晚到的贺客未走，闻报太子驾到，这些人慌忙拥出来迎接。萧景琰脸上挂着一丝淡淡的笑容回礼，风度十分周全，但进殿后开口第一句话却是："母妃，孩儿为您带来了一件礼物，只能给您一个人看的，要不要现在瞧瞧？"

这句话一说，傻子才不懂了，贺客们赶紧说完最后的客套恭贺话，纷纷告辞出去，没多久整个宫室便清静了下来。

静贵妃对于儿子的去而复返，自然心有疑惑，再看他如此作为，顿时明白是有紧急的话要说，于是也立即屏退了左右，将他带入内殿。

"母妃，"萧景琰进入殿中站定，单刀直入地问道，"小殊得的是什么病？"

静贵妃全身一震，足下一个不小心，几乎跟跄了一步，但她随即稳了稳心神，转身定定地看着儿子。

"您没有听错。我问的是小殊……我想您不会跟我说，您不知道我现在指的小殊是谁吧？"

最初的震惊很快过去，静贵妃的表情由诧异转为哀伤，慢慢扶着座椅的扶手坐了下来。

"林帅当年化名石楠，出外游历时曾救过身为医女的母亲，之后便带回林府加以翼护，是不是？"萧景琰接着道，"母亲的这段往事，以前从没跟我提起，只要您不提，其他人当然也不会跟我说。所以当您真真假假谈到故人时，我想也没想过那个故人会是林帅……"

"那你最后是怎么察觉到的？"静贵妃叹息着问道。

"今天有事，和言侯聊了几句……"萧景琰上前一步，在母亲膝前蹲下，"不过这些都不重要，重要是……小殊他现在到底怎么了？您给他诊完脉就掉泪，他是不是病得很重？"

静贵妃想了想，慢慢点点头："很重……"

"那要怎么办？"萧景琰突然觉得一阵心慌，猛地抓住了母亲的手，"小殊那么信得过母亲的医术，您应该有办法吧？"

静贵妃沉吟了片刻，垂下眼睫遮住眸色，轻声道："小殊身边有比我医道更好的人，想必能够保他无事……"

"那他这个病，要治多久才会好？"

"这个……说不准，也许明天……也许明年……"

如果萧景琰能够明白母亲这句话的真实意思，他一定会立即跳起来，可惜他并不知道，而且下意识地在往好的方向想，所以反而觉得有些安慰："不管多久，能治好就行。可是，为什么生个病，容貌就会变成现在这样？"

静贵妃摇摇头："小殊的容貌改变，不是因为生病，而是他以前中过一种火寒之毒，解完毒之后，身体容颜便会发生极大的变化……"

"那他变了，就是说毒已经被解掉了，是不是？"萧景琰微微有些欣喜，"因为解毒，所以身体才会变得这么弱，容易生病，需要时间休养才能养好，是不是？"

静贵妃怔怔地看了他良久，才轻微地点了一下头："是……"

"这样就好，"萧景琰紧绷的全身总算放松了一点，站了起来，"我明白他以前为什么不能安心休养，不过以后的事我来做吧，他只要专心治病就好。母亲，他每次生病，都是差不多的症状吗？"

"那要看引发的病因是什么，受寒、劳累、情绪激动，引发的症状都不一样。"

萧景琰斩钉截铁地道："没关系，以后小殊就不会再受寒劳累了。至于情绪，高兴应该没有坏处吧？"

"高兴在任何时候都是没有坏处的，"因为眸中闪着波光，静贵妃的笑容显得有些悲凉，"你想让他高兴？"

"他的心愿是什么，我最清楚。"萧景琰深吸一口气，目光闪亮，"我会加快的，早一天让他看到污名被雪，他休养起来也会更安心……"

"景琰，"静贵妃一把握住了儿子的手，极其凝重地道，"你不要冒险，情势到了这个局面，也许你还经得起失败，可是小殊已经经不起了，你明白吗？"

萧景琰用力抿了抿嘴唇，重重地点头："母妃放心，我知道要把握分寸，小殊还在后面看着，我不会胡来的。"

静贵妃的心头顿时像是被剜了一下般疼痛，她也知道小殊看着的时候景琰会坚持步步为营，但小殊究竟还能看多久呢？他这样苦苦地撑，到底还能不能撑到重建林氏宗坟的那一天？

"现在细细回想，我能够理解小殊为什么不肯告诉我。"萧景琰见母亲神色惨伤，以为她只是想起过去的一切感到难过，不由得将她的手握得更紧，"若我早就知道他的身份，这一路大概不会这样走过来……"

"景琰，这一年多，你越来越沉稳凝练，越来越值得依靠，小殊一定很是欣慰。"静贵妃用力咬了咬下唇，脸上终于恢复了恬淡和温柔，轻声道，"所以，你不必后悔，也不必难过，千万要沉住气，不要再给他增添更多的烦恼了。"

萧景琰沉吟片刻，默默点头。

"好了，回宫去吧。再晚些陛下会过来，说要商议一下你大婚的事。这几天礼部柳尚书也会到东宫去向你禀报筹备事项……"

"母妃，"萧景琰有些烦躁地皱了皱眉，"按规制办就行了，我现在哪有心情……"

"景琰，"静贵妃的面上微带厉色，"你才答应了要沉住气的，忘了？大婚不是为了风光，太子妃是你父皇指定的，柳老大人中平持重，他的孙女儿也是平实温婉，从陛下那方说，他是想以此定定你的性子，可对你而言，这门婚事也有莫大的好处，你至少在态度上，不能显露出轻视草率的样子，好不好？"

这些道理其实萧景琰早就明白，只是此刻心乱如麻，随口抱怨了一句，被母亲责备后，自知失言，不敢再加顶撞，低头应诺了，慢慢退出。

东宫随侍人等候在殿外，一见他出来，忙迎了上去。萧景琰一看那明晃晃华灿耀眼的储君仪仗，心中更觉烦乱刺痛，哪里肯上什么禁内步辇，一甩手，大踏步地向外就走。

蒙挚在外宫门的夹廊甬道处等候，虽然心中焦急，但面上却没怎么露出。萧景琰一现身他便细细察看脸色，见这位殿下似乎已按捺控制住了自己，心头略松，忙上前严谨地请安行礼。

"蒙卿免礼吧。"萧景琰看了他一眼，淡淡地道，"本宫朝政渐多，武事修习难免懈怠退步，蒙卿是大梁第一高手，以后有事无事，还请常来指点一下。"

蒙挚明白他的意思，单腿跪下，肃然而郑重地答道："臣，领太子教令。"

金陵作为大梁帝都，自然是满城朱紫，遍地贵胄。为方便官轿通行，同时又免除百姓时时需要避让之苦，所以街道都修得异常宽阔，除非是高爵王公大驾出行，一般不会有官兵开道开得鸡飞狗跳的局面出现，普通官员的坐轿常常只带十数以下的随从，悠悠然地从街面上走过，帝都居民都已看得习惯，碰上时的闪让动作也甚是娴熟。

刑部尚书蔡荃出身寒门，由科举入仕，是自低阶官员一路做起来的，素来行事低调，不爱耀威张扬。日常出入，轿前只挂一面刑部的灯牌，此外便别无表明他二品大员身份的标记。不过时日一久，他那顶青花酱面的四人轿也渐渐被人认熟，一些位阶不如他，但却华贵非凡的官轿当路遇上，已学会了主动退避。

东宫加冕礼之后，蔡荃虽不如前几月那般忙乱，但事务依然繁重，连从衙门回府这一段路，他也会带些卷宗坐在轿子里看。

可是这一天，他刚在晃晃悠悠中翻开文书，就被一支箭粗暴地打断了。

这支箭不知从何射来，端端正正地扎在轿顶之上，而且一箭之后再无动静，显然不是为了刺杀。

刑部的护卫快速戒防后,将箭拔了下来,连同箭身上绑着的一卷字条一起呈交给了尚书大人。蔡荃拆下字条,展平一看,上面只有简洁的几句话。

"禁军统领蒙挚借探狱之机,已将逆犯夏冬自天牢中换出,此绝非诬告,大人若不信,可亲往察之。"

蔡荃目光微凝,沉思了片刻,慢慢将纸条折叠收好,向轿外扬声道:"去天牢。"

青花官轿转了一个弯,掉头向东折返,一刻钟后便来到天牢门外。值守的典狱官慌慌张张地出来迎接,却只听到一个简短的命令:"打开女牢朱字号的门。"

典狱官从顶头上司的脸色上瞧不出什么来,又不敢多说,赶紧命牢头拿了钥匙,陪着一同进去。朱字号在女牢平层略略向里的位置,四周俱是实墙,唯有朝西开着一扇高窗。那也是整间牢房唯一的自然光源。

一名身穿囚服的女子正坐在草铺之上,听到有人开门,她略略侧过脸来,长发间那缕苍白在颊边一荡。虽然鬓发散乱面有污痕,但一眼看去,那确是夏冬的面容。

蔡荃尖锐如针的视线紧紧地盯在女犯的脸上,随着时间的推移,瞳孔渐渐收缩,面上更是铁青一片。

"来人!把她给我带到讯室中去!"刑部尚书厉声命令。

两名护卫立刻应诺上前,一左一右将宫羽拖了起来。这种时候,宫羽虽知情况糟糕,却也不可能反抗,只能垂着头,被连拖带推地带进狱房外侧的一间讯室,铐在刑架之上。

蔡荃端过一盆冷水,兜头泼下,示意手下用布巾猛力擦洗,宫羽本身白皙娇嫩的肌肤很快就露了出来。

"你是谁?怎么会在夏冬的牢里?谁带你进来的?夏冬去了哪儿?"面对刑部尚书连珠般的暴怒讯问,宫羽闭上了眼睛,如同没有听见一样。

蔡荃的目光锁住这个年轻姑娘脸上所有细微的表情变化,快速地做着判断。最终,他没有急着用刑,而是命人先将近两个月来曾进出过天牢女监的人员名单拿来,一看,蒙挚的名字赫然在目。

掌镜使很少会有私交,夏冬又是孀居之身。自她入狱后,除了奉旨或奉部司之命来讯问的人以外,基本上没有其他人来看她,圣驾自九安山回銮后来人更少,其中被人密告的蒙挚来得最勤,当然嫌疑最大。

蔡荃一向视蒙挚为忠直良臣,所以此时尤为愤怒,踏前一步,用力抓住宫羽的头发,将她的脸抬了起来,眼锋如利刀般直射过来,稍稍心志不坚的人,在这样的酷烈视线下必然心中发忧。

但是宫羽,却依然轻轻地闭着眼睛,翻卷的纤长睫毛在眼睑上投下一片阴影,未有丝毫的颤动。

"大人,"跟随蔡荃前来的一名主事突然道,"我认得她,她是原来妙音坊的乐伎,名叫宫羽。"

"妙音坊?"蔡荃浓眉微皱。他一向不涉风月,但妙音坊因通匪之名被大理寺前正卿朱樾查抄之事他却是知道的,一时心头迷雾重重。

妙音坊被朱樾抄没,朱樾是誉王的人,誉王与悬镜司合谋构陷靖王并随后谋逆,可掌镜使夏冬被人救出后牢房里替换她的人却是妙音坊以前的一名乐伎……

一向以抽丝剥茧、杂中理序著称的这位刑部尚书,面对这样转转折折的复杂关系,现在却觉得脑子有点不够用。

"大人……"身旁的主事见他半晌不语,低低地叫了一声。

蔡荃脸一沉,道:"你也别闲着,想办法让这位姑娘睁睁眼,介绍她看一看这屋子里的刑具,最好让她识点趣,该说的趁早说,别给我们添麻烦。"

"是。"

蔡荃又向宫羽扫过阴冷的一眼,慢慢转身,在审案桌后面的靠椅上坐了,闭目沉思,再也不理会讯室中的其他任何动静。

宫羽被识破带走的变故虽然发生得快速而又意外,但好在蒙挚为防万一原本就在天牢安了一个眼线,蔡荃带着人前脚刚进讯室,这个眼线后脚就把信息传了出去。

蒙挚接到信时恰好当完值,正在府中休息。闻知宫羽暴露,他的第一反应就是换了便装,直奔苏宅,可人都冲进后院了,突然又担心起梅长苏现在的身体状况,急急地刹住了脚步。

"蒙大人,"黎纲迎了过来,"您神色不对啊,出了什么事?"

"聂将军和聂夫人呢?"

"都在南院。"

蒙挚折转方向,直奔南院,一进院门,就看见夏冬与聂锋肩并肩坐在一张长椅上,双手紧握,正在相视而笑,气氛十分温馨宜人。

"真不想打扰你们,"禁军统领摇头叹道,"不过这坏消息却不能不说。"

"怎么了?"夏冬立起身来,"天牢那边出事了?"

"聂夫人果然敏锐,"蒙挚抹了抹脸,语音忧急地道,"是宫羽被蔡尚书巡牢时发现了,现在正在受讯问呢。"

"什么时候?今天吗?"

蒙挚被大大地吓了一跳,因为这句问话不是夏冬说的,而是传自东墙角下,声音听起来淡而轻飘。

回首望去,东墙的金银花架下,一袭淡青长衫的梅长苏几乎已和浅翠枝叶融为一体,连那张苍白的脸,也差不多跟金银花的白瓣同一个色调。

"小殊……"蒙挚吃吃地道,"你怎么在这儿……"

"我本来就在。"梅长苏淡淡答了一句,又重复问道:"宫羽是什么时候被发现的?"

"就是今天,大约一个时辰之前。"

"我不能让宫姑娘替我受难,"夏冬决然道,"蒙大人,我必须马上回去。"

"已经被发现了,你回去自投罗网有什么用啊?"蒙挚忙道。

"不,冬姐的确应该马上回去。"梅长苏缓步走了过来,在一张竹椅上坐下,示意蒙挚和夏冬走近,"你们先别急,这几日我已预想过万一宫羽出事应该如何应对,大略也拟了几个法子。幸好现在只是被蔡荃发现,尚不是最坏的局面,你们两位照我说的做,大概也圆得过去。"

"好。"夏冬与蒙挚都是绝对相信梅长苏的人,并无疑问,过来凝神细细听他说了一遍,暗记在心。

"这套说辞,还需要你们两位现场顺势稍加机变,不过这个对冬姐来说没什么难的。"梅长苏笑着看向聂锋,道:"只是你们两个,又要分开一阵子了。"

聂锋早已走了过来,神态平静。他的脸上此时仍有一层白毛,五官也依然稍有扭曲,不过那种畏缩蜷曲的姿态已经没有了,腰身挺直,双眸也甚是明亮。他走到梅长苏身边后,弯下腰紧紧握住了他的手,喉间发出模糊粗重的几个音节,蒙挚猜了猜,没猜出他说的是什么,但梅长苏却了然地笑了起来,点点头。

"小殊,你今天看起来气色不错,病已经好了吗?"蒙挚有些欢喜地问道。

"好了是不可能的,"一个懒洋洋的声音插了进来,"不过有我在和没我在,那却是有区别的。"

蔺晨说着,从侧廊一端徐徐而来,可惜悠闲的姿态还没摆足,便看见晏大夫从月亮门的另一边走过,喷着白胡子连哼了几声,面有愠色,他只好赶紧随后追去,边追边解释着:"老晏,你别生气啊,我不是那意思,真的不是……"

梅长苏摇头失笑,由蒙挚扶着站了起来,对夏冬道:"冬姐是更胜须眉的巾帼,我没什么好说的,保重吧。"

"你也多多保重。"夏冬却步屈膝,向他行了个福礼,再回头深深地看了夫君一眼,爽利干脆地道:"锋哥,那我走了。"

聂锋点着头,"嗯嗯"了几声,目送两人出去,等到人影都不见了,才收回视线,发现梅长苏已经又坐回了椅上,拧着眉头,不知在想什么,便俯下身去,轻轻拍拍他的肩膀,向他摇头。

"我只是随便想想而已,没费什么精神的。"梅长苏笑着宽解他,"有奇怪的地方,你们不让我想,我反而憋得难受。"

"行摸积管(什么奇怪)?"聂锋问道。

"蔡荃是刑部尚书,二品大员,虽然天牢是他的管辖范围,但无缘无故的,他怎么会跑去巡牢?"梅长苏向后一靠,微微眯起了眼睛,"如果冬姐他们顺利的话,这个……倒要好好问问……"

第六十二章 暗夜微漪

当梅长苏在金银花架下凝神沉思时,载着蒙挚与夏冬的马车已快速地驶向了天牢。到得大门外,一切看起来依然如往日般平静。蒙挚是禁军大统领,以前又时常出入探看夏江、夏冬等人,典狱们全都认得他,立即有人过来迎接,殷勤地引领他和全身被斗篷罩住的夏冬一起走过"幽冥道",进入女牢。

到了朱字号前,牢头打开门锁后便点头哈腰地退了出去。蒙挚快速地四处扫视了一眼后,便推开了牢门,与夏冬一起从矮门处躬身进去,向四周看了一眼。

牢房内果然空空如也,不见宫羽的踪影。两人快速交换了一下眼神,只停留片刻,便抽身后退,向外疾行。不出事先所料,刚走到狱廊出口时,一个面沉似水的男子便挡在了前面,正是刑部尚书蔡荃。

狭路相逢,四周的空气瞬间便好似凝结住了一般,气氛阴暗而又沉寂。蔡荃灼灼的视线在乔装的夏冬身上停留了许久,方冷笑道:"恕我眼拙,认不出阁下是谁,亮出真面目给我看好吗?"

蒙挚脸上露出有些尴尬的神情,踏前一步道:"蒙某此举,有蔡大人暂未了解的原因,还请大人少安,不要急于做出判断。"

蔡荃面无表情地道:"好,我少安。那请蒙大人解释吧。"

"其实……其实是这样的……"蒙挚不善机辩巧言众所周知,此时神情更好像十分为难,言辞闪烁,连开了几个头,都没能说出什么子丑寅卯来。

"算了蒙大人,"夏冬一把抹去脸上的伪装,露出了真容,"你就实话实说吧,反正被当场拿住,除了说实话以外,你还能怎么样。"

"夏冬?"蔡荃的瞳孔微微一缩,心头的迷雾更浓。他今天接到密告,匆匆赶到天牢亲察，发现房中果然并非夏冬本人，十分震怒，将宫羽带至讯室严加盘问了许久，连半个字也没有问出来，正当愠恼之际，牢头飞奔来报蒙挚又出现了，他未及细想，匆匆赶过来堵住一看，除了蒙挚以外，竟还有夏冬本人，心中更是百思不得其解。

"蒙大人还在犹豫什么？"夏冬没理会蔡荃审视的眼神，冷笑一声，"现在是蔡大人在追根究底，又不是你不顾他的面子，殿下那边，事后也怪不到你。"

"殿下？"蔡荃眉梢微微一震，"哪位殿下？"

"还有哪位殿下能使唤得动我们这位禁军大统领？"夏冬浅笑着道，"蔡大人本是眼里不揉沙子的性情，之所以肯静下心来听蒙大人解释，不就是因为觉得事情不合常理吗？"

"不错，我是很奇怪。"蔡荃直视着蒙挚的眼睛，"你明明已经成功地把夏冬换了出去，我刚才审问牢里那名假犯人，她也没有招供出事情与大人有关，我实在想不通你为什么自己又把真犯给带了回来。有道是不近常理之事，往往有非常之因，如果蒙大人真能自圆其说，下官不妨一听。"

蒙挚揉了揉眉间，神情依然有几分犹豫，夏冬突然仰天一笑，道："看大统领这样子，还是怕殿下责备，那就由我来说吧，也许我还说得更清楚些，蔡大人也不妨一听。"

"你是逆犯，你的话，本官不信。"

"信与不信，不如听了再判断。蔡大人是公认的破案高手，编得再天衣无缝的供词也逃不过大人的法眼，又何必吝惜再戳穿我夏冬一次？"

蔡荃眸色烈烈地看了她良久，终于点了点头："好，你说。"

夏冬浅笑着欠身一礼，语调舒缓地道："把我送回牢中，被大人你当场抓住的人是蒙大统领，这是事实。不过，把我从牢里悄悄替换出去的人却不是他，那也是事实。"

蔡荃浓眉一挑："这样空口一句话，好轻巧。"

"虽然天牢戒备森森，但能从中逃脱而出的人，却不止我一个，蔡大人还曾为此上了认罪的折子，受了不轻的惩处，所以一定还记得清楚，对吗？"

蔡荃明白她指的是逃狱而出的夏江，脸色顿时更加阴沉。

"我师父有人搭救，能悄悄逃了出去，我自然也有。而且我比他更巧妙，弄了一个人进来放在牢里，瞒了你们快一个月，这种手段，蔡大人是不是也该夸赞两句？"夏冬咯咯娇笑两声，毫不在意蔡荃锅底似的面孔，"不夸吗？不夸也罢了，反正我也没什么好得意的，逃出去不过这点儿日子，就又被人抓了回来。"

"你的意思是……你是被他抓回来的？"蔡荃用眼尾扫了扫蒙挚，显然不信。

"蒙大统领侍奉御前，哪有空闲来抓我？"夏冬嘴角微微撇了撇，"我是被其他人抓住的，蒙大人不过是送我回来罢了。"

"不管你是被谁捕获的，都应该直接押送刑部衙门，而不是这样悄悄塞回来，"蔡荃眼锋如刀般在蒙挚脸上来回割了两下，"这么古怪的行为，总也该有个像样的原因吧？"

"蔡大人忘性好大，"夏冬悠悠然地拨了拨耳边的长发，笑了起来，"你还记不记得我师父逃狱之后，陛下对你的惩处诏书上是如何写的？"

蔡荃心中突然一凛，那份诏书上"如有再失，罪加一等，革职查办"的字句瞬间闪过脑海，令他喉间一紧。

"抓住我的人，恰好是新近入主东宫那位千岁爷的部下，我自然首先被押到了他的跟前，"夏冬目光闪亮地紧盯着蔡荃的眼睛，"这位殿下对蔡大人你有多欣赏爱重，你自己知道。如果公开把我押回来，无异于是在宣布刑部再次走失逆犯，而且许久未察。这个罪名一扣下来，就算有人求情，就算不革职，那降职总是免不了。偏偏有人连让你降职都舍不得，所以只好麻烦时常出入天牢的蒙大人，带着我走这一趟，来个神不知鬼不觉，把事情悄悄掩过去就好……"

蔡荃脸上阵青阵白，咬牙沉吟了半响，视线重新凝定，厉声问道："如果照你说的，你是被同伙协助逃狱后又被捕获，那你应该很高兴看到蒙大人被我误解，怎么还会替他辩护呢？"

夏冬惨然一笑，仰起瘦削的下巴，长长叹了一口气："因为我的立场变了……"

"立场？"

"是。我逃狱的目的，与我师父不同。只要一想到尚未能手刃害死我夫君的赤焰逆犯，我就旦夕难安。所以我想逃出去找到师父，问他到底把卫峥藏在了什么地方。没想到师父还没有找到，自己却落入了原来靖王府部将的手中，被带到了太子殿下面前。"夏冬眼波流转，语调转为低沉，"在东宫里，殿下告诉了我一些事，一些他已经追查了很久很清楚的旧事。结果就是我被说服了，我开始怀疑自己这些年的恨，是不是真的放错了地方……夏冬不是首鼠两端的人，既然已经决定要相信殿下，也答应他返回牢中等待真相，当然就不会眼见着蒙大统领被你误会而一言不发了。不过我说的话蔡大人你信还是不信，我却管不着。"

蔡荃的眼珠慢慢转动了两下，表情依然深沉："不知殿下到底告诉了你什么事，会让你的态度有如此大的转变？"

夏冬淡淡一笑，低声道："蔡大人，我说的当年旧事是指什么，你难道猜不到？恕我直言，这桩事太重太沉，你过耳即忘才是妥当的，实在不应该再多问。"

蔡荃突然想起了那日与沈追在马车上的交谈，想起了十三年前那场血雨腥风，顿时抿紧了嘴唇。

蒙挚一直在旁边默默听着，此时也上前道："蔡大人，你我虽然相交不深，但大人的耿介我素来敬服。不过我大梁当今之世，已是颓势渐显，等待中兴，最缺的就是大人这样的良臣。既然东宫殿下有爱重维护之心，大人又何必拘泥古板，辜负了他的好意呢？"

蔡荃垂下眼帘，似乎心中已有些活动。夏冬与蒙挚也不再多言催逼，由得他自己考虑。半响后，刑部尚书再次抬起双眼，神色凝重："如果你们所说的一切属实，那么今天飞箭密告我的人，又会是谁呢？"

他这句话实在大大出乎两人的意料，夏冬和蒙挚都没有掩住脸上的惊诧之色，齐齐地"咦"了一声。

"飞箭密告？"蒙挚讶然地道，"殿下这边的知情者都是谨言的人，再说我是送夏冬回来，又不是劫她出去，虽有违背国法之处，但也不是什么天大的事，谁会来密告呢？"

"告密者所控的罪名是你替换人犯，并没有说你会把人送回来……"蔡荃边想边道，"也许是有人知道了夏冬逃狱，又知道蒙大人时常会奉旨进入天牢，所以把两者结合起来，写了那封密信。我接到信后当然要查看，查看后当然会发现夏冬真的已被替换。进出天牢的人并不多，又有首告密函，蒙大人的嫌疑自然是最重的。只是他们没有料到，已逃出去的夏冬，竟会恰巧在今天被带回……"

夏冬咯咯笑道："蒙大人，听起来像是冲着你来的，好好想想有什么仇家吧。"

"说到这个，"行事严谨的蔡荃又将视线转回到了夏冬这方，"你恐怕还是要交代一下当初是怎么逃出去的。"

"要补一下天牢的漏洞吗？"夏冬笑得甚是轻松，"其实很简单，内牢的牢头也不会永远守在这里，只要找个爱酒的牢头，派人请他喝酒，灌醉了之后换上他的衣物，易容成他的样子，等天色晚一点光线昏暗时，悄悄冒名进来，大门的守卫一看是守狱的牢头，不会细查，成功进门的可能性很大……"

蔡荃冷冷地"哼"了一声道："可钥匙有两把，必须两个牢头同时开锁才行。"

"谁说的？一个牢头拿着两把钥匙开也行啊。"夏冬轻飘飘地道，"天牢的钥匙是不能带出去的，所以第一次乔装进来，只是在这里印个钥匙模子出去另配，别的什么都不干。被灌酒的牢头醒了之后，也察觉不到有何异样。然后过几天，再针对第二个牢头行一遍同样的计策。"

"又找第二个好酒的牢头吗？"

"不好酒也无所谓，用大棒冷不丁在脑后一敲，效果跟灌醉了一样。"夏冬仿佛没看到蔡荃越来越阴沉的脸色一样，自顾自地说着，"当然，扮成第二个牢头进来时，身边要带着那个要替换的人，多带一个进来当然要难些，但也不是完全找不到借口，比如说这假牢头受朋友之托，带进来探监什么的，因为是进不是出，所以守卫一般会给这个人情。这时假牢头一人手里已有两副钥匙，可以趁着夜深人静到牢房里换人，然后再把我带出去，只要最后出大门时守卫没有发现假牢头带进和带出的不是同一人，事情就算成功了。即使被击昏的牢头醒后觉得不对，可他未必敢肯定自己被打是跟天牢有关，而且牢里这么多犯人，又不缺人数，他查不出什么地方出了问题，怎么敢随便嚷嚷？运气好的话，也许可以一直这样蒙下去，运气不好的话，也至少得到第二天才会被察觉，反正我人已经出来了，谁在乎？"

"你自己倒是出来了，替你的人呢？"蔡荃冷哼一声，"那个妙音坊的宫羽，跟你又有什么关系？"

"蔡大人，"夏冬轻轻将额发拨至脑后，道，"你不会不知道悬镜司有暗桩吧？"

蔡荃脸颊两边的肌肉猛地一抽："宫羽是你的暗桩？"

"没错。悬镜司的暗桩身份隐秘，除了首尊和暗桩自己的联络人以外，别无他人知晓。我以前曾经救过宫羽的命，她什么都愿意为我做，算是我最得用的一个暗桩吧。"

"难怪，"蔡荃似是自言自语道，"一个乐伎，总捕头竟说她有武功在身，而且不弱……"

蒙挚趁机道："蔡大人，既然夏冬已经回来，真犯未失，自然一切都可以瞒下去。我觉得那个宫羽也用不着审了，不就是悬镜司的旧部嘛，就由我带走处置吧，让她留在刑部，大人你反而不好办。"

蔡荃并没有立即作答，而是静下心，将两人所讲的一切从头到尾又细细思忖了一遍，没有发现什么明显的漏洞，这才"嗯"了一声，道："好，等夏冬入监之后，我把宫羽交给你。"

夏冬浑不在意地一笑,跟在蔡荃指定的一名典狱官身后,头也不回地进了牢门。蔡荃想想不放心,亲自进去监看着上铐下锁,又严厉叮嘱一番,这才出来命人去提宫羽。

也许是因为受审时间不长,也许是因为蔡荃不是滥用刑具之人,宫羽只是蓬头垢面而已,身上并无明显被凌虐的痕迹。蒙挚看了之后,面上虽未表露,但心中着实松了一口气。

用夏冬刚才穿来的披风把年轻姑娘从头到脚裹严之后,蒙挚向蔡荃简短告辞,带着宫羽向外走,眼看着就要出大门,身后的蔡荃突然叫了一声:"稍等。"

蒙挚心头一跳,脚步一沉,缓缓回身的同时,真气已暗中布满全身。

"请蒙大人代我向殿下道一声谢吧。"淡淡的一个微笑后,刑部尚书这样说道。

"你说什么?夏冬又被送回去了?"静夜之中满含怒意与惊疑的声音听起来有些微微的回响,沉闷而又瘆人,"这怎么可能,他们明明已经把这个贱人救出,为什么又要自投罗网地回去?"

"下官也百思不得其解啊。按说我们的动作也不慢,一得到蒙挚悄悄从狱中换人的消息之后,便立即开始计划。而且最初的一切都很顺利,蔡荃接到密报,马上就前往天牢察看,也亲自审问了那个假犯人。他一向不是会悄悄掩事的人,再说真犯走失,他掩也掩不住。这时我再奏本上报皇上,事情只要一闹出来,蔡荃失职的罪名轻不了,他恼怒之下,必会全力追查蒙挚。能进天牢探看夏冬的人并不多,蒙挚的嫌疑就算不能坐实,至少也很难洗清,这两个人要是翻了脸,谁赢谁输都对我们有利。可是……谁知事情竟会这么巧,夏冬居然就在今天被蒙挚给送回去了,我们的眼线探听不出他们是怎么跟蔡荃解释的。总之现在天牢风平浪静,假犯被蒙挚带走,真犯又回到了牢中。如此情境之下,你逼我向皇上告状,我能告什么?"

"那听范大人的意思,是想退缩了?"

"夏大人,不是我想退缩,现在对方的实力有多强你是知道的。我虽然是御史,奏报可以不经东宫直达天听,但说话总得有点儿影子才行。蒙挚自九安山护驾以来,圣宠正隆,夏冬如今又好端端待在狱中,没什么把柄,我也是有心无力啊。"

在昏黄的油灯下,夏江脸上光影跳动,显得有些狰狞。他注视着面前的中年人,冷笑了数声:"你怕什么怕?暗箭最是难防,梅长苏能在一两年之内就连续扳倒太子和誉王，靠的不就是暗中谋划吗？再说你也没有别的选择，你那些烂事的证据都在我手里，不帮我，我就毁了你，绝对不会手软的。"

中年人咬了咬牙，目光快速颤动了数下。

"我掌握悬镜司这么些年，岂是如此容易就被击垮的？"夏江用冷漠的目光看着他，毫不放松，"梅长苏要真以为我已无还手之力，那他的末路就不远了。"

"话虽是这么说，我也相信这朝中为夏大人你效力的人不止我一个，但要攻击，总得有个由头，原本以为抓到了夏冬这桩事，偏偏结果又是这样。所以依我之见，近期之内还是安静些的好，夏大人住在我这里，谁也不知道，来日方长嘛，也不急在这一时啊。"

夏江眸中闪过一缕寒光。他倒是相信自己来日方长，但对于宫中的老皇帝来日还有多少，那可是一点把握都没有。凭着以前掌理悬镜司时握住的把柄和人脉，他隐身京城，在最危险的地方躲藏了这么久，为的可不是苟延残喘，何况就算他想喘，也得喘得下去才行。虽然他在眼前这位丞台御史的面前大放狠话，可实际上，由于夏冬的反水和夏秋的摇摆，悬镜司设在暗处的力量已经被扫荡得差不多了，现在尚保存着的那些，联络起来也非常困难。朝中虽有几个可以暗中控制的大臣，但现在谁也不敢去面对东宫新太子如日中天的气势，每每令夏江愤懑不已。

当然，如果能悄悄潜出国境逃得余生，夏江也不是非要与萧景琰继续为敌，但数次潜逃数次被逼回的险境，令他明白外面搜捕的严密程度，显然是不会在鱼死与网破之间留出任何第三通道的。但要是继续这样毫无作为地淹留京城，夏江又实在拿不准那些被他用把柄控制着的庇护伞们，究竟还能在他头上撑多久。

这位曾经的悬镜司首尊，此时已如被捞到了岸上的鱼一样，若是不扑腾两下，就绝对逃不过慢慢渴死的结局。所以他日夜煎虑，所思所想都是如何找到萧景琰最致命的弱点，能出一次手就出一次手，至于行动本身是险还是稳，现在对他而言根本毫无意义。

"夏大人，我这可是为你好，留得青山在，不怕没柴烧嘛，"范御史被夏江阴恻恻的神情弄得有些不安，脸上的笑容十分僵硬，"也许躲过这阵风头，情况就能转好了……"

"范大人，"夏江没理会他的废话，抿着嘴角道，"你不是说要抓些由头吗，其实只要我们胆子大一些，手段再厉辣一些，抓证据并不难。因为……我知道证据在哪儿……"

第六十二章 暗夜微澜

"在……在哪儿？"

"在那个苏宅里。"夏江从齿缝里挤出这几个字，"春猎时我本来已经去搜查过一次，但那时梅长苏去了九安山，留守的人大概事先有所察觉，像是个无人住的鬼宅子一样，让我扑了个空。可是现在梅长苏回来了，那宅里大概又变得很热闹，萧景琰显然是一步步在准备翻案了，人证物证一定开始慢慢集中回京城，能放在哪儿呢？东宫自然不方便，还是放在梅长苏这个祁王旧人那里最为妥当。范大人，只要我们能攻破苏宅，何愁拿不到萧景琰一直处心积虑想要翻案的把柄？"

范呈湘艰难地吞了口唾沫，脸色发白，驳道："夏大人，话是这样说的，可办起来就没这么轻松了。苏宅又不是在什么荒凉之地，要攻破它，动静小不了，巡防营可是新太子使出来的人，会不管？"

"那当然要找时机才行。"夏江冷笑数声，"你忘了，再过五天就是我们这位新任太子殿下大婚的日子了。想想不知是陛下的性子急还是静贵妃的性子急，太皇太后的头年丧服五月才除，三年的平孝期还有差不多两年，结果呢，来个什么祭告太庙，什么圣灵降谕，什么大婚之仪后东宫分室，百日内不得圆房的规程就定了……说到底，走个过场罢了，你们御史竟没人弹劾……"

"夏大人，太子殿下已是第四辈了，又非初婚，按制守丧一年，祭告太庙求卜后是可以举行婚典的，就算是走过场，好歹走过了，怎么弹劾啊？"

"我说说罢了，也没逼着你非在这桩事上去惹他。可笑的是静贵妃和萧景琰，平时好像一副温恭孝顺的样子，人家景宁公主也是第四辈，也可以请旨去太庙占卜的。人家女孩儿年纪日长，都没有急着出嫁，他们倒不愿意安安分分守满三年了？也不知在抢什么时间，赶着去投胎吗？"

范呈湘瞟了夏江一眼，没有接话。

"闲话就不说了。单说大婚那天，虽然被丧制所限，只能办半婚之典，但萧景琰现在是什么风头？太子新立，宫中以贵妃为尊，中书令是新娘的祖父，礼部尚书又是柳澄的堂弟，这场面，怎么都小不了。到时全城同欢，上下同乐，不比过年还热闹？巡防营那点人手，早过去维持秩序去了，苏宅又不在婚轿巡游的路线上，谁顾得上它啊。"夏江的眉间荡过一阵杀气，嘴角狠狠地一抿，"我还能召集些人手，钱军侯也是我的人，你去替我联络，他那里有八百府兵，只要夤夜出动，以快狠为则，静悄悄吞一所民宅，还不是易如反掌？"

范呈湘目光闪动，显然不似夏江这般有信心，嚅嚅问道："那要是失败了呢？"

夏江冷言如冰地道："我们已是背水一战，还能谈什么胜败！"

范呈湘缩在袖中的手不由自主地痉挛了一下，忙稳了稳自己的表情，勉强笑道："说得也是，不冒一点险，又怎么能成大事。我看这样好了，反正还有几天的时间，夏大人你先策划一下细节，我也尽快与钱军侯商讨，事先多做些准备，自然也能添些把握。"

"那外面就辛苦范大人了。"

"你我之间，不必如此客套。夜已深沉，我就先告辞了。"范呈湘打了两声哈哈，慢慢走出暗室，在外面将门细心关好，这才沉思着走向自己的寝房。

"老爷，怎么这么晚才回房？又去见那位夏大人了？"刚进入内室，一个只穿着家常衫裙，弯眉凤眼的娇俏女子便迎了上来，为范呈湘宽衣。

"瑶珠，你怎么还没睡啊？"

"老爷不回来，妾身怎么睡得着？"

范呈湘笑了笑，伸手将她揽入怀中。他与原配夫人感情淡漠，大家别院各居，最宠爱、最信任的就是这名小妾瑶珠。当日夏江半夜逃入他的寝室时，瑶珠就在场，故而有关夏江之事，对她也没多少可瞒的。

"老爷每次去见了那个夏大人，出来后都神思忧虑，实在让妾身不安。虽然妾身是女流之辈，但老爷如有繁难之事，跟妾身说说，也算是一种排解啊……"

"你哪里知道，"范呈湘往枕上一靠，长叹一声，"这个夏江，越来越发疯了。他倒是背水一战，可我凭什么要把家小性命、前程富贵都拿给他去赌？"

"不是说……老爷有把柄在他手里吗？"

"没错，是有把柄……"范呈湘眼眸沉沉地看着帐顶的团花，慢慢地道，"不过我一直在想，总这样被他制着也不是一条活路，也许我能将功补过，从太子殿下那里讨一个恩赦呢……"

瑶珠灵动的双眸一转，立即明白："老爷的意思是说，稳住夏江，去东宫告发，以求戴罪立功？"

"还是你聪明，"范呈湘伸指在她脸上弹了一下，笑了笑，"夏江是现在太子殿下最想得到的人，如果我立下这个功，不要说抹去旧罪，运气好的话，能保住日后的前程，只怕也有指望……"

"老爷……拿得准吗？"

"现在的太子殿下，已不像他当靖王时那样不知变通了。我犯在夏江手里的事，不过是贪贿，庇护了几个凶犯而已，早就过了七八年，不值得放在心上。他如肯恩赦我，立时便能拿住夏江这个心腹之患，无论怎么权衡，他都不该拒绝的。"

瑶珠眼波如水，笑生双靥，柔声道："如真能像老爷所说的这样，那可太好了。这担惊受怕的日子实在难熬，老爷还是快些去东宫首告为好。"

"你说得对，我原来是求稳求平，想收留这个瘟神两日，快些送走了的，谁知他逃不出去，倒讹上了我。这日子确实熬不住了，我已决定，明日早朝后，就去东宫求见太子殿下。"

"明日？"

"这样的事，宜早不宜迟，明日就去。"

"老爷的决断，一定不会有错。那就喝口安神汤，早些歇息吧，明日还有得折腾呢。"瑶珠说着，起身去茶炉上端来煨着的汤碗，喂给范呈湘喝了两口，扶他躺平，轻轻为他打扇。

也许是心中做了决断，稍稍安宁，也许是那安神汤的确有效，不及一刻，范呈湘便沉沉入睡。瑶珠等他鼾声起时，伸手推了推他的肩膀，又低低叫了他两声，见没有回应，立即放下扇子，悄悄下了床，裹起一件黑色披风，身如魅影般飘闪而出，很快就消失在如墨的夜色之中。

第六十三章 何忧何求

御史府的这点微澜,淹没在静寂如海的帝都之夜中,毫不为人所察。可是第二天,一个令人意外的消息便传了出来,范呈湘死了。

一开始,这条死讯并不算怎么轰动,因为京兆衙门最先得报前往勘探时,得出的结论是"意外失足,溺水而亡"。虽然一个二品大臣在自己家后花园淹死还算是一桩可供人嗑牙的谈资,但这到底不是什么值得惊诧的大事。可是接下来,事情的发展渐转离奇,范呈湘的夫人坚称对夫君死因有疑,京兆衙门无奈之下,请求刑部介入。蔡荃指派了手下新提拔起来的一个姓欧阳的侍郎前往细查,此人极是精明,在范府内院及后花园摸摸查查一番之后,又把府中上至夫人下至丫鬟家院,只要是日常与范呈湘有接触的人都叫来一个个问了个遍,当天便宣布此案为"他杀",一时全城哗然,刑部得报后也随即决定立案详查。

到了七月底,册立太子妃的婚典如期举行。由于是半婚之典,减去了群宴、歌舞等几项程序,萧景琰又坚持取消了烟火盛会,整个迎亲过程只击素鼓,不鸣丝竹,务求不奢靡喧闹。但对于老百姓而言,只要还有浩浩荡荡的凤辇巡游就已足以引得全城出动观看,以鼎沸的人声弥补了不奏喜乐的缺陷。

正如夏江所说的,苏宅并不在迎亲队列巡游的路线上。被远远的喧闹声一映衬,这里显得尤为清静。从两天前起,蔺晨与晏大夫就开始进行激烈的争论,争到此时,晏大夫终于表示了同意,所以蔺晨不知煮了些什么东西给梅长苏喝,让他从一大早就一直沉睡到了深夜,而且毫无要醒转的迹象,弄得满院子的人反而不敢睡了,虽没有全都守在床前,但却各自在各自的位置上提心吊胆。

蔺晨也没睡,因为他正兴致勃勃地做着一个用杨树叶编的孔雀尾巴,想要绑在飞流的腰上，要求他跳个舞来看。由于苏哥哥正在沉睡，飞流求救无门，满院子逃窜，一时间闹得鸡飞狗跳的。旁人都看惯了，并不理会，唯有聂锋不明就里，以为蔺晨真的是在欺负人，正打算上前管一管，被卫峥拉住，摇头道："没事儿，别担心，你啊，是不知道飞流的身世……"

聂锋转过头来，用询问的眼光看着卫峥，后者耸了耸肩道："飞流不是天生这样的！他幼时曾陷身进东瀛一个极神秘的组织里，这个组织的首领专门从中原劫掠收买资质绝佳的幼童，隔绝他们与外界的一切接触，以药物和灵术控制其修习。这些幼童长成后，心智都无法发育完全，不分善恶，不知是非，对常识的学习能力也极低，但武功却奇绝狠辣，被首领控制着进行暗杀、窃密之类的活动。可笑的是，这个组织积恶多年，一直没有得到惩治，却因为在一次暗杀活动时，误杀了东瀛皇太子而招致了覆亡的命运。其实东瀛国主早就知道有这个组织的存在，只是一直放任不管，没想到自己的独生子也丧命其手，自然是悔怒交加。这些可怜的孩子们毫无自主生活的能力，那个首领被擒杀后，他们就算躲过了仇家和武士们的追剿，也无法生存下去，最终死伤殆尽。飞流是当时那群孩子里最小的一个，秘术刚刚修成，还从来没有被放出来过，所以没有仇家，流离在外，冻饿将死。当时正好蔺公子到东瀛去找一味药材和几件东西，碰巧遇上，就带了回来……"

聂锋一直以为飞流的症状是天生的，根本没想到这可爱的少年竟然有如此暗黑和残忍的过往，不由得呆住，好半天才咿咿啊啊发出一些疑问之声。

"你是问飞流身上的毒吧？"卫峥猜测着答道，"药毒倒是清了，只是脑伤已经无法痊愈，幸好控术之人已死，不至于有后顾之忧。蔺公子常说捉弄飞流玩也是锻炼这孩子脑力的一种方法，能让他变得开朗，所以经常这样逗来逗去的，结果弄得飞流见他就躲，反而只爱跟少帅亲近……"

他正说话间，蔺晨已经从房脊上把飞流捉了下来，揉着他的面颊捏成个猪头状的鬼脸，还把他拉到水缸边让他看自己的样子。气得飞流一脚将厚实的大水缸踢得四分五裂。

不过这两人的厮闹已经是这一夜最大的动静了，直到天亮，苏宅也没有受到任何外来的侵袭，夏江那一晚在范呈湘面前所放的狠话，显然没有能够真正付诸实施。

梅长苏一直在睡，睡过正午，睡过黄昏，睡到又一天晓光初见时，黎纲和甄平终于忍不住了，冲到蔺晨房里将同样睡得正香的他抓了起来盘问。

"快醒了快醒了，大概今天中午吧。"蔺晨笑眯眯地安慰两人。

可是到了中午，梅长苏连个身也没有翻，于是蔺晨又把期限改到了下午，之后又依序后延推到晚上、凌晨……直到大家都快要抓狂想揍人的时候，飞流突然飘过来说："醒了！"

这次苏醒之后，梅长苏的气息状况好了很多，不再是多走动一下就喘的样子。蔺晨再欺负飞流的时候，他已经可以一边护住少年，一边拿扇子砸人了。

"没良心的，两个都是没良心的。"蔺晨抱怨着在一旁坐下，瞪了瞪梅长苏和躲在他身后的飞流，"早知道就不治你们了，一个都不治！"

梅长苏理也不理他，转头对黎纲道："你继续说你的，别管他。"

"我们查到的结果是这样的，"黎纲忍着笑将视线从蔺晨身上移开，端正了一下脸色，"此人叫袁森，在蒙大统领身边已经七八年了，从侍从一直做到亲将，向来深受信任，接聂夫人出来时的马车就是由他所驾，是这件事少数几个知情人之一。蔺公子说，如果我们的对手只是发现了牢中并非聂夫人本人，那仅仅表明他们在天牢有眼线而已，但现在对手是明明确确指出换人者乃蒙大统领，那么消息一定是从内部传出去的，凡是知情者，谁的嫌疑都不能免……"

"你直接说结果好了，"梅长苏挑了挑眉，"推理过程就省略吧，我知道的。"

"是。最终这个袁森自己也承认，他曾经把大统领暗中换囚之事，说给他的妻子听。我们立即查了他的妻子，开始没发现什么异样，后来几经周折才查出，她是一个滑族人……"

"滑族？"梅长苏目光微动，"又是滑族……"

"是，太子大婚前溺死的那个范御史，他最宠爱的一个小妾也是滑族女子。虽然她把这个身份隐藏得很深，但最终还是被刑部翻出了来历。"

梅长苏的脸上慢慢挂起了些冰霜之色，叹道："璇玑公主已死了这些年，却直到现在也不能忽略她的影响力，滑族中，毕竟不止一个秦般若而已……"

"说起来，滑族是公认的软懦民族，却只软在男儿身上，他们族中的女子，反而要刚硬许多，真是奇哉怪哉。"蔺晨插言道。

"天地生人，钟灵毓秀并非只集于男子之身，有何奇怪的？"梅长苏捻动着衣角，慢慢道，"这两件事，看似不太相关，但都牵涉了滑族女子，不妨暂且联系在一起想想。夏江当年为了璇玑公主抛妻弃子，他与滑族的关系不浅，我总有种感觉，觉得他好似还在京城一般……"

蔺晨赞同道："我也这么觉得，外面的搜捕如此严密，却一直没有抓到他的行踪，那么他确实很可能根本没离开过京城，而是隐藏在什么不会被搜查的地方，比如御史府之类的……"

梅长苏瞟了他一眼:"是谁跟我说过已经在外面发现了夏江的线索,正在派人查呢?"

"查过了……是那老东西放的烟幕……"蔺晨闷闷地道,"如果我当时不是急着赶来看你,也不至于会上那么傻一个当,真是丢脸啊……"

梅长苏不禁一笑,安慰道:"好啦,这也不算丢脸,顶多算是丢丢面子罢了。"

蔺晨转动着眼珠疑惑了半晌,方问道:"丢脸和丢面子,不是一回事吗?"

"是吗?"梅长苏想了想,点头道,"好像是一回事。"

飞流坐在他膝侧,不由得咧开嘴,蔺晨伸出手去一拧,道:"你这小家伙,看你苏哥哥气我你很高兴是不是?"

"是!"飞流的脸颊被拧得变形,仍是大声回答,旁边的人顿时被引得笑倒了一片。

"好了,不跟你们一般见识,总之我丢多少面子,就要数倍地拿回来。"蔺晨扬着下巴道,"长苏你听着,夏江现在归我收拾,他就是藏在老鼠洞里我也能把他挖出来,你就不许插手操心了,听见没?"

梅长苏知他好意,微微一笑,转头又继续问黎纲:"冬姐回牢后的那番说辞,蔡荃应该还是会去核查一番的,有什么消息吗?"

"是,这位蔡大人行事实在严谨,不仅在天牢内部查了,甚至连太子殿下那边,他也旁敲侧击去确认过。好在我们及时补了些安排,他本身也查不到大的漏洞,再加上精力有限,所以到现在,这桩事体总算已经完全掩过去了,请宗主不必悬心。"

梅长苏满意地点了点头,这时甄平大步进来,手里捧个盘子,问道:"宗主,你看这个行不行?"

"是什么?"蔺晨凑过去一看,是一对净白脂玉雕的供瓶,虽然精美,却未见得有多珍贵,不由得问道:"拿来干什么的?"

"送礼啊。"梅长苏笑答了一句,转头吩咐甄平道:"这个就可以了,包起来吧。"

蔺晨是脑子极快极敏的人,旋即明白,哈哈大笑道:"东宫太子大婚,你就送这个?不珍贵不说,显然没费什么心思嘛。"

"景琰现在贵为储君,一来身外之物他没什么缺的,二来他也不在意,送贵了实在浪费,这个就很好了,反正去道贺,不过是尽个礼节罢了。"

"难怪你今天又给飞流换新衣服,准备带他去东宫贺喜吗?"蔺晨揉着飞流的额发,笑道,"也对,现在有资格去朝贺的人都去得差不多了,你好歹也是随他一起同经春猎叛乱的人，不去露个面，倒显得刻意。再说托我的福，你现在已不是鬼一般的脸色，能出门见见人了。"

"是，都是托你的福。"梅长苏半玩笑半认真地拱了拱手，蔺晨也是半玩笑半认真地还礼。飞流看着倒没什么，黎纲和甄平却不由得觉得有几分心酸，只是面上不敢露出来，一起低头悄悄退下，安排打点梅长苏等会儿出门的各种事项去了。

"对了，天牢泄密的事情既然已查清，宫羽也可稍得宽慰。因为这换囚的主意是她出的，后来有这些乱子，她就觉得是她给你添的麻烦，一直心怀愧疚，你病着她还天天过来守，你一醒她反而不敢出来见你了。"

梅长苏微微皱了皱眉："主意虽是她的，最终做决定的人还是我，她回来时聂锋还专门去谢过她，这姑娘也太钻牛角尖了，你怎么不劝劝？"

"劝过了，自她回来后，整个苏宅的人除了飞流都去劝过了，可对宫羽来说，这千言万语也比不上某个人说一句话，你就受受累，主动把她叫来安抚两句给个笑脸不成吗？"

梅长苏垂下眼睑，神色依旧漠然，默默无言了良久方轻声问道："蔺晨，若我不去安慰她，她会怎样？"

蔺晨不料他有此问，呆了呆道："也不会怎样，就是心里难过罢了。"

"既然她不会怎么样，那又何必多事。"梅长苏面无表情，辞色清冷，"我现在已无多余的力量，去照管每一个人心里是否难过，所以只有对不住她了。"

蔺晨不再多说，却一个劲儿地歪着头盯着梅长苏的脸瞧，瞧的时间之久，令飞流也不自觉地跟着他一起把头歪了过去，眨动着眼睛看着苏哥哥。

黎纲出现在院门外，道："宗主，车马已备好。"

梅长苏"嗯"了一声，起身向外走，蔺晨在后面难得正经地感叹了一句："说实话，就一个男人而言，你的心还真够狠的。"

虽然这句话很清晰地传入了梅长苏的耳中，他却好似没有听到般，脚步未有丝毫停滞，头也不回地离去。

空落落的院子里只剩了蔺晨，他仰起头，把手掌盖在眼上，透过指缝去看太阳的光芒，看了半日，大概自己也觉得自己此举无聊，甩了甩手自言自语了一句："看着美人心忧帮不上忙，实在罪过啊罪过……"

自受了春猎叛乱之惊，回銮后又雷霆处置完誉王一党，梁帝越发觉得身体每况愈下，支撑不来。御医们次次会诊之后，虽然言辞圆滑，只说安心静养无妨，但观其容察其色，梁帝也知道自己情况不妙。人越到老病之时，越觉得性命可贵，所以就算万般丢不开手，梁帝也只得无奈地先丢开再说，东宫监国的御旨便由此而发，明令凡皇帝不升朝的日子，即由太子在承乾殿代他处理日常政务。一开始，梁帝还有刻意试探、从旁品察的意思，后来见景琰行事谨慎公允，没有因此膨胀狂妄的迹象，渐渐便放了一半的心，除了逢六日召三公六部重臣入内揽总禀报一次朝中大事外，其余的日子竟一心只图保养续命。

由于对政事有处置权，也由于大局粗定，萧景琰这个东宫太子的位子，坐得可比他的前任稳得多，但同时，也要累得多。有时在承乾殿听取了大量奏报，批阅完成堆的折子后，还要在自己宫中接见重臣，合议一些难决之事。

如今的朝廷六部，基本上都是这一两年新换的尚书，只有兵部尚书李林，还是前太子在位时的旧人。那一年私炮坊爆炸事件中，他曾经上折给靖王扣过私挪军资的罪名，虽然那桩事情最后以靖王反而得了赞誉为结局，但不管怎么说，反正是得罪过人的。所以在前太子被废，靖王地位渐升的过程中，李林自然是想尽办法曲意弥缝，可无论他怎么努力，都一直没得到过萧景琰的任何回应。太子奉旨监国之后，李林觉得自己的仕途只怕就此到了头，每日里战战兢兢等着东宫收拾他，等了许久也没动静，反而当廷接到一项重要差务，要求由兵部负责，提交帝都周边驻军换防的改制方案。李林揣摸了半天，也拿不准这位太子殿下什么意思，直到被户部尚书沈追冷冷嘲讽了一句之后，才突然意识到这个主子不一样了，与其费力先揣摸上位者的心思，还不如先把事情办好。他做了这么多年的兵部尚书，对于朝廷兵制的上下情弊其实相当地了解，抛开党争不谈，能力原是够的，此时下了决心，更是把全副精力都投了进去，十日后拟出方案上奏，在朝议中竟大受好评，只修订了个别细节条款后，便转呈皇帝下旨施行了。主君的认可和同僚的赞誉，带给多年来陷身于党争的李林久违了的满足与愉悦，而对于显然没把过去嫌隙放在心上的新太子，他的感觉也由以前的惶恐惧怕，转换成了现在的忠敬畏服。

"说起来，党争真像是一场噩梦，虽然有些人已经困死在了这场梦里，但幸而还有些人是可以醒过来的。"在东宫偏殿，刚议完一件政事的沈追感慨道，"其实大多数人在仕途之初，所怀的还都是济世报国、光宗耀祖的志向，不过官场气象污浊，渐渐蒙蔽了人的心智，未免随波逐流了。殿下在更新朝中气象之时，也肯放些机会给这些人，实在是仁德啊。"

"不过这样的机会不能一而再，再而三地给，有些人心性已成，只怕难改。"蔡荃素来比沈追激进，扬眉道，"天下贤士尚多，留出些位置来给那些未受沾染的寒门学子，岂不是更好？"

"无论寒门豪门，但凡学子，都有进阶的途径，朝廷只要能不分门第地给出公允二字即可，不能矫枉过正。要知道，为官为政，经验还是很重要的，新晋官员在品性和锐气方面虽然占优，经验上却难免差了些。"

"谁是天生就什么都知道的？多给些磨砺的机会，自然会老道起来。"

"那也要时间啊！"沈追摆了摆手，"就比如驻军换防改制这桩事吧，李林的年资，不是摆着好看的，我想换谁来办这件事，只怕都不能比他更周全更能切中要害。"

"我承认兵部的方案很好，但这只是个案，不能推及大多数人。年资和经验这种东西是因人而异的，有些人一年顶人家十年，可有些人守着一个位置十来年，还是什么都不知道。凡事不能一概而论，必须逐一甄别才行。"

"可是天下州府，各级地方官员这么多，没有统一的制度和标准，如何逐一甄别？这成百上千的朝廷臣子们，哪儿甄别得过来啊？"

"难办就不办了吗？筛查人才，选贤与能加以任用，本就是帝王最主要的一件事。现在尸位素餐的人不是太少而是太多，太子主政，新朝当然要有新气象。"

萧景琰一直很认真地听着两个最倚重的臣子辩论，此时方皱一皱眉，低声道："蔡卿慎言，哪有什么新朝？"

蔡荃也立即反应过来自己说错了话，忙起身谢罪道："臣失言，臣的意思是指……"

"好了，我知道你的意思，以后小心些。"

"是。"

萧景琰正准备让两人继续谈，殿门外突有内侍禀道："启奏太子殿下，客卿苏哲前来朝贺殿下大婚之喜，现在仪门外候宣。"

从九安山回来后，两人一个忙一个病，又有重重心结绕在其间，虽然彼此消息传递仍是十分紧密，却是许久没有再见面了。因此乍一听到苏哲求见，萧景琰一时竟有些恍惚，怔怔地看着那内侍，半日无语。

"殿下，苏先生特意来贺喜，殿下不请进来吗？"沈追奇怪地问道。

"哦，"萧景琰回了回神，忙道，"快请苏先生进来。"

内侍躬身退下，片刻后便引领着梅长苏进入殿中。这段时间萧景琰已经稍稍平复了一下心绪，控制着自己不要露出过于激动的表情。

垂目缓行的梅长苏比上次见面略瘦了些，不过气色却稍稍转好。他今天穿着一袭秋水色的蜀缎长衫，手执一把素扇，乌发束顶，襟袖微扬，望之飘逸清雅，气质如玉。但斯人斯貌看在已知真相的萧景琰眼里，却如一把尖刀在胸口猛扎一般，令他几乎难以直视。

"参见太子殿下。"

"此系内殿，苏先生不必多礼了，请坐。给先生上茶。"

"谢殿下。"梅长苏欠了欠身，先不落座，而是示意身后的飞流呈上礼盒，笑道："殿下立妃大喜，区区薄礼，不成敬意，还请笑纳。"

萧景琰命侍从接过，见沈追、蔡荃一脸好奇的表情，笑了笑打开，一看里面只是一对普通的净脂玉瓶而已，便知梅长苏不欲引人注目之意，于是也只客套了一句："先生费心了。"

飞流第一次来东宫，递交完礼盒，就开始左看右看。萧景琰知道梅长苏宠他如弟，也不想拘束了这个少年，便命他可以随意在东宫各处戏耍。梅长苏又补了一句"就在前面院子里玩"，才将他放了出去。

"苏先生，我前一阵子去拜访你，说是病了，如今身体可有大安？"沈追在萧景琰这里向来不会太拘束，所以梅长苏一在他对面坐下，他便关切地问道。

"多谢沈大人挂念，不过是因为炎夏，喘疾发作而已，没什么大碍的。"

蔡荃也知道他生病的事，皱着眉头道："苏先生国士之才，竟为病体所限，实在令人遗憾，难道就没个根治的法子？"

梅长苏扫了萧景琰一眼，不想继续再谈这个话题，于是笑了一下，淡淡地道："一切自有天命，慢慢治吧。对了蔡大人，听说范御史落水而亡的案子，刑部已有新的进展了？"

"是，此案的真凶很聪明，设了一些迷障，想要误导刑部查案的方向。不过这案子显然并非预谋已久，而是仓促下手的，所以留下了很多蛛丝马迹，口供也有破绽。先生当然知道，在任何一桩凶案中，只要谁在说谎，谁的嫌疑就最重，就算不是凶手，至少也是知情者。主理此案的欧阳侍郎是个最能从细微处破解谜团的人，要想骗他，可比骗我还难呢。"

"这么说，被刑部拘押起来的那个……叫什么的小妾，就是真凶了？"沈追问道。

"暂时还不能如此定论，但她的谎言最多，行为也最可疑，被拘捕前还曾经试图潜逃，这些都是加重她嫌疑的事实，不过这个女子口硬，目前还在强撑，而且……暂时也还没有找到关于她令人信服的杀人动机……"

"听说她是滑族人？"梅长苏随口问了一句。

"只能算半个，她母亲是滑族，父亲却是梁人，按现在一般人的看法，她更应该算是梁人才对。"蔡荃挑了挑眉，看向梅长苏，"这个身份是在追查她的来历时查出来的，我们也没怎么重视，难道苏先生觉得……这一点很要紧吗？"

"也不是，"梅长苏笑了笑，"是因为我最近总是在想夏江会逃到哪里，所以一听到滑族，就未免敏感了一些。"

蔡荃有些惊讶地问道："夏江和滑族之间，有什么联系吗？"

"你不知道？"沈追睁大了眼睛看向好友，"滑族末代的公主，曾是夏江的情人呢。"

"啊？"

"当年滑国被吞灭之后，很多贵族女眷都被分发到各处为婢，"沈追简略地讲述着，"夏江的夫人有一次见到滑族公主寒冬腊月在外浣衣，心生怜悯，便将她带回自己府中，视之如妹，谁知一来二去的，这公主竟跟夏江勾搭在了一起。夏夫人也是前代掌镜使，性情很是刚烈，一怒之下，就带着儿子走了，到现在还不知道人在哪里呢。"

"听起来这可不是小事，"蔡荃怔怔地道，"我怎么从来没听说过呢？"

沈追横了他一眼："璇玑公主七年前就死了，你五年前才调任京官的，那时候事情早已经凉了，夏江那个身份，又是个半隐半现的人，你这么严肃，谁没事干了跟你聊他的风流私事啊？"

"可是纳滑族女子为妾的富贵人家很多，就算夏江的情人是个公主，那到底也是亡了国的，很值得注意吗？"

"看来蔡大人不太了解璇玑公主这个人，"梅长苏正色道，"她可不是只依附情人度日的等闲之辈。当年滑族未灭前，她就是掌政公主之一，地位仅次于后来战死的长姐玲珑公主，只是她更狡猾，更善于隐藏自己的锋芒，使得很多人都没有意识到她的危险，但其实，这位璇玑公主对于很多滑族人一直都有着惊人的控制力。虽然现在她已死了，但夏江多多少少还是从她那里承继到了一部分这种控制力。如果蔡大人查不到其他的杀人动机，也不妨考虑一下灭口的可能性。"

"灭口？"

"也许范呈湘发现了自己的小妾在向夏江施以援手，也许范呈湘本人就曾经是夏江的庇护者，后来为了某种缘故想要告发……夏江掌管悬镜司多年，他一定有着我们难以想象的暗中力量，不早点把他挖出来，难说他还会对太子殿下造成什么样的危害……"

蔡荃眉睫一动，沉吟着道："先生所言甚是。如今夏江在逃，无论是对殿下，还是对刑部，这都是一桩大大的心事，就算这案子只跟夏江有一丁点儿的联系，也要先把这一点给查清排除了才行。"

"如果这只是一桩普通的凶案还好，若真与夏江有关，倒是一个追查他行踪的好契机。"

"对了，欧阳侍郎将目前案情的记录文案整理了给我，我恰好带着在路上看，先生要不要也看看，说不定能发现什么我们疏漏了的地方呢。"

梅长苏还未答言，一直在凝神静听的萧景琰清了清嗓子道："蔡卿你行事已经很周全了，苏先生大病初愈，不要让他劳神，大家说点轻松的话题吧。"

蔡荃本来正在伸手朝袖中摸案卷，听太子这样一说，动作不由得僵住。萧景琰说这句话的时候表情控制得很淡，让人判断不出他明确地出言阻止，是真的体贴梅长苏的身体呢，还是不高兴看到蔡荃就这样把刑部的案卷拿给一个无职的客卿翻看。旁观的沈追心思更敏捷一点，瞬间便联想到了这两人已经有好久未曾见面以及萧景琰刚才迟疑了一会儿才请梅长苏进来的事实，难免会猜测太子是不是在有意疏远这位以机谋见长的麒麟才子，心头"咯噔"了一下，立即向蔡荃使了个眼色，示意他请罪。

"臣思虑不周，确实不该麻烦苏先生，请殿下见谅。"蔡荃也不是笨人，当即领会了意思，细想自己刚才谈得兴起，行为确有不妥，忙躬身施礼。

萧景琰并不在意这两个尚书有什么样的误解，不过他却不希望梅长苏也有同样的误解，于是又解释道："听说先生的病还是要以清闲静养为主，何况先生到东宫又不是来讨论案情的，指点一下便好，细节方面就不必费心了。"

梅长苏深深地看了萧景琰一眼，见他的视线不自在地闪避了一下，心头不禁起疑。沈追呵呵笑着打圆场道："殿下说得是，都怪蔡大人，人家苏先生是来给殿下贺喜的，结果茶没喝一口，点心也没吃一块，你就拉着人家说案情！"

其实范呈湘的命案是梅长苏先提起的，不过蔡荃再耿直也不至于这个时候来争论计较这个，当下含含糊糊地"嗯"了几声，算是认了沈追的话。

不过他认了，梅长苏却不知为何不肯下这个台阶，竟笑了笑道："殿下好意苏某心领，不过蔡大人的这份案卷我还真是想看，殿下不介意吧？"

第六十四章 天若有情

对于梅长苏的不识时务,沈追和蔡荃一时不知该怎么办才好,幸而萧景琰似乎没有因为被违逆而生气,他只是犹豫了一下,便道:"既然先生有此兴致,那蔡卿就请先生指教一下吧。"

蔡荃快速地与沈追交换了一下眼色,从袖中取出案卷,递给了梅长苏。

案卷并不很厚,大约有十来页的样子,订得整整齐齐,字迹小而清楚。梅长苏接过来后,先向萧景琰告了声"不恭",之后便朝椅背上一靠,姿态很放松地翻看了起来。可是他看他的,其他三人总不能傻傻地在一边等他看完,更何况坐在上首的,还是一位尊贵无比的太子殿下,所以沈追飞快地转动脑筋找了个话题来活跃有些冷场的气氛。

"殿下,下月就是陛下的圣寿千秋了,记得去年殿下献了一只好俊的猎鹰,陛下甚是喜欢,今年想必殿下一定有更好的贺礼了,呵呵呵呵……"

"对于人子而言,最好的贺礼就是孝心,只要我齐身修德,理政不失,送什么父皇都会喜欢的……"萧景琰努力以平常的态度,继续与蔡沈二人交谈,只是时时会朝梅长苏那边瞟上一眼。

梅长苏并没有注意室内其他三人在谈什么,他似乎真的被案卷内容吸引住了,一页接一页地翻看着,神色很专注,只是偶尔端起茶来喝上一口。萧景琰的视线再次转过来的时候,他刚好正把茶碗朝手边的小桌上放,手指无意中碰到桌上摆着的一盘点心,便随手拈了一块起来,看也不看就朝嘴里放。

沈追和蔡荃突然觉得眼前一花,闪神之间萧景琰已经一个箭步冲了过去,一把抓住梅长苏的手,快速地将那块点心从他的嘴边夺了下来,远远丢开。

这离奇的一幕使得所有人都僵住了，就连萧景琰自己在做完这一系列举动之后，也立即意识到不妥，变得有些不知所措起来，目光游动地道："这点心……不新鲜了……"

太子东宫端出来待客的点心会不新鲜，这种说法实在是太新鲜了，新鲜到他解释了这一句之后，效果还不如他不解释的好。

梅长苏的目光，慢慢地移到了旁边小桌上，那里摆放的是一份细点拼盘，有芙蓉糕、黄金丝、核桃脆，还有……榛子酥……

从表情上看，梅长苏似乎没有什么大的震动，只是慢慢垂下了眼帘，面色渐转苍白，根本看不出他此刻心中剧烈的翻滚与绞动。原本仅仅是有意试探，然而真正试探出结果之后，他却觉得说不出的难受，胸口一片紧窒、一片冰凉。

萧景琰依然抓着梅长苏的手腕，曾经健壮有力的手腕，如今虚软地轻轻颤抖着，令他胸前如压磐石，不由自主越握越紧，紧到想要把全身的力量都转输过去。不过除此以外，萧景琰没有敢做出任何其他的举动，也不敢多说一个字。

因为坐在面前的是他最好的朋友，但同时又不是他所熟悉的那个朋友。林殊历劫归来，已不是当年经打经摔像是白铁铸成的林殊。萧景琰不愿意在这个敏感的时刻做错什么，说错什么，所以他只能握着那只手，默默无语。

良久之后，梅长苏轻轻挣开了他的攥握，扶着座椅扶手慢慢站了起来，灰白的双唇微微抿着，低声道："我家里还有点事，请容我告辞。"

"小……"萧景琰张了张嘴，到底没敢喊出口，只能看着他转过身去，步履缓慢而飘浮地向门外走去。

一旁的沈追和蔡荃已经看呆了，两个人都鼓着眼睛，微张着嘴，表情如出一辙。不过现在萧景琰早就忘了他们还在这里，在殿中僵立了片刻后，又追了出去。

梅长苏尽量想走得快些，但大病初愈又情绪激动，四肢和脸颊都是麻麻的，刚走到廊外的长阶，膝盖便一阵颤软，不得不停下来扶着栏杆喘息。

虽然没有回头看，但梅长苏知道萧景琰的视线还追在后面，因此咬牙撑着，不想在这个时候显出任何虚弱之态。他们以前一直并肩成长，他们一起赛马，一起比武，一起争夺秋猎的头名，一起上战场面对烈烈狼烟；他们前锋诱敌，被数十倍的敌军包围时，一起背靠背杀出血路。骄傲而又任性的林殊不能想象，有一天景琰会奔过来扶住自己软泥一样虚弱无用的身躯，用同情和怜惜的声音说："小殊，你没事吧？"

不能想象，也不能接受。

所以他逃避，想要快些离开这里，回到苏宅冷静情绪后，再慢慢地想，慢慢地做决定。

可是等他略略调匀呼吸之后，并没能重新迈动步伐，因为飞流突然从侧门向他跑了过来，步子比平常沉重许多，怀中紧紧抱着一只灰色的大狼。

"不醒！"少年将佛牙递到苏哥哥面前，满眼惶惶不安与迷惑，"都不醒！"

梅长苏用苍白得几乎透明的手指抚摸灰狼黯淡的皮毛，指尖下接触到的是一片冰冷与僵硬，心脏顿时一阵绞痛。佛牙的眼睛闭着，看起来很安详，飞流几次努力想要把它的头托起来，可是一松手，就又垂落了下去。

侧门边又响起了脚步声，已调任东宫巡卫将军的列战英这时方追了过来，满额是汗，一看到太子也在外面，他吓了一大跳，可是还未及告罪，萧景琰已快速示意他安静旁站。

佛牙已经快十六岁了，就一只狼而言，它算是极其高寿。它的离去固然令人伤感，但对于理智的成年人来说，这并不算一桩难以接受的事情。

可是飞流不能理解这些。他刚才看到佛牙被装进一只木柩中，跑去看，列战英哄他说："佛牙睡着了。"在少年的认知中，睡着了，是一定会醒的，就好像苏哥哥经常睡着，可无论睡多么久，总会有一天醒过来。

于是他问佛牙什么时候醒，列战英的眸中露出难过的神情，说它再也不会醒过来了。

飞流第一次知道睡着了竟然可能再也不醒，这令他十分地惊恐，本能般地抱起佛牙，直奔苏哥哥而来。

梅长苏揉着少年的额发，他看得出来飞流此刻的迷茫与慌张，但已无心力去安慰和解释。死神的黑袍常年覆在他的身上，那般阴冷，那般真切，真切到他根本无法向少年描述，死亡究竟意味着什么。

"飞流，你会一直记着佛牙吗？"

"会！"

"作为朋友，你一直记着它，那就够了。"梅长苏伸手从飞流怀中抱过佛牙，因为太重，他站不住，索性坐了下来，将灰狼的头，贴在自己的面颊上，向它做最后的告别。

"苏哥哥……"少年十分地害怕，却不明白自己为什么害怕，只能靠过去，像佛牙一样，挤进梅长苏的臂间。

第六十四章 天若有情

"没事的，起来，把佛牙抱着，还给列将军，列将军会带它躺到舒服一点的地方，快去吧。"梅长苏轻声安抚着，拉扯飞流的黑发。可是飞流还没有来得及照他的吩咐起身，一只手已经伸了过来，将佛牙沉重的身子抱了过去。

飞流跳起身来，想去抢，可一看清眼前的人是谁，立即想起苏哥哥最严厉的命令，没有敢动手。

萧景琰一只手抱着佛牙，另一只手平平伸出，掌心朝下，微微握成拳状，停留在梅长苏右肩前方约一尺的地方。片刻的静默后，梅长苏抬起眼帘，视线与景琰正面撞在了一起。

那一瞬间，两人都感到了极度的痛苦，而且同时也感觉到了对方心中的痛苦。

痛苦，却又无法明言，仿佛一开口，只能吐出殷红的鲜血。

萧景琰的手臂，仍然静静地伸着，没有丝毫的晃动，梅长苏苍白的脸上一片漠然，但最终，他仍是抬起了右手，按住稳稳停在面前的这只手臂，当作支撑慢慢站了起来，等他稍稍站稳，那只手便快速收了回去，就好像根本没有扶过他一样。

"飞流，我们回去了。"

"嗯！"

阶下的列战英迷惑不解地看着素来礼数周全的苏先生，在撑着太子的手臂站起来后，竟连一个"谢"字也没有说，就带着他的少年护卫这样走了，而抱着佛牙目送他离去的萧景琰，那脸上的怆然表情也令他几乎不能动弹。

"战英……"

"呃……臣、臣在！"

"把佛牙抱去，好好收殓，明日……我来看它下葬。"

"是！"

列战英虽然满腹疑团，却也知道什么该问什么不该问，忙上前接过佛牙的身体，安静地躬身后退。萧景琰衣袍翻飞，已飞快地转身，步履生风地回到了殿中。

在他离开的这段时间中，沈追和蔡荃已勉强从僵硬状态中回复了一点点，讨论了几句刚才发生的离奇一幕。不过由于缺乏足够的资料，这两位意气风发，前途无可限量，什么疑难痼症都难不倒的朝廷新贵，最终交换的却是几句说了跟没说一样的废话。

"蔡兄，这是怎么回事啊？"

"我还想问你呢，这怎么回事啊？"

"我要知道就好了，这到底怎么回事啊？"

在"怎么回事"的余音回荡中，太子殿下的脚步声已响起，两人赶紧噤言，恭然肃立。

再次回来的萧景琰神情与出去时不同，眉头紧蹙，面沉似水，眸中闪动的是刀锋一般冷酷的厉芒，一开口，声音里也透着一股以前很少出现的狠劲。

"沈卿、蔡卿，本宫有件大事要说，你们听着。"

"是！"

"这件事，本宫早已下定决心，非做不可。今日告诉你们，不是与你们商量，而是要你们为我出力。"

沈蔡二人对视一眼，赶紧道："臣等但凭殿下吩咐。"

"好。"萧景琰咬了咬牙，紧紧握住雕成龙头状的座椅扶手，语调冷冽而又坚定地道，"本宫……要推翻十三年前的赤焰逆案，重审、重判，明诏天下，洗雪皇长兄与林氏身上的污名。不达此目的，绝不罢休！"

梅长苏去了一趟东宫，回来后明显神色异常，只是面上强自撑着，刚喝完药，又全都吐了出来，最后还带出两口血，大家都被吓得不行，他自己却说没事。晏大夫赶来给他行了针，先安稳住睡下，蔺晨这才把飞流叫来问，可这小孩什么都不知道，问来问去就说了些"佛牙！睡了！不醒！"之类的话，蔺晨就是再聪明，也拧眉翻目地想了半天想不明白。

"佛牙是原来靖王殿下养的一只战狼，跟少帅非常亲近，"卫峥与聂锋一起从梅长苏的卧房内轻手轻脚地走出，将蔺晨带到院中，道，"听飞流的意思，大约是佛牙死了，少帅很伤心……"

蔺晨摇摇头："怕不是为了这个，他再念那头狼的旧情，也没到这个地步，若是今天太子突然死了，多年心血付诸流水，那还差不多。"

聂锋跟蔺晨相处时间不长，不太习惯他这种口无遮拦的说话方式，瞪大了眼睛看他。卫峥在一旁苦笑道："蔺公子，你说话也有点忌讳好不好？"

"我说什么了？"蔺晨耸耸肩，"若是太子殿下是真龙天子，我这张嘴又怎么咒得到他？你也别急急地在院子里转圈儿，长苏心性坚韧，他自己也在努力调整情绪避免伤身，吐那两口血是好事，今天且死不了呢。"

他越说越过分，偏偏整个苏宅没人拿他有办法，两名赤焰旧将瞪了他半响，也只好当没听见。到了晚间，梅长苏起身，略吃了些饮食，便到院中抚琴，谁知正在琴韵哀戚婉转至最高时，铿然弦断，将他的手指勒了一条细口，凝出殷红的血珠。月光下他默然静坐，素颜如冰，旁观者皆不敢近前，只有蔺晨幽幽叹问了一声："长苏，你的血，仍是红的吗？"

梅长苏浅浅一笑，道："此血仍殷，此身仍在……蔺晨，我近日豪气衰微，只纠结于半点心田，一缕哀情，让你见笑了。"

蔺晨仰首望天，半晌方道："我一向狂妄，愿笑天下可笑之事。你心中牵挂过多，做起事来的确有许多能让我发笑的地方，但我却总难笑你，知道是为什么吗？"

梅长苏拈起绷断的那根琴弦看了看，淡淡地答了"知道"两个字，竟不再多说，起身回自己房中去了。蔺晨垂下头，缓步走到外院，旁观者一头雾水，又十分担忧，便推了卫峥来问。蔺晨笑了片刻，道："别担心，长苏没事，再说就算他有事，我们又能帮到什么呢？"

卫峥一急，正要反驳，蔺晨突然大声道："好夜好风好月，长苏那不懂风雅的人却去睡了，大家别学他，都来陪我喝酒吧？"

黎纲与甄平见他又厮闹起来，知道今天从他嘴里也问不出什么话来，全都溜开。唯有聂锋经验不足，被他扯住，卫峥没奈何也只能陪着，三人一起到厨房取来酒菜，就在院外石桌石凳下开始饮斟，天南海北地闲聊。

酒喝了三壶，大家兴致渐高，连聂锋都用模糊的音节加上手势说了一些，卫峥的脸已喝得像个关公，扯着蔺晨道："蔺公子，我们少帅……难得有你……这、这样的朋友……拜托你……"

"知道啦，知道啦，"蔺晨双眸如星，半点醉意也无，看着手中的酒杯，轻轻晃着，"哪里还用你们拜托，我跟他虽没你们长久，好歹也是十来年的交情……"

卫峥抹了抹脸，正要再说什么，院外传来急促的脚步声，走得近了，还可听到黎纲边走边说着："就在这里，他们在院子里喝酒……"

话音未落，一个身影已冲了进来，径直冲向蔺晨，紧紧捉着他的胳膊猛力摇着，语调十分兴奋地叫道："找到了，我找到了！"

蔺晨眨眨眼睛，倒也没挣扎，很平静地问道："你找到什么了？"

"冰续草啊，冰续草！"来人满面风尘，嘴唇也是干涩起泡，但双眼闪闪发亮，情绪极是高昂，一面说着，一面就朝怀里摸，"你来看看，我用琉璃瓶装的，很小心，根须也没有坏……"

"聂铎？"卫峥满面惊诧，酒已醒了大半，"怎么会是你？你什么时候跑来的？不是不许你来吗？"

"等会儿再跟你说。"聂铎无暇理会他，将怀里摸出来的小琉璃瓶塞进蔺晨的手中，急切地问："你确认一下，这个是冰续草不？"

蔺晨随意地看了一眼，点点头。

聂铎长呼一口气，这才转身对卫峥道："听黎纲说，我大哥也在，怎么没看见他？"

卫峥的视线，稍稍向左侧方一滑，聂铎的目光立即追了过去。其实他刚刚冲进来时，约莫也看到旁边阴影处坐着一个人，只是模模糊糊的一瞥中，那身形和面貌并没有使他在第一时间反应过来此人就是自己的兄长，此刻细细看过去，眼睛顿时就红了，立即屈膝拜倒，声涩语咽地叫了一声："大哥……"

聂锋起身扶住弟弟，但因怕他听到自己刺耳粗哑的声音难过，没有开口说话，而是将他拉进怀中用力抱了抱。由于彼此都早已得到过消息，激动和伤痛还算不太剧烈，但面对面相互凝视时，兄弟二人仍然忍不住湿了眼眶。好半晌，聂锋才深吸一口气，扶兄长重新坐下，笑道："我看大哥身体恢复得不错，也许过不了多久，就又可以一拳把我打到三丈开外了。"

"你还笑，"卫峥先过来捶了他一拳，"少帅不让你来，为什么抗命？"

"我来送药草啊，"聂铎理直气壮地道，"蔺公子知道，那药草对少帅很重要，是不是？"

卫峥侧身仔细看了看蔺晨手中的琉璃瓶，心头一动，忙问道："蔺公子，这是什么药草，很有奇效吗？"

蔺晨没有回答他的问话，反手将瓶子放在石桌上，看向聂铎："冰续草是可遇不可求的奇药，你能找到这两棵，想必也是冒了很多凶险，费了无数的心血吧？"

"没有，没有，"聂铎忙摆了摆手，"我运气好罢了，自己也没想到真能找到呢。"

蔺晨默然了片刻，轻轻叹一口气，道："聂铎，我真不想让你失望，可是……是谁跟你说冰续草对小殊的病有用的？"

"是老阁主啊！"聂铎的一团高兴霎时变得冰冷，脸色也随之变了，"蔺公子，蔺晨，你在说什么？什么失望？是老阁主亲口告诉我只有冰续草可以调理少帅体内的寒症的，你是不是不会用啊？你不会用的话，我去找老阁主……"

"聂铎，"蔺晨垂下眼帘，"我爹是什么时候告诉你关于冰续草之事的？"

"就是那一年，我奉命陪老阁主出海寻岛。在甲板上，他喝了一点酒，我们聊着聊着，老人家无意中提到在琅琊书库中，曾记有冰续草治愈火寒毒的先例。可第二天醒了，他又不认，说是酒醉后胡言，可是这次去云南前我到你的书库中查其他资料，竟然无意翻到，真的有这个记载，连图形都有……"

"是，"蔺晨点点头，"确是有这个记载，我也知道。可你有没有想过，既然有这样一种奇药，为什么我爹和我这些年一直不肯告诉你们，让你们去找呢？"

"看书上说，此草长于毒泽绝域，常常有人终其一生送掉性命也难找到一株。我猜也许是少帅不愿让我们为他涉险，所以不准说出来……"

蔺晨斜了他一眼，道："你还真会猜，他不准说我们就不敢说？你当我跟我爹和你们这群人一样，他无论吩咐什么，我们都会乖乖的？"

"蔺公子……"

"我们从来不说，是因为知道说了也没用。"蔺晨的脸上也不禁浮起一抹黯然之色，"既然没用，何必说出来让大家心里挂念着呢。"

聂铎急得跺脚："怎么就没用呢？的确有人曾经治好过……"

"是治好过，可怎么治的你知道吗？"蔺晨看着琉璃瓶中枝叶舒展的奇草，又叹了口气，"疗法是记在另一本书里的，需要找十位功力精熟、气血充沛之人与病者换血。洗伐之后，病人可获重生，但这十名献血之人不仅要经受痛苦，而且最终会血枯而死。简单地说，用冰续草来救人，就是十命换一命。"

聂铎怔了半晌，嘴唇一阵剧烈颤抖，突然道："我……我……"

"不用跟我说你们愿意，"蔺晨静静地看着他们两人道，"要找十个愿意为长苏送命的人一点儿都不难，可是你们有没有想过，长苏愿意吗？"

"能不能暗中……"

"不能。整个过程双方都必须保持绝对的专注和清醒，任何一方都不能有所犹疑，甚至可以说，是由病者主动从这十个性命相托的人身上吸走他们的气血……"蔺晨的语调极淡，却透着一种说不出的哀凉，"你们都是最了解长苏的人，要让他这么干，还不如先把他杀了算了……"

聂铎双膝一软，跌坐在石凳之上。

"百十年前被治好火寒毒的那个人，就是拿走了十位甘心情愿为他付出性命的兄弟的鲜血，"蔺晨转头没有看他，继续道，"他得了命，却丢弃了自己心中的情义；与他相反，长苏从没考虑过这最后一条保命的活路，但他保住的却是他在这世上最最看重的兄弟之情……性命和道义，得此就会失彼，愿意选择哪一边，只是看自己的心罢了。"

"可是……可是……"卫峥握着拳头，嘶声道，"为什么一心想着自己性命的人可以活，少帅不忍心伤害我们却必须死？上天安排出这样的选择何其残忍，它的公平到底在哪里？"

"我也曾经问过差不多的问题，连我爹都解答不了我，反倒是长苏说，在世人的眼中，生死是天大的事，可在上天的眼里，世间之大，茫茫万劫，浩浩宇宙，众生的公平绝非体现在某一个人寿数的长短上。所谓有得必有失，当年活下来的那个人虽得了命，但他所失去的难道不是比性命更要紧的东西吗？"蔺晨一直笑着，可眼中却闪着水光，"听听他这论调，都快参悟成佛了。你们要是能懂他的心思，就别再拿自己的忠心去折腾他了，他不会同意的，反而要花费剩得不多的精力来劝抚你们，何苦呢？再这样逼他彻悟下去，只怕人还没死先就出家了……"

蔺晨说到这里，努力想在唇角挤出一抹嘲讽的冷笑，无奈颊边的肌肉不太听话，只好抓起酒壶灌了几口，道："你也别难过，这草不是完全没用，倒也能多缓些时日吧。"说着便将瓶子朝怀里一揣，拍拍衣襟一个人先走了。

被蔺晨留在院中的三个人如同泥塑一般，半天都没挪动一下僵硬的身体。这其中，聂铎欢喜的时间最久，期盼的心情最切，失望的程度也就最深。他一直把头埋在自己的掌中，后来卫峥伸手摇他，也没有回应。

"聂铎，明天你见少帅时，就说是挂念这里所以抗命跑过来的，别提那个草的事……他知道我们难过，他自己也会难过的……"

聂铎又呆了半晌，双手紧握成拳，猛地转过身，"扑通"一声跪在聂锋面前，颤声道："大哥，现在父亲叔叔都已不在，应该你管教我，你打我一顿吧！"

"聂铎你干什么？"卫峥过来拉扯他，"打你有用吗？打你有用早就有一群人下手了，你闹什么？"

"你别管我！"聂铎用力甩开他的手，吼道，"你知不知道，有段时间我很恨你，本来什么事都没有的，虽然我动了不该动的心，可我回来了，根本没有人知道，少帅也没有发觉，可为什么你非要问清楚我怎么了，灌了酒也要逼我说！可结果是什么？我说了，被你打，被飞流听到，一切都无法挽回，也无法否认……"

卫峥也被他激起了火气，一脚踹过去，怒道："你还说！我为什么打你？你难道不记得自己说的是什么话了吗？你说你爱郡主，超过爱这世上的一切，为了她你什么都不在乎，你甚至可以背叛少帅！"

"是，"聂铎双目通红，重重点头，"我当时是这么说的，也是这么想的……可是，无论我怎么想，怎么说，我都知道自己不能那么做……就算只要少帅活着我就永远得不到霓凰，我也希望他能活下去。这种感觉你很清楚，因为你也是这样的，我们大家都是这样的，可是为什么，为什么偏偏不行？为什么？"

卫峥看着他，无语以答。聂铎深吸一口气，仍有些发紫的嘴唇颤抖着，泪珠落下，浸湿了脸上稀疏的毛发。比起那两个人，他经历得更多，有更深切的感受，只是他现在说不出，也难受得不想多说。

短暂的爆发后，院子里又恢复了沉寂。聂铎看看卫峥黯然悲戚的脸，有些泄气，伸手拍了拍他，又跪下向兄长拜了一拜，道："大哥多保重，我走了。"

"你去哪里？"卫峥一下子跳了起来。

"我回云南。少帅不让我来的，你们别跟他说，我悄悄回去。"

"你……不见他一面吗？"

聂铎摇了摇头，转身向外便走，被卫峥一把拉住。

"你别走了，就让少帅责备两声，留在京城吧。"卫峥的目光闪动，似乎不想说，却又不得不说的样子，"云南路途遥远，我怕……到时候来不及通知你……"

"通知什么？"聂铎被他的弦外之音震住，心脏几乎停跳，"你到底什么意思？"

卫峥艰难地咽了一口唾沫，低声道："京城局势不错，跟当初少帅不许你来时不太一样了……再说少帅的情况不太好，你还是留下来吧。"

"什么叫不太好？蔺公子不是在这里吗？"

卫峥看着他，眼睛里突然充满了泪水，不由得掉转头去，躲到一边，却又被聂铎强力扯了回来，逼问道："他一直写信说他很好的，他也应该很好的，少帅现在才刚过三十岁你知不知道？你在说什么鬼话？"

聂铎的手，慢慢伸过去盖在了弟弟的手上，用力握住。赤焰军的前锋大将，当年是比那任性张扬的小少帅更能稳住大局的人，此刻也不例外。在他坚稳的目光注视下，聂铎慢慢控制住了自己的情绪，放开了紧抓着卫峥的手。

空气凝重得快要令人窒息，二个人都没有再说话，也不敢再说话。

第六十五章 尺素烈狱

当天晚上,聂铎就住在兄长的房中,没有声响,没有辗转反侧,只是一夜无眠,睁眼到了天亮。晨起后,他梳洗整齐,带着微微苍白的面色,去见他的少帅。

也许真的是因为京城的局势不一样了,梅长苏看到跪在面前请罪的聂铎时,没有怎么生气,凝视着他的眼睛里,还带着几分欢喜的气色,虽然仍有责备,也只是淡淡说了一句"怎么不听话",然后就问起霓凰郡主的近况。

其实聂铎虽在云南,但由于霓凰的意思,两人一直刻意避开并没有见过面。此刻梅长苏问起,聂铎怕他多心,不敢说实情,便模模糊糊地回答"她还好"。

这时甄平进来,提醒梅长苏道:"宗主,言侯今天生辰,前几日已有请柬递来,请您去赏早桂,宗主是亲自去,还是只送一份礼?"

梅长苏沉吟了一下,道:"准备一下,稍晚些时候我去走一趟吧。"

蔺晨趴在桌子上用手支着下巴道:"言侯生辰,大约也请了太子吧?"

梅长苏转身看他一眼,知道他已看出自己昨天情绪起伏是因为什么,笑了笑道:"既然什么都知道了,再逃避已经没有意义。我也想了一夜,事已至此,还是多见面,早一点习惯,对景琰和我来说更有好处。"

"那你带我一起去吧,"蔺晨伸了个懒腰站起来,"我喜欢言家那个笑眯眯的公子哥儿!他曾经到琅琊阁来花钱,问他将来的媳妇什么样,蛮可爱的。"

"所以你就逗他,胡说八道的?"

"嘿嘿。"蔺晨没心没肺地笑着,也不反驳,又扑到院子里追闹飞流了。梅长苏没去理他,靠在长椅上问聂铎云南与大楚边境防卫的近况,又叮嘱他关注东海的局势。聂铎一面与他交谈,一面细细打量经年未见的少帅如今的身形容颜,越看得仔细,越明白卫峥昨晚所说的话并非空穴来风,心中不由得纠结成一团,刀绞一般。

与他相反,梅长苏却没有注意去看自己这位部将的神情。谈了一阵后,他停下来休息,看着窗外出神。

蔺晨大笑的声音从院中传进来,听起来好似无比的快活,没有丝毫的烦恼。

虽然事实上,这个世界根本不可能会有毫无烦恼的人存在。

"聂铎……"安静地听了片刻,梅长苏轻轻叫了一声。

"我在。"

"景琰已经知道了我,"梅长苏转过头,温和地看着他,"你知道,他这人比较死心眼,所以一定会反对你和霓凰的事……你要耐心一点,旁人说什么不要在乎,你和霓凰都是我最了解的人,我会想办法的。"

聂铎定定地看着他,不知为什么,心中突然觉得非常的愤怒,忍不住吼出声来:"少帅,求你别再操心我们了。这不重要也不紧迫,现在最要紧的是你,你明明……"

话到此处哽住,再也说不下去。明明什么呢,明明已经命若游丝,明明每日已殚精竭虑,可为什么依然想要承担所有的重负,熬尽所有的心血?梅长苏的盲点在于,当他为了亡魂,为了旧友,为了生死相依的兄弟一点一点凌迟自己生命的时候,他忘了别人也会为了他而揪心,忘了当朋友们眼睁睁看着他不停牺牲时,心里的那种愧疚与疼痛。

聂铎吼了一句之后,又有些无措,含着眼泪将额头贴在少帅座椅的扶手上,而梅长苏则怔忡地看着他低埋的头顶,神色很是迷惑。蔺晨不知何时出现在窗外,歪着头瞧着室内这一幕,叹道:"长苏,我一看你的表情就知道,你根本没明白聂铎在生什么气。"

梅长苏还没说话,聂铎先就跳了起来反驳道:"你别胡说,我哪里有生气?我怎么可能会跟少帅生气?"

"好好好,"蔺晨摆着手道,"算我多管闲事,真受不了你们这群人,受不了受不了,我这样潇洒出尘的人物怎么就跟你们混在一起了呢?"

这时飞流突然冒了出来,端着一大盆水从几步远的地方朝着蔺晨泼过去,瞬间将他泼成一只落汤鸡,同时大声道:"输了!"

蔺大公子果然不愧是他自诩的潇洒人物,只愣了片刻,便镇定了下来,抹了抹脸上的冷水,优雅地转过身来面对飞流,正色道:"小飞流,我严肃地告诉你,虽然我刚才跟你玩过泼水的游戏,但是,当我们已经休战了半刻钟,而我又开始跟你苏哥哥谈论其他话题时，一般人都应该知道游戏已经结束了。这个时候你偷偷到我背后泼水的行为，是非常错误而且无效的，你明白吗？"

飞流显然不明白，因为他立即愤怒地涨红了脸："输了！你赖！"

悲凉的气氛被他们一闹，霎时荡然无存。聂锋深吸一口气站直了身子，有些懊恼自己刚才怎么突然情绪失控，好在梅长苏现在的注意力已经被飞流引过去了，正笑着抚摩他的头发，听他几个字几个字地控诉蔺晨的卑鄙。最后本着教育小孩不能失信的原则，苏宅的主人逼着蔺晨兑现输了以后的赌注——穿长裙跳扇子舞，整所房子的人都跑了过来观看，一时欢声笑语，扫尽数日来的沉闷与哀伤。

午后，蔺晨为梅长苏细细诊了脉，表情还算满意。这时黎纲已做好了出门贺寿的种种准备，两人便一起上了同一辆马车，缓缓驶向言侯府。

虽然说了不再刻意避开，但梅长苏到达言府的时候，萧景琰已经匆匆来过又离去，所以两人并没有照面。因为国丧未满，尚不能聚众宴饮，故而言侯此次邀约公开的名义是请大家来赏玩言府后院那一片繁盛的早桂，而且接到请柬的人也并不多，整个府第仍然很是清静。梅长苏进去的时候，桂香厅内只有四五个人而已，大家彼此俱都认识，只是并没有特别相熟的，见礼后不过寒暄了两句。

"怎么不见豫津？"梅长苏左右看了看，问道。

"他今天大半天都在的，陪我招待客人，不巧的是苏先生到之前不久，他说要送一个朋友出远门，所以跑出去了。"

梅长苏神色微微一动，随即又是一笑，话头便滑了过去。这种场合不过是尽礼，言阙请客的目的也不外乎是表明他已开始重新在朝局中活跃起来，所以没什么要紧的话说，略坐了坐后，梅长苏便起身告辞。

马车沿着来时的路线回程，穿过朱雀主道，沿较近的巷道斜切。路过十字路口时，另一辆黑色马车正从南边过来，于是苏宅的车夫勒停了马缰，避在一旁，让它先驶了过去。

"莅阳府……"蔺晨透过纱窗，看着那辆马车前悬挂的黑纱灯笼，喃喃念出了声。

"谢玉的死讯几天前传过来了，"梅长苏轻叹一声，"豫津今天出门去送的那个朋友，大概就是谢弼吧。虽然黔州路途遥遥，但身为人子，还是得去把骨骸运回来才行。只可怜莅阳小姨，现在身边一个孩子都没有了……"

"只要有命，他们都会回来的。"蔺晨瞪了他一眼，"同情什么，比你强多了。"

梅长苏没有介意他恶劣的语气，唇边反而荡起了一个清淡的笑，回手拍了拍他的胳膊，轻声道："蔺晨，谢谢你……"

在十字路口与苏宅马车擦肩而过的这辆车驾中，的确坐的是莅阳长公主。她刚刚到城门外，送走了身边最后一个孩子，送他远涉江湖，到数千里之外的穷山恶水之地，去搬运他父亲的遗骸。谢弼与他的哥哥萧景睿不同，他是完完全全的世家公子，对于江湖的印象，无外乎风景与传说，这一路山高水长，虽然身边带着几个家仆，仍难免揪紧母亲的心。

方才在南越门外，来送行的人只有言豫津。也许并不能说这就是世态炎凉，但最起码，已没多少人愿意再多关注他们。

临行时谢弼再三拜请言豫津常去探望他的母亲，言辞恳切，神情平静。经过狂风暴雨的吹打，这位曾经的名门公子成熟了许多。在那些离奇事件的掩盖下，很多人忽视了谢弼的痛苦，但实际上，他所失去的并不比任何一个人少。没有了门第，没有了前途，兄弟离散，爱侣缘断。曾经那么敬仰的父亲，如今留给他的只是一世污名。可是面对这样天翻地覆的变故，他却不能消沉不能沮丧，因为他必须要照看日渐衰弱的母亲。

谢弼从来都不是莅阳长公主最宠爱的孩子，但大难来临后，他却证明了自己是最可信赖的孩子。他要料理一个轰然垮塌的府第所留下来的那个烂摊子，清理物品，遣散仆从；他要时刻不停地留意母亲的情绪起伏，陪她熬过难眠的交煎之夜；他安葬了妹妹，送走了异父的兄长；他安抚在山中书院读书的弟弟，努力把这场灾难对谢绪的影响降到最低。而此刻，他又不得不打点简单的行装，长途跋涉去护送父亲的灵柩回乡。

身为宁国侯府的世子，谢弼原本接受的一切教养就是如何继承门楣，而如今，他所应对的却是以前想也没想过的局面。所以言豫津在送行时，很真挚地说了一句："谢弼，我以前小看了你。"

送走了最后一个孩子，莅阳长公主眼中的泪水已经干涸。她婉拒了言豫津要陪她一起走的请求，独自一人坐在空荡荡的马车上，回到自己那已不能称之为家的府中。在待遇上，长公主的一切供养如前，游目四周，豪奢依旧，可在内心深处，她却觉得自己已经贫穷得一无所有，那些宝贵的、被放在心头切切珍惜的人和感情，都已离她远去。

从小就侍候她的嬷嬷走了过来，为她更换轻丝薄衣，拆散发髻，让她尽可能舒服地躺在长榻之上。两名侍女半跪在膝前轻轻捶打她的腰腿,另一名侍女手执羽扇送来清风,玉盏盛着清露,窗下焚着麝香,奢华富贵仍如往常,除了心底的空荡与悲凉。

曾经那般的烈性与刚强,也经不起这样的失去,亲情、爱情、夫婿、儿女……一刀刀地割着,割到后来,已忘了痛,只剩下麻木与脆弱。

"公主,喝碗安神汤吧?"嬷嬷低声地劝着,满眸都是疼惜与担忧。不忍心加深白发老人的忧虑,莅阳勉强振作了一点精神,道:"好,放着我自己喝,都歇息去吧,我一个人静一静。"

老嬷嬷示意侍女将汤碗放下,领着她们全体退下,过了小半刻钟再悄悄进来看,见汤碗已空,长榻上的公主合目安睡,神态还算平和,这才略略放下心来,颤巍巍地扶着小丫头真的歇息去了。

夏末时节,蝉声已低,秋鸣未起,四周沉寂如水。莅阳长公主小憩时不喜欢有人在身边,所以宫女们放下垂帘后俱都退下,侍立于殿门之外,整个室内只余了卧榻上的长公主一人。在一片悄然静寂之中,临西厢侧门的帘帏突然一动,一个苗条轻盈的身影闪了进来,如同落爪无声的猫一样,刹那间便飘到了卧榻旁,先蹲低身子,观察了一下榻上人,然后指尖轻拈,将莅阳长公主搭在腰间的那只手轻轻移开,掀起衣襟。白色的中衣上,一只系在腰带上的明黄色香囊十分显眼,来者立即面露喜色,忙伸手去解香囊上的丝带。

虽然这香囊的外观甚是普通,但却在腰带上细细地系了数个死结。来者试解了一下,根本解不开,便从袖中摸出一柄短匕,正要去割丝带,突然感觉到身后一股劲风袭来,甚是凌厉,大惊之下慌忙回身闪避,已然不及,刚刚侧肩便被一掌击中后背,整个身体飞出了数丈之远,撞在朱红柱子上落下,顿时口吐鲜血,晕迷不醒。

这一下的动静非同小可,不仅殿外的侍女们一拥而入,小眠的莅阳长公主也被惊醒,猛地翻身坐起。但她还未看清四周的一切,已有一双宽厚稳定的手扶住了她的身子,耳边同时响起熟悉的温和声音:"母亲,您还好吗?"

莅阳长公主全身一颤,定住视线,怔怔地望着面前的这张脸,黑了些,瘦了些,目光也更沉静,更稳重了,不过眉目宛然间,仍旧是最心爱的那个孩子。

承载了她更多的偏宠、更多的伤害和更多的愧疚的那个孩子。

"景睿……"苍白的唇间刚吐出这个名字,本已干涸的眼泪便已急涌而出。紧紧抱住他,拥在怀里,再也不想放手。

"是,是我……"萧景睿拍抚着母亲的背,眼圈虽发红,却仍是带着微笑。以前安平富贵之时，母子之间疏淡有礼，反而是如今劫难之后，才有这样血肉交融般的亲密。

"景睿，你早回一天就好了，"掉了一阵眼泪，莅阳长公主吸了吸气，略略放松手臂，看着儿子的脸，"弼儿今天出发去黔州了，你见不到他……"

"我已经听管家说过。没关系，他扶了灵，很快就会回来的。"萧景睿用自己的衣袖给母亲拭去颊边的泪，柔声道，"二弟没回来之前，我会一直陪着您的。"

只这平平常常的一句话，竟又引得莅阳长公主的泪落了又落。好容易忍住后，她仍是盯着儿子，眼珠也不肯多转一下，周身上下看个没够。萧景睿要比她更能稳住心神些，此时已想起了刚才被自己一掌击飞的那个人，忙起身去看，只见是个侍儿服饰的女子，因受创甚重，仍倒在原地，旁边的宫女们不明所以，无人敢过去动她。

"景睿，怎么回事？"莅阳长公主跟着站了起来，走过去看了一眼。

"我也不太清楚。因为听说母亲在休息，我进来时没有让人通报，恰好就看见她在母亲榻前拔出匕首，情急之下，出手重了些。"萧景睿细察了一下那女子的伤势，皱眉道，"看来一时半会儿她醒不了，样子有些眼熟啊，是府里的旧人吗？"

早有公主府管事的娘子应答，说这女子是在府里服役已超三年的女侍，令萧景睿愈加地疑惑不解，喃喃自语道："她在这府中这么久，若是单纯为了刺杀，机会多的是，怎么会拖到今日才下手？"

莅阳长公主也不由得眉尖微蹙，道："我如今是个无足轻重的人，谁会想要刺杀我呢？景睿，你确认看到她时，她正准备杀我吗？"

萧景睿眸色微凝，细细闪回了一下当时那快速的一瞥，突然一扬眉，问道："母亲，您腰间有什么东西吗？"

"我腰间？"莅阳长公主慢慢抚向腰侧，指尖拂过香囊柔滑的丝绸表面，面色微显苍白，"只有……只有这个……你知道的，谢……他临走时的一份手书……"

听她提起那份手书，萧景睿瞬间回想起当时的情形，心头顿时一凛，忙道："手书的内容是什么，母亲看过吗？"

莅阳长公主有些虚弱地摇摇头："我之所以替他收着这份手书，不过是因为他的托付，要保他的性命。这其间的内容，我并不想看……"

对于谢玉可能留下来的隐秘，萧景睿同样没什么兴趣。因为知道得越多，痛苦就越多，旧时污痕被挖出的后果，就是难以忍受的煎熬和折磨，这一点他比谁都清楚。但是，现在的情况是已有人针对这封遗稿动了手，如果不弄清其中的内容，就很难推测出敌方是谁，也判断不准当下情势的危险程度，所以他思虑再三，还是屏退了室内所有的下人。

"景睿，你要看吗？"莅阳长公主握住了他的手。

"您的安危比较重要，知道手书牵涉到哪些人，才知道该怎么应对。母亲如果实在不想知道，孩儿一个人看好了。"

莅阳长公主淡淡一笑，低头打开腰间的香囊，取出墨迹斑斑的绢巾，柔声道："要看，就一起看吧。如果那又是一道旧日的伤口，两个人来承受，总比一个人好。"

萧景睿伸手接过绢巾，坐到了母亲的身边，将巾面平平抖开。母子二人分别执着绢巾的两角，从头细细地看去。一开始，两人只是神情稍稍凝重，但看着看着，脸上的血色便渐渐褪去，变成一片惨白，轻飘飘的一条长巾拿在手里，就好像有万斤之重，看到后来，莅阳的手一松，整个人扑倒在榻枕之上，捂住了自己的脸。

萧景睿紧紧咬着牙根，将母亲丢开的巾角拾起，摊在掌心坚持看完了最后一个字。在看手书之前，他已想象过会看到令人惊骇的内容，然而真正看完之后，他才知道之前的准备根本毫无用处。那些扑面而来的文字，令他全身的血液都结成了坚冰，恐怖的寒栗从头到脚反复地蹿动着，一次比一次更紧地绞住心脏。经过那情断恩绝的一夜后，萧景睿以为已经没有什么可以轻易震动自己的情绪。可是今日这薄薄一巾所展露出来的真相，却是与他个人的身世之痛完全不一样的另一个地狱，一个更深更黑、更卑劣更无耻的地狱，一个充满了血腥、冤恨、阴惨和悲愤的地狱。

在这个地狱的炼炉中，埋葬了一代贤王、一代名帅和七万忠魂，埋葬了当年金陵帝都最耀眼最明亮的少年，也埋葬了无数人心中对于理想和清明的希望。

柔滑光顺的丝制绢巾，本应有着幽凉的触感，可当萧景睿用力将它揉在掌心时，却分明感受了一团燃烧着的火焰，正顺着四肢百脉烧灼进来，似要焚尽五脏六腑。

倒在长榻上的莅阳长公主低低地呜咽出声，几乎无法吐纳呼吸。姐姐晋阳漫过玉阶的鲜血似乎再一次浸过眼前，将视觉所及的一切都染成鲜红，永世洗之不净。

萧景睿伸手扶住了母亲瘦削伶仃的肩头，将她转向了自己。母子二人目光交会的那一瞬间，彼此就已读懂了对方的心中所想。

"不行的，不行……"莅阳长公主惊恐地抓住儿子的胳膊，满额冷汗，"这案子是陛下亲自处置的，你能做什么？你能做什么？"

萧景睿凝视着母亲，视线定定的，没有丝毫的晃动。

"母亲……我不知道自己能做什么，我只知道……面对这样的真相，我不能什么都不做……"

他说这句话的时候，语调不高，却透着一股坚持与决心。莅阳长公主觉得仿佛有一只无形的手，正紧紧地扼住了她的咽喉，使她不得不像一个溺水的人紧攀浮木般，死死抓着儿子不放。

"景睿，你听娘说……你不知道的，你不知道他有多狠！当年不是没有人喊冤，可是他不听，不听！晋阳姐姐、宸妃、景禹……当我看着他们死的时候，我就知道皇上已经下了世上最绝最狠最毒的决心。这案子是他心里最大的逆鳞，谁要想去碰，就等同于要推翻他高高在上的威权，不会有好下场的！你想想看，黎老先生、太傅，还有你英王伯伯，哪一个不是名传天下、举足轻重？可是结果呢，谁也拗不过一颗冷酷的天子之心……景睿，你别犯傻，难道你还能公告天下，宣扬皇帝陛下所犯的大错？"

"那么母亲，我们就当什么都没看见吗？"萧景睿静静地道，"把真相从脑中抹去，好像从没有读过这封手书一样，是吗？如果真的这样做的话，我们的良心，可还能有一日的安眠？"

"景睿……"

"我明白母亲的想法。可是真相就是真相，无论我们是否有能力改变所有被颠倒的黑白，但最起码，我们不能当那个隐瞒的帮凶。"萧景睿想挣开母亲的手，却被抓得更紧，略略加大一点点力道，莅阳长公主的泪珠便如断了线一般，令他不得不停下来，耐心地继续劝说，"母亲，现在已有人来夺取这份手书，不是我们想要置身事外就可以的。您要相信，这天地间至高至正的，不是帝王君皇，而是道义与事实。不过您放心，我虽然做不到袖手不管，但为了母亲，我是不会鲁莽行事的。"

莅阳长公主慌乱地摇着头，散乱的发丝被冷汗浸湿了贴在脸侧，使她整个人显得格外苍老与憔悴。眼看着说服不了儿子，她的脑子急速地转动着，突然闪过一道亮光。

"景睿，我们把这个，交给太子吧！"

"什么？"

"太子啊，"莅阳长公主急切地道，"你不在国中时有没有听说过，大梁有了新的太子？"

萧景睿沉吟着慢慢点头："听说过，是靖王……"

"对对，"莅阳长公主深吸一口气，力图镇定，"也许你记不清楚了，景琰这孩子跟祁王和林家，那是有割不断的渊源，林家的小殊跟他一起长大，他们是最好的朋友。如果说这世上有谁会真心实意想要替祁王和林氏雪冤,那一定是他。我们把这封手书交给太子,不是比在我们手上更有用吗?"

"新太子……"萧景睿若有所思地蹙起眉头,"我以前与他接触得不多,不了解他是什么样的人。虽然说当年他们有故旧之情,但如今太子正位东宫,等着就要继承大宝,他会冒着触怒陛下的风险,掀翻这样的大案吗?"

"景琰素来心性良正,我相信他不会忘记旧时恩义。"莅阳将手稿抓过来卷起,重新装回香囊之内,快速道,"娘这就去东宫,你就什么都不要管了。无论太子的态度如何,娘毕竟都是他的姑姑,怎么都不会有事的。"

"怎么可能让母亲一个人去?"萧景睿露出一个柔和的笑容,口气却很坚定,"既然太子不会为难母亲,自然也不会为难我。"

莅阳长公主的本意,当然是希望儿子半点也不要沾染上这件事,但毕竟是亲生的孩儿,心性还是了解的,只看他一眼,便知他的决心已不容更改,当下也只有叹息一声,不再勉强。

这一晚萧景睿重新调整了公主府的防卫,又将绢书放在自己的身上,陪侍在母亲寝殿门外。一夜倒也平安无事。次日一早,母子俩随意用了些早膳,预计好太子散朝的时间,便同乘车轿前往东宫而去。

虽然谢玉犯案被贬,但莅阳长公主毕竟是金枝玉叶,天子御妹。东宫接待的诸执事不敢怠慢,一面遣人飞快地去通报,一面恭迎她进来。

萧景琰大概刚从朝堂上回来,太子冠服还未及更换,便站在东宫正阁的阶前等候这位小姑姑,以示礼遇。由于性情的原因,他们两人从来都不是亲密的姑侄,见面也只是淡然地相互见礼,随后一同进入阁内。

可是刚迈进东宫正阁的门槛,莅阳长公主和搀扶着她的萧景睿便同时怔住,呆呆地僵立在原地。

因为这轻易不让人进来的正阁之内,竟还站着另一个人,一个素衣白衫,无品无职的外人。

这个人此刻正云淡风轻地笑着,一面躬身向长公主施礼,一面道:"草民见过长公主殿下。景睿,好久不见了。"

萧景睿去岁离京之际,梅长苏明面上还是誉王的人,如今乾坤翻转,他已傲然立于新任太子的身边。斯情斯景,使人在恍然大悟之际,也不免有些心潮翻滚。

"想不到能在这里见到苏先生,"莅阳长公主冷冷一笑道,"当年初见先生,便知非池中之物,如今看来,果然是麒麟手段。"

"公主谬赞了。"梅长苏淡淡道,"太子殿下抬爱,对苏某有赏识之心,我为大梁臣民,又岂敢不略尽绵薄。"

他辞气柔润,神情温和,但不知为什么,莅阳长公主看着他时,总觉得心中凛凛,于是闪开视线,道:"景琰,我今天来你这里,是有机密要紧的事跟你说,外人在场,不太方便,能不能请苏先生回避一下?"

萧景琰立即道:"不必了。苏先生就如同我本人一样,姑母有什么话能对我讲的,就能对苏先生讲。"

这句话应该算是相当有分量的了,就算太子只是说来客套,那也非同小可,更何况他说话时语气之认真,没有半分随口而出的意思。莅阳长公主看着他们两人,心下忐忑,倒有些犹豫起来。

"长公主殿下今天来,是为了谢侯离京时写的那封手书吗?"梅长苏似乎并不在意她神情如何,仍是微笑着问道。

萧景睿听他这么说,想来此事又在他掌控之中,于是便配合地问了句:"苏兄怎么知道?"

"留下手书保命这个主意,当时还是我出的呢,景睿不知道,但公主殿下应该不会忘记。"梅长苏踏前一步,挑了挑眉,"两位今天到东宫来,想必是已经看过手书内容了吧,有什么感想?"

莅阳长公主惊骇地看着他,颤声道:"难道你知道吗?手书里所写的那些事,你居然早就知道?"

"我知道又如何,天下人还不知道!"梅长苏此刻的神情,是在场诸人从未见过的凌厉,唇挑冷笑,眉带烈火,双眸中的灼灼锋芒令人不敢直视,"长公主,你们曾经姐妹情深,这些年来,故人可曾入梦?"

第六十六章 推心置腹

面对梅长苏利如刀锋的视线，莅阳长公主觉得有些承受不住，猛地将头转向一边，咬着牙道："你何必再多说，既然你们知道手书的内容，一定是想要它，其实我们今天来，本就是准备将此书交给太子的，拿去吧。"

梅长苏看着长公主手里递过来的香囊，淡淡一哂，道："您错了，单这一封手书，我还看不在眼里。太子殿下想要请公主您帮的忙，要比这个为难得多，不知您可愿意听上一听？"

萧景睿轻轻挡住母亲的半边身子，低声道："苏兄，家母现在深居简出，能做的事情有限，关于这件事，太子殿下如有驱遣，景睿愿意承担。"

梅长苏看他一眼，轻轻摇头："景睿，就这件事而言，你能做的才真的是有限。"

"姑母，我既然向您开口，所提的事当然也只有您能做。"萧景琰直视着莅阳长公主的眼睛，问道："您真的，听都不愿意听一下吗？"

话到此处，很显然那不可能是一个简单的要求，不过莅阳长公主犹豫了片刻后，还是道："你说说看吧。"

"再过几日，就是父皇的寿诞之日，我会为他举行一次仪典，召集宗室亲贵、朝廷重臣于武英殿贺寿。"萧景琰语调平缓地道，"这封手书是谢玉的自述，而姑母你是谢玉的妻子，我想拜请姑母于寿仪当日，携此书于百官之前，代谢玉供罪自首。"

莅阳长公主大吃一惊，不由自主后退数步。

"父皇此生最看重的，就是他至高无上不容人挑战的威权，此案关系到他一世声名，就算真相再怎么让他震撼，他也不会自承错失，给后世流传一个杀子灭忠、昏庸残暴的名声。所以，我必须造成一个群情沸腾、骑虎难下的局面，一个完全脱离了他掌控的局面，无论他愿不愿意，他都必须当众同意重审此案，而这个局面的开端，就要靠姑母成全了。"

"这……这……你这个想法……实在是太胆大妄为了……"莅阳长公主面色如雪，怔怔地瞪着他。

"请姑母放心，无论到时局面如何演化，姑母的安危侄儿会一力维护，不会让您受到伤害的。"

"如果陛下暴怒，坚持一意孤行，你又想如何维护我？"

"侄儿既然要走这一步，自然已做了万全的安排。父皇如今不是当年的父皇，侄儿也不是当年的祁王，我要做的是洗雪冤情，而不是飞蛾扑火。若无后手，岂不是有勇无谋？"

莅阳长公主被他话语中隐含的意思给震住，半天说不出话来。她这一年深居简出，外面的消息知道的不多，对于萧景琰的感觉无外乎渔翁得利，但此刻看看他坚硬如铁的面容，再看看一旁负手而立的麒麟才子，这才突然惊觉，这个侄儿如今的锋芒之盛，早已非病弱的老皇所能控制。

"景琰，"莅阳长公主镇定了一下，看了身旁正拧眉沉思的儿子一眼，微微仰高面庞，"不管怎么样，要我当众揭穿此案，毕竟不是一件容易的事，若我按你的话去做了，于我何益？"

"您是在问首告之后有什么好处吗？"梅长苏眉尖一挑，眸中精芒闪了过来，"长公主殿下，你已知晓当年惨案的真相，却还在问为他们洗冤于你何益？"

莅阳长公主心头一颤，不由自主地垂下眼帘。

"算了，"梅长苏的语调中带着深深的失望，回身对萧景琰道，"金殿首告，需要莫大的勇气，长公主若无真心实意，只怕会适得其反，乱了殿下的计划，还是另择人选吧……"

萧景琰转身握住梅长苏的胳膊，轻轻拍了拍。他知道林殊此刻的失望是真的，心里也有几分难受。不过他原本就对莅阳长公主没有抱多大的希望，也知道强迫没有意义，于是便依从梅长苏的话，侧身从姑母手中拿过香囊，道："劳您送来，侄儿代亡者领情。我和苏先生还有事要商量，姑母慢走，不送了。"

他就此送客，没有多余的游说，反而让莅阳长公主有些不知所措，想要开口说什么，又觉得无言以对，最后也只好转过身去，默默低头向外走去。萧景睿躬身向太子行了礼，两三步追上母亲，轻轻扶住了她的手臂。

离开正阁，走过方白玉铺就的外院，临到影壁前，莅阳长公主突然顿住了脚步，抬起双眼看向儿子："景睿，你是不是觉得……娘这么做有点太无情了？"

萧景睿沉吟了一下，道："这件事做与不做，都有它的理由，要看母亲您自己心里看重哪一边了。其他任何人，包括孩儿，都没有资格影响母亲的决定。何况这件巨案一旦翻了过来，谢……谢侯的罪名就是大逆，他虽然身死，却势必要株连到二弟三弟和谢氏族人。母亲不愿经自己之手，陷他们于绝境，这份心情景睿是明白的。"

莅阳长公主含着泪，拍抚着儿子的手背："还是你懂娘的心思。可是看太子的决心，这案子迟早要翻，该株连的，谁也逃不掉。如果真为弼儿、绪儿着想，由我出面首告，换他们一个恩赦，倒也不失为一种解决之道。我本来想，那位苏先生精明过人，自然会以此来劝说我，谁知……我不过才说了那么一句话，他居然就生气了……"

萧景睿想了想，也觉得心中疑惑，低声道："我当初结识苏兄，是仰慕他的才华气度，尽管后来发生那么多事，我还是一直觉得……争权夺利不是他的格调。既然他早就知道赤焰冤案的真相，那么也许自始至终，他的目的就是为了这个案子，至于投靠谁辅佐谁，不过是手段罢了。"

"看起来，这位苏先生不是局外之人……"莅阳长公主柳眉轻蹙，眸色沉沉，"可他到底是谁呢？赤焰这件案子，究竟与他有什么关系？"

"现在细究这个，倒没多大意义，无论苏兄是局中人也好，仅仅是太子谋臣也罢，他们二人既然选择当众公布谢侯遗书，可见雪冤之心已如金石之坚，不留退路，倒让孩儿甚是感佩。可惜我身份尴尬，很多事情，不能代替母亲去做……"

"景睿，如果你与娘易位而处，想必是一定会答应他们的请求吧？"

萧景睿认真地想了想，道："孩儿与母亲是不同的两个人，不可能会有相同的想法。世间的事，多有两难之处，母亲的矛盾酸楚，孩儿又岂能不体谅？"

莅阳公主长长地吐出一口气，看着正门影壁上的九龙彩雕深思良久，最后慢慢转过身来，道："好孩子，你陪娘回去一趟吧。"

萧景睿似乎对母亲的决定并不意外，点了点头，扶紧了她的手："母亲，孩儿向您发誓，无论将来情势如何，我们一家同甘共苦，如有人想要伤害母亲和兄弟们，必先从孩儿身上踏过去。"

莅阳长公主心头滚烫，用力回攥住儿子的手。两人相扶相依，重新迈进了东宫内阁的大门。

萧景琰迎上前，如同今天第一次见到这位长公主一样，微微欠身："姑母请坐，请问还有什么话要吩咐吗?"

"我答应你。"莅阳长公主简洁地道。

"姑母可曾考虑清楚?"

"我去而复返,自然是思虑再三。"莅阳长公主黯然一笑,"其实想得再多又怎么样呢,我只是做不到真的袖手旁观。如果今天跨出你这东宫大门,只怕以后夜夜梦魂难安。"

"好,"萧景琰扬眉道,"姑母有此情义,那侄儿也可以在此向您保证,洗雪赤焰冤案之后,您的所有孩儿,都会受到恩赦,绝不株连。"

莅阳长公主不由得一震,失声道:"你居然知道……"

"姑母所思,乃人之常情,有何难察?"萧景琰与梅长苏交换了一个眼神,淡淡地道,"苏先生刚才不想多谈,只是不愿把这件事情变成一场交易。事到如今,已是最关键的时候,凡有半点违逆真心、交换强迫得来的许诺,皆是不可控的变数。不勉强姑母,也是为了不冒意外的风险。"

"太子此言坦诚,倒让我觉得轻松。看来不是真心要想为亡者洗冤之人,你现在已不愿引以为援。"莅阳长公主的视线转到了梅长苏脸上:"既然是这样,那么苏先生能站在这里,想必是忠心不二,深得你的信任了,却不知太子是如何确认苏先生的真心实意的?"

萧景琰抿了抿嘴唇,看了梅长苏一眼,见他面无表情看着窗外,好像根本没听见莅阳长公主说话,心头顿时隐隐作痛,顿了顿方道:"苏先生为我所尽的心力,一言难以尽述。何况用人不疑,我刚刚已经说过,先生与我,如同一人。"

"用人不疑……"莅阳长公主喃喃复述了一遍,点了点头,"景琰,我一向很少关注你,今天才发现你和景禹虽然性情不同,骨子里却十分相像。"

"此生若能承续皇长兄遗志,确是景琰的心愿。"萧景琰微微点了点头,"姑母回去之后,倘有改变心意之处,不必勉强。到时大殿之上,面对陛下的暴怒,压力深重,如无坚定的决心,只怕很难把话说完。"

莅阳长公主并没有立即应答,而是慎重地想了想,默默颔首。这时梅长苏转过脸来,笑问:"景睿,你去了一年多,想必长了许多阅历,一切还好吧?"

萧景睿的唇边挂着温和的笑容,道:"是啊,远离故国,见了一些人,经了一些事,此时再回想过往,已可以看得更清,想得更明。只不过……苏兄好像没怎么变,我现在看你,感觉还是那么高深莫测,难以捉摸。"

就这么几句话后，两人相视而笑，仿佛心中有什么东西被轻轻揭过，清爽了许多。莅阳长公主也没再多言，略略向萧景琰点头，便携同儿子再次离去。

殿中此刻只剩了两人，气氛一时有些沉闷。

梅长苏早上主动过来东宫时，萧景琰很是惊喜，可一见面，却发现他仍是神情疏离，只谈正事，于是也不敢说什么别的。而且没说多久，长公主母子便到了，现在事情虽然商议定了，但两人之间的僵局依然没有完全打开。

"你觉得，莅阳姑姑这次是不是真的下定决心，要助我们一臂之力？"沉默了片刻，萧景琰先开口问道。

"长公主已不是会冲动行事的人了，她肯答应，便有九分的把握。不过为防万一，备选的方案还是要拟一个。"

"这没问题，言侯是绝不会退缩的，他向我保证，如果到时候让他金殿呈冤，就算天子震怒，刀斧加身，他也一定会坚持把所有的真相都说完。不过，要借谢玉的遗书来掀开此案，自然还是莅阳姑姑出面最为顺理成章。"

"嗯，"梅长苏轻轻应了一声，"到时候现场的局势难料，还要靠殿下一力掌控了。"

"这个你放心，信得过的宗室朝臣我都分别谈过了，效果比我预料的好，不管是真心也罢，是顺势也好，他们全都表示会大力支援。不过为了避免其中有人首鼠两端向父皇告密，我已特意拜请母妃，确保这几日没有外人能见到父皇。殿中随侍的禁军，也是由蒙卿亲自挑出来的。他们会拖延时间，在姑母没有说完话之前，无论父皇怎么叫骂，他们都不会真的动手把人拖走。"

"殿下的动作好快。"梅长苏笑了笑。

见他露出笑容，萧景琰这才暗暗松了口气："我没跟你商量就联络朝臣，还担心你责我莽撞呢。听蒙卿说，你一直强调要步步踏稳，所以瞒着我很多事，怕我激进。"

梅长苏慢慢垂下眼帘，低声道："只要陛下还在位，要翻案就不可能真的万无一失，我只不过总想再多几分把握而已。如今这样的程度，差不多已经算是我预先设定的成熟时机了。此事现在已由殿下你主导，我也确实不能……不想再等了……所以一切就由殿下安排吧。无论是对含冤受屈的人也好，还是对天下人也好，由陛下亲自下旨重审昭雪，和将来殿下登基后再翻案，意义总归是不一样的。"

"我明白你的意思，也明白你对我的期望。"萧景琰深深地看着他，想要叫出小殊的名字，又有些拿不稳，犹豫了一下还是忍了忍，道，"只要能成功让父皇当众下旨，我一定会把这案子翻得漂亮，绝不给宵小之徒留下任何口实。"

梅长苏再次笑了笑，徐徐抬起双眼："还有一件事，想要拜托殿下……"

"你跟我客气什么？尽管说好了。"

"寿仪那日，请殿下带我一起去吧。"

萧景琰一下子睁大了眼睛，吃惊地瞪着他。

"我也算有客卿的身份，虽然出现在那种场合仍然会引人注目，但也不是特别的突兀。等了这些年，无论最终是成功还是失败，我总想要亲眼看到那一幕……"梅长苏说到这里，突然发现景琰的神情不对，停顿了一下问道："殿下觉得很为难吗？"

"你在说什么？"萧景琰继续瞪着他，眸中已升起怒气，"这还用拜托我？你本来就应该在场的！走到今天这一步，煎熬的都是你的心血，我怎么可能……不让你目睹这个结果？"

"殿下……"

不知为什么，萧景琰突然有点控制不住自己，沉着脸道："殿什么下，你不知道我叫什么？你难道是今天才认识我的？你刚才用的是什么身份在跟我说拜托，我的谋臣吗？"

"景琰，"梅长苏将左手放在了萧景琰的小臂上，用力按住，重逢后第一次清清楚楚地叫了他的名字，"这也是……我必须要跟你说清楚的一件事……"

乍一听到自己的名字如同往日一样被叫了出来，萧景琰又是惊讶又是感慨又是欢喜，心头热辣辣地涌起滚烫的硬块，堵在喉间咽之不下，可又不愿表现得过于激动，让好友看了难过，所以一时之间脸色变幻了几次，最终也没能稳妥地定下来。

梅长苏不由得笑了起来，道："你也别太体贴我了，我能从梅岭的血海里爬出来，走到这里，哪里有那么脆弱？在你面前，感到伤痛是难免的，但若是一味沉溺于惨苦哀情难以自拔，那倒也不是我……"

这句话简直就是说到了萧景琰的心里，他立即高兴地道："你能想开我就放心了，其实你也没怎么大变，就是安静了些。大家年岁渐长，这也是应该的，你看我，我也不像当年那般爱跟你闹了。只要人还在，变了个样子又有什么要紧的？等这案子翻过来之后，你还是林殊，我还是景琰，我们还可以跟以前一样……"

"景琰，"梅长苏摇摇头，打断了他的话，"不可能了，无论这个案子翻得有多彻底，我都只能是梅长苏，永远不可能再是林殊了……"

"为什么？"萧景琰浓眉一挑，一下子就站了起来，"只要污名洗雪，你当然可以得回原来的身份，谁要敢对此有所异词……"

"你听我说完。"梅长苏用沉静的目光示意他重新坐下，"苏哲是什么样的人，他曾经怎样在太子和誉王之间游走，全京城都知道。他身为阴诡之士，行阴诡之术，虽是夺权利器，却终非正途……"

"可是……"

"景琰，"梅长苏不由他分说，立即截断了他，"于我而言，翻案就是结局，我能看到这一天已经很满足了。可对你而言，洗雪旧案只是开始，你还要扫除积弊，强国保民，振兴大梁数十年来的颓势，还天下一个去伪存真、清明坦荡的朝局。为了达到这个目的，你需要一个完美的开端，亡者英灵在上，也希望能看到你在天下人心中是一个有情有义、公允无私的君主。像苏哲这样的人，绝不能成为你所看重的宠臣，这会让天下误解新君依然是喜爱制衡权术之人，违背你我的初衷。更何况，我以苏哲之名，在京城行事已久，这两年来的次次风波，多多少少都跟我脱不了关系，再加上形容大改，身上无半点往日之痕，单凭数人之证，就突然说我是林殊，未免惊世骇俗，让人难以置信。想我赤焰七万兄弟，烈烈忠魂，盼的就是昭雪的这一天。若因为我一己之私，引得后世史笔如刀，把一桩清清白白的平冤之举，无端变成了惹人揣测、真假难辨的秘辛，那我这十三年的辛苦，又所为何来？"

"就是因为你十三年的辛苦，我才不能眼看着你再受委屈！"萧景琰终于忍不住反驳道，"天下人如果误解你，那是天下人的愚钝，你又何必介意？"

"说实话，我真的介意。"梅长苏郁郁一笑，"不仅我介意，我还希望你也介意。不把天下人的评价放在心头的人，就不知自省和约束为何物，这又如何做得了明君？再说，得不回林殊这个身份，未必就是委屈。我做梅长苏十几年，都习惯了。就让当年的林殊，永远保持他在大家记忆中的样子，不也很好吗？"

萧景琰抿紧嘴唇，深深地看了他许久，突然问道："你想离开京城吗？"

梅长苏不由得心下微惊。他方才说的那些不方便恢复身份的理由当然都是事实，只是其中还隐瞒了最重要的一点，那就是他自知命不长久，就算不顾一切得回林殊之名也终无益处，所以才权衡利弊，做出那样的决定。为了减少萧景琰的痛苦，他的确打算事后离京，让自己的存在慢慢淡化，可是这念头未经透露便被萧景琰直接问了出来，却是他事先未曾预料到的，一时间脸色稍稍有变。

"你坚持只做梅长苏，却又说他是阴诡之士，不适合留在君主身边，那言下之意就是说你不适合留在我身边了？"萧景琰紧紧盯着好友的眼睛，一瞬也不放松，"你是不是打算翻案之后就离开京城,退隐江湖呢?"

梅长苏只怔忡了片刻,脸上便又露出完美的微笑,语调轻松地道:"我十三年来旦夕未歇,也确实觉得累了。你现在羽翼已丰,身边贤臣良佐充足,治国无虞,就放我出去逍遥逍遥有何不可?过个三五年,我就会回来看你,你我的兄弟之情、朋友之谊,总不至于不见面就维持不住吧?"

萧景琰丝毫没有被他的笑容打动,面色依然冷硬:"小殊,你跟我说实话……你的身体还好吧?"

"身体啊,"梅长苏笑着揉了揉脑门两边的太阳穴,"肯定不能跟当年比了,没有劲力,武艺全废。如果现在再跟你动手,可就只有被打的份儿了。"

"是吗……"萧景琰又盯着他的眼睛看了许久,这才绽出一丝微笑来,"那我等你,等你养好了我们再比。"

梅长苏垂下双眸没有说话。

"……养不好了吗?"

"嗯。"

"那也没关系,"萧景琰忍着心头激荡,拍拍他的肩膀,"人还在就好。"

梅长苏也笑着点点头,端起桌上的新茶慢慢地啜饮。

"看你的样子,除了让我不公开你的身份外,还有其他的事要说?"

"是,"梅长苏放下茶碗,神色稍转凝重,"我还想跟你商量一下庭生的事。"

"庭生?庭生很好啊。你给他送来的那些书,他非常喜欢,宝贝得不让人碰,还一直盼着有一天能到你膝前承教呢。等将来尘埃落定了,他就可以……"萧景琰说到这里,突然意识到问题所在,一下子咽住了。

"谁来教习庭生,这些都是小事。我今天要跟你商量的是庭生的身份。"梅长苏语调低沉地道,"皇室传承,核定血脉最是严谨,出生时没有金匮玉碟,没有内廷司的赤印宝册,就没有皇家子弟的身份。虽说我们知道庭生是祁王的遗腹子,但他毕竟生于掖幽庭,冒顶了他人之名,虽然那是为了保命的无奈之举,却也使他不可能再重归皇室了……"

萧景琰是皇室中人,当然知道他所言不虚,只是以前对于是否能最终夺嫡雪冤没有把握,所以一时未曾考虑过庭生的身份问题,此时静心一想,不禁哑然。

"至于祁王的宗嗣,将来即使要续祧,那也只能从你或者其他王爷所生的孩子中挑一个过去,总之庭生是没有这个资格了。"梅长苏说着,神色有些黯然,"即使你将来登基为帝，也不能为了他一个人开先例，乱了皇族的宗法伦常……"

萧景琰长叹一声道："皇室宗法严苛，这也是没办法的事。想当年惠帝膝下无子，尚且不能把遗于民间的私生皇子带回，又何况庭生。"

"景琰，"梅长苏略略向好友靠近了一点，低声问道，"你没跟庭生说过他的身世吧？"

"没有啊，孩子还小，受了那么多苦。我又不想让他去复仇，跟他说这个干什么？"

"纪王更没说过……"梅长苏拧眉思忖，"可是我总觉得庭生他知道……这世上有许多事，不知道时很知足，可一旦知道了，反而会添许多的杂念与烦恼。景琰，庭生的性子越沉静，我越担心他，将来……你要多多花些精力注意他，让他安安稳稳度此一生，方不负祁王在天之灵……"

萧景琰扬着脸想了半晌，道："这样好了，要庭生进宗室是不可能的了，不如我收他为义子，好歹提一提他的身份。他是祁王兄的孩子，品格非俗，就算将来做不成一代贤王，至少也该是朝廷栋梁嘛。"

"我倒觉得……"梅长苏皱着眉头，吐词有些犹豫，"让庭生离皇室核心远一点会比较好……"

"为什么？"

梅长苏迟疑了一下，想想又笑了："也不为什么……也许是我多虑，我总觉得对于庭生这样吃过苦的孩子来说，平凡安康的生活也许才是最幸福的吧。"

"就是因为他吃过苦才要补偿他嘛，"萧景琰也笑道，"庭生活下来不容易啊，我会好好教养关照他的，再说不还有你吗？就算将来我有了什么疏忽之处，你提醒我好了。"

说到"将来"二字，梅长苏胸口一闷，却又无言，勉强笑了笑，起身道："我也该告辞了。接下来的重担尽压于殿下一人之肩，实在辛苦你了。"

"又跟我客气。"萧景琰今天与他把该说的话都谈开了，心情甚好，一面站起来相送，一面道，"母亲说心绪安宁对你有好处，这几日就好好养一养吧。寿仪那天，只怕是半口气也松不得，你可支撑得住？"

"你说呢？"梅长苏笑容浅淡，"这些年为的就是这一天，我死也要撑住的。"

萧景琰不知为什么，觉得这句话听起来有点刺心，皱眉道："你别说得那么夸张，其实万千功夫都是做在前面的，我们现在胜算极大，真的用不着太紧张。这几日我会时刻留心，莅阳姑姑那边也不会放松，你尽管休养你的，只要有我在，任何的意外都休想发生。"

梅长苏见他信心十足，也觉宽慰，点头应了，走出正阁召唤飞流。萧景琰本想送他到外殿落轿处，被一口拒绝，也只好站在正阁的影壁外，目送他二人离去。

第六十七章 金阶狂澜

梅长苏回到苏宅后觉得有些疲累,扶着飞流,正想到卧榻上去躺一躺。这时房门一响,蔺晨大摇大摆走了进来,脸上带着神秘的笑容,得意扬扬地道:"有个好消息,你要不要猜一猜?"

他不问人家要不要听,却问要不要猜,一看就知道他现在有些无聊。梅长苏懒得理他,一闭眼睛,就倒了下去。

"猜嘛猜嘛,"蔺晨赶过来将他拖起,"我发现你最近运势很强,有点心想事成的味道。这个好消息对你来说绝对是锦上添花,我让你猜三次!"

梅长苏定定地瞧了瞧他满溢着笑意的眼睛,心里突然一动,失声道:"你抓到夏江了?"

蔺晨脸一板,非常不满地道:"我不是让你猜三次的吗?"

飞流在一旁大乐道:"一次!"

蔺晨回手拧了拧他的脸:"是你苏哥哥一次就猜中了,又不是你这个小笨蛋猜的,你得意什么?"

"你别欺负飞流了。"梅长苏把他的手臂拉过来,"说说看,怎么抓到的?人现在在哪里?"

蔺晨伸出一个巴掌,在梅长苏面前翻了翻。

"甄平!"梅长苏无奈地横了蔺晨一眼,向外扬声叫道,"拿一千两银票进来!"

屋外应了一声,片刻后甄平便推门而入,手里的银票看起来还挺新的:"宗主,银票拿来了,您要做什么?"

"给他吧,"梅长苏用下巴指了指蔺晨,"人家琅琊阁回答问题是要收钱的。我刚才问了两个问题,他出价五百,两个自然就是一千……"

蔺晨喜滋滋地从甄平手里把银票抽过来,展开鉴定了一下真伪,笑道:"我本来出价是五十两一个的,谁知你梅大宗主这么有钱,非要给我一千,我只好却之不恭了。"

"飞流,我们出去吧,"甄平朝少年招招手,"这家伙真让人受不了,小孩子经常跟他在一起会变坏的。"

飞流对于"受不了"这个结论甚是赞同,果然跟着甄平飘到外边玩去了。

"好,收了钱,我就回答你吧。"蔺晨心满意足地将银票收进怀里,"会庇护夏江的人,不外乎三类,滑族、悬镜司旧部暗桩和被他拿住把柄的人,有这么些方向就不难查。他最后是在一所尼庵里被我找到的,我跟你说哦,抓到夏江是小事,关键是那个尼庵里有个小尼姑好漂亮呢,我准备明年让她上榜……"

"关在哪儿的?"

"小尼姑吗?还在那尼庵里啊,我凭什么把人家关起来?"

"蔺晨……"梅长苏的语气里终于透出些危险的调子。蔺晨笑着举手投降道:"好啦好啦,夏江关在我一个铺子里,你放心,他能逃得出天牢,可绝逃不出我家铺子。"

"又是滑族女子在隐匿他吗?"梅长苏若有所思地问道。

"是啊,当初璇玑公主的那些旧部还真让人头疼呢,像沙子一样散在各处,就连我也不敢说什么时候拣得干净。"

梅长苏的视线,定在赭格绿纱的窗扇上,默然了良久后,突然道:"站在外面做什么?进来吧。"

蔺晨起身伸了个懒腰,倦倦地道:"昨晚跟飞流比赛捡豆子,没睡够,得去补一觉。那孩子又输了,明天必须磨一笼豆腐出来,你就等着吃吧。"说着一晃一晃地向外走去,在门口处与正慢慢低头进来的宫羽擦肩而过,于是朝她鼓励地笑了笑。

"有什么事要跟我说吗?"等宫羽走到榻前后,梅长苏温和地问道。

宫羽的两只手,紧紧绞着腰带的纱带,绞到手指都已发白时,才猛地跪了下来,颤声道:"请……宗主恕罪……"

"恕什么罪?"

"隐瞒……隐瞒之罪……"

"你隐瞒什么了?"

"我……我也是滑族人……"宫羽深吸一口气,咬牙抬头,"但我与璇玑公主绝无丝毫联系，我出生时，滑国早已不复存在，我的命也是宗主救的……今生今世，宫羽绝不会做任何一件于宗主有害的事，包括上次献计去天牢换人，我也是真心实意想为宗主解忧，实在没有想到会有那样的意外……我……我……"

宫羽说到这里，因为心情急切，有些说不下去。梅长苏柔和地看着她，笑了笑道："好了，你的心意我知道了，不必着急。"

"宗主……"

"我早就知道你是滑族人，不觉得有什么。滑国已并入我大梁数十年，大部分的滑族子民已与大梁百姓并无区别，璇玑公主这样的反而是少数。"梅长苏淡淡地道，"她也有她的坚持和她的信念，只是看不明自己亡国的原因，看不明天下大势罢了。璇玑公主的所作所为，自然有她的报应，但若是因此而迁怒于所有的滑族人，就未免失之狭隘了。你也不用太放在心上。起来吧，蔺晨常说女孩子是很金贵的，你这样跪着像什么？"

宫羽这一段时间为此心事百般交煎，常常夙夜难眠。今天鼓足了勇气来向梅长苏自陈，却没想到会这样云淡风轻，依言站起身时，眼圈儿已经红了。

梅长苏静静地等候了片刻，见她一直站着不动，便又问道："还有其他的事吗？"

"宗主……看起来好像有些疲累，宫羽新谱一曲，能助宗主安眠……不知可否……可否……"

"哦，"梅长苏的表情甚是淡然，点点头道，"那就有劳你了。"

他只是没有拒绝，就足以使宫羽心中欢喜，霞生双靥，忙飞快地去拿了琴来，先静心调整了一下气息，这才缓缓落座，扬腕展指，拨动起冰弦。

新谱曲调舒缓，如清水无声，温润宁逸，加之抚琴者指法超群，情真意切，闻之果然令人心神安稳，忧思顿消。梅长苏靠在枕上闭目听着，面上的表情并无丝毫的变化，只是在片刻之后，稍稍翻了翻身，将脸转向了里间。

隔壁院子正在帮飞流朝水里泡豆子的蔺晨悠悠地听着，突然叹一口气，提起湿漉漉的手朝飞流脸上弹着水珠："小飞流，你说说看，你家苏哥哥是不解风情呢，还是太解风情了？"

飞流听不懂，只顾着愤怒地擦去脸上的水，扭头不理他。这时有些起风，东边的天空快速地堆起了深色的云层，越来越厚，黑黑地压了下来。吉婶在院中跑来跑去地收衣服，忙得不亦乐乎。蔺晨仰首望天，眯起了眼睛。在阴沉沉的暗色笼罩下，久晴的帝都金陵，似乎正在准备迎接它第一场真正滂沱的秋雨。

中秋之后的大雨是最能洗刷暑意的，淅沥数日后炎夏渐渐远去，早晚的空气已十分凉爽。梅长苏起居添了衣裳，整日在家里调琴看书，竟真的对外界不闻不问，一心休养起来。

整个朝野在太子的监国下也是风平浪静，一切如常，只有礼部为准备皇帝寿诞的仪典稍稍忙些。除了个别受萧景琰信任的朝臣和宗室以外，没有人知道一场酝酿已久的风暴即将来临。

八月三十的早晨，居于东宫内院的太子妃早早起身，梳洗盛装，令人带着昨夜已打点好的太子礼服，匆匆赶到萧景琰目前日常起居的长信殿。

由于丧制，太子妃须于婚典百日后方可与太子同居，所以这对新婚夫妇之间还不是太熟悉。中书令家的孙小姐每每在太子面前，仍免不了有淡淡的羞怯和畏惧。

萧景琰素来起得很早，今天这个日子则更早，晨练沐浴完毕天光方才大亮。由太子妃亲自服侍着束带整冠后，他平息了一下略略有些加快的心跳，说了声："有劳你了。"

"这是臣妾应尽之责。"太子妃柔声道，"殿下是在东宫用早膳呢，还是进去陪陛下与母妃一起用早膳？"

"进宫请安吧。"

太子妃立即吩咐安排车驾，又亲自去检查了一下今天要用的寿礼，确认一切妥帖后，才重新进来禀知萧景琰。夫妻二人同上一顶黄舆，在东宫仪仗的簇拥下进了禁苑，至丹墀落轿，改步辇直入皇帝寝殿。

此时梁帝刚由静贵妃服侍着起身洗漱完毕，听报太子夫妇进来请安，脸上漾出笑纹，忙命人宣进。

"儿臣携妇，叩请父皇圣安，并恭祝父皇千秋！"萧景琰与太子妃先向梁帝三拜行了大礼，又转向静贵妃磕头："叩请母妃金安。"

"快平身，平身吧，"梁帝笑着抬手，"时辰这么早，一定没用膳。来得刚好，午宴要跟臣子们一起，多半吵闹，咱们一家子，也只能安安静静吃个早饭了。"

"儿臣谢父皇赐膳。"萧景琰拜谢后，便坐于梁帝的左侧，静贵妃居右，侍女们立即穿梭往来安盏排膳。太子妃则坐在下首布菜，恪尽儿妇之责。

这一餐饭倒也吃得其乐融融，气氛甚是和睦。随着时间的推移，萧景琰原本的几丝忐忑不安早已被他自己牢牢压下，尤其是见到母妃的安宁沉稳后，心志更是坚定。

饭后梁帝问起几件朝事，皆是萧景琰预料到他会问的，所以答得很顺很周全，让梁帝甚是满意，夸了他两句，又命人摆棋要与他对弈。

棋行一半，胜败难分时，萧景琰突然停手，道："父皇，已过巳时，想必百官齐至，父皇该起驾去武英殿了。"

梁帝盯着棋盘又看了一阵，甩甩袖袍道："盘面形势胶着，看来一时半会儿确实难以终局，罢了，仪典后咱们父子再战吧。"

高湛见势赶紧出去传驾，梁帝在静贵妃的搀扶下起身更衣，出了殿门。就在他将要登上天子步辇时，殿廊侧门处突然传来尖锐的嘶吼之声。

"我要见陛下……我有要事……狗奴才，放开我……陛下！陛下！您不能去……他们有阴谋要……呜呜……"大概有什么掩住了嘶喊之人的嘴，接下来便是一片挣扎声。

"怎么回事？是谁？"梁帝皱起花白的眉毛，厉声问道。

"是越贵妃。"静贵妃淡然地道，脸上声色不动，"她狂疾已久，总难痊愈。臣妾没有安置好，惊了圣驾，请陛下恕罪。"

"哦，越贵妃，"梁帝想了想，"对，你跟朕说过，她的症候有些不好。她这人啊，就是太心高气傲，经不得摔打，这狂疾便是由此而起的。她入宫多年，朕也不忍心看她晚景凄凉，你多照看她些吧。"

静贵妃柔柔一笑道："臣妾奉旨代管后宫，这本是应尽之责。何况对于越贵妃，臣妾本也有许多不忍之处，尽量宽松以待，却没想到竟让她闯到了这里惊扰，看来还是没有把握好分寸。"

梁帝拍拍她的手背以示宽慰，廊外这时也安静了下来。在高湛拉长了语音的"起——驾——"声中，大梁地位最高的四个人分乘两抬步辇，翠华摇摇，不疾不徐地前往武英殿而去。

为办好此次皇帝寿辰仪典，武英大殿内的陈设已布置一新。有资格入殿之人按身份位阶的不同分别设座，宗室男丁以纪王为首，居殿右首阶，女眷则由低矮金屏围于御座左前方的独立区域。百官按文武品级左右分坐，品阶越低的人离御座越远，五品及以下官员则只能在殿外叩拜后退出，没有资格参与接下来的赐宴。

由于不能歌舞取乐，殿中不必留出太大的空场，礼部刻意安排大家坐得比较紧凑，只在距御座台阶前三丈远的地方铺了十尺见方的锦毯，以供仪典中途献颂圣诗的人站立在那里咏诵。对于礼部而言，这些本是做熟了的事情，流程、规矩、殿堂布置皆有制度和常例，除了琐碎以外别无难处。可临到寿仪前几天，这套闭着眼睛都能按部就班完成的差事却突然出现了变数，因为参加名单上临时添了一个人。身为大梁客卿，梅长苏跟任何一拨儿殿中人都挂不上边儿。他不是宗室，也没有明确的品级官职，在皇族朝臣们中皆不好安插，可偏偏这位客人是皇帝陛下亲口说要请来的，当时太子殿下在旁边还特意叮嘱了一句"好生照应"，所以是绝不可能弄到殿角去坐的，为此礼部诸员可谓伤透了脑筋也想不出解决之道，急得焦头烂额。谁知到了寿仪当天，这个结居然不解自开，刚迈上台阶的梅长苏还没来得及跟前来引导的礼部执员说一句话，穆青就蹦蹦跳跳迎了过来，脸上笑得像开了花儿似的，一副熟得不能再熟的样子，坚持要拉他跟自己同坐。礼部尚书本来正头大呢，现在一看正好，就含含糊糊地把梅长苏当成穆王府的人打发了，反正他跟穆青坐同一张桌子，不挤别人，那里离御座又近，又不显委屈，倒也皆大欢喜。

金钟九响，萧景琰搀扶着梁帝上金阶入座，立足方稳，他的目光便快速地将殿中每个角落都扫了一遍，见梅长苏微笑着坐于穆青身侧，而莅阳长公主的神情也算安稳，这才稍稍放下心来。

皇帝落座，山呼已毕，仪典算是正式开始。除却减少了歌舞和乐奏，仪典的程序与往年并没有多大的区别，也就是亲贵重臣们分批叩拜行礼，献上贺词，皇帝一一赐赏，之后唱礼官宣布开宴，等天子点箸，酒满三盏，再由太子率领有资格献礼的宗室宠臣们一个接一个地当众呈上他们精心挑选准备的寿礼。一般来说，行拜礼时整个大殿还比较肃穆，但到了呈寿礼这一步，殿中气氛基本已转为轻快，等所有的礼物一一当众展示完毕，有自信的朝臣们便会去请旨，站到殿中的锦毯之上，吟诵自己所作的颂圣诗，以绝妙文辞或滑稽调侃来博得赞誉，赢取上位者的关注。按以前的经验来看，这块锦毯之上年年都会出那么一两个特别出风头的人，所以大家都边吃喝边等着今年会有谁在此一鸣惊人。

"哈哈，哈哈哈，那也算是诗……哈哈……"穆青在一位工部侍郎上场吟哦完毕后拍着桌子大笑，"苏先生啊，我要作这样的诗，一定会被夫子拿藤条抽的……"

"此诗能让你笑成这样，其中自有它的诙谐意趣，教你的那些老夫子们倒真是作不出这样活泼的文字。"梅长苏笑着修正穆青的看法，目光却轻飘飘地扫向了侧前方，唇角的线条稍稍一收。

在他视线的终点，低眉垂目的莅阳长公主理了理素色薄衫的袖口，将半垂于脸侧的黑云头纱拂到脑后,面容苍白,但却眸色沉凝,在与萧景琰的目光暗暗交会后不久,她慢慢地站了起来。

"小姑姑,您要去哪里?"坐在她旁边的景宁公主有些讶异地低声叫道。可莅阳长公主却似根本没听见一样,长裙轻摆间已迤逦步出金屏之外,缓步走到殿中锦毯之上,盈盈而立。

大梁皇室不乏才女,为皇帝作诗贺寿的人也不在少数,但那都是宫闱之作私下敬献,还从来没有人在仪典中当众站到锦毯上过,更何况莅阳长公主本身又是一位经历起伏离奇,充满了故事的女人。因此她的身影刚刚出现,满殿中便已一片宁寂,大家都不自禁地推杯停箸,睁大了眼睛看她,连御座之上的梁帝也不由自主地放下手中的金杯,略有些吃惊地问道:"莅阳,你要作诗?"

"臣妹素乏文才,哪会作什么诗……"莅阳长公主眸中露出决绝之意,深吸一口气,扬起了下巴,"请陛下恕罪,臣妹借此良机,只是想在众位亲贵大人们面前,代罪臣谢玉供呈欺君罔上、陷杀忠良的大逆之罪。惊扰陛下雅兴,臣妹罪该万死,但谢玉之罪实在滔天,人神共愤。臣妹实不敢瞒,若不供呈于御前,大白于天下,只怕会引来上天之谴,还请陛下圣明,容臣妹详奏。"

"你在说什么……"梁帝迷惑中有些不悦地道,"听说谢玉不是已经死了吗?他的罪朕也处置过了……莅阳,朕虽然没有赦免他,但看在你的面上多少还是从轻发落的,也没有牵连到你和孩子们,你还有什么不足,要在朕的寿仪上闹这样一出?"

"臣妹为什么会在这寿殿之上代夫供罪,陛下静听后自然明白。"面对皇兄阴沉沉射过来的目光,莅阳长公主一咬牙,胸中的怯意反而淡了些,语音也更加清亮,"十三年前,谢玉与夏江串谋,令一书生模仿赤焰前锋大将聂锋笔迹,伪造密告信件,诬陷林帅谋反,瞒骗君主,最终酿出泼天大案,此其罪一也……"

就这样一句话,整个武英大殿如同沸油中被淋了一勺冷水一般,瞬间炸开了锅。梁帝的脸色也刷地变了,抬起一只颤抖的手指向长公主,怒道:"你……你……你疯了不成?"

"为坐实诬告内容,谢玉暗中火封绝魂谷,将聂锋所部逼入绝境,全军覆没,并嫁祸林帅,此其罪二也。"莅阳长公主完全不理会周边的干扰,仍是高声道,"谢玉借身在军中,了解前线战况和赤焰动态之便,谎奏林帅要兵发京城,骗得陛下兵符,与夏江伏兵梅岭,趁赤焰军与入侵大渝军血战力竭之际,不宣旨,不招降,出其不意大肆屠戮,令七万忠魂冤丧梅岭。事后却诬称被害者谋逆抗旨,不得不就地剿灭,此其罪三也……"

"住口！住口！"梁帝终于听不下去，浑身上下抖得如同筛糠一般，嘶声大喊，"来人！把她给朕拖下去！拖下去！"

几名殿上禁卫面面相觑一阵，犹犹豫豫地走过去，刚伸手碰到莅阳长公主衣衫，被她一挣，立时便露出不敢强行动手的表情，呆在一旁。

"梅岭屠杀之后，夏江与谢玉利用所缴林帅金印与私章，仿造来往文书，诬告赤焰谋逆之举由祁王主使，意在逼宫篡位，致使祁王身遭不白之冤，满门被灭，此其罪四也。"莅阳长公主知道此时不能停歇，看也不看身旁的禁军武士，凭着胸中一点气势，毫不停顿地道，"冤案发生后，谢玉与夏江倚仗兵权朝势，封住所有申冤言路，凡略知内情良心未泯意图上报者，均被其一一剪除，所言不达天听，此其罪五也。五条大罪，桩桩件件由谢玉亲笔供述，绝无半分虚言。臣妹阅其手书后，惊撼莫名，日夜难安，故而御前首告，还望陛下明晰冤情，顺应天理，下旨重审赤焰之案，以安忠魂民心。若蒙恩准，臣妹纵死……也可心安瞑目了。"

莅阳长公主眸中珠泪滚下，展袖拜倒，以额触地。这个缓缓磕下的头，如同重重一记闷锤，击打在殿中诸人的胸口。虽然言辞简洁，并无渲染之处，但她今天所供述出来的真相实在太令人震撼了，但凡心中有一点是非观和良知的人，多多少少都被激起了一些悲愤之情。在满殿的沸腾哗然之中，吏部尚书史元清第一个站了出来，拱手道："陛下，长公主所言惊骇物议，又有谢玉手书为证，并非狂迷虚言，若不彻查，不足以安朝局民心。请陛下准其所奏，指派公允之臣，自即日起重审当年赤焰之案，查清真相，以彰陛下的贤明盛德！"

他话音刚落，中书令柳澄、程阁老、沈追、蔡荃等人已纷纷出列，均大声表示："史尚书之言甚是，臣附议！"众人这时的心情本就有些激动，这些又都是分量颇重的朝臣，他们一站出来，后面立即跟了一大批，连素来闲散的纪王也慢慢起身，眼眶微微发红地道："臣弟以为众臣所请甚合情理，请陛下恩准。"

"你……连你也……"梁帝脸上松弛的颊肉一阵颤抖，咳喘数声，整个身子有些坐不住，歪倾在御案之上，将一盏香茶撞翻在地，"你们这算什么？逼朕吗？谢玉人都已经死了，还说什么罪不罪的，区区一封手书而已，真伪难辨，就这样兴师动众起来，岂不是小题大做？都给朕退下……退下……"

"陛下，"蔡荃踏前一步，昂首道，"此事之真相，并非只关乎谢玉应得何罪，更主要的是要令天下信服朝廷的处置。冤与不冤，查过方知，若是就此抹过，必致物议四起，百姓离心离德，将士忧惧寒心，所伤者，乃是陛下的德名与大梁江山的稳固，请陛下接纳臣等谏言，恩准重审赤焰之案！"

"臣附议！附议！"穆青几乎是挥着手道，"这样的千古奇冤，殿上的谁敢摸着良心说可以听了当没听见，不查不问的？案子审错了当然要重审，这是最简单的道理了！"

"放肆！"梁帝气得须发直喷，牙齿咯咯作响，"咆哮金殿，穆青你要造反吗？！"

"臣也附议，"言侯冷冷地插言道，"长公主当众首告，所言之过往脉络分明，事实清楚，并无荒诞之处，依情依理依法，都该准其所告，立案重审。臣实在不明，陛下为何犹豫不决？"

他这句话如同刀子一样扎进梁帝的心中，令他急怒之下，竟说不出话来。就在这时，一直冷眼旁观，默默不语的皇太子殿下，终于在众人的目光中站了起来，滚龙绣袍裹着的身躯微微向老皇倾斜了一下，在那份衰弱与苍老面前显示出一种令人目眩的威仪与力度。

"儿臣附议。"

就这样简简单单的四个字，却仿佛带着霹雳与闪电的能量，落地有声，瞬间压垮了梁帝最后的防守与坚持。

第六十八章 血色清名

在皇太子明确表态之后,剩下的一些尚在观望的朝臣们,霎时也如风吹麦浪般纷纷折腰,七嘴八舌地嚷着"附议"二字。连豫王和淮王在畏缩了片刻后,也小小声地说了些什么,站进了阶下进谏的队列。满殿之中,现在竟只余一位大梁客卿还留在原处,用清冷如冰雪的眼眸注视着这一切。

如果单单只是群臣的骚动的话,梁帝还有几分信心可以威压住他们,但此刻面对萧景琰的烈烈目光,他开始有些心神慌乱。

因为他了解这个儿子对于祁王和林氏的感情,当初在绝对劣势的情况下,他尚且会不计得失大力争辩,现在确凿的证据已经出现,萧景琰当然不肯善罢甘休。

不压制住这个儿子,就稳不住当前嘈乱失控的局面。可梁帝左思右想才突然意识到,他现在手里已经没有什么有分量的东西,可以辖治得住一位政绩赫赫的监国太子了。

对于莅阳长公主刚刚所披露出的真相,梁帝并不是完全无动于衷。他也震撼,他也惊诧,但是凉薄的天性和帝皇的本能很快占了上风,他开始想到一旦重翻此案后对自己声名及威权的影响,他开始惊悚地发现萧景琰的实力已成长到了他的掌控之外。被自己一手扶植起来的皇太子此刻毫不妥协的态度和朝臣们对于他的追随让梁帝感到震动和难以接受,所以他咬着牙,游目殿内,想要找到一些支撑的力量。

老臣、新臣、皇族、后宫……每一个人的脸上都看不出他所希冀的表情,即使是温婉柔顺的静贵妃,此刻的眼睛也明亮得令他无法直视。

雄踞至尊之位,称孤道寡数十年,梁帝直到此时才真正品尝到了孤立无援的滋味。更重要的是,如今的他已做不到像当年那样,强悍粗暴地否决一切异议了。

"据手书所供，主谋不外乎谢玉与夏江二人，现在一个死一个在逃，人犯都不在，能重审什么？还是等拿到夏江之后再说吧……"想了半天，梁帝终于找到一个借口语调虚软地反驳着，但是话音刚落，蔡荃那比一般男子略高的声线便撕碎了他最后的挣扎。

"启禀陛下，夏江已经归案，臣在昨日呈给陛下的节略里已经禀告过了，陛下莫非忘了？"

梁帝不是忘了，他是根本没看，所以乍一听到这个消息，整个脸色顿时发青。

整个大殿顿时又是一番鼓噪，良久之后方慢慢安静了下来，不过这份安静中所蕴含的沉默力量，却比刚才那一片混乱的叫嚷更令皇帝感到压力沉重。因为这显然已经不是冲动，不是单纯的随波逐流，冷静下来的群臣们，依然全部站在进谏的位置上，没有任何一个人表现出退缩之意。

梁帝知道，事情既然已经发展到这个程度，那么无论再僵持多久，结果永远只有一个。

"朕……准诸卿所奏……"

老皇虚弱地吐出了这几个字，萧景琰的心头顿时一阵激荡，不过他立即控制住了自己，没有形之于外，只是飞快地看了蔡荃一眼。

"陛下既已恩准重审赤焰一案，这主审的人选也请一并圣裁了吧？"刑部尚书恭恭敬敬地躬身道。

"这个场合不议朝事，"梁帝的口气有些绵软地拒绝，"……主审人选改日再定。"

"陛下，兹事体大，不宜拖延，既然今日已经这样了，又何必改期呢？"中书令柳澄接言道，"老臣刚刚想了想，这主审人选非同小可，须德高望重、忠正无私，且又精明细致才行。一个人恐怕难当此大任，还是多择几名，共同主审才好。"

"柳大人之言甚是，"沈追立即道，"臣举荐纪王爷。"

"臣举荐言侯！"穆青的嗓门儿依然很大。

面对此伏彼起的举荐声，梁帝用力闭了一下发涩的眼睛。其实谁来做主审官已经无所谓了，只要萧景琰还在，赤焰一案将来的结果便清晰可见，即使是身为九五之尊的自己，现在恐怕也无力阻止。

最后，纪王、言侯和大理寺正卿叶士祯成了支持率最高的主审官候选，梁帝在心头突然涌起的疲倦感中让了步，全部照准。当承担重任的三人跪拜领旨时，一直把持得很稳的萧景琰突然觉得喉间有些发烫，不由自主地将视线投向了梅长苏。

梅长苏依然保持着沉默，在像一锅沸水般翻腾着的朝堂上，他安静得就跟不存在一样。可是只要认真一点观察，就可以发现他那双深不见底的眼睛，一直灼灼地盯着御阶之上佝偻着身体的苍老帝皇，仿佛想要穿透那衰败虚弱的外壳，刺入他强悍狠毒、唯我独尊的过去……

但是梁帝并没有感觉到这位客卿的目光，他正抖动着花白的须发，颤巍巍地起身想逃离这间令他呼吸不畅的大殿。太子和朝臣们依然在他离去时恭敬地跪拜，但至尊天子心中的感觉已经与以前俯视群臣时截然不同了，这种不同是骨子里的，被感觉得越深刻，越是没有言语可以形容。

静贵妃依常例随同梁帝起身，但她刚刚伸出想要搀扶的双手，梁帝就一把推开了她，只靠在高湛的肩上，独自一人孤零零地登上了龙辇。对于这种拒绝，静贵妃并不在意，她的唇边勾起了一丝淡然的笑意，安之若素地另乘步辇返回内宫。

皇帝寝殿的小炕桌上，上午未完的那盘棋局依然按原样摆着，一子未动。梁帝踉跄着进来时第一眼看到的就是这个，顿时怒从心头起，一把掀翻了棋盘，黑白的玉石棋子四处飞溅，有几粒还砸在他自己的脸上，砸得皮肤隐隐生疼。

寿仪之后，父子再战……可如今还能再战什么呢？无论棋局的结果如何，当他不得不违背自己的心志，屈从于太子和朝臣们的那一刻起，他就已经弃子认输。

赤焰一案是横亘在父子之间最大的一个心结，这个梁帝早已知道，但他没有想到的是，这桩案子的背后居然还有那么多连他也不知道的真相。他更没想到的是，事隔整整十三年后，这一切竟然又重新浮出了水面，就好像那些亡灵的怨念，坚持着不肯归于平静和安息。

梁帝突然打了一个寒战，不由自主地瑟缩了一下身体，刚想叫静贵妃，又硬生生地停住。

上午临走时从侧廊传来的那些嘶吼不知为什么在这个时候闪回到了老皇的脑中，他拍了拍桌子，大声叫道："来人！召越贵妃！速速召越贵妃见驾！"

皇帝依然是皇帝，旨令也依然被执行得很快。未及一刻，越贵妃便被引至殿中。她如今风采已失，看起来完全是个憔悴的老妇，只是一双轮廓优美的眼睛中，时不时还会闪出幽冷的寒光。一见到梁帝，她立即扑了过去，第一句话就是反复地说："陛下，臣妾要密报……密报……"

"说，"梁帝捏着她的下巴，将她整张脸抬高，"你要密报什么？是今天莅阳在武英殿的突然发难吗？"

"臣妾要密报靖王……靖王他图谋不轨……"

"你在宫里，景琰的事你怎么知道？"

"是左中丞东方大人说的……"越贵妃急切地说着，有些语无伦次，"他侄女儿进宫……跟臣妾说……东方大人是忠于太子的，忠于太子就是忠于陛下……"

梁帝皱着眉，半天后才反应过来她口中的太子指的是已被废位的萧景宣，脸色顿时沉了沉。

"靖王一直在召见朝臣，不停地，很多个……东方大人听到了风声……可陛下不上朝，他见不到陛下，只能想起臣妾，这么久只有他还想得起臣妾……只要靖王倒了，太子就能回来了……东方大人是忠臣，太子不会亏待他的，陛下也不会亏待我们的。我们是首告，是头功，您一定要把靖王碎尸万段，把太子接回来……宣儿才是太子啊，挫败靖王的阴谋，臣妾是有大功的，东方大人也是支持宣儿的，请陛下复立太子，复立太子！"

说到后来，越贵妃原来阴郁的神情变得异常激动，不仅语调又尖又高，嘴角还挂出白沫，令梁帝十分惊恐。也许跟那位东方大人一样，皇帝陛下也许久没有见过越贵妃了，他根本没有想到这位曾经风华绝艳的贵妃娘娘现在的状况竟然已变成了这样，当初的精明和敏利已经荡然无存，只余下了一身的偏执与癔症。即使她说的都是真的，她的狂疾也并不假，体认到这一点的梁帝开始猛力摔开她的拉扯，但越摔她越抓得紧，指甲几乎已刺入梁帝的肉中，疼得他高声大叫："来人！把她带下去！快带下去！"

"陛下……靖王谋逆啊，臣妾首功……请复立太子……"越贵妃一边叫着一边被内侍们慌慌张张地拖了出去。梁帝只觉得手足冰凉，眼前明一阵暗一阵的，不由得歪倒在软靠之上，闭目急喘。高湛慌忙端来安神的茶汤，给梁帝拍胸抚背地灌了下去。

梁帝觉得胸口作疼，总有口气吊不起来，四肢发麻。想着刚刚越贵妃说的话，既愤怒，又觉得无奈。事已至此，知道了又能怎么样呢？他甚至连振作起来应对的体力和精神都没有……

"陛下，要召太医吗？"高湛在旁低问道。

"召……去召……"无论如何，性命最重要，气越喘得急，梁帝就越觉得害怕。好在太医匆匆赶来仔细诊过后，说是气血浮躁所致的五内不和，尚没有成什么大症候，开了一帖药，匆匆煎来吃了，这才稍稍安宁了些，沐浴入睡。

不知是药汁的作用，还是梁帝年迈不经折腾，没过一刻钟，他已蒙蒙睡去。高湛跪在床角守了一阵儿，听见没有了声响，这才轻轻爬起来，朝床上看了几眼，蜷缩着悄悄后退，一步一步退到侧门边，一闪身，无声无息地溜了出去。

侧门外是一条长长的云顶折廊，静贵妃仍是一派温婉地立于廊下，衣袂飘飘，风满襟袖，目光澄澈宁逸，没有什么特殊的表情。高湛在距离她十来丈远的地方停了下来，注视着在无争中渐渐升向顶点的这位娘娘。看着看着，这位六宫都总管总是低眉顺目一团模糊的脸上第一次露出了表情，那是暗暗下定决心的表情。

高湛知道，明确选择最终立场的时候已经到来。

"禀娘娘，是左中丞东方峙……"靠近了静贵妃身后，他只低声说了这么简单的一句话，说完之后，便蜷起身子，一动也不动地等待着结果。

静贵妃晶亮的眼珠微微转动了一下，只淡淡地"嗯"了一声，并无他言。但高湛脸上紧绷的线条已经明显松弛了一些，再次深深躬腰施礼后，他又顺原路回到了寝殿之中。

卧榻之上的梁帝依然保持着刚才的姿势，只是气息越发紊乱。又过了片刻，他开始骚动起来，头在枕上不停地滚来滚去，额前冷汗涔涔，双手时不时在空中虚抓两下，口中呢喃有声。

"把陛下唤醒吧，又在做噩梦了。"静贵妃不知什么时候出现在了殿中，温和地发出了指令。

高湛赶紧应了一声，爬起来，俯身到床前，轻轻摇动着梁帝的手臂。

"陛下……陛下！"连喊了十几声后，梁帝突然像是被什么东西震了一下似的，猛地弹坐了起来，目光呆滞地瞪着前方，满头大汗淋漓。

"陛下又梦见什么了？"静贵妃用一方素帕轻轻给老皇拭着汗，柔声道，"这次应该不只是宸妃，还有其他人吧？"

梁帝全身一颤，用力挥开了她的手，怒道："你还敢来见朕？枉朕待你们母子如此恩宠，你们竟然心怀叵测，处心积虑要翻赤焰的案子！朕真是瞎了眼，竟宠信了你们这样不忠不孝的东西！"

"就算我们处心积虑吧，"静贵妃安然道，"可是有一点陛下必须清楚，赤焰一案之所以会被推翻洗雪，除了我们处心积虑以外，还有另外一个更加重要的原因。"

"什、什么原因？"

"真相。真相原本就是如此。"静贵妃的目光如同有形一般，直直地刺入梁帝的内心，"陛下是天子之尊，只要您不想承认今天所披露出来的这些事实，当然谁也强迫不了您。可即使是天子，也总有些做不到的事，比如您影响不了天下人良心的定论，改变不了后世的评说，也阻拦不住在梦中向您走来的那些旧人……"

"别再说了！"梁帝面色蜡黄，浑身乱战，两手捧住额头，大叫一声向后便倒，在枕上抽搐似的喘息，却又不敢闭上眼睛，"为什么要来找朕，这都是夏江，都是因为夏江和谢玉……"

"下次他们再入梦时，陛下也许可以问问。"静贵妃的声音，依然又轻又柔，仿佛正在闲话家常一般，"不过臣妾相信，即使是夏江这样卑劣的人，想必也会有那么一两个让他不敢入梦的人吧……"

梁帝转过脸来盯了她半晌，喃喃道："夏江也背叛了朕……不过他有些话却是真的，比如他说景琰一直念念未忘赤焰旧案，再比如……"他说到此处，眼神突然一凝，一把握住了桌上的茶杯，逼向静贵妃："他还说那个苏哲是祁王旧人，是不是？"

静贵妃提起紫砂壶为茶杯续水，淡淡地道："是与不是，又当如何？夏江之叛不假，赤焰之冤不假，陛下只要清楚这两点，是非黑白就已然分明，又何必再多疑猜？"

梁帝的眸中，突然闪过一抹幽冷的寒光，整个身体慢慢绷紧，扬声道："来人！"

"老奴在……"高湛忙应声道。

"去……召那个苏哲来见朕！"

静贵妃未曾料到他会发出这样的命令，微微一惊，不过柳眉轻挑之后，她又慢慢垂下了双睫，安坐未语。

大约半个时辰后，殿门打开，梅长苏步态平稳地走了进来，仍是一袭素衫，乌发玉环，到了梁帝榻前，默默下拜行礼，身形略顿后见皇帝没有任何回应，他便自己站了起来。

梁帝皱了皱眉，不过并未借此发难，而是冷冷地看了他半晌，问道："苏哲，我们这是第几次见面了？"

"第四次吧。"梅长苏略一思忖，答道。

"记得朕曾经问过你，到底来京城做什么，你说……是同时被景宣、景桓两兄弟看中，不得不入京的，对不对？"

"这是实话。"梅长苏微微一笑，"那个时候，一切尽在陛下掌中，我岂敢不说实话？"

"不错，朕查证过，你说的确是实话，朕那时也不在乎他们两兄弟谁多一个谋士。"梁帝眯起眼睛，辞气越来越冷，"可是朕没想到，你不仅仅是个谋士那么简单，而且……你也没有说全部的实话。"

梅长苏仍是微笑着道:"我刚才说过,那个时候一切尽在陛下掌中,我又岂敢说全部的实话?"

"那么现在呢?朕现在垂暮宫中,连个茶杯都端不稳,你是不是可以说实话了?"

"陛下仍是陛下,"梅长苏静静地道,"天下人仍然企盼着陛下的圣明公道。"

"是不是朕翻了赤焰的案子,就算是圣明公道了?"梁帝的神态中出现了一丝狠意,"景琰现在掌控着整个朝廷,朕已经无奈他何。你说说看,他为什么不肯等朕死了再翻这个案子?"

"因为那不一样。"

"有什么不一样?"

梅长苏深深地直视着老皇混浊的双眼,字字清晰地道:"对祁王来说,不一样。"

"祁王?"梁帝如同被尖针刺了一下似的,下唇一阵疾抖,"祁王……你、你果然是祁王的旧人……说、你给朕说……你是祁王府里的什么人?"

"陛下想问的,还是只有这个吗?"梅长苏语调平稳,口齿之间却似咬着一块寒冰,"宸妃、祁王、林帅、晋阳长公主……还有林殊……死去的这些人,哪一个不是陛下的亲人?可是当有人替他们鸣冤时,陛下所想的却是什么呢?是在估量太子如今的实力,是在猜疑朝臣们的动机和立场,是在盘查一个谋士的身份!从长公主在大殿上简简单单说了那几条到现在,几个时辰都已经过去了,可陛下您居然连谢玉手书的全文都没有想过要看一眼吗?难道对于陛下来说,当年的真相居然就是如此的无关紧要吗?您的皇长子,您的亲生骨血是如何一步步被置于死地的,您就真的那么不放在心上吗?"

梁帝好不容易稳住的情绪一下子又被他打乱,满脸涌上潮红,唇色发紫,嘶声怒喝道:"你放……放肆……放肆!"

"谢玉这份手书我看过了,写得很详细,林帅如何被杀,祁王如何玉碎,桩桩件件并无遗漏,我抄了一份在这里,陛下要不要看看?"梅长苏仰着头,雪玉般的面容寒如坚冰,"或者……我念给陛下听听吧?"

眼看着这位客卿从袖中摸出一叠笺纸,梁帝咬紧牙关,满头都是冷汗,厉声道:"住口!朕……朕不想听……"

"陛下是不想听,还是不敢听呢?"梅长苏唇边凝出冷笑,直视着这位至尊天子,

"据说祁王当年临死时,可是命令宣旨官将陛下您处死他的诏书接连念了三遍来听呢,听完后他也只是说了一句'父不知子,子不知父',便眼也不眨地将毒酒饮下……陛下,您可知道他这句话是何意思?"

梁帝全身颤抖,抬起一只手想盖在眼皮上,却突然觉得手臂似有千斤之重,只举到一半,便蓦地落下,将御案砸得沉闷一响。

梅长苏面无表情地看着他,继续道:"陛下若知祁王,当不会怀疑他有大逆谋位之心;祁王若知陛下,也不至于到最后还不肯相信您真的要杀他……我斗胆问陛下一句,今日您得知祁王与林帅有冤,心中可有愧疚之意?"

"住口!住口!你给朕住口!"梁帝似被逼急,突然暴怒起来,竟好似忘了自己的身份一般,大声辩道,"你知道什么?林燮他拥兵自重是事实!朕派去的人一概旁置,却重用祁王的人,每每出征在外,总说什么'将在外君命有所不受',朕岂能姑息?还有祁王……他在朝笼络人心,在府里召集士族清谈狂论,总妄图要改变朕之成规,到后来,连大臣们奏本都言必称祁王之意,朕如何容得?他既是臣,又是子,却在朝堂之上,屡屡顶撞于朕,动不动就是'天下、天下'。你说,这天下到底是朕的天下,还是他萧景禹的天下?"

"天下,乃是天下人的天下。"梅长苏凛然道,"如无百姓,何来天子?如无社稷,何来主君?将士在前方浴血沙场,您却远在京城下诏,稍有拂违之处,便是阴忌猜疑,无情屠刀!只怕在陛下心中,只有皇权巍巍,何曾有过天下?祁王一心为国料理朝政,勤德贤能之名,是桩桩实绩堆出来的,与陛下但有不同政见,都是当朝当面直言,并无半丝背后苟且。可这份光明忠直,陛下却只看得见'顶撞'二字……祁王当年饮下毒酒时,心中是何等的心灰意冷,何等的痛彻肺腑,陛下只怕难以体会。但就算是为了当年父子情义,为了祁王宁死不反的一份心,请陛下真心实意查证一下他的清白,以此告慰他悲苦十三年的在天之灵,就真的那么难,真的做不到吗?"

梁帝开始听时,还气得面色雪白,但听到最后几句,突然之间心如刀割,满身的气势一下子尽失,歪倒在软榻的靠背上,用枯瘦的双手盖住了脸,颔下渗出水迹。

祁王,景禹……曾是那般亲密的父子,却在一次次无法调和的矛盾中冷了情肠。可是无论怎样的狠绝,怎样的厉辣,真的不会痛吗?不痛的话,为什么十三年来不容人触此逆鳞,为什么连宸妃的灵位都敢在宫中设立,却不敢跟人多谈一句他的皇长子?

梅长苏慢慢垂下眼睫,遮住了自己已封冻的双眸。他知道面前这个已完全被击垮的老皇不会再阻碍翻案，但不知为什么，此时的他却感觉不到任何的轻松，反而是那般的郁愤，郁愤到不想再多看梁帝一眼。

"告退。"简单的两个字后，梅长苏向静贵妃略施一礼，转身走出了寝殿。梁帝只觉全身虚软，脑子里一阵阵地发空，也根本无力再去管他，仍是倒在榻上，花白的头发一片散乱。

静贵妃伸出一只幽凉的手，轻轻在梁帝眉前揉动着，低声道："陛下，若论忠孝，林帅不可谓不忠，祁王也不可谓不孝。景琰素来以他们为楷模，他们当年没有做的事情，景琰也绝不会做，请陛下无须担忧。"

梁帝慢慢松开盖在脸上的手，定定地看向静贵妃："你敢保证吗？"

"陛下若真的了解景琰，就不会向臣妾要求保证了。"静贵妃的唇角，一直保持着一抹清淡的笑意，只是羽睫低垂，让人看不清她的眼睛，"景琰所求的，无外乎真相与公道，陛下若能给他，又何必疑心到其他地方？"

梁帝呆呆地权衡了半日，目光又在静贵妃温婉的脸上凝注了良久，最后终于长长地叹了一口气，喃喃道："……事已至此……就由你们吧……朕不说什么了……"

皇帝寿仪的第二天，内廷司正式下旨，命纪王、言阙、叶士祯为主审官，复查赤焰逆案。对于这桩曾经撼动了整个大梁的巨案，当年怀抱疑问和同情的人不在少数，只是由于强权和高压的威逼，这股情绪被压抑了十三年之久。随着夏江的供认和复审的深入，梅岭惨案的细节一点一滴地被披露出来，朝野民间的悲愤之情也越涨越高，几乎到了群情沸腾的地步。

聂锋、聂铎、卫峥由于既是人证，又要恢复身份，所以都被萧景琰带走了。如何让这些人在最恰当的时机以最自然的方式出现，并不是一件简单的事，按照梅长苏以前的习惯，他当然要去操心筹划，不过这一次蔺晨和萧景琰的做法不谋而合，一个以医者的身份下了命令，另一个则站在朋友的立场上进行了干涉。所以事情最终是由太子的心腹智囊们谋划完善的，没有让梅长苏插手，只是每天通报一下具体的进度，尽可能地让他不受外界激荡的影响，以平静的心绪来等待最后的结果。

到了九月中，重审的过程已基本结束，但由于此案牵涉面广，并不是单单只改个判决就可以了事的，所以又延续了半个多月的时间，详细决定如何更改、补偿和抚恤的诸项事宜。

十月初四，皇太子率三名主审官入宫面君，从早晨一直停留至黄昏方出。两日后，内廷司便连传三道旨意：其一，宣布昭雪祁王、林燮及此案所牵连的文武官员共计三十一人的大逆罪名，并将冤情邸传各地。其二是下令迁宸妃、祁王及其嫡系子女入皇陵，并重建林氏宗祠，两人皆按位恢复例祭供飨。此案幸存者复爵复位，加以赏赐，冤死者由礼部合议给予其家人加倍优厚的抚恤，并定于十月二十日，在太仪皇家寺院设灵坛道场，由皇帝率百官亲临致祭，以安亡魂。其三，此案首犯夏江、谢玉及从犯若干人，判大逆罪，处以凌迟之刑。谢玉已死，戮尸不祥，停究，其九族除莅阳长公主首告有功恩免三子外，均株连。

这三道旨意，已大概确认了翻案的方向，接下来就是各部各司及各地方拟细则执行的事了。十月二十那日的祭奠按期举行，为示尊重，皇帝与太子均着素冠，亲自拈香于灵位之前，并焚烧祷文告天。当日天色阴惨，气氛悲抑，梁帝添了香烛之后，突然当众落泪，表示要下诏罪己。萧景琰未曾料到他会来这样一手，一时也辨不出他的眼泪是真是假，不过他如今也历练出来了，虽然有些意外，倒也临变不惊，只说了些常例套话，略略劝止，并没陪着他来一出父泣子号的煽情戏码。而梁帝显然也只是说说而已，祭礼之后过了很多天，他也没再提过要下罪己诏的事。

夏江被处刑的那天，蔺晨陪着梅长苏远远站在高楼上看了看。这位曾经威风八面的悬镜司首尊，末路时竟得不到一滴眼泪。夏春、夏秋已判流刑在外，夏冬虽带着棺木在刑场等待收殓骸骨，却并没有进场拜祭的打算。夏江披散着头发被绑在刑台上，连个来送别的人也没有，倒是负责监刑的言侯走到近前，不知跟他说了几句什么。

"长苏，追捕夏江一直是你最在意的事情，可为什么他被抓到之后，你却连一句话也没去问过他？"蔺晨遥遥地看着刑台上的囚徒，问道。

"我所在意的，只是夏江最后能否伏法，所以抓到就行了，还用得着问什么？"

"问他对当年铸下如此惨案是否有丝毫的悔意啊。"

梅长苏冷笑道："无聊。"

"也许是无聊……可听说那天你跟皇帝却说了很多话啊？"

"我那些话是替祁王说的。"梅长苏的眸色深沉了几分，"祁王有才华也有梦想，最大的缺点就是他对自己的父亲太缺少防备，他以为政见不同只会导致争执，却没有想过那会导致杀机。虽然我一直觉得以皇帝的狠绝无情，就算事情重新发生一次他也不会改变，但祁王在天之灵，却一定希望父亲能有所悔恨，所以有些话，我必须替他说出来。至于夏江……他这种东西是不是有悔意，谁在乎呢？"

蔺晨微微点头，还没说话，午时二刻的梆声已响起。两个臂粗腰圆的刽子手上台，舒活身体做着行刑前的准备。

"没什么好看的，走吧。"梅长苏毫无兴趣地投过漠然的两眼，转过身去。蔺晨正要随他下楼，突然又停住了脚步，看着远方的刑台挑起了双眉。

梅长苏顺着他的视线看过去，只见一名荆钗布裙的老妇人，领着个青年人走上刑台，在夏江面前摆上酒饭，点了香烛，默默看了他一阵，便起身离去，整个过程连一个字都没有说过。

"得失二字，真是世上最难悟透的了。"蔺晨摇头感慨，说的话好似没头没脑，不知从何而来。但梅长苏却了然地点了点头，目送那老妇人与青年一前一后消失在人群中，面上露出一抹交织着敬意与怅然的复杂神情。

最终章 情义千秋

当整个翻案过程尘埃落定时，已是秋风肃杀，这期间梅长苏又受了一次风寒，不过状况却比以前犯病时好了许多，不过数日便已痊愈。由于效果明显，晏大夫初步认可了蔺晨的治疗方向，大家也都十分欢喜感激，让蔺大公子得意扬扬了许久。

萧景琰现在已基本承担了所有朝政事务的处置，繁忙度有增无减。不过略有空暇时，他都会轻骑简从，不惊动任何人地前往苏宅去见好友。林氏宗祠完工之后，他还特意秘密安排，让梅长苏以人子身份，举行了一次十分正式的祭祀。只不过除了那一天之外，写着"林殊之位"的小小木牌会一直在这所幽凉森森的祠堂之内，占据着在外人眼里它应该出现的位置，萧景琰每每视之，都会觉得心痛如绞。

比起东宫太子悲喜交加的复杂情绪，从来都不认识林殊的蔺晨就只有纯粹的高兴了。毕竟梅长苏最心心念念的一桩大事终于完成，对于医者而言，这可是一个可以把握和利用的契机。

"说实话，你最后能把持得那么稳，真是出乎我的意料。"例行的诊脉复查之后，蔺晨乐呵呵地道，"我本来以为金殿呈冤的那一天对你来说会是一个大关口呢，谁知你回来时一切都好，也就是脸白了点儿，气微了点儿，脉乱了点儿，人晃了点儿……"

"这样还叫一切都好？！"随侍在旁的黎纲忍不住想要喷他一脸口水。

"程度上很好啊。"蔺晨毫不在意地道，"稍加调理就没有什么危险了。要知道我最怕的就是你一口气儿松下来，突然之间人就不行了，那我才叫没办法呢。"

梅长苏收回手腕，放下袖子，笑道："也许就像景琰说的，万千的功夫都是做在前面的。前面做得越多，把握就越大，心里就越不紧张。这十三年来每取得一点进展，我心里这口气就松一点儿，松到那最后一天，不过也就是为了亲眼看看，了个心愿罢了。既然这结果已在掌握之中,我又能激动得到哪儿去?"

"少骗人了,"蔺晨"哼"了一声道,"夸你一句你还顺竿儿爬了,以为我真不知道呢?你稳得住,不是因为你真的不激动,而是因为那口气你根本还没有松下来。我知道你是怎么想的,你就是对自己的身子没信心,害怕,怕在大家正高兴的时候,自己突然撑不住了,一下子喜事变丧事,让你的朋友们悲喜两重天,经受莫大的痛苦,是不是?你觉得再多撑几个月比刚一翻案就死要缓和一点,对大家来说冲击会小一点,是不是?"

"蔺公子,"黎纲脸色顿时就变了,"你说话怎么这么难听?什么死啊活的,我们宗主怎么可能会撑不住?"

"你得了吧,"蔺晨摆了摆手,斜了他一眼,"你们这些人啊,也不看看他是谁,像你们这样的,小心翼翼、隐瞒忌讳,真话不讲,担心也藏着,要对一般的病人也算有用,可跟他……大家还是歇歇吧。这小子的水晶玲珑心肝儿,你们瞒得住他什么?骗自己骗别人而已,最后弄得大家心里都沉甸甸的,对谁都没好处!"

"可是……可是……"黎纲本来甚善言辞,可被他这样一训,一时竟找不出话来,心里虽然还是有些不赞同,却也只能干瞪着两眼,张口结舌。

梅长苏捧着杯热茶,默然了片刻,慢慢地道:"那你到底想说什么?"

"我想说,你现在要做的,就只有一件事,那就是放宽心,相信我,"蔺晨笑了笑,凑到他的跟前,"别给自己设限,别再去想还能撑五个月还是十个月的事,你只要尽力,我也尽力,好不好?"

梅长苏静静地回视着他,蔺晨也难得没有出现嬉笑的表情。两个聪明人之间的交流有时是不需要言语的,片刻的宁寂后,梅长苏低低地"嗯"了一声。

"至于你想要离开京城的打算,我倒不反对,"蔺晨立即笑了起来,"山清水秀的地方才适合休养,京城的事太杂太乱,想静下来确实不容易。我们回琅琊山吧,世间风景最佳之处,还是得属我家琅琊山。"

"可以啊。"梅长苏微笑道,"秋高气爽的时节,正是适合出门。不过走前还是要跟景琰说一声,要是突然消失了,还指不定他怎么胡思乱想呢。"

"宗主宗主,您出门会带着我们吧?"黎纲忙问道。

"带你们干什么?"梅长苏挑了挑眉,"虽说你们没有亲族牵挂,也不愿意恢复旧身去领朝廷的抚赏,但也用不着总跟着我吧?江左盟还有一摊子事呢,你们不管,难道让我管?这次只带飞流,你们都回廊州去吧。"

黎纲顿时大急："宗主，飞流是小孩子，他根本不会照顾人的！"

"不是还有蔺晨吗？"

"拜托了宗主，蔺公子……您不去照顾他就算好的了……"

"喂，"蔺晨大是不满，"你这话什么意思？"

黎纲不理他，"扑通"一声跪在梅长苏面前，坚持道："宗主，您无论如何得带上我和甄平中的一个，只跟个小孩子加一个没正经的人出门，我们死也不同意！"

蔺晨抓起折扇敲了敲黎纲的头，骂道："你想什么呢？他是宗主，他叫你们回江左盟做事你们就得去，谁敢抗命？还想跟着出去逛呢，美死你们了，门儿都没有！窗户都没有！全滚回廊州给盟主卖命去！要跟也得宫羽跟，她才是闲着没事儿呢！"

黎纲还没反应过来，梅长苏已经一下子坐了起来："蔺晨你说什么……"

"两全其美啊！"蔺晨振振有词，"他们嫌我不正经，没有人跟着死也不同意，总不能真让他们死吧？可是黎纲、甄平又不闲，你说的，江左盟还有一摊子事儿呢！当然宫羽最合适了。黎纲，去跟宫羽说，叫她准备准备。"

黎纲这次反应够快，只应了一声，人就跑远了。梅长苏瞪着蔺晨，脸一板，道："你别闹了，实在要带，人选也多得很，带一个女孩子多不方便？"

"女孩子细心点嘛。再说黎纲已经去告诉她了，你现在才说不带，那也太让人伤心了。"蔺晨笑眯眯地道，"好啦，你就当出门带了个丫头呗。你这少爷出身的人，可别跟我说你这辈子就没使唤过丫头。"

梅长苏一时不防被他绕住，黎纲又跑了，想想无可奈何，这时候就算坚持不带，只怕宫羽也会偷偷跟着，反而弄得奇奇怪怪的，还不如坦然一点，大家如常相处更好。

"跟你说啊，我都计划好了，"蔺晨见他让步，越发兴高采烈，"我们先去霍州抚仙湖品仙露茶，住两天绕到秦大师那儿吃素斋，修身养性半个月，再沿沱江走，游小灵峡，那儿山上有佛光，守个十来天的一定看得到，接着去凤栖沟看猴子，未名、朱砂和庆林他们也很久没见面了，随路再拜访拜访，顶针婆婆的醉花生你不是最喜欢吃了吗？咱回琅琊山之前去拿两坛子……"

"好了好了，"梅长苏举起两只手，表情有些无力，"蔺晨，照你这个走法，等我们到琅琊山的时候，怎么也得大半年吧？"

"大半年怎么了？"蔺晨深深地看着他，"你算时间干什么？算清楚了又有什么益处？你信我，我们就这样走，能不能最终走回琅琊山，根本不是需要考虑的事情，不是吗？"

梅长苏静静地回视着他，一股暖意在心头漾开。蔺晨的心意他明白，正因为明白，才无须更多的客套。

"好，那我就拜托你这个庸医了，等过两天我告知景琰，我们就一起出发吧。"

蔺晨呵呵大笑着跳起身来，在梅长苏肩上"啪啪啪"连拍了好几下，这才高高兴兴地冲到了院外，大声叫道："小飞流，快出来，你要跟蔺晨哥哥一起出门啦！"

正在树上鸟窝旁数小鸟的飞流顿时吓了好大一跳，"扑通"一声掉了下来。蔺晨笑着，吉婶笑着，赶过来的黎纲、甄平和宫羽也一起笑着，连隔窗听见的梅长苏也不由得一面摇头，一面暗暗失笑。

这一天的苏宅是欢快的，有人抛开了重负，有人抱持着希望，大家都愿意去欢笑，企盼未来可以一直延续下去。

可是无论是算无遗策的梅长苏，还是洞察天下的蔺晨，此时此刻都没有想到，仅仅就在两天之后，数封加急快报星夜入京，如同一道道霹雳般，瞬间炸响了大梁帝都的天空。

"大渝兴兵十万越境突袭，衮州失守！"
"尚阳军大败，合州、旭州失守，汉州被围，泣血求援！"
"东海水师侵扰临海诸州，掠夺人口民财，地方难以控制事态，请求驰援！"
"北燕铁骑五万，已破阴山口，直入河套，逼近潭州，告急！"
"夜秦叛乱，地方督抚被杀，请朝廷派兵速剿！"
……

一整叠告急文书小山似的压在萧景琰的案头，还有不少的战报正在传送的路上，一封封地宣告着事态的恶化。三个邻国几乎在同一个时间段发动攻击，境内又有叛乱，就算是放在大梁鼎盛时期发生，这也是极大的危机，更何况此时的大梁早已在走下坡路，尤其是当年祁王试图改良而未果之后，政务腐坏军备废弛的情况越来越严重。近一年来萧景琰虽大力整饬，略有好转，但数十年的积弱，又岂能在朝夕之间治好。如今面对虎狼之师，若无抵抗良策，拼死以御，只怕真的会国土残缺，江山飘摇，让百姓遭受痛失家国之灾。

"殿下，除了各地安防必须留存的驻军以外，可调动的兵力已经统计出来了，共计十七万，其中行台军十万，驻防军七万，另外南境和西境……"

"南境和西境军都不能动，一来劳师远调，磨损战力，远水也救不了近火，二来大楚和西厉也不是只会看热闹的，必须保持威慑。"萧景琰一把从兵部尚书李林的手中拿来奏折，飞快地看着这些兵力的分布情况，"行台军不用说了，这七万驻防军的装备如何？"

"还可以，大约有两万人甲胄不全，但兵部还有库存，很快就能配好。"

"钱粮方面呢？"

"危急时刻，臣会尽力筹措，"沈追立即接言道，"臣已想了几个妥当的募资法子，只要殿下同意，臣会负责实施。"

"不必细说了，照准。你加紧办吧。"萧景琰握紧手里的折报，喃喃地又重复了一遍："十七万……诸位军侯觉得如何？"

他这句话，显然是针对座下被召来议事的几个高位武臣问的。这些人面面相觑一阵，一时都难以发言，最后还是衡国公嗫嚅着开口道："殿下，臣等还是主和……先派员前去商谈为好……"

"主和？"萧景琰冷笑了数声，"一般来说，都是文臣主和，武将主战，怎么咱们大梁是反的，战火都快烧过江了，却是文臣们主战，列位军侯主和？"

"殿下，柳大人、沈大人他们的意见当然也是为国为民，只不过有点站着说话不腰疼。不是臣等怯战，可这只有十七万，要应对大渝、东海、北燕、夜秦……兵力实在不足啊……"

萧景琰面如寒铁，目光如冰针般扎向这位老军侯的脸："兵力倒未必不足，要看怎么算法了。"

衡国公被噎得脸一红，忙起身道："老臣愚昧，请殿下指教。"

"大渝、东海、北燕和夜秦几乎是同时兴兵，看起来似乎烽烟四起，但我们非要同时把他们平息掉吗？凡事要先分个缓急，也要看发展下去将会出现的态势和后果。东海水师侵扰海境，毕竟登陆的兵力有限，入不了腹地，驻军本来可以应付，只是地方官安嬉日久，不习水战而已，所以朝廷不需派兵，只要指派擅长水战的将领前去统筹战事即可。沿海各州驻军兵将大都已在当地安家，这是保自己的家园，比起异地征派过去的军队而言，他们反而要更尽力一些。"萧景琰直视着殿下诸臣，语调十分冷静，"再说夜秦，地处西陲，兵力薄弱，在当地作乱而已，最远也打不过朝阳岭，不过是疥癣之患。可先分调邻近诸州的兵力控制事态，等腾出手来，再好好收拾。"

被萧景琰这样一说，整个议事厅内慌乱的情绪顿时稳定了不少。中书令柳澄拈须道:"殿下分析得极是。真正危及大梁江山的,只有十万大渝军与五万北燕铁骑,算起兵力来,我们倒也不必太心虚。"

"可是兵力并不单单是个数字那么简单,"萧景琰刀锋般的目光缓缓拖过殿下诸武臣的脸,"同样的兵,不同的人来带,战力就不一样。现在缺的不是兵,校尉以下的军官建制也很齐全,我们缺的只是大将,是主帅。诸位军侯,大梁已经进入战时,正是各位为国分忧,建立军功的时候,不知哪位卿家有意请缨?或者有所举荐也行。"

他这句话一问,殿下的武臣们差不多全身都绷紧了,尽皆低头不语。大梁这十多年来,战事主要集中在邻大楚的南境和邻西厉的西境,其他地方起的狼烟,多由靖王时代的萧景琰前去征讨。今天坐在这里的高阶武臣中大多数已经久不经战事了,更何况有些还是世袭的,地位虽高,其实没什么用,素日里也就是贪渎克扣一下军饷,等哪里出了饥民暴动、盗匪占山的事情,再由朝廷指派挂个指挥之职去捞军功,差事全靠中层军官去办,获利者却是他们。所以认真说起来,在萧景琰这样征战出身的人眼中,他们甚至算不上是真正的军方,要指望他们去打仗,那还不如让士兵们自杀快一点。但这些人在京城的人脉关系却极广,也都是世家的背景,若无适当的机会和理由,还真的不能轻易触动。

"怎么不说话?"萧景琰语声如冰,"衡国公,你说。"

"老……老臣已经年迈,只怕难当重任,还请殿下……"

"那淮翼侯呢?"

"臣……臣……臣……臣也年迈,只要有臣可以做的事情,臣万死不辞,可是这领兵迎敌,臣……心有余而力不足……"

"淮翼侯,正准备跟你说呢,"沈追在一旁插言道,"你的玉龙草场不是养着七百多匹马吗?听说那可都是按战马标准驯养的,上次春猎时你自己还说,王公亲贵世家子弟都来你的马场买马……"

"哎呀,"淮翼侯反应还算快,立即拍着脑门儿道,"沈大人不提醒我还忘了,今天早时我还跟管家说呢,让他快把草场里的所有良马检查一遍,朝廷一定用得着啊!"

萧景琰冷着脸,就像没听见他说的话一样,不过视线总算已经离开了他,移向其他人。很快,这些或"老迈"或"病弱"的武臣们都纷纷绞动起脑筋来,争先恐后地想要说明自己家里也有哪些"朝廷用得着"的东西……

"这些下来跟沈追说吧,"萧景琰毫不留情地截断了他们的话,"如今当务之急还是尽快驰援北部，阻止大渝和北燕继续南下，收复失地。负责北境的尚阳军新败，齐督帅阵亡，军心不稳，这十七万的援军北上，需要一场速胜来稳住大局。所以本官决定……"

他话还没说，议事厅里已经唬倒了一片，沈追接连冲前几步，大叫道："请殿下三思！如今国势危殆，陛下又……又御体不安，正是需要殿下坐镇京师的时候，万万不可亲征啊！"

十来位重臣也纷纷跪下劝止，连几个武臣都顺着场面，连连说"不可不可"，萧景琰叹息一声道："诸卿之意，我自然明白。可是皮之不存，毛将焉附？大梁的生死存亡，岂不比我一人安危更加重要？"

话虽如此，但谁都不敢说他此时出征会引发什么样的朝局变数，心腹重臣们急得直冒火星。偏偏朝廷现在能派出去打仗的人确实没有几个，更何况如今的局面不是小阵仗，不是临时提升几个中层军官就压得住场面的，而是大梁十多年来最大的一次危机，一时半会儿要找出可以替代萧景琰的人，那可真是不容易。

"对了殿下，"绞尽脑汁后，蔡荃突然灵光一现，"已复职的几位赤焰旧将正堪重用啊！虽说……刚刚平反就派上战场有些……呃……不过国家危急，他们也是责无旁贷……"

赤焰旧将所代表的是祁王时代的兵制和用将方针，要搁在平时，高阶武臣们一定会想方设法阻碍这些人地位的提升，可现在是战时，狼烟逼近，危在旦夕，只要有人肯到前方力战，他们当然是大力赞成支持的。

听到这个提议，萧景琰沉吟了一下。国家情势如此，赤焰旧将们当然不可能置身事外，这个他早就想过。可是细细分析下来，也只有聂锋可以独当一面，偏偏他的嗓音有问题，指挥起来难免不方便。而其他人细想起来，为大将足矣，但还不太胜任主帅的职责。

想到此处，萧景琰的目光不由得移向了大厅的东角。那里树了一面挡屏，屏上悬挂着一幅详细的北境地图，一个修长的身影正站在图前，负手仰面，凝神细思，看神态仿佛一点儿也没有被这边的吵闹所影响。

"苏先生，您也来劝劝殿下吧。"沈追觉得近来太子的态度转变，好像又特别宠爱这位麒麟才子似的，未及多想，已经开口道，"京里没有主持大局的人，人心会浮动的！"

梅长苏被他一喊，这才转过头来，有些茫然地问道："沈大人说什么？"

"殿下说他要亲征！"

梅长苏立即一皱眉，抬头看了萧景琰一眼，虽未说话，但反对之意甚浓。

萧景琰知道现在时间确实紧迫，军事上的事留着殿上这些人也没什么好商量的，当下命他们各自去忙手头的事。等大家都退出之后，他才起身走向梅长苏，道："看你的意思，似乎对于将帅的人选，已经有了大概的想法？"

"是。"

"别跟我说你要去，就是我去也不会让你去的。"

"那我们就先说说别的。"梅长苏也没强争，"这场战事必须动用赤焰旧将，这一点殿下没有异议吧？不是我自夸，虽然带的不是熟悉的兵，但赤焰人的声名摆在那里，首先就不需要担心属下兵将是否心服的问题。"

"这是当然。对赤焰旧将而言，立威这个过程并不难，大家心里都是敬服的。"萧景琰赞同道，"再说沉冤方雪就临危受命，只会令人感佩。若派了其他人去，怕只怕将士们的第一个念头就是'又要卖命为大老爷们挣功劳'了……"

"我粗排了一下，东海让聂铎去是最合适不过的，你尽可放心；夜秦没什么好商量的，暂且不说。北燕拓跋昊率的五万铁骑一路狂飙，后备却有问题，不像是做足了功夫，有多大企图的样子，目的很可能只是为了取得胜果之后，跟我们谈判，得到金银财帛，或者要回四十年前割让给我们的三州之地。拓跋昊是支持他们七皇子的，北燕尚武，他这一战若能得回失地，七皇子的声名必然高涨，就算不能，多得些财物也好。他心有所欲，却患所失，根本经不起几个败仗，所以对付他，一定要挫其锐气，等他发现得不偿失时，自然会退兵。要论以刚胜刚，以快打快，聂大哥的疾风之名可不是浪得的。虽然他现在说话旁人听不大懂，不过冬姐已经听得十分顺畅了，他们夫妇同去，再配些好的校尉偏将，拓跋昊绝对讨不了好。"

"没错，我也是这么想的，兵分两路，聂锋带七万人迎击北燕，大渝那边就是我……"

"景琰，"梅长苏按住他的手臂，轻轻摇着头，"你听我说，先听我说说好不好？"

"好，你说吧。"萧景琰一挑眉，"我看你能说出多大一朵花来。"

"首先，你不能去。这么大的一场战事，除了前线厮杀以外，后方的补给调度支援更加重要。不是我信不过皇帝陛下，而是根本就不能信他。我敢肯定，你一旦轻出，后果不堪设想，这一点，你千万不要心存侥幸。"

"这个我何尝不知，可是……"

"既然你不能去，那我们接下来要考虑的问题，就是谁去合适。"梅长苏快速地截断了他的话，"站在下阶军官和士兵的立场上来看，他们需要什么样的主帅呢？那一定得是一个真心实意想抵御外侮，有声望，有能力，可以令他们甘愿受其驱策的人。除了不能调动的霓凰和西境军的章大将军以外，我只想到了一个人。"

"谁？"

"蒙挚。"

萧景琰眉头一皱，立时就要反对，被梅长苏抬起一只手制止住了："蒙大哥以前在军中时，就以作战勇猛著称，颇有几件传奇逸事，名声很高。他又是我们大梁的第一高手，在士兵的心中，自然有如天神一般，派他去，场面一定是压得住的。"

"可是一个人善不善战，跟适不适合当主帅，这是两码事吧？"萧景琰瞪了他一眼，"你明明知道的，蒙挚确是一员猛将不假，但要担当主帅之职，他还……"

"我知道，上位者在任命主帅时所要考虑的，当然和士兵们所想的不完全一样。身为主帅，首要职责是统筹全局，排兵布阵，这些的确不是蒙大哥所长，需要设法弥补……"

他说到这里，萧景琰突然明白了过来："哦，你是不是想跟我说，只要在蒙挚身边放上一个懂得统筹全局、排兵布阵的人就行了？这个人是不是就是你啊？"

梅长苏向他露出一个淡淡的笑容，轻声道："景琰，你先别急着否决，我也不是凭一时意气提出这个要求的。想当年的聂真叔叔，不也是不谙武力、身体孱弱吗？他常年在前线，除了最后谁也没逃过的那一次，他何曾遇到过危险？这次你让我去，自然和他一样，有蒙大哥和卫峥在，你还有什么不放心的？"

"可这次援军的声势，怎么能和当年赤焰军比？战场上的艰难危凶你我都知道，我不是担心你应付不了战局，实际上那个是我最不担心的部分。可是小殊，打仗行军，那是要体力的！"

"我要是对自己的身体没有信心，就不会向你要求出征了。你想想，我明知蒙大哥并非帅才，却劝你任命他，如果正在交战的关键时刻，我自己突然病个人事不知的，那岂不是害了蒙大哥，更对不起前线的将士和大梁的百姓吗？"梅长苏凝视着好友的脸，言辞恳切，"景琰，你相信我，我最先考虑的就是自己的身体状况，这一点不成问题。当前的局势如此危殆，也由不得我冒险任性啊！"

萧景琰抿紧了嘴唇，找不出话来反驳他，但心里终究是悬着的，不肯点头，索性便板起了脸，不开口。

梅长苏并没有进一步劝说，反而慢慢步至窗前，看着庭外有些萧疏的深秋景致，眉宇之间神情悠远，仿佛正在回溯时光的逆影，遥想过去的峥嵘与青春。

"北境，是我最熟悉的战场，大渝，是我最熟悉的对手。"良久后，梅长苏缓缓回头，薄薄的笑意中充满了如霜的傲气，"也许因为骨子里还是一个军人，即使是在这漫漫十三年的雪冤路上，我也随时关注着大渝军方的动向，没有丝毫放松。说句不怕你恼的话，就算是你，也未必比我更有制胜的把握，更遑论他人。择适者而用，是君主的首责，而你我之间，不过私情而已。景琰，大梁的生死存亡，难道不比我一人安危更加重要？"

梅长苏刚才并没有留心听大殿这边的争论，但他说的这最后一句话，却与萧景琰试图说服群臣的那句话一模一样，令这位背负着江山重责的监国太子不由得心头一紧。

如果面前站着的是林殊，一切自然顺理成章，没有人会想要阻止林殊上战场的。他是天生的战神，他是不败的少年将军，他是赤焰的传奇、大梁的骄傲，他是最可信任的朋友、最可依赖的主将……然而现实总是残酷的，再坚韧的心志和强悍的头脑也抵不过病体的消磨，只要一想起他病发昏迷的那一夜，萧景琰的心便会揪成一团，不管怎么说，梅长苏终究不再是林殊了……

"我听卫峥说，你那新来了个大夫是吧？"沉思半晌后，萧景琰想到了一个拒绝的借口，"我要见见他，如果他说你可以去，我就同意……"

听到这个要求，梅长苏的眸中突然快速闪过了一抹复杂的神情，不过瞬间之后就消失了，再仔细看时，表情已被控制得相当完美。

"好吧，我回去跟蔺晨说说。"梅长苏微微欠身，"筹措出征，殿下还有一大堆事要办，我先告退了。"

萧景琰被他自若的神态弄得心里略略发慌，总觉得有些什么掌控之外的事情在肆无忌惮地蔓延，可细细察时，却又茫然无痕。

不过这股异样的情绪并没有持续多久，因为前方急报很快又一波接一波地拥了进来，瞬间便占据了他的全部思绪。一系列的兵力调动、人事任免、银粮筹措、战略整合，各部大臣们轮番的议奏奏报，忙得这位监国太子几乎脚不沾地，甚至没有注意到梅长苏是什么时候悄悄退出的。

比起紧张忙碌的东宫，苏宅要安静宁和得多。不过战争的阴霾已经弥漫了整个京师，苏宅也不可能例外，当梅长苏进门落轿之后，大家虽极力平抑着，但投向他的目光还是不免有些躁动不安。

"请蔺公子来。"梅长苏简略地吩咐黎纲后，径直回到了自己的卧房。片刻后，蔺晨独自一人进来，脸上仍是带着笑，站在屋子中央，等着梅长苏跟他说话。可是等了好一阵子，梅长苏却一直在出神，他只好自己先开口道："我刚刚出去了一趟，你有几个小朋友正在募兵处报名从军呢。看来这世家子弟也分两种，一种如同蠕虫般醉生梦死毫无用处，另一种若加以磨砺，却可以比普通人更容易成为国之中坚……"

"国难当头，岂有男儿不从军的？"梅长苏语调平静地道，"蔺晨，我也要去。"

"去哪里？"

"战场。"

"别开玩笑了，"蔺晨的脸色冷了下来，"现在已经是冬天，战场在北方，你勉强要去，又能撑几天？"

"三个月。"

他答得如此快捷，令蔺晨不禁眉睫一挑，唇色略略有些转白。

"聂铎带来了两株冰续草，"梅长苏的目光宁和地落在他的脸上，低声道，"此草不能久存，你一定已经将它制成了冰续丹，是吧？"

"你怎么知道的？"

"这里是苏宅，我知道有什么奇怪？"

蔺晨背转身去，深吸了两口气道："你知道也没用，我不会给你的。"

"你的心情，我很明白。"梅长苏凝望着他的背影，静静地道，"如果按原计划，我们一起去赏游山水，舒散心胸，那么以你的医术，也许我还可以再悠悠闲闲地拖上半年……一年……或者更久……"

"不是也许，是可以，我知道你可以！"蔺晨霍然回头，眸色激烈，"长苏，旧案已经昭雪，你加给自己的重担已经可以卸下，这时候多考虑一下你自己不过分吧？！世上有这么多的事，一桩桩一件件永不停息，根本不是你一个人能解决完的！你为什么总是在最不该放弃的时候放弃？"

"这不是放弃，而是选择。"梅长苏直视着他的双眼，容色雪白，唇边却带着笑意，"人总是贪心的，以前只要能洗雪旧案，还亡者清名，我就会满足。可是现在，我却想做得更多，我想要复返战场，再次回到北境，我想要在最后的时间里，尽可能地复活赤焰军的灵魂。蔺晨，当了整整十三年的梅长苏，却能在最后选择林殊的结局，这于我而言，难道不是幸事？"

"谁认识林殊？"蔺晨闭了闭眼睛，以此平息自己的情绪，"我千辛万苦想让他活下去的那个朋友，不是林殊……你自己也曾经说过，林殊早就死了，为了让一个死人复活三个月，你要终结掉自己吗？"

"林殊虽死，属于林殊的责任不能死，但有一丝林氏风骨存世，便不容大梁北境有失，不容江山残破，百姓流离。蔺晨，很对不起，我答应了你，却又要食言……可我真的需要这三个月。就公义而言，北境烽火正炽，朝中无将可派，我身为林氏后人，岂能坐视不理，苟延性命于山水之间？从私心来讲，虽然有你，但我终究已是去日无多，如能重披战甲，再驰沙场，也算此生了无遗憾，所得之处，只怕远远胜过了所失……"梅长苏用火热的手掌，紧紧握住了蔺晨的手臂，双眸灿亮如星，"冰续草是可遇而不可求的奇药，上天让聂铎找到它，便是许我这最后三个月，可以暂离病体，重温往日豪情。蔺晨，我们不言大义，不说家国百姓，单就我这点心愿，也请你成全。"

蔺晨怔怔地看着他，轻声问道："那三个月以后呢？"

"整个战局我已经仔细推演过了，敌军将领的情况我也有所掌握，三个月之内，我一定能平此狼烟，重筑北境防线。对于军方的整饬，景琰本就已经开始筹划，此战之后，我相信大梁的战力会渐渐恢复到鼎盛时期。"

"我是说你，"蔺晨眸色深深，面容十分沉郁，"三个月以后，你呢？这冰续丹一服下去，虽然能以药效激发体力，却也是毫无挽回余地的绝命毒药，三月之期一到，就是大罗神仙，也难多留你一日。"

"我知道。"梅长苏淡淡地点头，"人生在世，终究一死。蔺晨，我已经准备好了。"

蔺晨牙根紧咬，一把扯开自己的衣襟，从内袋处抓出一个小瓶，动作十分粗暴地丢给了梅长苏，冷冷地道："放弃也罢，选择也好，都是你自己的决定，我没什么资格否决，随便你……"说着转身，一脚踹开房门，大步向外就走。

"你去哪里？"

"外头的募兵处大概还没关吧，我去报名。"蔺晨只是略停了停脚步，头也不回地道，"我答应过要陪你到最后一日，你虽食言，我却不能失信，等有了军职，请梅大人召我去当个亲兵吧。"

梅长苏心头一热，掌中冰凉的小瓶也似乎突然开始发烫。看着蔺晨的背影，曾经的赤焰少帅昂起头,语调低沉却坚定地道:"你总说从不认识林殊,但我相信,认识他之后,你不会失望。"

蔺晨的身形微微一滞,却并没有回首,只是抬眼向天,深深吸了口气,之后便大步流星地离开。

守在院子里的其他人虽然不知道冰续丹的存在,也不知道两人谈话的细节,但从蔺晨走时所说的这句话,大约也能推测出梅长苏已经决定出征北境。几个侍卫都是热血小伙,黎纲和甄平更是旧时军士,他们一方面都想要上疆场卫国杀敌,另一方面又怕梅长苏经受不起征战艰苦,矛盾重重之下,都呆呆地站在院中,不知该作何反应才好。

在一片僵硬的气氛中,宫羽抱琴而出,廊下独抚。纤指拨捻之间,洗尽柔婉,铿锵铮铮,一派少年意气,金戈铁马,琴音烈烈至最高潮时,突有人拍栏而歌:

"想那日束发从军,想那日霜角辕门,想那日挟剑惊风,想那日横槊凌云……流光一瞬,离愁一身,望云山,当时壁垒,蔓草斜曛……"

歌声中,梅长苏起身推窗,注目天宇,眉间战意豪情,已如利剑之锋,烁烁激荡。

越一日,内阁颁旨,令聂锋率军七万,迎战北燕铁骑,蒙挚率军十万,抗击大渝雄兵,择日誓师受印。在同一道旨意中,那位在帝都赫赫有名的白衣客卿梅长苏,也被破格任命为持符监军,手握太子玉牌,随蒙挚出征。

临出兵的前一天,梁帝大概是被近来的危局所惊,突发中风,瘫痪在床,四肢皆难举起,口不能言。萧景琰率宗室重臣及援军将领们榻前请安,并告以出征之事。当众人逐一近前行礼时,梅长苏突然俯在梁帝的耳边,不知说了些什么,早已全身瘫麻的老皇竟然立时睁大了眼睛,口角流涎,费力地向他抬起一只手来。

"父皇放心,苏先生是国士之才,不仅通晓朝政谋断,更擅征战杀伐。此次有蒙卿与他,乱势可定,从此我大梁北境,自可重得安固。"站在一旁的萧景琰字字清晰地说着,眸中似有凛冽之气。

梁帝的手终于颓然落下,歪斜的嘴唇颤抖着,发出"呜呜"之声。曾经的无上威权,如今只剩下虚泛的礼节,当亲贵重臣们紧随着萧景琰离开之后,他也只听得见自己粗重的呼吸声,在这幽寒冷硬、不再被人关注的深宫中回荡。

第二天,两路援兵的高级将领们便拜别了帝阙,束甲出征。如同当年默默看着梅长苏入京时一样,金陵帝都的巍峨城门,此刻也默默地看着他离去。到来时素颜白衣，机诡满腹，离去时遥望狼烟，跃马扬鞭。两年的翻云覆雨，似已换了江山，唯一不变的是一颗赤子之心，永生不死。

初冬的风吹过梅长苏乌黑的鬓角，将他身后的玉色披风卷得猎猎作响。乌骓骏马，银衣薄甲，胸中畅快淋漓的感觉还是那么熟悉，如同印在骨髓中一般，挥之不去。

放眼十万男儿，奔腾如虎，环顾爱将挚友，倾心相扶。当年梅岭寒雪中所失去的那个世界，似乎又隐隐回到了面前。烟尘滚滚中，梅长苏的唇边露出了一抹飞扬明亮的笑容，不再回眸帝京，而是拨转马头，催动已是四蹄如飞的坐骑，毅然决然地奔向了他所选择的未来，也是他所选择的结局。

尾声 风起

大梁元祐六年冬末，北燕三战不利，退回本国；大渝折兵六万，上表纳币请和，失守各州光复，赦令安抚百姓。蒙挚所部与尚阳军败部合并，重新整编，改名为长林军，驻守北境防线。在这次战事中，许多年轻的军官脱颖而出，成为可以大力栽培的后备人才。萧景睿、言豫津也皆获军功，只是前者因身世之故，辞赏未受。

对于百姓、朝臣和皇室而言，这是一场完美的胜局，强虏已退，边防稳固，朝堂上政务、军务的改良快速推进着，各州府曾被摧毁的家园也在慢慢重建。大多数欢欣鼓舞的人们在一片庆贺的气氛中，似乎已经忽略了那些应该哀悼的损失。

但是萧景琰没有忘记，他在东宫的一间素室中夙夜不眠地抄写本次战事中那些亡者的名字，从最低阶的士兵开始抄起，笔笔认真。可是每每写到最后一个名字时，他却总会丢下笔伏案大哭，悲恸难以自抑，连已怀有身孕的太子妃，都无法从旁劝止。

元祐七年夏，聂铎从东海归来述职。虽然穆青和聂铎都已上本禀明情由，但他与霓凰的婚事，萧景琰却总是不肯答应，直到某一天宫羽带来了梅长苏所写的一封信，他才召聂铎入宫，亲自询问他的意思。聂铎红着眼睛说："世间风评，由他人去。我只知道，如果不能照顾霓凰一生，不能让她安康幸福，我会更加无法原谅自己。"听了这句话，萧景琰握着书信，看着庭外的楠树独自坐了数个时辰，这才默默首肯。婚后霓凰将南境军交给了已日趋成熟的穆青，与聂铎前往林氏宗祠泣别后，便随同他去了东境驻守海防。路经琅琊山时，夫妇俩步行入阁，半日方出。没有人知道他们是不是去问了什么问题，只知二人离开时，有位潇洒俊美的年轻人，手里牢牢牵着个头扎宝蓝发带的黑衣少年，一直将他们送到了半山处。

元祐七年秋，太子妃产下一名男婴。三日后，梁帝驾崩。守满一月孝期，萧景琰正式登基，奉生母静贵妃为太后，立太子妃柳氏为皇后。

庭生果然被萧景琰收为义子，指派名师宿儒，悉心教导。由于他生性聪颖，性情刚强中不失乖巧，萧景琰对他十分宠爱，故而他虽无亲王之分，却也时常可以出入宫禁，去向太后和皇后请安。

长寿的高湛依然挂着六宫都总管的头衔，只是现在太后已恩准他养老，可以在宫中自在度日，不须再受人使役。高湛十分喜欢那个玉雪可爱的小皇子，常去皇后宫中看他，每次庭生抱小皇子在室外玩耍时，他都要坚持守在旁边。

"高公公，你要不要抱抱他？"看着这满头白发的老者眼巴巴在旁边守护的样子，庭生有时会这样笑着问他。但每次高湛都弓着身子摇头，颤巍巍地说："这是天下将来的主子，老奴不敢抱……"

对于他的回答，庭生似乎只当清风过耳，并不在意，仍旧满面欢笑，引逗着小皇子牙牙学语。

"看他们兄弟俩，感情可真是好。"旁边的奶娘一边笑眯眯地说着，一边注意天色，"不过也该抱进去了。天这么阴，高公公，你觉不觉得……好像起风了？"

"不，不是起风了，而是在这宫墙之内……风从来就没停过……"眯着昏花的双眼，历事三朝的老太监如是说。